Gaea

Gaea

白晝戰爭 下

彼得・布雷特 Peter V. Brett —— 著
戚建邦 —— 譯

THE DAYLIGHT WAR

第十六章　卡非特不能去的地方　333 AR　夏

月虧前二十八個拂曉

英內薇拉拉扯厚布料，綠地夏季潮濕的空氣令她喘不過氣。每吸一口氣到面紗裡彷彿都在頭巾中增加一道蒸汽。蒸汽附著在頭髮上，化爲汗水弄亂頭髮。即使是達馬丁的長袍和面紗，白得能反射最亮眼的陽光、質料好得讓皮膚有如裸露在外般呼吸，她也已經多年沒有穿了。除了少數的短程旅途外，她從沒被迫穿上戴爾丁的黑袍，不了解女人怎麼能忍受這種衣服。

她吸口氣。*這只是風。其他女人能忍受的事，妳沒道理不能。*

喬裝是必要的，而不舒服的感覺有了代價，因爲這讓她得以離開皇宮，安安穩穩地穿越新市集。她並不擔心自己的安危——沒幾個人膽敢攻擊她，必要時會有更多人主動跳出來守護她——但是達馬佳不能在沒有人員陪同下出門遛達，而且會像麵包碎屑引起鳥兒般引起群眾注意，導致祕密曝光。少了骨骰，她比從前更需要母親的建言，藉以緩解能吹斷最柔軟的棕櫚樹的強風。

艾弗倫恩惠的新市集沒有克拉西亞大市集大，但每天都在擴張；很快地，貿易往來等方面便可與克拉西亞大市集相提並論。艾弗倫恩惠剛淪陷時，阿邦已在城外的青恩村鎮裡成立了第一家店面。六個月後，新市集吞噬了整個村子，擴張到外圍的區域，成爲領地中所有商人、貿易商農夫的集散地。商人和他們的達馬主人在保護商品方面毫不吝嗇，將街道以大魔印的形狀排列，與北方的窪地部族很像，並在外圍增加矮牆，藉以強化魔印，還有守衛巡邏，在黑夜降臨後清理街道。然而在白天，所有空位上都擺滿商品，到處都是高聲叫賣的戴爾丁、卡非特和青恩。

英內薇拉沿著人行道行走，偶爾在幾個攤位上買點東西，放入籃子裡，看起來就像是在買菜做飯的普通吉娃森。她十分投入這個角色，針對每顆菜和每一小塊鹽斤斤計較，好像她和其他女人一樣需要善用每一枚卓奇。她還記得從前曼娃的情況，試著以只夠三個人花的錢養活一家四口。這種討價還價的感覺異常輕鬆——英內薇拉知道艾弗倫恩惠裡每個女人都很羨慕達馬佳，但有時候她眞希望自己最擔心的事只是要說服商人以低於市價的價格賣東西給她。

快要抵達目的地時，有個沙羅姆守衛從後面摸她。她以強大的意志力克制扭斷他手臂的衝動，並且需要調整好幾下呼吸才能在對方和其他戰士笑呵呵地走開時不動手殺光他們。如果身穿白袍，她絕不會有絲毫遲疑，而這麼做也是她應有的權利。但此刻她身穿黑袍，誰會相信戴爾丁的話，而不相信沙羅姆的？

*我應該更常來市集的，*她心想。*我已經不知道該怎麼和平民打交道了。*

她父親站在母親的店門口，大聲招攬生意。儘管腦側已經浮現灰髮，歲月對卡薩德還算仁慈。他的木樁腳換成了亮漆木材做成的上好義肢，有關節和彈簧。他依然拿著手杖，不過大多是用來招攬客人，指指商品，而不是幫助行走。

她爸依然清醒，這讓她非常驚訝，而當他開口大笑時，那洪亮的聲音在她心中注入一股暖意。這陣笑聲不是當年他和其他沙羅姆一起喝酒時發出的豺狼笑聲，這是個過著寧靜生活的快樂男人所發出的笑聲。

他與她印象中的那個男人實在太不同了，實在很難相信他是她的父親——殺害索利的那個人。

英內薇拉可以忍住眼中的淚水，但她任它們落下，隱藏在臉上的汗水及厚厚的戴爾丁黑面紗下。她爲什麼要忍著爲哥哥或是爲父親而流的眼淚？這兩個男人彷彿已在那天晚上死去，而曼娃得到了全新的丈夫，除了缺少沙羅姆的榮耀外，其他一切都配得上她的丈夫。

這些年來，母親的生意蒸蒸日上，開始販售各式商品，不再單純侷限在織簍上。這樣也好，畢竟織簍要用的棕櫚樹如今都遠在南方數百哩外。現在店裡陳列著地毯和繡帷，還有用其他綠地原料製成的編織品，像是柳條及玉米皮。這裡還有陶器、布匹、焚香爐，以及各式各樣其他商品。

英內薇拉不只一次要幫曼娃擲骰，就像幫助貝登達馬那樣對付敵人，但母親總是拒絕。「利用達馬丁的魔法致富是褻瀆艾弗倫的行爲。」她說著眨了眨眼。「而且會剝奪所有樂趣。」

「艾弗倫祝福妳，榮耀的母親。」一個男孩在她步入店內時說道。「能爲妳效勞嗎？」

英內薇拉看著他，心中突然一痛。他依然身穿男孩的褐袍，還未應召參與漢奴帕許，但她彷彿看到了索利，或索利小時候的模樣。她本能地伸出手去，如同她哥從前弄亂自己頭髮般摸他的頭。這個動作太過親密，男孩有點不知所措。

「原諒我，」她說。「你讓我想起多年前讓黑夜奪走的哥哥。」男孩茫然地看著她，她又摸摸他的頭髮。「我先看看，要買東西的時候再叫你。」男孩點頭，開開心心地跑走。

「卡薩德所有的兒子都長得很像，不管是誰生的。」一個聲音說道，英內薇拉轉頭，看見母親站在面前。不管有沒有黑袍，這兩個女人總是可以認出對方。「這讓我懷疑睿智的艾弗倫是不是將我已逝長子的靈魂再度送回世間。」

英內薇拉點頭。「妳的家族出了許多好孩子。」

「妳是陶土販子？」曼娃問。英內薇拉點頭後，她繼續道：「我和妳的信差說過，妳開價太高了。」

英內薇拉鞠躬。「或許我們可以私底下談？」

曼娃點頭，領她穿越店鋪，來到一扇石門前。店鋪後方有間大房子，供他們一家居住，並且儲藏最值錢的商品。曼娃帶她來到私人辦公室，裡面有張擺著幾本帳冊和書寫工具的辦公桌、兩張綠地椅，還有一小塊編織用的空間。

曼娃轉身，揚起雙臂，英內薇拉開心地迎上前去，兩人緊緊擁抱。

「妳已經好幾年沒來了。」曼娃說。「我以爲達馬佳已經忘了母親。」

「絕對不會，」英內薇拉說。「只要妳一句話……」

曼娃舉手打斷她。「解放者的議會成員不需要知道達馬佳的父親是卡非特，而我對品茶政治和毒人也不感興趣。姊妹們幫我生下了孩子和孫子，而我也經常有機會看到女兒和她兒子，雖然是擠在人群裡偷看。」

曼娃伸手到門帘外拍了一下，沒多久就有個年輕女孩端著上好的銀茶具進來，茶壺冒著蒸汽。她們不管椅子，走到織簍區的枕頭上坐下，將茶具放在地板上。曼娃倒茶，接著兩個獨處的女人就脫下了面紗和頭巾，好看見對方。曼娃的臉上多了不少皺紋，頭上出現灰髮，縛以黃金髮飾。她依然美麗，活力十足。英內薇拉感到十分自在，這裡是全世界唯一能讓她做自己的地方。

曼娃以茶壺的壺嘴比向一疊柔軟的柳條。「這跟編棕櫚葉不太一樣，不過我們都必須接受解放者帶領我們走向新的道路。」

英內薇拉點頭，看著曼娃拿起柳條開始織簍。片刻過後，她伸手去拿柳條，織起簍子，當編織所帶來的寧靜感再度盈滿全身時，她感到強健的手指逐漸恢復自信。「有些事情比較難以接受。」

曼娃輕笑。「親愛的卡吉娃最近還好嗎？」

英內薇拉在被柳條屑刺到時低呼一聲。「我尊貴的婆婆過得不錯。依舊像是風中殘燭般黯淡無光，整天嘮嘮叨叨地浪費大家的時間。」

「還是沒辦法幫她找個丈夫？」曼娃問。

英內薇拉搖頭。「她不想讓男人介入她和兒子之間，而阿曼恩認爲沒有人配得上她。」

「妳的骨骰沒有答案？」曼娃問。

我沒有骨骰了。英內薇拉心想，接著深呼吸讓自己冷靜下來。「我曾諮詢過骨骰。它們告訴我阿曼恩會接受凱維特達馬當他繼父，而如果他向阿曼恩提親，卡吉娃不會拒絕。不幸的是，凱維特的回應卻是他寧願娶駱駝也不要娶她。」

曼娃輕笑，英內薇拉跟她一起笑。笑的感覺真好，她不記得自己上次笑是什麼時候。

「如果不能幫她找丈夫，那就給她找點事做，就像其他吉娃森那樣。」曼娃說。

「她是解放者的母親。」英內薇拉說。「頂多只能叫她去端水壺，其他的工作就別妄想了。」

「那就假裝派個工作給她。」曼娃說，手指持續編簍，不過抿起嘴唇，望著牆壁一段時間。「問她願不願意安排沙達馬卡每月一次的月盈宴。」

「我們沒有——」英內薇拉。

「假裝有，」曼娃打斷她道。「讓卡吉娃以爲這是莫大的榮耀，能讓兒子高興，讓他獲得艾弗倫寵幸。派一打助手幫她打理食物、裝飾、音樂、儀式，以及賓客名單。這樣妳以後就不太見得到她了。」

英內薇拉微笑。「我就是爲了這個才來找妳的，母親。」

曼娃編好簍底，開始做簍架。「城內所有人都知道我孫子的事蹟，但我從未聽說孫女在做什麼。她們過得好嗎？學習的進度如何？」

英內薇拉點頭。「妳的孫女全都過得很好，要不了多久就會成為達馬丁。阿曼娃已經戴上面紗結婚了。」

「這個幸運兒是誰呢？」曼娃問。

「窪地部族的青恩。」英內薇拉說。「他其貌不揚──矮小、柔弱、身上的衣服比有色盲的卡非特還要鮮豔──但是艾弗倫對他開示。」

「用音樂迷惑阿拉蓋的男孩？」曼娃問。英內薇拉揚起一邊眉毛，但曼娃輕蔑地揮揮手。「城內所有人都在談論解放者宮殿裡的青恩。那個男孩、巨人、女戰士，」她若有深意地看著英內薇拉。「還有綠地公主。」

英內薇拉轉身朝地板吐口水。

曼娃嘖嘖問道：「那麼糟？」

「我不准他娶她。」英內薇拉說，毫不掩飾怨毒的語氣。

「那是妳犯的第一項錯誤。」曼娃說。「永遠不要不准男人做任何事。就連被妳剝掉黑袍的卡薩德也會在我不准他做什麼事時固執得像頭驢子，而妳丈夫是沙達馬卡。」

英內薇拉點頭。「伊弗佳丁明訓：『越不准男人做什麼事，他就越想去做。』但我的衝動蓋過理智。」

「解放者如何反應？」曼娃問。

英內薇拉又想吐口水了，不過她把口水嚥下去，然後深呼吸。「他說我無權這麼做。他說他會封她為綠地吉娃卡，管理他所有北地妻室。」

曼娃停止編簍，抬頭面對英內薇拉的雙眼。「妳自己都不守婦道了，難道期望他會遵守婚禮誓言？」

這話很傷人，英內薇拉有點後悔把和安德拉通姦之事告訴母親，但她深吸口氣，讓這種感覺透體而過。

——她會說妳不願意聽的眞話——

「至少我還知道要暗地裡來。」英內薇拉咬牙切齒地說。「他明目張膽，帶她去我的枕廳，在宮殿裡所有人面前羞辱我。」

「我以爲我女兒不是笨蛋。」曼娃說著折斷一根柳條，「如果妳以爲不忠的丈夫會想要掩飾姦情，那妳肯定就是笨蛋。妳傷害過他，而他要加倍回敬妳。這是妳早該支付的帳單。但說眞的，他搞上個北地妓女究竟有什麼大不了的？偉大的男人本來就會征服女人，而妳依然是吉娃卡。」

「名義上，但實質上不再是了。」英內薇拉說。「他已經將近兩個月沒碰過我了。」

曼娃嗤之以鼻。「如果吉娃卡是如此界定的，那我早在幾十年前就不再是卡薩德的吉娃卡了。索利死後，我就不曾和他同房。」

「卡薩德不是解放者。」英內薇拉說。

「那就別再故作姿態，主動上他的床。」曼娃說。「讓他知道妳還記得他是沙達馬卡。」她直視英內薇拉的雙眼。「提醒他妳是他的達馬佳。我聽說那女的走了，而且沒接受他的求婚。讓他忘了她。」

英內薇拉嘆氣。「沒那麼簡單。北地女巫帶給阿曼恩的不光只是她的天堂之門，還在他耳中灌輸毒藥。」

「毒藥？」曼娃問。

「她和她那個妓女母親不戴面紗就在宮殿裡走動已經很糟糕了。」英內薇拉說。「現在她們還帶進了古怪的觀念，提倡我們的女人應該像北地野人一樣參與阿拉蓋沙拉克。為了取悅她，阿曼恩已經頒布法令，在戰鬥中殺死阿拉蓋的女人將成為沙羅姆丁，並且擁有所有戰士的權利。」

曼娃聳肩。「那又怎樣？」

英內薇拉語氣訝異：「妳不可能認同這種事。」

「為什麼不？」曼娃問，撩起黑袍。「妳以為我喜歡穿這個？我看著那些北地女人，幻想有朝一日能像她們一樣自由解放。我想擁有自己的店舖，而不是經營卡薩德的。為什麼我不能這麼做？只因為卡吉的祭司將女人視為牲口，藉由寫入聖典來合理化這些欺壓的行為？妳可以輕易地視而不見，因為妳可以赤身裸體在宮殿裡閒晃。」

「我那算不上是赤身裸體，母親。」英內薇拉說。曼娃看著她，她隨即低下頭去，知道這種狡辯對母親無效。英內薇拉穿成那樣是為了挑釁達馬基，讓他們記得她所擁有的權力，但她並不否認自己也非常享受那種感覺。

「索利參戰時，妳完全不認同阿拉蓋沙拉克。」英內薇拉說。「我們應該像對待兒子一樣把女兒也推上戰場？」

「我痛恨為了安德拉的驕傲而毫無意義地犧牲男人的阿拉蓋沙拉克。」曼娃說。「但妳寶貴的骨骰不是說過阿曼恩就是解放者，是艾弗倫派來領導我們打贏沙拉克卡的人嗎？」

「它們說他可能是。」英內薇拉提醒她道。

曼娃冷冷地看她一眼。「妳最好祈禱他是，不然妳就白白浪費了過去二十五年的歲月。它們不是說無論如何沙拉克卡都會降臨嗎？阿拉蓋殺人是不分男女的，女兒。不要因為讓女人捍衛自己的觀念來自北地而誤判它的力量。妳記得克莉莎和她醜陋的姊妹圍毆妳父親的事，有些女人生下來就適合戰鬥。讓她們參戰。黑夜呀，鼓勵她們參戰。吸收北地的習俗，妳就能從窪地女士的樹上竊取果實。」

「會有反彈的聲浪。」英內薇拉說。

曼娃點頭。「人們會在公開場合叫囂，私底下埋怨。少數老二軟的白痴會找一些女人宣洩怒氣。但是沒人膽敢公開反對沙達馬卡，要不了多久就會接受這種觀念。」她呵呵一笑。「就像妳當初在公開場合裸露私處時一樣。」

英內薇拉故作震驚，曼娃則對她眨眼。「但是克拉西亞女人爲此而崇拜妳，雖然沒膽承認。給她們參戰的權利，妳就能獲得她們永遠的效忠。」

結束與母親的會面後，英內薇拉迅速穿越市集。她討厭離開曼娃。每次分手都令她心痛，心知自己還要再過幾個月才能再度來訪。但她已經離開太久，不想引人懷疑。曼娃和卡薩德是連阿曼恩都不知情的祕密。魁娃或許記得，但骨骰宣稱卡吉達馬基丁永遠不會背叛她。

就在這個時候，在難以想像的天大巧合之下，她看見了他，趾高氣揚地穿越市集朝她走來，身穿熟悉的無袖袍及黑鋼胸甲，其上鑲有黃金太陽徽章。

卡席福。

他看起來和多年前一模一樣，這說明了他在戰場上的英勇表現。他的臉上帶有解放者長矛隊的那種不朽之氣，充斥著魔法的力量，讓他們每天晚上都有幾個小時回到巔峰狀態，儘管他們的眼神和表情依然透露年長的氣息。對於卡維爾那種年紀較大的戰士而言，歲月的痕跡會較慢顯露，但是年輕戰士卻根本沒有老化跡象。卡席福已經年近五十，但外表頂多三十來歲，依然身強體壯，勇猛善戰。

他身後跟著兩名沙羅姆，都擁有年輕的身體和年長的眼神。英內薇拉認得他們，一時之間，她差點期待索利也會突然出現。

她已經很多年沒有想起這名戰士。貝登達馬在解放者的議會裡掌握大權，但打從她饒恕卡薩德之後，英內薇拉就再也沒見過貝登達馬最寵愛的凱沙羅姆。當時他很恨她饒恕了卡薩德，現在原諒她了嗎？

她僵在原地。英內薇拉是個常見的名字，她不曉得卡席福知不知道他死去愛人的妹妹現在已經貴爲達馬佳。但如果讓他看見她出現於此……

她絕不希望讓貝登達馬得知解放者的岳母藏身何處。他或許不會蠢得公開威脅她，但英內薇拉不能容忍這種把柄流落在外。

我得殺了他，她想。動作快，趁他還沒告訴其他人前……

她蓄勢待發，結果卡席福和另外兩個人卻走過她身邊，完全沒注意到她。其中一名戰士說了一句話，卡席福在他們轉彎的同時哈哈大笑。

英內薇拉鬆了口氣。他們沒看見她。

當然沒看見，白痴，她心想。妳身穿黑袍。

英內薇拉在阿曼恩的寢宮等他回來。她換上枕邊舞蹈的絲綢與珠寶，包括一頂新的白金飾環，在原先已有的魔印視覺和強化感官魔印之外添加從阿曼恩的皇冠上抄下來的魔印，確保她不會再度遭受心靈惡魔入侵。她能看見如同沙惡魔般在地板上翻滾不休的魔法光芒，受到這個房間周圍各式各樣魔印吸引而來。

她擁有自己的寢宮。是阿曼恩所有妻子裡面最奢華的一間，不過她們每個人都擁有專為取悅及跟解放者睡覺而準備的私人接待室，以及裝飾豪華的枕廳，如果他願意臨幸。所有人隨時都刮好毛髮，渾身塗油，轉眼之間就可以取悅他。

男人在阿拉蓋沙拉克中吸收的魔法——當魔印矛插入惡魔體內吸收而來的魔力——不光能長保年輕、賜給他們黑夜的力量以及治療傷勢。魔力還會喚醒人們體內野獸的慾望——狩獵、殺戮、交配的慾望。在他嚐到魔法的滋味前，阿曼恩已經是個性慾很強的男人。現在他的慾望無邊無際，導致不少妻子渾身痠痛地癱在澡盆裡接受閹人的按摩。

但儘管每個妻子都有上好的房間，它們都比不上阿曼恩的寢宮，而他通常也是在這裡休息。他的吉娃森會換上半透明的鮮艷絲綢，輪流準備洗澡水和餐點在這裡等他。

輪班由英內薇拉安排，這是身為吉娃卡的眾多職責之一。偶爾她會擲骰調整排班，確保隨時都有女人懷孕，不過那也要看她如何考量。就如坎內娃的月盈茶會一樣，英內薇拉利用排班表來表示她最寵信誰，誰又最不得她的歡心。

獲選之人也要排在她後面，唯有在她允許的情況下才能讓沙達馬卡碰，而她不常允許。英內薇拉願意為了族人的利益而讓其他女人碰阿曼恩——聯繫部族間的血緣，並在她有其他事情要忙時讓別人滿足他——但她和他上床的次數超過其他妻子的總和。經常施展霍拉魔法讓她保有年輕強健的身體，而且她自己的性慾也很強。阿曼恩鮮少能在沒跟女人做愛的情況下入眠，而她也會在太久沒有滿足慾望時感到不耐煩。其他女人只能撿她吃剩的吃，還要感謝艾弗倫有機會能和丈夫做愛。

但是打從沙達馬卡和黎莎．佩伯上床後，就再也沒碰過任何一名妻子了。英內薇拉因為心懷怨懟而拒絕與他行房，而其他妻子則像得到新馬的男人拒絕再騎駱駝一樣遭他所拒。

不管母親怎麼說，英內薇拉還是很難在想起北地妓女時維持中心自我。當初阿曼恩啓程前往解放者窪地前，骨骰預言他將愛上一個青恩女人，並且產下一子時，她根本不信。她已經許多年不曾懷疑擲骰的結果，上一次是帕爾青恩來訪的時候。

丈夫遠行期間，英內薇拉每天晚上都祈禱阿曼恩會保持忠貞，因為骨骰只會預知可能的未來，不保證一定會發生。

但她母親說得沒錯。阿曼恩沒有忘記安德拉的事，殺死那個男人只為他帶來一點平靜。那之後，她再也沒有碰過其他人，就連她的吉娃森也沒碰過其他人，但那並不重要。她可以感應到丈夫不再信任她，就像魔印中出現裂縫一樣。

與黎莎．佩伯上床、羞辱他的吉娃卡絕非解決之道，但那是阿曼恩必須親自體會的教訓。願意饒恕哈席克，還把妹妹許配給他的男人當然能學著原諒第一妻室。

所有東西都有代價。伊弗佳丁如是說。阿曼恩需要她才能贏得沙拉克卡，而她需要他賜給她這麼做的力量。身為達馬佳，她能夠為他掌握身處這個地位所能掌握的優勢。他們必須重修舊好，還要儘快，免得嫌隙越來越深。

為了這個原因，今晚她在這裡等他。

爲了這個原因，而不是因爲她心痛。

一枚耳環傳來輕微的震動，她立刻知道寢宮的外門打開了。她指示其他人不可打擾，所以進來的肯定是阿曼恩。

英內薇拉感受到恐懼之風。他會像拒絕其他人一樣拒絕她嗎？就連夸莎和貝麗娜，他之前在房事方面最寵愛的吉娃森，都因爲綠地女人而遭拒。他是否像梅蘭和阿莎薇所警告的那樣受白皮膚的女人施法蠱惑？若眞如此，族人的統一狀態是否會出現變化？達馬基和達馬基丁或許能接受他找個青恩女人回來當作戰利品和枕邊妻子，但讓她踏上王座高台會觸怒他們，讓他們失去理智。她的吉娃森會期望她來解決此事，如果英內薇拉束手無策，她們的敬意和她的權威將會煙消雲散。

但是一顆條理分明的心容不下恐懼這種東西。她於風中彎曲，任其透體而過，調節呼吸，找回中心自我。她現在就要在一切變得太遲之前面對問題，修補傷害。

門開了，阿曼恩進房。他呼吸沉穩，但身上散發著汗和血的氣味，還有惡魔膿汁的惡臭。那是男人自阿拉蓋沙拉克回歸的味道，她知道丈夫在前線領頭衝鋒，而其他將領都待在後方指揮。

這股氣味令她痴狂。他在這種情況下與她做愛的次數多到數不清，血管裡流動的魔力讓他情慾高漲。她爲他跳舞，而他將澡盆和蒸汽室通通拋到腦後，直接把她壓在最近的家具上爲所欲爲。從前的記憶令她興奮顫抖。

房間裡到處都有綻放黯淡霍拉魔光的物品，它們的力量包覆在能夠防止陽光摧毀惡魔骨的金屬外殼裡。這裡還有許多魔印，藉以加熱澡盆裡的水、冷卻夏天的空氣、防止有人入侵或竊聽。

這些東西的魔光全都不能和阿曼恩相比。她在他身上刻下的魔印痕跡充斥著他在戰場上吸收回來的魔力，皇冠的光芒更加耀眼，卡吉之矛則如同太陽般光彩奪目。

但不管身上充滿多少力量，阿曼恩的肩膀依然如同身負重擔般疲倦地垮下。

英內薇拉一揮手，啓動小拇指上鑲有火惡魔碎骨的紅寶石戒指。房內的蠟燭轉眼點燃，他最喜歡的焚香開始燃燒。

阿曼恩這時才注意到她。他嘆了口氣，抬起肩膀，挺直背脊，謹慎地打量她。「我今晚沒有要見妳，妻子。」

「我是你的吉娃卡，阿曼恩。」英內薇拉說。「服侍你是我的責任。」

阿曼恩點頭，神色依然警覺。「幫我迎娶新的妻子同樣也是妳的責任。但妳沒花心思在黎莎．佩伯身上，完全無視她的價値。」

「我把艾弗倫和沙拉克卡擺在你之前，丈夫。」英內薇拉回道。「你也該把它們放在我之前。不管你願不願意看清這個事實，封黎莎．佩伯爲北地吉娃卡將會激怒半數達馬基。」

「激怒就激怒。」阿曼恩說。「我是沙達馬卡。我不需要他們愛戴，只要他們效忠。」

「你或許眞的是沙達馬卡。」英內薇拉的語氣如同鞭笞。「又或許只是我一手打造出來的沙達馬卡。而你竟然打算就像撕下麵包般分割我的權力，交給你對她一無所知的女人。骨骰要我幫你掌握所有優勢，但我沒辦法幫助一個會唾棄自己忠誠的部下、拿黃金去丟敵人的人。」

「要不是妳拒絕接納她成爲吉娃森，事情也不會走到這個地步。」阿曼恩說。「妳那麼做有何智慧可言？我帶著一個女人回家，打算風風光光地迎娶她，因爲她能帶來數千名戰士參與沙拉克卡，以及連妳都不懂的魔印法術。阿邦已經和她母親談好聘禮，微薄的聘禮。一些土地、黃金、毫無意義的北地頭銜，還有承認她的部族。而妳偏偏不肯接受。爲什麼？妳怕她嗎？」

「我怕那個女巫對你造成的影響。」英內薇拉說。「你把她看得太重了。她只配當戰利品，應該掛在馬鞍上帶回來，而不是參與議會，賜與宮殿。」

「古代的達馬佳不會害怕任何女人。」阿曼恩說。「真正的達馬佳應該有能力使她臣服。告訴我，骨骰跟妳說妳就是達馬佳，還是妳可能是達馬佳？」

英內薇拉覺得被他甩了一巴掌。她深呼吸，保持冷靜。

「妳沒有見過她的族人，沒有跟她在路上共處數週。」阿曼恩說。「北地人勇猛善戰，英內薇拉。如果和他們同盟的代價就是全世界有一個女人不必向妳鞠躬，這樣會很過分嗎？」

「對你來說呢？」英內薇拉問。「北地人稱為解放者的那傢伙，魔印人，才是沙拉克桑的關鍵，阿曼恩。就連瞎子都看得出來！而你寶貝的黎莎．佩伯在保護他，讓他有機會在你背上插支長矛。」

阿曼恩臉色一沉，英內薇拉怕自己說得太過分了，但他並沒有斥責她。「我不是笨蛋。我們現在有人混在窪地裡了。如果魔印人出現，我會接獲消息。如果他不臣服於我，我會殺了他。」

「而我會獻上厄尼之女，或是提出她對艾弗倫不忠的證明。」英內薇拉承諾道。她自枕頭堆中起身，扭腰擺臀，身後的燭火將她身上朦朧的絲綢照得彷彿不存在，完美呈現她玲瓏的曲線。她來到他身前，空氣中瀰漫著焚香的氣味，阿曼恩在她摟著他的後頸時屏住呼吸。

「我相信你就是解放者，我的愛。」她說。「我全心全意相信阿曼恩．賈迪爾將會帶領族人贏得沙拉克卡。」她大膽地撩起面紗親吻他。「但是想要在阿拉上擊敗奈，你就要取得所有優勢。我們必須保持統一。」

「統一值得以一切換取。」阿曼恩引述伊弗佳道。他回應她的吻，舌頭伸入她的嘴裡。她感覺他很緊繃，也知道緊繃從何而來。片刻之後，她脫光他的戰袍，帶他進入浴池。當他步入熱水中時，英內薇拉的手指滑入腰帶上的銅鈸，開始在蒸汽、燭光及翩飛的透明絲綢中跳舞。

「我打算在三個月內進攻雷克頓。」阿曼恩在兩人躺在一起時輕聲說道。他緊抱著她，身上一絲不掛，只留下頭上的皇冠。現在他很少摘下皇冠，晚上更不會取下。英內薇拉身上也只剩下首飾。

「秋分過後三十天，綠地人稱爲第一場降雪的日子。」

「爲什麼挑在那天？」她問。「達馬基有在星圖上標示那天有什麼特殊意義嗎？」她毫不掩飾語氣中的嘲弄。跟阿拉蓋霍拉相比，達馬解讀預兆的方法堪稱遠古的迷信。

阿曼恩搖頭。「阿邦的間諜回報，那天綠地人會將收成稅上繳首都。精心策劃的攻擊能讓他們在寒冬中缺乏糧食，而我們則能夠糧食充足地等待雪融。」

「現在你聽從卡非特的軍事建議了？」英內薇拉問。

「妳和我一樣清楚阿邦的價值。」阿曼恩說。「他預測獲利的能力和妳的霍拉一樣精準。」

「或許，」英內薇拉說。「但我不會將全人類的命運賭在它們之上。」

阿曼恩點頭。「所以我才要向妳確認他的情報。擲骰。」

英內薇拉閉緊嘴巴。那天晚上阿曼恩忙著應付惡魔王子的保鏢，沒看見心靈惡魔吸乾她骨骰中的魔力，令它們化爲灰燼。截至目前爲止，她沒有讓人得知此事，包括他在內。

「阿拉蓋霍拉想透露什麼就透露什麼，親愛的。」她說。「我不能命令它們確認情報。」

阿曼恩看著她。「我看妳做過很多次了。」

「這種情況不一樣——」英內薇拉說，但阿曼恩皇冠上一顆珠寶綻放的閃光打斷了她的話。

「妳在說謊，」阿曼恩說，語氣堅決肯定。「妳有事瞞著我，什麼事？」皇冠在他凝視她時持續發光，英內薇拉在它們面前徬徨無助。

「惡魔王子摧毀了我的骨骰。」她脫口而出，不願承認此事，但在不了解出了什麼事情之前又不敢繼續掩飾。他在使用卡吉之冠的隱藏力量之一。

根據伊弗佳丁記載，神聖金屬沿著惡魔骨核心兩旁刻蝕魔印。英內薇拉渴望取得那些魔印的祕密，但是這麼做必須拆開這個珍貴的法器，而就連她也不敢做出如此瀆神之舉。

阿曼恩神色不善。「妳應該直說。」

英內薇拉沒有回應這句話。「我已經開始刻新骨骰了，要不了多久就可以再度開始擲骰。」

「在那之前，或許我該找個吉娃森來擲骰。」阿曼恩說。「此事等不得。」

「可以等。」英內薇拉說。「第一場降雪來臨前還有三個月，而你有更迫切的事要擔心。」

阿曼恩點頭。「月虧。」

英內薇拉醒來時，還在沉睡的阿曼恩依然緊摟著她。爲了不吵醒他，她以大拇指抵住阿曼恩手臂上的壓力點，令其麻痺之後，這才溜下床來。她的赤腳沉入厚地毯中，步伐輕盈到就連腳踝上的鈴鐺都沒發出聲響。

阿曼恩的力量日益壯大，睡眠時間越來越少，但就算是解放者每天也得要閉上眼睛休息一、兩個小時，而她剛剛努力讓他放鬆精神。他的種子在她走向大陽台時沿著雙腳流落。她不知道今晚交合會不會有孩子。少了骨骸，她無法確定這種事，但他們做得非常激烈，而她已經很久沒幫他生兒子了。

閹人守衛打開大玻璃門。英內薇拉步出門外，完全不把他們放在心上，享受著溫暖的微風及陽光灑在肌膚上的感覺。阿曼恩眾妻子的貼身侍衛全都沒有睪丸與陽具，也沒膽子多看她們一眼。

英內薇拉依靠著大理石欄杆，俯瞰艾弗倫恩惠，從前人稱來森的綠地。環視這塊土地時，她感覺大權在握，如同照射在皮膚上的陽光和留在大腿內側的種子帶來的輕微刺痲感。

阿曼恩的綠地皇宮看來十分寒酸。它的前任主人，來森堡的伊東公爵，是個軟弱的領導人，來自一個源遠流長的軟弱家族。來森堡四周都是肥沃的土地，偏偏他們沒有從平民身上榨出更多油水。擁有這麼多資源，伊東理應建造一座能令安德拉嫉妒的宮殿。結果他的城堡只有四層樓高，只有兩道側翼、牆壁又薄又矮。據英內薇拉所知，起碼有十數名達馬的克拉西亞宮殿都比它豪華。這裡根本配不上沙達馬卡，不過還是比他們穿越沙漠時搭建的大帳要好得多。

她手下最高明的工匠已經開始計畫拆除這座「豪宅」，原址重建一座尖塔直達天堂底部，地下宮殿深到讓惡魔之母在深淵中顫抖的壯麗宮殿。

儘管伊東公爵的祖先都很懦弱，他們的家族卻還不算蠢。城堡所在的山丘視野無可比擬，艾弗倫恩惠在她的面前延伸，觸目所及一片沃土，充滿綠油油的作物、河川、溪流。整齊的作物與樹木，以寬敞的泥土路筆直分隔，如同輪軸般由位於中央的都城向外擴散，這裡一座玉米田，那裡一座果樹園。上百座附屬村落，理所當然地分配給各部族，以慰藉他們穿越沙漠的艱苦旅途和於寒冬中行軍，並滿足他們掠奪的慾望。

綠地人的人數遠遠超過她的族人，但他們不是戰士。英內薇拉的預知能力和阿曼恩的沙羅姆通力合作，他們就像貓捉老鼠般輕鬆佔領公爵領地。富足的生活讓青恩軟弱。

阿曼恩在這裡建立宮殿是很恰當的事，但是讓人民在如此肥沃的地方過安逸的生活絕非好事。戰士長矛上的血還沒乾時，她曾經擲骰諮詢此事，知道如果不繼續征服綠地，族人將會面對同樣的命運。沙漠讓他們堅強，而即將到來的戰爭需要那份堅強。

儘管不願承認，卡非特那個在寒冬降臨前進攻雷克頓的計畫似乎很有道理。

英內薇拉回到屋內，指示僕人準備熱水和香油。他們幫她換上半透明的紅紗。別的女人或許不敢穿這麼少的衣服出門，但英內薇拉是達馬佳，沒人膽敢褻瀆她。

她無聲無息地走下奴隸在山丘岩床下挖開的石階，通往一座巨大的天然石窟。沿路都有閹人把守，雖然英內薇拉走在自己的地盤上並沒有感到絲毫威脅，但少了骨骰，她就像瞎子一樣，沒辦法預知危險，但就算有瘋狂暗殺者或落單的阿拉蓋通過她的守衛，她依然有辦法保護自己。

她終於抵達一座大石門前，守衛在她自腰間取出唯一的鑰匙時讓向兩旁。這把鑰匙本身只是做個樣子，轉動時會發出沒有意義的機關聲，重點在於當她的手接近門鎖時，手鍊中的金盤霍拉就會發熱，啟動與門鎖中的魔骨相容的魔印，滑開沉重的門閂。就算知曉魔印的盜賊猜出箇中奧祕，也不太可能複製這條英內薇拉隨時貼身攜帶的手鍊。儘管石門重達數噸，它還是在她輕觸之下無聲地向後開啟，接著又順暢地在她身後關閉。

進門之後，她穿越從未接觸過艾弗倫光芒的走道。黑暗中，她沒有攜帶油燈，不過頭上的魔印金幣飾環開始發熱，開啟了她對四周所有魔力的感應。深淵的力量在牆壁中嗡嗡作響，如同煙霧般飄蕩空中，將她的道路照耀得宛如晴朗白晝。

英內薇拉並不懼怕四周的魔力，她沉浸其中。艾弗倫創造了阿拉，位於阿拉核心的力量本來就屬於祂。奈的僕人或許能自源頭奪取這股力量，但這力量卻不歸它們所有。魔印就是一門偷回這股力量、並且轉而為艾弗倫出力的學問。

她不斷前進，來到岩壁旁某個位置，接著半跪而下，移開石頭，露出她的魔印工具、霍拉袋，以及死在阿曼恩手中那頭惡魔王子的骨頭。這塊骨頭上的魔光遠比她曾見過的所有霍拉還要刺眼。

阿曼恩不相信它就是惡魔之父阿拉蓋卡，但它顯然來自它的血脈，力量強大，就連英內薇拉也難以理解。它奪走了她的霍拉袋，輕鬆吸乾它的魔力，把她和艾弗倫之間的連結化為灰燼。

儘管看不見未來，英內薇拉卻沒有浪費時間在哭泣上，反而大膽地拿惡魔骸骨刻骰。她的技術比起還是艾弗倫未婚妻時強上十倍，而且現在可以在魔印光下清楚看見工作的成果。此刻七顆骨骰已經完成了三顆，其中蘊含的力量遠超過失去的骨骰。或許它們可以提供部分預知能力，就像獨眼人還看得見東西一樣，但是七顆骨骰得一起運作，就算只少一顆也毫無用處。

她於正午時分離開影之殿，回到宮殿。梅蘭和阿莎薇在王座廳外等她，沙羅姆守衛鞠躬行禮，為她開門。

「有什麼消息？」英內薇拉低聲問道。

「解放者剛剛開始開會，達馬佳。」阿莎薇說。「妳只錯過儀式的部分。」

英內薇拉點頭。透過巧妙的時間安排，她可以避開議會的繁文褥節，一長串無謂的儀式和冗長乏味的禱告。達馬佳已經超越這些世俗之事，在力量恢復之前，她必須把時間花在影之殿裡。對能直接與艾弗倫對談的人而言，禱告是沒有意義的。

她的目光瞟向同行者的霍拉袋上。骨骰有沒有告訴她們達馬佳已經失去預知能力了？梅蘭和阿莎薇忠心耿耿地服侍她多年，但她們依然是克拉西亞人，如果察覺對方的弱點，會馬上加以利用，是她的話就會。一時之間，英內薇拉考慮沒收她們或是地位較低的艾弗倫之妻的骨骰，佔爲己有，直到完成新的骨骰。

她搖了搖頭。她有權這麼做，但是這會爲對方帶來莫大的羞辱，就跟要求她們砍下一隻手掌交給她一樣。她必須相信艾弗倫在她沒失寵的情況下不會洩露她的弱點，而現在她和阿曼恩已經言歸於好，她沒有理由假設自己失寵。

她深吸口氣，找回中心自我，步入王座廳大門。

一如往常，王座廳裡擠了很多人。十二名爲解放者提供諮詢的達馬基聚集在高台右方，爲首的是勢力最龐大的兩個部族領袖——阿曼恩的妹夫，卡吉部族的阿山達馬基，以及年長獨臂、馬甲部族的阿雷維拉克達馬基。每個達馬基都由一名阿曼恩的達馬丁妻子所生的次子伴隨出席——除了阿山，他身旁跟著英內薇拉的兒子阿桑和她侄子阿蘇卡吉。

阿曼恩承諾將卡吉的領導權傳承給阿山之子，不過這樣一來，阿曼恩七十三名兒女中的次子阿桑就沒有繼承到任何權位。

但這兩個表兄弟之間並沒有因此產生嫌隙。正好相反，他們年紀相當，打從在沙利克霍拉裡就已經是同床共枕的親密好友。

英內薇拉並不在乎他們相戀——但當阿桑決定迎娶堂妹阿希雅，代替她哥哥幫他產子時，她眞的是氣炸了。將阿曼娃嫁給綠地人讓英內薇拉很傷心，但總比讓阿曼恩把她嫁給阿蘇卡吉近親相姦，只爲了強化阿山早已牢不可破的忠誠要好。

高台上左手邊站著十二名達馬基丁，領頭的是魁娃。就像達馬基一樣，這些女人身邊跟著繼承人——卡吉部族的梅蘭，其他部族則是阿曼恩的達馬丁妻子。這兩批女人都是英內薇拉意志的延伸。達馬基會在議會中大聲爭論，達馬基丁卻總是安靜出席。哈席克站在門內，一看到她立刻立正，以魔印矛柄敲擊大理石地板。「達馬佳！」

英內薇拉看都不看丈夫的貼身保鏢一眼。數以百計的阿拉蓋死在他的矛下，而他還是她的姻親，娶了阿曼恩一無是處的妹妹漢雅。但哈席克在那命運之夜裡攻擊並傷害她的摯愛。阿曼恩收服了他，但他依然只比禽獸好一點點而已。他很清楚必須極其友善地對待解放者的小妹，但他依然沒有成熟到不會把自己的快樂建築在別人的痛苦上。哈席克有他的用處，但是除了有事交代他去做之外，她對他根本不屑一顧。

所有人抬起頭來，如同鳥群同時轉身，在她走進大殿時鞠躬。達馬基如同猛禽般看著她，但她忽視他們，直視阿曼恩的雙眼，在走過大殿時始終沒有偏開目光。她如同跳枕邊舞蹈般地扭腰擺臀，在若隱若現的絲袍下，她彷彿在走向丈夫時同時愛撫整座大廳裡的男人。

走向高台途中，她壓抑嘴角的微笑，感受達馬基融合慾望和厭惡的目光。有個女人地位在他們之上已經夠羞辱了，而她竟然還能讓他們性慾大發。她知道很多達馬基都有挑選外表與她相似的枕邊妻子，並且十分享受支配她們的感覺。英內薇拉暗地裡鼓勵這種行爲，心知這樣做只會讓他們更加沉溺在自己的魅力之下。

「母親。」賈陽恭敬地鞠躬。她的長子等在高台下，身穿黑色戰袍，頭戴沙羅姆卡的白頭巾。

「我兒。」英內薇拉點頭微笑，好奇他爲何出席議會。賈陽對於祭司和政治沒有什麼耐心。他佔據了一棟綠地豪宅作爲宮殿，打造了新的長矛王座，白天都在那裡與沙羅姆議事。不管他有多少缺點，賈陽都是個稱職的第一武士。

跪在阿曼恩左手邊兩級台階下的是卡非特胖了阿邦，身穿上好的鮮艷絲綢，一如往常般隨時準備在她丈夫耳邊低語。他的出席觸怒許多人，不過在幾場嚴厲的教訓過後，再也沒人膽敢在解放者面前抗議此事。

對英內薇拉而言，她覺得阿邦的建議比王座廳中其他男人更加合理，不過這讓她對他更加提防。阿曼恩鄙視阿邦，但還是信任他。只要有符合利益的事，阿邦可以輕而易舉地以饞言取代睿智的建言。骨骰始終看不清楚他的動機，而她也有理由懷疑他。

英內薇拉任由這個想法透體而過，在風前彎腰。她會等待時機成熟後再來對付卡非特。她再度直視阿曼恩。

他把頭骨王座自克拉西亞帶來，放在七級高台之上，看來十分符合沙達馬卡的形象。卡吉之冠在他頭上看來就像其他人戴著老舊頭巾一樣自然。所向無敵的卡吉之矛宛如他手臂的一部分，總是拿在手中隨意比劃，他所說的每一個字都是祝福與命令。

但現在他身上多了一樣新物品，就是綠地妓女和他第一次見面時送給他的魔印絲質斗篷。英內薇拉鼻孔歙張，深吸口氣，化身爲棕櫚樹。

英內薇拉無法否認那襲斗篷十分美麗。它是純白的，邊緣以銀線繡著會在夜晚發光的魔印，令阿拉蓋的目光如同水上的油般自穿戴者身上滑開。傳說中由達馬住本人縫製的卡吉斗篷有類似的力量，但它已毀在歲月的蹂躪之下，淪爲放置解放者之矛的石棺中破布。

阿曼恩彷彿撫摸愛人般摸著斗篷，而斗篷披在他肩上的意義對在場男女而言昭然若揭。公開穿著黎莎的斗篷不但表示她是他的未婚妻，同時也等於說她有一定程度的神性。

就像我從前一樣。英內薇拉苦澀地想道。她或許身穿薄紗，但眞正令她感到赤裸的卻是那些失去的骨骸。

儘管如此，她依然帶著燦爛的笑容來到丈夫面前，毫無顧忌地躺在他的腿上，撩起面紗親吻他，調整姿勢讓所有人都看見。阿曼恩已經習慣她這麼做，但他始終覺得不太自在。她很快就自他身上滑下，爬到王座右方的枕頭床。這麼做的同時，她發現阿邦在看她，目光中沒有淫慾，只有敬意。

記住這個畫面，卡非特。她心想。你想要利用北地妓女和我一樣爬上阿曼恩的床，但她已經不在了。她整理頭髮，不動聲色地調整耳環底部，以偷聽阿邦在丈夫耳邊的低語。

「集結部隊的事辦得怎麼樣了？我兒。」阿曼恩問。

「十分順利。」賈陽說。「我們增加了內城和外城的駐軍人數，並且開始組織巡邏部隊。」

「非常好。」阿曼恩說。

「不過爲了迎接下一次月虧而臨時自青恩村落中召回戰士並且配給裝備，」賈陽說。「有些額外開銷。」

「他是指爲了裝潢他的宮殿，」阿邦輕聲道。「沙羅姆卡的戰爭稅金理應足以負擔這些開銷。」

「要多少錢？」阿曼恩問兒子。

「兩千萬卓奇。」賈陽說。他停一停。「三千萬更好。」

「艾弗倫的鬍子。」阿邦喃喃說道，在達馬基開始騷動時搓揉腦側。英內薇拉不怪他們，這是一筆鉅款。

「我有那麼多錢可用嗎？」阿曼恩低聲問道。

「我們可以提高融化、重鑄綠地庫房錢幣的量，還有金礦的產能。」阿邦說。「但我認爲你不該在沒弄清楚戰爭稅的去向和新經費的用途前就批准這筆錢。」

「我不能讓兒子顏面掃地。」阿曼恩說。

「卡非特說的沒錯，愛人。」英內薇拉說。「賈陽沒有金錢概念。這樣把錢給他，過兩個禮拜他就會再來要錢。」

阿曼恩嘆氣。他自己也不太會精打細算，但至少他相信他的顧問。「可以，」他對賈陽道。「不過先讓你的卡非特將戰爭稅的明細呈報給阿邦，外帶一份新經費的預估規畫。」

賈陽僵立原地，張大嘴巴，不過說不出話。

「或許我可以幫忙，哥哥。」阿桑說。「你向來擅長使矛，而非用筆。」

「我不需要普緒丁幫忙，就像我不需要卡非特幫忙一樣。」賈陽吼道。

阿桑沒有受挑釁，只是得意洋洋地鞠躬。「悉聽尊便。」他或許沒有繼承任何地位，但眾所皆知，阿曼恩的大兒子和二兒子都想爭奪王位，兩人都會毫不遲疑地在父親面前詆毀對方。

這些日子以來，阿桑曾不只一次要求父親恢復安德拉的位階，讓他坐上王座。目前為止，阿曼恩都沒有授與他這項榮耀。阿桑的年紀比史上所有安德拉還小四分之一個世紀，而且讓他擔任安德拉會導致他的地位高過哥哥。

賈陽個性衝動，阿桑較為謹慎；賈陽易怒，阿桑則輕聲細語；賈陽殘暴，阿桑心細。如果阿桑取得較高的地位，兩人肯定會自相殘殺，而不少達馬基會支持賈陽。沙羅姆卡聽命於達馬基議會。安德拉則統領議會。聽命於阿曼恩是一回事，要他們聽命於才剛脫下拜多布的達馬又是另一回事。

「我會呈報帳冊給你，父親。」賈陽說道，瞪著弟弟。他的薩凡。

第十七章　薩凡　326~329AR　夏

——他會聽見來自過去的聲音，初遇他的薩凡——

英內薇拉思量著這次擲骰結果很長一段時間。有些預知符號很直接，不管內容如何，很容易理解；不過大部分都沒那麼簡單。英內薇拉比世間任何一個女人都更有能力解讀這些符號，但阿拉蓋霍拉還是時常令她困惑。

薩凡是個古老的符號，長久以來被賦予了許多不同的意義，每種意義都不能等閒視之。它可能是指「兄弟」或是「宿敵」、「地位相等之人」或「復仇者」。男人會將其他部族裡與自己處於同等社會階級的人稱為薩凡，但人們也將艾弗倫視為奈的薩凡。

但阿曼恩的薩凡會是誰？他沒有兄弟，甚至沒有表兄弟，而他的阿金帕爾是哈席克，阿曼恩早就認識的人。難道世上還有另一個即將成為解放者的人？挑戰他地位的人？還是說他將會遇上奈在阿拉上的代言人？當晚是月虧，阿拉蓋力量最盛之日，傳說阿拉蓋卡會離開七層深淵，行走人間。難道今晚惡魔王子將會現身大迷宮？

英內薇拉深吸一口氣，讓恐懼與焦慮像風一樣透體而過，保持冷靜。

但即使當她透過深呼吸冷靜下來，預示的另一部分依然令她心煩。什麼來自阿曼恩過去的聲音，她為什麼不知道這件事？

該還債時，過去就會找上門來。伊弗佳丁如此訓示。英內薇拉想起索利和卡薩德進入達馬丁大帳那天晚上的景象，沒辦法反駁這種說法。

那是償還債務與兌現承諾的時刻，月虧第一日的拂曉之前。沙羅姆即將帶著薪餉回家，男孩則能離開沙拉吉，回家與親人團聚。

英內薇拉收起骨骰，深呼吸直到找回中心自我，接著站起身來，前往阿曼恩熟睡的枕廳。大部分夜晚，他都會在清除大迷宮裡的阿拉蓋後回到宮殿——通常離拂曉還有好幾個小時。他會睡到日上三竿，中午才起床開始一天的生活。

但在月虧期間，他會在黎明時起床，盡量把握和兒子相聚的時間。

她脫下白袍，爬到枕頭中去叫他起床。

英內薇拉靠在大理石柱上，看著阿曼恩跟賈陽和阿桑相處。最年長的兩個男孩和父親最親近，他站在房間中央懸空掛著的假人之前，指導他們長矛術和沙魯沙克。

其他妻子當然也在場，和她們的兒子在房內圍成一圈，組成自己的軍隊。英內薇拉習慣稱呼吉娃森爲她的「小姊妹」，就像坎內娃當年稱呼她一樣。她們不喜歡這個暱稱——因爲她們都是各自部族裡有權有勢的女人——但沒人敢抗議。當天是月虧，晚餐前阿曼恩會輪流陪伴妻兒。

「有一天，我會成爲沙羅姆卡！」賈陽大叫，一矛刺向練習用的假人。

英內薇拉悲傷地看著今年十二歲的長子。他本來很聰明。比不上弟弟阿桑，不過夠聰明了。三年沙拉吉的歲月將他眼中的智慧全部燒光，只留下所有沙羅姆共有的那種死亡神情——凶暴莽撞的動物神情。在面對生命與死亡的時候，在後者看見更多價值的神情。賈陽是班上戰技第一的男孩，但是在簡單的算數與閱讀方面卻完全比不上小他一歲的阿桑。他寧願把書拿去擦屁股也不想閱讀上面的文字。

她嘆氣。如果阿曼恩允許她讓他成為達馬就好了，但是不，他要兒子成為沙羅姆。只有次子才能穿上白袍，剩下的兒子全都送去沙拉吉。但當她看著阿曼恩和兒子相處時所表現出的父愛時，她沒辦法責怪他。

彷彿看穿她的心思，阿曼恩轉身面對她。「如果女兒們也能在每月的月虧回家，我會更開心。」

你會像花零錢一樣把她們送給配不上她們的男人。英內薇拉心想，不過只是搖了搖頭。「絕對不能打擾她們的訓練，丈夫。奈達馬丁的漢奴帕許……非常嚴苛。」的確，她打從她們出生就開始訓練她們。

「她們當然不可能全成為達馬丁。」阿曼恩說。「一定要有些女兒嫁給忠心的部下才行。」

「會有的。」英內薇拉回道。「沒有男人膽敢傷害的女兒，對你的忠誠更甚丈夫的女兒。」

「而對艾弗倫的忠誠又甚於她們父親。」阿曼恩喃喃說道。

最重要的是對妳忠心。她聽見坎內娃說道。「當然。」

守衛間傳來一陣騷動，阿山步入屋內。身為沙羅姆卡的私人達馬，月虧時他總忙著主持儀式與祈福，鮮少跑來他的宮殿。阿蘇卡吉跟他一起來，接著立刻走到阿桑身邊。他們看起來比較像親兄弟，而非表兄弟，遠比阿桑和賈陽之間親密。

阿山鞠躬。「沙羅姆卡，凱沙羅姆有事請你定奪。」

英內薇拉感到渾身肌肉緊繃。就是這個了。

阿曼恩在她起身來到身旁時揚起一邊眉毛，不過沒有阻止她——他當然沒辦法阻止她。他們離開宮殿，步下大石階，來到面對沙羅姆訓練場的庭院。對面就是沙利克霍拉，兩旁則是各部族的大帳。

來到台階底部，宮殿圍牆之內，有一群沙羅姆和達馬圍著兩名男子。其中一個是卡非特，很胖，身穿比枕邊妻子還要鮮艷的絲綢。他內裡穿的是卡非特的褐色背心和小帽，但外衣和褲子都是彩色的絲綢，小帽外包著紅色絲質頭巾，中央鑲著寶石。皮帶和鞋子都是蛇皮的。他拄著刻成駱駝狀的象牙拐杖，脅下抵在兩個駝峰之間。

另外一個是北地青恩，身上的衣服老舊褪色、布滿塵土，看起來很像卡非特的褐衣，不過他隨身攜帶一把卡非特禁止碰觸的長矛，臉上沒有任何有理性的卡非特在被這麼多戰士包圍時應有的恭敬。來自綠地的信使。英內薇拉曾在大市集裡見過他們，但是從未與之交談。

英內薇拉看著阿曼恩，在他的眼中看出認得那個卡非特的神情。

來自過去的聲音。

英內薇拉仔細觀察，打量那人的長相。她必須忽略對方臉上的肥肉，想像他年輕時的模樣，最後終於想起他就是許多年前帶阿曼恩前往達馬丁大帳的男孩。數年後自己也來大帳報到，並且帶著達馬丁不確定能不能痊癒的斷腳離開。查賓之子阿邦，從前會賣庫西酒給她父親的商人。光是這個理由就讓她討厭這個傢伙。

「你憑什麼自認有資格和男人站在一起？」阿曼恩大聲問道。

他憤怒的語氣令她吃驚。或許他過去的債務還未償清，不然卡非特怎麼敢跑來第一武士的宮殿冒犯天威？

「很抱歉，偉大的沙羅姆卡。」阿邦說著伏身拜倒，額頭抵地。

「看看你，」阿曼恩怒道。「穿得像個女人，公然炫耀污穢的財富，彷彿那對我們所信仰的一切並非一種侮辱，我當初應該讓你摔死。」

摔死？英內薇拉好奇。

「偉大的主人，」阿邦說。「我沒有侮辱的意思，只是來充當翻譯。」

「翻譯？」阿曼恩首度抬頭看向北地人。「一個青恩？」阿曼恩轉向阿山。「你叫我來跟一名青恩交談？」

「聽他說，」阿山勸道。「你會了解的。」

阿曼恩打量綠地人很長一段時間，接著聳肩。「說話，說快點。」他對阿邦道。「我一看你就覺得噁心。」

「這位是亞倫．阿蘇．傑夫．安貝爾斯．安提貝溪。」阿邦指著信使說道。「自北方的來森堡前來向你問好，並請求今晚讓他參與阿拉蓋沙拉克，與克拉西亞的男人並肩作戰。」

阿曼恩難以置信，英內薇拉同樣感到震驚。想要作戰的北地人就像想在滾燙的沙地裡游泳的魚。男人們開始爭論該不該允許對方參戰，但英內薇拉不理會他們。「丈夫，」英內薇拉小聲說道，「碰觸阿曼恩的手臂。「如果這名青恩想要像沙羅姆般站在大迷宮裡，他就得讓我占卜未來。」

英內薇拉帶綠地人來到擲骰室。阿曼恩堅持同去，而她想不出什麼合理的理由拒絕他。她丈夫有時候很天真，但絕對不是蠢人。他察覺到她對此人感興趣，而如果北地人當真是他的薩凡，他很可能也感覺得出這點。

「伸出手臂，亞倫，傑夫之子。」她拔出匕首，對綠地人道。青恩皺起眉頭，但毫不遲疑地捲起衣袖，伸出手臂。

勇敢。英內薇拉一刀割下時心想。骨骰於她搖晃擲骰時彷彿在她手中嗡嗡作響。

看到擲骰結果時，她感到背脊發涼。

不……

她用拇指擠壓青恩的傷口。他悶哼一聲，沒有抗拒。英內薇拉浸濕骨骰，又擲一次。

然後再擲第三次。

亞倫．阿蘇．傑夫．安貝爾斯．安提貝溪的命運呈現在她面前，第三次擲骰的結果和第一次一模一樣。英內薇拉曾為無數戰士擲骰，但阿曼恩從未看過她這樣。

他會是解放者嗎？她看著綠地人。他其貌不揚，不高不矮，一頭沙色頭髮，臉上和卡非特一樣沒留鬍子。他不算醜，不過沒有阿曼恩英俊。

但他的眼神如同她丈夫一樣堅定，並有著相同潛力，就像昆蟲受到油燈吸引般——未來他很可能被稱為解放者、為維護眞理而犧牲或是孤獨死去、失敗、帶領人類走向滅亡。

如果我能像阿曼恩娶一堆妻子一樣，嫁一堆丈夫，事情就好辦了。她考量著各式各樣的可能，但此事根本無法解決。她的權力並非無限，就算是達馬丁也不能同時嫁給兩個凡人丈夫。嫁一個就已經很過分了。這個綠地人，不管擁有多少潛力，都不能成為族人追隨的領袖，而且南方和北方也不能各有一個解放者。世界沒有大得能同時容得下兩人。他們會造成分裂，導致人類輸掉沙拉克卡。

所以一定要是阿曼恩。

「他可以參戰。」她收起骨骰，用布吸乾傷口冒出的血。她在青恩的傷口上塗了一層藥膏，然後用乾淨的布加以包紮，收起染血的布。

阿曼恩和青恩立刻離開擲骰室，她聽見丈夫在走廊上大聲下令。她再度跪下，取出骨骰，自染血的布上擠出鮮血。

「阿曼恩要如何奪取傑夫之子的力量？」她一邊擲骰，一邊問道。

——薩凡得到力量後，將會跟眞正的朋友分享祕密，但他寧死也不會放棄力量——

英內薇拉立刻將骨骰收入霍拉袋，站起身來，離開擲骰室。阿曼恩在走廊另一邊，正準備前往訓練場。她抓住他的手臂。

「那個青恩會在你成爲沙達馬卡的過程中扮演重要的角色，」她低聲說。「把他當兄弟般對待，但要隨時提防他。如果你想要成爲解放者，有一天得殺了他。」

那天晚上，城內警報聲起，地下城中到處充滿鐘聲和女人的驚叫聲。第一道城牆淪陷了。

這是難以想像的事，從來不曾發生。

儘管如此，那天是月虧，骨骰又說阿曼恩會遇上薩凡。難道綠地人殺了他嗎？萬一骨骰所指的不是綠地人呢？萬一阿拉蓋卡確實於今晚現世，而此刻阿曼恩正在面對它呢？如果沙拉克卡由今晚展開，他準備好了嗎？

從第二天早上來看，沙拉克卡確實展開了，而他也確實準備好了。一頭石惡魔突破大城門，屠殺無數戰士，爲數百頭阿拉蓋清出攻城的道路。沙漠之矛史上從未發生過這種事，一場足以令最勇敢的男人不寒而慄的災難。

但阿曼恩擊退了它們，重新封閉城門，拯救無數戰士。他和綠地人在大迷宮裡並肩對抗石惡魔，將它困在魔印中面對陽光。它能逃走完全是運氣好。

但勝利的代價很高。克拉西亞一夜之間損失三分之一的戰士，而造成這場慘劇的惡魔卻是綠地人的宿敵。安德拉想要處死他，而阿曼恩賭上聲譽，公開忤逆他的領袖，稱綠地人爲帕爾青恩，勇敢的外來者。如果不是擁有大量沙羅姆和達馬的支持，北地人和阿曼恩早就人頭落地。

「我要更多帕爾青恩的血。」英內薇拉說。

阿曼恩笑道：「沒問題。帕爾青恩常在大迷宮灑血，不過每次都讓阿拉蓋付出慘痛的代價。」他帶來一塊吸滿綠地人鮮血的碎布，擠完後血多到裝滿一支藥瓶。英內薇拉在玻璃藥瓶的層層釉彩上鑲了一顆霍拉，刻以冰凍魔印，保存其中的精華。

帕爾青恩帶來卡吉之矛那天晚上，英內薇拉親自爲他獻茶。阿曼恩神色懷疑地看著她，但她想要儘可能接近那支長矛。綠地人並沒有向其他沙羅姆透露長矛的出處，但已經私底下對阿曼恩承認是從聖城安納克桑的廢墟中帶出來的。

餐廳厚重的窗帘都已拉起，而她也戴上了魔印頭環。她已經很多年不曾獻過茶了，但在奈達馬丁時期訓練出來的精確動作已根深柢固地深植在腦中，讓她有辦法將心思專注在長矛上。它綻放著如同太陽般的艾弗倫之光——只有惡魔骨核心才有可能產生這種力量。錯綜複雜的魔印美不勝收，矛身是以前所未見的金屬打造。

「妳令我深感榮幸，達馬丁。」帕爾青恩在她彎腰倒茶時說道。他的克拉西亞語十分流利，毫不失禮。他的笑容中沒有半點虛僞。他要嘛就是個盜賊大師，能夠裝出所有神情，不然他肯定不了解克拉西亞人會如何處置盜墓者。

「深感榮幸的是我們，帕爾青恩。」她說。「你是唯一與我們並肩作戰的北地人。」也是唯一在偷我們的東西之後還敢面對我們的人。她默默地補充道。

她再度看向長矛，很想仔細檢視它，但律法明令達馬丁不可接觸武器。這是莫大的諷刺，因爲這支長矛本來就是由達馬丁製造出來的。

她已經確定這是擁有惡魔骨核心的桑城武器。不管出處爲何，這支長矛都能對阿拉蓋造成千年以來沒有任何武器能造成的傷害。但在沙達馬卡的年代裡，卡吉的部屬和後裔也都擁有這種武器。眼前這把會是那些武器之一，或是，由達馬佳本人以神聖金屬所製，眞正的卡吉之矛？只有一種方法可以確定。

她手臂輕翻，衣袖上飄逸的白絲勾到矛尖。她順勢向上一帶，長矛當場扯破衣袖。

英內薇拉驚呼一聲，假裝絆倒，灑出茶水。跪在下方桌旁的沙羅姆偏過目光，不敢目睹她出糗的模樣，但帕爾青恩動作很快，一手接下茶壺，另外一手扶穩她。

「謝謝你，帕爾青恩。」英內薇拉看著長矛在地上滾動，看見了期待中的景象。矛身上有一條細到難以察覺的接縫。要不是有魔印視覺，根本看不出來。

那條接縫就是達馬佳捲起打磨成薄片的神聖金屬包覆惡魔骨核心所留下的證據。帕爾青恩帶回來的正是卡吉之矛。

「今晚就是關鍵。」英內薇拉說，興奮地來回踱步。她知道帕爾青恩會找到力量，但作夢也沒想到他會帶回卡吉之矛。「很久以前我就已經預見了。殺了他，奪取長矛。破曉時，你就能自封沙達馬卡，一個月後，就會統治克拉西亞。」

她已經開始計畫幫他奪權。安德拉會試圖阻止他，或殺死他，但賈迪爾已經獲得沙羅姆效忠。如果戰士目睹阿曼恩在大迷宮內殺死阿拉蓋，就會成群結隊擁向他，對他最忠心耿耿的人會先行動。

「不。」阿曼恩說。

她過了一段時間才了解他說了什麼。「克雷瓦克和沙拉奇部族會立刻承認你的地位，但卡吉和馬甲則會出面反對……呃？」她轉過頭去面對他。「神諭說……」

「去祂的神諭。」賈迪爾說。「我不會殺害朋友，不管惡魔骨骰對妳說了什麼。我不會搶奪他的東西，我是沙羅姆卡，不是黑夜裡的賊。」

英內薇拉氣到沒辦法在風中彎曲。她甩了他一巴掌，掌擊聲在石牆間迴盪。「你是個蠢材！此刻是重要的分歧點，讓可能的未來轉爲明確！破曉時，你們其中之一會成爲解放者。你得決定是要讓沙漠之矛的沙羅姆卡當解放者，還是讓一個來自北方的盜墓青恩來當。」

「我受夠了妳的神諭和分歧理論。」阿曼恩說。「妳和所有達馬丁都是！一切都是妳們試圖將男人玩弄於股掌間的臆測。我不會爲妳背棄朋友，不管妳假裝在那些阿拉蓋屎的魔印中看見什麼！」

英內薇拉覺得彷彿二十年來所打造的一切全都坍塌在自己身上。她花了這麼大的心力，難道就因爲丈夫沒有骨氣殺掉一個褻瀆卡吉之墓的男人而功虧一簣？她大叫一聲，揚起手掌再度攻擊，但阿曼恩抓住她的手腕，高高舉起。她掙扎片刻，但是他比她強壯太多。

「不要逼我傷害妳。」他警告道。

這下他膽敢威脅她了？這句話讓她恢復理智。在安奇度的調教下，她早已學會在一招內令他人喪失力量的方法。她扭動身體，挺直手指，阻斷他肩膀上的能量線。箝制她的手臂立刻麻痺，她掙脫他的束縛，後退一步，撫平長袍，深呼吸找回中心自我。

「你老是以爲達馬丁手無縛雞之力，我的丈夫，但你應該比所有人還要清楚事實才對。」她握起他麻痺的手掌，扭直他的手臂，另外一手的拇指插入他肩膀上的壓力點，接回他的能量線。

「你不是賊，你只是收回本來就屬於你的東西。」

「我的？」阿曼恩問。

「誰才是賊？」英內薇拉問。「盜了卡吉陵墓的青恩，還是你，卡吉後裔，奪回失竊物的人？」

「我不能確定他手中拿的就是卡吉之矛。」阿曼恩說。

英內薇拉雙手抱胸。「你是確定的。你一看到它的同時就深信不疑，就像你一直知道這一天會到來。我從沒向你隱瞞過這個命運。」

阿曼恩沉默不語，英內薇拉知道他已經軟化了。她輕觸他的手臂。「想要的話，我可以在他茶裡下藥；他會死得非常痛快。」

「不！」阿曼恩叫道，抽回手臂。「妳總是想要採取最不光榮的手段！帕爾青恩不是卡非特，不能死得像條狗！他應該死得像戰士！」

我說服他了。英內薇拉心想。「那就讓他光榮死去。現在就去，在阿拉蓋沙拉克開打，人們見識到長矛的力量之前。」

但阿曼恩搖頭，而她知道自己無法動搖他的立場。「如果一定要這樣做，我要在大迷宮裡動手。」

第二天早上，阿曼恩得意洋洋地回歸沙羅姆卡宮殿，高舉卡吉之矛呈現在所有人面前。沙羅姆高聲歡呼，達馬瞪大雙眼——有些帶有宗教狂熱的目光，有些則神情恐懼。他們的世界即將出現天翻地覆的改變，任何不是白痴的人都清楚這點。

儘管表面看來他徹頭徹尾是個無所畏懼的偉大領袖，但他的雙眼還是透露慚愧的神色。他身旁圍繞著許多部屬和馬屁精，但英內薇拉知道自己必須立刻和他交談。她比個手勢，派她的小姊妹們出馬。沒有男人膽敢阻擋達馬丁，十一名吉娃森立刻在阿曼恩身旁圍成一圈，阻止其他人接近，帶他前往一間可以私下交談的隱密房間。

「你怎麼做？」她問道。「帕爾青恩——」

「死了。」阿曼恩插嘴道。「我一矛插入他的雙眼之間，把屍體留在離城牆很遠的沙漠裡。」

「感謝艾弗倫。」英內薇拉吁出一口長氣，放鬆自己都沒發現的緊繃肌肉。就連骨骰也無法確定他會不會謀殺他的朋友。

不管她用什麼言語美化這種背叛的行爲，那都是謀殺。綠地人是個不信神的盜墓者，但他並非在艾弗倫的信仰環境下長大，而且如果知道卡吉之墓位於何處，裡面又放了些什麼，她自己也會出手。她已經建議阿曼恩儘速去一趟安納克桑。

她伸出手搭在他肩膀上。「我對你的損失深表遺憾，丈夫。他是個正直的好人。」

阿曼恩粗魯地甩開她的手。「妳懂什麼叫作正直？」他氣沖沖地離開她，走進自己對艾弗倫禱告的小聖殿。英內薇拉沒有跟去，但她轉動耳環，深吸口氣，偷聽丈夫獨自哭泣。

阿曼恩是解放者嗎？如果解放者是後天成就，而非與生俱來，那麼除非他殺掉惡魔之母阿拉蓋丁卡，不然她要如何確定自己成功造就解放者了沒？

英內薇拉確實有幫他掌握優勢，但如果世界上眞有解放者，除了他也不可能是別人。他戰勝了生命中所有試煉，即使是用搶的，卡吉之矛還是在命運的安排下落入他的手中。任何人都會毫不遲疑地除掉綠地人，但儘管大權在握，阿曼恩依然爲了背叛之舉而落淚。

如果她沒有堅持的話，他是否會把握這個機會？如果她從沒遇上他？如果他只是卡吉沙拉吉訓練出來那種滿心偏見的剽悍文盲，他會不會與帕爾青恩交朋友，然後在時機成熟時殺了他？阿曼恩心中是否存在著某種神性，能讓他在任何惡劣環境下爬上權力的高峰？

她不知道。

「就是今天。」阿曼恩在英內薇拉幫他換上戰袍時說道。

他奪取長矛至今半年，今天終於將要攻陷安德拉宮殿。如果願意進行更大規模的屠殺，他早就已經奪下全城，但阿曼恩願意等待戰士主動輸誠，而每天都有更多人這麼做。

「現在宮殿裡我們的人比他的人多。」阿曼恩說。「他們會在拂曉時打開宮門，殺死最後一批死腦袋的沙羅姆。我會在中午前坐上頭骨王座。等一切安全後，我會派人來請妳和吉娃森過去。」

英內薇拉點頭，彷彿這是什麼大消息，其實她一直都在偷聽他和部屬的計畫，並且透過骨骰確認情報。阿曼恩取得長矛之後，她就不須多說或是多做什麼了。她幫他做好征服及領導的準備，而他就像飛鳥翱翔天際般毫不辜負她的努力。

阿曼恩出去和手下開會，英內薇拉召來她的小姊妹。她們幫她脫下白絲袍，步入熱氣騰騰的浴池，艾佛拉莉雅和塔拉佳在裡面等著幫她沐浴，並以香油按摩。

「拿我的枕邊舞蹈紅紗服來。」她說，魁莎立刻去辦。

「聰明。」貝麗娜笑道。「妳要穿在白袍裡面，方便慶祝丈夫榮登大位。」

英內薇拉搖頭笑道：「喔，小姊妹。我永遠不會再穿白袍了。」

英內薇拉躺在沙利克霍拉頭骨王座旁的枕頭堆裡。英雄骸骨神廟如今成爲他們的宮殿，而這裡蘊含了古老的魔法。英雄骸骨不像惡魔骸骨那般好用，不過同樣擁有強大的力量。數百萬光榮戰死的男人骨頭裝飾著此地，靈魂都羈絆在石塊裡。

心知祖先看著身穿透明絲服、躺在枕頭床上的她，讓她更加放肆。她兩腿上的絲褲都開高衩，褲管束以金飾，行走時一雙長腿若隱若現。上衣由一條條絲帶組成，根本遮蔽不了胸部。絲帶在肩胛骨下方打成簡單的活結，絲帶的末端順著手臂而下，綁在黃金手鐲上。她油亮的頭髮以金飾固定。

但這樣的打扮本身也具有力量。阿曼恩不喜歡看到妻子如此暴露，但她這樣做可公然提醒自己，即使當上沙達馬卡也不代表擁有無上的權威。於是，他被迫假裝這是他的主意。

這是個很重要的教訓，除非她猜錯了，不然她又要再給大家上一次同樣的課程。他們面前站著卡吉娃、阿山、英蜜珊卓、霍許娃和漢雅，還有阿曼恩的外甥女，阿希雅、山娃和希克娃。

「漢奴帕許徵召我兒阿蘇卡吉換上白袍，神聖的解放者。」阿山說道。「但我女兒，阿希雅，傳自你的血脈，卻讓達馬丁授與黑袍。這是莫大的侮辱。」

「你該珍惜你的女兒，阿山。」阿曼恩說。「如果她們進入達馬丁的宮殿，你就永遠看不到她們了。身為戴爾丁沒有什麼丟臉的。」他指向卡吉娃。

阿山對卡吉娃深深鞠躬。「我沒有不敬的意思，聖母。」

卡吉娃鞠躬回禮。「沒有關係，達馬基。」她轉向兒子，儘管他坐在七級台階之上，她還是一副低頭看他的模樣。

「身為戴爾丁並沒有什麼丟臉的，我兒，但會成為負擔。你妹妹和我揹負了許多年的負擔。你認為毆打自己子嗣的丈夫卻受到法律保護，是合理的嗎？」

阿曼恩轉向英內薇拉，但她搶先開口。「骨骰沒有召喚她們。」這話聲音很小，只有他聽得到，這是和他一起坐在高處的好處。「你會讓個殘廢成為沙羅姆嗎？」

阿曼恩皺眉，以同樣的音量說道：「妳是拿我的外甥女與殘廢相比？」

英內薇拉搖頭。「我的意思是她們命中註定要做別的事情。人並不一定要神職才能有所成就，愛人。看你自己就知道了。如果你希望如此，我會讓她們進入達馬丁宮殿受訓，就像你在沙利克霍拉裡受訓一樣。」

阿曼恩看著她片刻，然後點了點頭，轉回去面對其他人。「她們將會以戴爾丁的身分進入達馬丁宮殿受訓。她們將會成為凱丁，婚後將在黑頭巾和長袍下佩戴白面紗，就跟我母親和妹妹此後一樣。就跟達馬丁一樣，任何攻擊凱丁的男人都將失去性命或是一條手臂。」

「解放者——」阿山開口。

阿曼恩輕揮長矛，打斷他的話頭。「我已經決定了，阿山。」英內薇拉在達馬基後退時起身。她拍擊雙掌，一邊搓手一邊打量這三個既年輕又有可塑性的女孩。事實上，她完全不曉得該如何處置她們，但有時候事情就是這樣。

種下手邊的種子，伊弗佳丁教誨道。或許會長出意想不到的果實。

英內薇拉帶領三個女孩離開大殿，穿越她自己的專用出入口。魁娃和安奇度等在門後，藉由精心打造的傳聲設計，他們能聽見大廳裡的每一個字。

「每天教導她們寫字、歌唱和枕邊舞蹈四個小時。」英內薇拉對魁娃說。「剩下二十個小時交給安奇度。」

阿希雅驚呼一聲，山娃靠著她。希克娃開始哭泣。

英內薇拉毫不理會，轉向閹人。「把她們打造成材。」

第十八章　緊張的會面　333AR　夏

新月前第十一個拂曉

當窪地邊境熟悉的景象映入眼簾時，黎莎翻騰不休的肚子終於平靜了下來。回家的感覺眞好。各自擁有獨立大魔印的難民村落以飛快的速度建造成形。

只聽見一聲吶喊，車隊突然停止前進。黎莎將頭探出車窗，看見一隊林木士兵站在中央大魔印的外圍。五十名騎乘重裝戰馬的士兵擋在路中間，塗有亮漆的木盾在陽光下閃閃發光。路旁木叢中冒出許多弓箭手，身穿輕便皮甲，每個人都拉弓搭箭，手裡還握著額外兩枝箭。

他們身後站著數百名伐木工，有些持矛，有些則拿著他們本來的工具。她認識其中一些人，但大多數都沒見過。

「這是什麼意思？」卡維爾叫道，黎莎知道那個白痴正在伸手拔矛。她用力推開車門，不小心絆了一跤，整個人摔在地上。她嚇得抱住肚子，隨即咬一咬牙，站起身來。

「黎莎女士！」汪妲叫道，翻身下馬。黎莎在對方趕到之前起身，揮手將她支開。正如她所料，克拉西亞戰士全都手持長矛，而窪地的弓箭手打算先射傷他們，然後再問問題。

「收起武器！」她叫道。她的聲音沒有霍拉魔法加持，不過是黎莎從母親那邊遺傳了洪亮的聲音。所有目光都轉向她。沒有人收起武器。

「妳是誰，竟敢命令湯姆士伯爵的士兵？」馬上的士兵問道。他騎的是匹上好的戰馬，而非其他林木士兵所騎的安吉爾斯馬，而他的斗篷是以金鏈固定，頭盔上插有代表隊長的簇毛裝飾。

「我是黎莎・佩伯，解放者窪地的藥草師。」黎莎說。「而我希望不用治療手癢的弓箭手所造成的箭傷。」

「是伐木窪地，」隊長糾正道。「而且你們遲到了。妳派出的沙漠信使一個禮拜前就已經趕到，他可沒有提到妳會帶領半數克拉西亞軍隊一起歸來。」

卡維爾竊笑道：「要是有百分之一解放者的兵力跟來，光是行軍的步伐就能把你震下馬，小鬼。」

隊長露出牙齒，表情微慍，黎莎衝上前去，擋在兩人中間。

「給我閉嘴，訓練官，我不准你破壞我歸鄉的興致。」

加爾德和汪妲上前守護她，汪妲徒步，加爾德則騎在高大的佳倫馬上，比在場最壯碩的騎士還要高。林木士兵看到他後開始竊竊私語，他們都曾聽過加爾德的名號。這又是另一件她母親說中的事情。她希望能把他們兩個像狗一樣貼在一起的畫面趕出腦海。

「你又是什麼人？」加爾德向隊長問道，語氣中充滿明顯的怒氣。「我不喜歡被人在我生長的土地上用矛指著。你們最好放下長矛，不然我就把它們插到你們屁股裡。」

隊長微笑：「你沒資格威脅我，卡特先生。這裡已經不歸你管。」

「是嗎？」加爾德伸手放在嘴裡，吹了個響亮的口哨。林木士兵身後的伐木工應聲而動，從左右兩旁將公爵的人馬團團圍起。為首的是道格和梅倫・布區，黎莎在人群裡看到其他熟面孔。楊・葛雷和他的兒子、孫子，三個人外表看起來年紀相仿。山姆・狩、安迪・卡特、湯姆・魏吉和他兒子。艾文・卡特和他那頭大狼犬。

伐木工沒有恫嚇對方，因爲沒必要。最矮小的伐木工都比最高的公爵士兵高上一個頭，就連全副武裝騎在馬上的人看來都矮了一截。「影子」的體型幾乎跟馬一樣高大，而所有馬匹都在牠路過時哀鳴躁動。如果這傢伙再長大一點點，艾文就會開始騎狼，而不是騎佳倫馬了。

林木士兵不知所措，全部看向隊長，等候指示。不過這時已經太遲了，伐木工圍住他們，把隊長一個人留在圈外。

更多伐木工自樹林中現身，弓箭手慢慢放鬆弓弦。道格和梅倫敬了個禮，走到加爾德身旁站定。

「你剛剛說什麼？」加爾德得意洋洋地說。

隊長的臉垮下來，不過立刻搖一搖頭，重拾之前的威嚴。他揚起一手，對手下下達一系列複雜的命令。他們放低武器，表面上放棄抵抗，但還是一副隨時都會再度提起武器的模樣。

隊長翻身下馬，摘下頭盔，朝黎莎鞠躬。「我是蓋蒙指揮官，我們來護送妳去見伯爵閣下。」

「護送我需要七十個人？蓋蒙指揮官。」黎莎問。「窪地現在變得這麼危險了嗎？」

「不用擔心，女士。」蓋蒙說。「但是湯姆士伯爵下令，克拉西亞人不得攜帶武器進城。」

「我寧願讓奈抓走。」卡維爾以克拉西亞語吼道。黎莎轉頭看他，揚起一邊眉毛。

「請原諒，女士。」訓練官說。「但我的矛是解放者賜給我的禮物，我絕對不會把它交給軟弱的綠地青沙羅姆。」

「你會的。」蓋蒙說。「不然我們奉命強奪，不管有誰擋在我們面前。」他看向加爾德和黎莎。「你們在這裡或許人多勢眾，但是伯爵手下有一千名林木士兵。這是伯爵為了守護人民而下達的命令，你們打算違反命令而在此動手嗎？」

黎莎按摩腦側。「如果他的目的是要保護人民，這種做法還真是有趣。」她搖頭。「但是不，我們不打算這麼做。」她轉向卡維爾。「你們不必將武器交給他，訓練官，把武器交給我。」

「恐怕那樣還不夠，女士。」蓋蒙說。

黎莎輕蔑地看向他。「他們已經繳械了，隊長。不要逼人太甚。」

蓋蒙張嘴欲言，不過沒有出聲。這表示他默許了。她轉頭面對卡維爾。「收集手下的長矛，戴爾沙羅姆和卡沙羅姆的都要，把它們放在我的馬車下面。我保證會在你們離開窪地時歸還。」

卡維爾遲疑片刻，瞄向身後。黎莎斷吼一聲。「別看達馬丁。」她以克拉西亞語道。「阿曼恩要你聽命於我，不是她。奉命行事，立刻去辦。」

訓練官抿起嘴唇，不過還是鞠躬照做，收集手下的武器，放在拿不到的地方。他們身上肯定還有匕首，克里弗更是滿身都是武器，不過克拉西亞人的榮譽還是有其極限。如果她和蓋蒙隊長試圖搜身，他們一定會大打出手。

妲西步出人群，來到她身邊。她沒有行屈膝禮，而是以把她體內的空氣都擠出去的力道擁抱黎莎。「妳不知道我有多高興看到妳回來。」黎莎回應她的擁抱，想起從前妲西有多痛恨她。這個改變並不是今天才開始的，不過她還是很難接受。

「現在，隊長，」她說。「請你護送我們去見伯爵閣下，我非常想要跟他談談。」

士兵點頭，戴回頭盔，爬回馬背。伐木工讓出一個缺口，允許他回到手下身邊，不過還是緊跟在後，這讓黎莎感受到一股好幾個月不曾有過的安全感。回家的感覺眞好。

妲西自克拉西亞車夫手中接過馬韁，車夫跳下馬車，讓她和黎莎坐在駕車椅上私下交談。汪妲騎馬跟在旁邊，加爾德則牽馬行走，好向伐木工詢問近況。

「有收到我上一則信息嗎？」妲西問。「我沒收到回音。」

黎莎搖頭。「我們上路幾個星期了，一定是跟信使錯過了。有什麼事嗎？我知道湯姆士會在我們回來時來個下馬威，但沒想到會有全副武裝的士兵迎接。情況變糟了嗎？」

妲西搖頭。「事實上，伯爵對窪地算有幫助。他公平地對待鎮民，還持續從北方運來補給。他的工程師加速興建新的大魔印，讓人們有地方住。新任牧師也差不多。他比約拿嚴厲一點，但是鎮民還算喜歡他。照這種情況發展下去，一年之內我們的規模就會比安吉爾斯還大。」

「不意外。」黎莎說。「公爵毫無保留地將窪地的一切交給他來處理是很大膽的決定，就算他眞的擁有上千士兵，我們還是人多勢眾。在權位鞏固之前，他不會輕易挑釁我們。他必須在魔印人回來前儘可能贏得民心。」

妲西清清喉嚨。「我的信息就是在提這件事情。他已經回來兩星期了，但他……變了。」

黎莎立刻看向她。「什麼變了？」

「他現在自稱亞倫．貝爾斯，」妲西說。「把牧師袍換成平民的服飾。他說自己來自密爾恩邊境的窮鄉僻壤，叫作提貝溪鎮的地方。」

「有這種事？」黎莎忍不住流露燦爛的笑容。亞倫終於面對心魔，重新找回自我了嗎？她想起之前尷尬的道別，自己有多麼希望他離開，偏偏最後的那個擁抱又給了她多大的安全感。

「沒錯，我親眼所見。」妲西說。「不過還不只這樣，他現在……擁有魔力。」

黎莎看著她。「他一直擁有魔力，妲西。他身上的魔印——」

「不光只是那個，」妲西插嘴道。「他回來的第一天晚上，安迪．卡特在對抗惡魔時像頭被屠宰的豬一樣肚破腸流。我當時在場，已經準備要讓他去見造物主了。我完全束手無策，就算是妳也救不了他。但魔印人只是揮一揮手，傷口就在我面前癒合了。第二天安迪好像沒事發生一樣完全好了。」

「只是揮揮手？」黎莎問。「他沒有用惡魔膿汁在安迪身上繪製魔印？」

「當然沒有！」妲西噁心地道。「什麼樣的變態會在傷口附近塗惡魔膿汁？」

「別管那個。」黎莎說。「他只是隨便揮手，還是有平空繪印？」

妲西想了一想。「我猜有可能是繪印，但我沒見過那個魔印。」

黎莎點頭。「我晚點去找安迪談談。」

「去找半數鎮民談談吧。」妲西說。「隔天晚上他跑去診所，把人全都治好了。就連指甲有肉刺的患者都沒留給我。」

「造物主啊。」黎莎說。她在艾弗倫恩惠期間學會了一些霍拉魔法的治療法門，但跟魔印人相比還差得遠了。她和英內薇拉面對的心靈惡魔能平空繪印施法，但她辦不到，就算手裡拿著惡魔角也不行。亞倫的魔力是哪裡來的？他這麼做所耗費的魔力必定十分驚人。

「唉。」妲西附和道。「那之後，他每天晚上都跑到難民鎮去做同樣的事。到處都有人在流傳垂死者重返人間的故事。他依然宣稱自己不是解放者，但是相信這種說法的人越來越少。黑夜呀，就連我也開始動搖了。」

黎莎皺眉。「伯爵如何處置？」

「就跟加爾德剛剛一樣，」妲西說。「試圖運用權威壓下傳言，不過根本無能為力。魔印人沒有公開和湯姆士作對，但是就連白痴都看得出來伯爵和新任牧師都被嚇得躲在門後面，並且在有人的地方謹言慎行。」

黎莎按摩腦側的疼痛，希望亞倫立刻出現，像治好窪地其他病患一樣治好自己。「還有什麼我要知道的事嗎？」

「上個新月的時候，他遇上了一頭很聰明的惡魔。」妲西說。「他能入侵人類的心靈，還能讓其他地心魔物好像得到良好的指揮一樣作戰。他叫所有人在新月之前做好魔印頭帶。」她拿出一條布帶，黎莎接過來，檢視其上的心靈魔印，就與她在歸途中教小村落的人繪製的一模一樣。

她點頭。「沒其他事了？」

妲西搖頭，壓低音量。「他不是一個人。」

頭痛瞬間轉為劇痛。妲西沒有明說，但那語氣已經說明一切。「喔？」

「有個女人跟他同行。」妲西的回答確認了她的猜測。「瑞娜．譚納。他說她也來自提貝溪鎮。」妲西暫停片刻，遙望遠方，聲音變得無力。「他說他們訂婚了。」

妲西維持空洞的目光，等待黎莎反應。幾乎所有窪地鎮民都會私下討論伐木窪地之役那晚，亞倫如何在以為黎莎遇上危險時衝入聖堂的模樣。他們談論著他第一次出現在她身旁的景象，以及他隨時都能進出她的小屋等事。他們談論，他們猜測。眾所皆知，全鎮的人都希望他們兩個在一起，想不透他們怎麼會拖這麼久。有時候黎莎自己也想不透。

黎莎發現自己屏住呼吸，於是強迫自己吐氣。她如果為此生氣，那就太荒謬了。她早就已經不想繼續等待亞倫．貝爾斯，開始找尋其他對象了。黑夜呀，她每天早上害喜的事實明白表示她已經放下那段感情了。儘管如此，她還是愛過他。如果他有回應她的愛，她會毫無保留地將自己交給他。

但他沒有回應她的愛。他宣稱那是他的詛咒，說他不能在血液遭受惡魔污染的情況下結婚生子。然而這種說法只有讓她愛他更深，如此高貴的犧牲，如此值得敬佩。她覺得自己在這種情況下去找別的對象簡直對不起他。

但那些真的是實話嗎？如今，短短幾個月後，他已經從發誓禁愛變成和別的女人訂婚。他所說的一切都是在演戲嗎？這個想法令她震怒。他竟敢如此玩弄自己。他難道以為她如此脆弱、如此迫切需要他的愛，竟然無法接受事實嗎？難道她以爲自己需要謊言來承受他的拒絕嗎？懦夫。

她腦中千頭萬緒，但她從達馬丁那裡學會了臉上不動聲色的技巧。「那很好，」她終於說道。「他應該要活得快樂一點，有個好女人能讓他生活踏實點。」

「這可不是個好女人。」妲西喃喃說道。黎莎好奇地看向她，但妲西揉揉喉嚨，沒有繼續這個話題。

黎莎驚訝地發現他們不是前往地心魔物墳場，而是轉向大魔印的另外一個區域。她正在想他們要往哪裡去，湯姆士的堡壘已經映入眼簾。

堡壘還沒完工，不過已經架起一面高大的圍牆，淋上焦油的巨柱緊密地綑綁在一起，高大厚實得足以讓士兵拿曲柄弓在牆上巡視，射擊時還有足夠掩蔽。

圍牆的大門開啓，其後的庭院寬敞得足以容納整個車隊。當士兵們揮手要他們進去時，黎莎立刻看出湯姆士打算把所有人弄進去後立刻關上大門。她擔心這扇大門一關，克拉西亞人就再也走不出去。她一直知道他們是來當人質兼間諜的，阿曼恩爲了表達善意而送給他們，但她本意是要把他們當作普通鎮民對待，讓他們近距離接觸她善良的同胞。

她懷疑湯姆士伯爵是否會和她有相同的想法。他直到現在都還在釋出善意，但他的任務十分明確：控制窪地，學會屠殺惡魔的祕密，讓窪地成爲安吉爾斯對抗克拉西亞的前線。當初皇宮裡的人都對沙漠人民抱持厭惡的態度。在克拉西亞人攻擊來森之後，會被人厭惡也無可厚非，但是此刻他們最不需要的就是提升敵意。阿曼恩可以夷平窪地——也很可能摧毀安吉爾斯——只要給他開戰的理由。

「停車。」她對妲西道，女人立刻照做。車隊跟他們一起停止前進，黎莎下車，打開車門。

伊羅娜探出頭來，打量伯爵的堡壘。她輕吹口哨。「過去幾個月王子都很忙呀。他結婚了沒？」

黎莎嘆氣。即使是現在，她還是沒辦法面對她母親。「希望沒有。宮廷八卦顯示他會跟任何對他眨眼的年輕女子上床。」

「他只是還沒遇上對的人。」伊羅娜說。

「我是說年輕女子，媽。」黎莎說。「我不認為妳是他喜歡的類型。」

「喂！不准那樣跟妳媽說話！」厄尼說。黎莎看向他，覺得很想尖叫。即使到了這個地步，他還是在幫她說話。就算知道加爾德的事，他大概也還是一樣。看在黑夜的份上，他八成已經知道了。當事情與老婆有關時，厄尼絕對沒有鎮民以為的那樣傻，而伊羅娜對於他的勇氣的看法並沒有錯。

黎莎假裝沒聽見父親說話。「我要進去晉見伯爵閣下，會請伐木工護送你們回家，到家以後，找機會把克拉西亞人的長矛藏到紙店裡。別讓任何人發現。」

黎莎和伊羅娜都沒理會她似乎讓厄尼有點發窘。片刻過後，他點點頭。「好，我知道該藏在哪裡。我有個無底紙漿缸。」

「喔，是嗎？」黎莎問。「請問你要那種東西做什麼？」

厄尼微笑。「以免哪個好奇的女孩在亂動造紙用的化學藥劑時弄傷自己。」

「我過去十五年來都在調配更危險的藥劑。」黎莎說。

「是呀，」厄尼同意道。「但我之前都沒有理由提起此事。」他揚起一根手指。「等我覺得時機成熟之後才會把我的祕密告訴妳。如果妳想知道寶藏藏在哪裡，就注意講話的語氣。」

「他不是隨便說說的。」伊羅娜喃喃說道。「和他在一起快三十年了，到現在我都不知道。」

蓋蒙隊長騎到他們面前。「伯爵在等我們。」他不耐煩地說。「為什麼停車？」有伯爵的權威，以及曲柄弓手作為後盾，他似乎找回了一點之前的傲慢。

「我要先讓父母回家。」黎莎說。「車隊裡的其他人也需要休息。」

「他們可以在伯爵堡壘裡面休息。」蓋蒙說。「我們安排好了，在裡面會很安全的。」

「有誰會對他們不利？」黎莎問。

「伯爵閣下有不少新進子民都是來自南方，而妳應該記得這些傢伙對他們的家園做了什麼事。」蓋蒙提醒她。

「我知道。」黎莎說。「但他們是賓客，不是囚犯。」

她轉向走到她身邊的加爾德和伐木工。「我想伐木工能夠守護一群沒有武器的克拉西亞人，你認爲呢？」

「不必擔心，孩子。」楊．葛雷說，拿斧柄敲擊手掌。「哪個木腦的傢伙膽敢鬧事，我一定會叫他後悔的。」聽到這個老人的聲音發自壯年人的身體感覺十分詭異。她之前有在記錄楊返老還童的現象，但是分隔幾個月的大幅變化還是讓她有點難以適應。他頭上大部分的灰髮都消失了，看起來像是四十歲的男人，而非七十。

「沒錯。」道格說。「交給我們。」

蓋蒙搖頭。「伯爵宣召的人包括你和你妻子，布區先生，還有卡特隊長、音恩大師，以及卡特女士。」他指向汪妲。

「我？」汪妲問。「伯爵找我做什麼？」

「我很確定我不知道。」蓋蒙嘲弄似地說。安吉爾斯人讓女人擁有比克拉西亞人更多權利，不過也沒有多到哪裡。他們不喜歡讓女人參與政治和軍事決策。黎莎開口打算回嘴，但加爾德搶先一步。

「放尊重點。」加爾德吼道。「她殺過的地心魔物比你一整隊手下加起來還多。」

蓋蒙的眉頭皺成V字型。在堡壘附近，林木士兵人多勢眾，但聚集而來的伐木工也越來越多。他抿起嘴唇，悶不吭聲。

加爾德冷哼一聲，轉向楊。「我們進去時看好車隊。不准任何人惹他們，但也不要讓他們離開。多派點人看著穿黑衣的那些傢伙。」

楊點頭。「好的，孩子。別擔心。」

片刻過後，羅傑走了過來。根據克拉西亞習俗，阿曼娃跟在一步之後；卡維爾、克里弗及安奇度跟在她身後一步；莎瑪娃又在後面一步。

「希克娃呢？」黎莎問。「她沒事吧？」

阿曼娃嘖嘖搖頭。「妳自以為了解我們的習俗，佩伯女士，但如果妳以為男人會帶吉娃森去晉見伯爵，那妳顯然知道得不多。」

阿曼娃的語氣還是一樣傲慢，但黎莎感覺得出來隱藏著怒意。她鞠躬。「我沒有不敬的意思。」阿曼娃沒有回應。

「伯爵閣下沒有宣召妳。」蓋蒙隊長說道。「妳和那群野蠻人可以在庭院裡等。」

阿曼娃瞪他一眼，表情不再冷靜。卡維爾和安奇度蓄勢待發，但她揮手阻止他們。「我父親是阿曼恩．阿蘇．霍許卡敏．安賈迪爾．安卡吉。沙達馬卡兼解放者，他將會統一人類。他會把某個小王族讓我在外面空等視為莫大的侮辱。」

「就算妳父親是造物主本人我都不管，」蓋蒙大聲說道。「妳給我在外面等待宣召。」

阿曼娃尊貴的眉毛彷彿糾結在一起，不過沒有進一步爭辯。

黎莎深怕局勢惡化，於是轉向艾文，只見他正心不在焉地撫摸狼犬背部，牠寬厚的肩膀幾乎跟他的肩膀一樣高。她小時候很討厭艾文——他很殘暴、自私、而且從沒受罰——但就像許多鎮民一樣，魔印人的出現改變了他。「艾文，可以請你帶我父母回家嗎？」

艾文點頭，跳上馬車前座。影子跟在馬車旁，馬兒當即跺腳、拉扯轡頭，發出恐懼的哀鳴。

艾文吹了聲口哨。「喂，影子！去找加倫！」狼犬發出類似雷鳴的叫聲，隨即跑開。艾文用力拉轠，控制馬匹，然後揮動馬鞭，馬車開始前進。剩下的馬車在伐木工和林木士兵的看守下停在原地，黎莎和其他人則步入堡壘大門。

伯爵的堡壘還在施工，不過地基已經打好，官邸本身也已經可以使用。一隊林木軍團的士兵站在門口，手裡拿著長矛和盾牌。

黎莎走到加爾德身旁，壓低音量。「加爾德，如果伯爵想要賜你頭銜和制服，不要立刻接受。」

「爲什麼不要？」加爾德問，沒有跟她一樣小聲說話。

「因爲這就等於是把我們的部隊拱手讓人，你這白痴。」羅傑說著從他另一邊現身，聲音一樣小到不讓其他人聽見。

加爾德憤怒地瞪著吟遊詩人。「對你來說，我也只是個大笑話，是不是？魔印人要我在他不在的期間保護你，羅傑。我對太陽發誓會做到這點。爲了信守承諾，我擋在你和直撲而來的惡魔、克拉西亞人，以及天知道還有什麼東西之間。」

他突然向前一站，而身材矮小的羅傑，前一刻還不可一世，這下被他嚇得後退一步。「但他從沒叫我忍受你的鬼話，而你最近講了很多不中聽的話。在我看來，他回到窪地就表示我已經兌現承諾了。從現在起，自己保護自己，你這個殘廢的小畜生。下次再敢叫我白痴？我就把你的牙齒拔光。」

他舔舔兩隻手指，高高舉起，對著伯爵城牆露出的太陽說道：「我向太陽起誓。」

「加爾德，」黎莎在羅傑嚇呆時小心地說道。「我們這樣對你，你絕對有權生氣，我必須向你道歉。有時候我會把自己這輩子的問題都怪在你身上，但事實上，你的行為是任何正常男孩都會有的行為。我原諒你，你早就已經彌補從前的過錯了。」

加爾德冷哼道：「眞他媽的沒錯。」

「但羅傑說的沒錯。」黎莎說。「如果接受伯爵給的頭銜，你就等於承認伐木工隸屬安吉爾斯軍隊。」

加爾德聳肩。「我們不是嗎？你們兩個表現得好像我什麼都不懂，但在我看來，你們才是忘了我們站在哪一邊的人，跑去和克拉西亞人上床，忘掉是誰在我們需要時幫助我們。」

「總之不是林白克公爵。」羅傑說。

加爾德點頭。「這我知道。是解放者。既然魔印人讓伯爵暫時統領窪地，那我沒有意見。明天他如果要我砍掉伯爵的腦袋，我也會二話不說就動手。」

「而所有伐木工都會跟隨你。」黎莎語氣厭惡地說。

「對，沒錯。他們聽我號令，不是妳，黎莎。」他向羅傑點頭。「也不是這個小提琴男孩。你們兩個可以回去摘藥草、翻筋斗，把事情交給男人去做。」

「造物主幫助我們。」黎莎在他轉身大步走開時喃喃說道。

「自從妳離開後，窪地變了很多，女士。」

湯姆士坐在接待廳前端高台的大型王座上。這座大廳還未完成，牆壁和天花板還有部分是光禿禿的木板，屋梁上鋪著沉重的防水布。空氣瀰漫著塵土和混合好的克里特的氣味，而她的頭痛讓這些味道聞起來更加刺鼻。剛掉下來的木屑在她腳下嘎吱作響。儘管如此，接待廳還是十分寬敞，完工後肯定美輪美奐。

為了表現權威，伯爵身穿全套盔甲，長矛放在觸手可及的地方。他的鬍子修飾得很整齊，凸顯出方正的下頷。他的腰身結實，肩膀寬厚，看起來像個徹頭徹尾的貴族戰士。一名僕役站在他身旁，拿著伯爵的頭盔和盾牌，彷彿隨時準備上陣殺敵。

站在湯姆士右手邊的是海斯牧師，幾個月前阿瑞安承諾過會派來窪地的聖徒。她說他信仰堅定、處事公正，對安吉爾斯忠心耿耿。

老公爵夫人是安吉爾斯的幕後推手。黎莎上次前往宮殿時曾親眼見識她的力量。公爵和兩名年長的王子都對她的總管大臣詹森言聽計從，不過黎莎一直懷疑最年輕的王子直接聽命於她。

上次見面時，阿瑞安也承諾過會派湯姆士和他的部隊過來，但是沒提冊封他為伯爵的事。

我早該料到這種情況的，黎莎心想。*那個老女人先說我搞不清楚狀況，現在又來耍我一次。*

王座前，亞瑟勳爵站在小寫字台上，手裡拿著筆，桌上放著記錄簿和墨水罐。蓋蒙隊長站在左邊，長矛抵地，抬頭挺胸。他身後有名士兵幫他拿頭盔和盾牌。

「看來事情改變了很多，伯爵閣下。」黎莎屈膝行禮。「我們通常不會在人民返鄉時拉弓搭箭包圍他們。」

「我們的人民通常不會未經公爵批准就跑去敵人領地。」湯姆士說。

「或許那是因為我們從前沒有敵人。」黎莎說。「當時鎮上來了五十名克拉西亞戰士，而他們還有強大的部隊爲後盾，我只能盡力維護鎮民安全。我們沒有一週或更長的時間等待公爵回應，而本鎮沒有任何一條法令限制我的行動自由。」

湯姆士嘆氣。「妳已經習慣在伐木窪地裡發號施令了，女士。當你們對公爵唯一的價值就是每年送來幾車木材時，這樣其實無可厚非，但現在情況不同了。現在我是窪地及其附屬領地的領主，你們鎮議會必須聽我號令，不是我要聽你們的。我可以用你們的法令來擦屁股。」

黎莎微笑。「隨你高興，閣下，只要你不怕惹火窪地鎮民。」

「這是恐嚇嗎？女士。」湯姆士問。「藤蔓王座回應了你們的請求，運送食物、補給，派遣工程師、魔印師，以及士兵前來幫助難民，而且強化工事對抗克拉西亞人！」

「不是恐嚇，」黎莎說。「我們感激你們的幫助，感謝公爵閣下對我們的照顧。我只是提出小小的建議而已。」

「那妳對跟妳回來的那群敵人有什麼建議？」湯姆士問。「妳可以給我任何不將他們逮捕處死的理由嗎？」

「我見識過克拉西亞軍隊。」黎莎說。「那些克拉西亞人是爲了確保我們旅途安全，並且開啓兩族交流，基於善意派遣而來的，傷害他們等於是要策動一場我們毫無勝算的戰爭。」

「如果妳以爲我們會交出任何疆土，那妳就太蠢了。」湯姆士吼道。

黎莎點頭。「這就是你應該保持微笑、爭取時間，讓窪地做好備戰工作的原因。善待我們的客人，讓他們了解我們的生活方式，也讓他們知道我們擁有強大的實力。」

湯姆士搖頭。「我不會允許克拉西亞間諜在窪地大魔印內自由走動。」

黎莎聳肩。「那就不要這麼做，我會讓他們待在我的土地上。」

「妳的土地？」湯姆士問。

「你父親林白克二世公爵賜給布魯娜一十畝的世襲土地。」她微笑道。「我相信是作爲幫你接生的謝禮。」

湯姆士臉色漲紅，黎莎笑了開來。「布魯娜死時在遺囑中將土地留給我，我特別將所有土地都保留在大魔印之外。」

「姐西居住的小屋附近的土地？」湯姆士問。「妳質疑我讓這些人住在圍牆裡的用心，結果卻提議讓他們去住在沒有魔印守護的土地？」

「我的土地比你想像中來得安全，伯爵閣下。」黎莎說。「少了長矛，他們這點人不會造成麻煩，況且他們的妻小都在這裡。克拉西亞人帶了禮物和貿易商品來，並承諾會持續進貨。讓他們開店做生意，然後你也可以派遣自己的商人間諜過去。如果戰爭無法避免，我們最好盡量拖延，爭取時間增強實力，進一步了解敵人。」

湯姆士臉上的挫敗神情消失，緊繃的肩膀也放鬆了。

「母親說過妳會這樣。」

黎莎微笑。「老公爵夫人很瞭解我。她身體無恙吧？」

提起母親似乎讓湯姆士心情好一點。「精神不比從前，不過我認爲她會活得比我們都久。」

黎莎點頭。「有些女人在事情做完之前說什麼也不肯死去。」

「母親要我問候妳。」湯姆士繼續。「還帶了禮物給妳。」

「禮物？」黎莎問。

「一件一件來。」湯姆士說著轉頭面對加爾德。「加爾德．卡特？」

加爾德迎上前去。「是，伯爵閣下？」

亞瑟自寫字台下方拿出一個小卷軸，解開封條，攤開來唸道：

「『加爾德．卡特，伐木窪地的史帝夫之子，以公爵閣下之名，林白克三世，藤蔓皇冠持有者，森林堡壘守護者，安吉爾斯公爵，於惡魔回歸後三百三十三年任命你為伐木工部隊隊長，效忠公爵閣下，並在宮廷中享有指揮官頭銜。你會獲得窪地鎮的部分領地，在你的守護下收取賦稅，維持日常生活開銷。你將歸屬林木軍團統帥，湯姆士伯爵閣下管轄。』你願意接受這項殊榮及這項職務嗎？」

加爾德咧嘴而笑。「隊長，呃？指揮官？」

「不、要、接、受。」黎莎咬牙說道。那是個沒有意義的頭銜。加爾德本來就是伐木工的領袖，這只是讓他對公爵宣示效忠的伎倆，並且承認伐木工是林白克的正規部隊，而非私人兵力。

加爾德輕笑。「別擔心，我不會接受的。」

他抬頭看向伯爵。「感謝你，伯爵閣下，但是窪地的伐木工比林木軍團士兵多很多。」

所有人頓時緊張起來。湯姆士伸手握住長矛。「你這麼說是什麼意思？卡特先生。」

加爾德揚起下頷比向蓋蒙。「我絕不會和那個廢物平起平坐，我要當將軍，還有……來個男爵或什麼的頭銜。」

蓋蒙臉色一沉，但湯姆士點頭。「沒問題。」

黎莎伸手揉臉，感覺腦側再度開始抽痛。

「白痴。」羅傑在她耳邊輕聲說道。

湯姆士站起身來，長矛指向加爾德。「跪下。」

加爾德向黎莎露出勝利的微笑，踏上前去，單膝著地。湯姆士將矛尖放上伐木工厚實的肩膀。海斯牧師也走了上來，拿出一本古舊但華麗的皮革書，封面上的金葉閃閃發光。「右掌放在卡農經上，孩子。」

加爾德照做，閉上雙眼。

「你是否願意宣示效忠伐木窪地的湯姆士伯爵，從此聽命於他，至死不渝？」

「我願意。」加爾德說。

「你是否宣示維護他的法紀，」海斯繼續。「公正對待你的子民、伐木窪地的鎮民，並與它的敵人勢不兩立？」

「我願意。」加爾德說。「特別是最後那點。」

湯姆士勉強微笑。「以我哥哥，藤蔓皇冠持有者，森林堡壘守護者，安吉爾斯領導人林白克公爵賦予我的權力，任命你爲伐木工部隊的加爾德將軍、伐木窪地男爵。你可以起來了。」

加爾德站起身來，比站在高台上的湯姆士伯爵還高。伯爵朝布區夫婦比個手勢。「會有人爲你準備制服和盔甲。請在接見完畢後與你的副官商議，集合部隊進行校閱。之前這些瑣事都是由布區夫婦負責處理，但如果你覺得有需要，當然可以改變他們的決定。」但他的語氣似乎在暗示不需要改變。

「好。」加爾德點頭，伸出手掌。「謝謝。」

湯姆士看他手掌的模樣好像加爾德剛剛徒手擦屁股一樣，但他還是聳了聳肩，跟他握手。「我知道你會爲藤蔓王座帶來莫大的榮耀，卡特將軍。」

加爾德咧嘴而笑。「卡特將軍。我喜歡這個稱呼。」

湯姆士哼了一聲。「那麼，將軍，你對克拉西亞部隊如何評估？」

「龐大，就像黎莎說的一樣。」加爾德說。「但是兵力分散。他們遲早都會來的，不過暫時不會。我們還有時間備戰。」

「那你同意黎莎女士的說法，認爲他們可以在窪地裡自由來去？」

加爾德搖頭。「我會留意他們。但我見過他們作戰的模樣，不管是對抗人類還是惡魔，毫無疑問比我們老練多了。既然他們派人教導我們跟惡魔作戰的方法，我們若不接受就太蠢了。」

「很好。」湯姆士說。「讓你的手下護送車隊前往黎莎女士的領地，派人在領地邊界站崗。接受沙羅姆的訓練，但隨時都要派人看著他們，兩個看一個。」

「如果我們夠聰明，三個看一個。」加爾德說。

湯姆士點頭。「由你決定，將軍。」

*我怎麼會老是惹上這種麻煩？*羅傑心想。

但他別無選擇，只能發言。當史密特的旅舍裡有上好的房間等著他時，他打死都不要跑去黎莎的後院露營。羅傑大聲清清喉嚨，所有目光都轉到他身上。「我妻子呢？不能讓她們待在鎮上嗎？」

「異教徒的婚姻在此毫無意義。」海斯牧師插嘴道。「迎娶超過一名妻子是褻瀆的行爲，造物主不會承認的。」

羅傑聳肩。「對你或許毫無意義，牧師，但那關我屁事？我宣讀過婚姻誓言。」

「不承認他們的婚姻會對克拉西亞人造成莫大的侮辱。」黎莎補充道。

海斯一副打算回嘴的模樣，但湯姆士揮手讓他閉嘴。「你在安吉爾斯只能有一名妻子，音恩先生，選一個。如果你要另一個妻子住在你的房裡，幫你暖床，僕人絕對不會多問。」

「我的房裡？」羅傑問。「僕人？」

湯姆士點頭。「我希望你能像你老師爲我哥哥服務一樣，擔任窪地的皇室傳令使者。」

羅傑換上吟遊詩人的面具，不過他心中的震驚就如看到湯姆士邊翻筋斗邊唱歌一樣。他還記得艾利克擔任林白克皇家傳令使者時過著什麼樣的生活。黃金和美酒源源不絕，他和羅傑穿著上好的絲綢與皮革。貴族和仕女都跟艾利克平起平坐，而當他出門在外時，他的言詞擁有王座的權威爲後盾。他們在公爵的宮殿裡擁有豪華的住所，還能進出他的私人妓院。艾利克幾乎每天晚上都待在那裡，而外出、喝醉或是和女人在一起時，他就把小羅傑交給妓女照顧。

換句話說，幾乎每天晚上都把他交給妓女照顧。

但當林白克醉醺醺地爬上最寵愛的妓女的床，結果發現羅傑睡在上面時，一切就在轉眼間結束。當時公爵神智不清，分不出妓女和小孩的差別，便脫掉羅傑的睡衣，輕易制伏掙扎的他。

「愛玩半推半就，呃，小姑娘？」公爵滿嘴酒氣地含糊說道。他竊笑。「反抗是沒用的，還是乖乖彎下腰去吧。很快就會結束的。」

羅傑終於放聲大叫，手肘頂上他的肥肚子，隨即跳下床。公爵馬上酒醒，點燃油燈，看到羅傑縮在角落發抖，手裡拿著一把小匕首，掙扎地穿回睡衣。

公爵大發雷霆。艾利克自偏遠村落回去後，發現他的皇家委任狀被撕成碎片。他只有不到一小時的時間收拾行李，離開宮殿。公爵從未公開解釋開除他的理由，而剛開始還有一些熟人願意接濟他，但是艾利克酗酒的問題越來越嚴重，慢慢地與所有熟人疏遠，到最後他和羅傑幾乎過著每天都不知道晚上會在哪裡過夜的日子。他們欠城內所有旅舍老闆和酒保錢。

羅傑轉眼之間回想起那種種一切，接著看著湯姆士，不知道他是否像他哥哥一樣反覆無常。不過那無關緊要。艾利克喜歡當公爵的手下，樂於宣告稅率，剝削人民，他喜歡他的地位。羅傑一點也不願意代表湯姆士傳令，他對湯姆士的認識僅止於他是個脾氣不好的花花公子。

他恭敬行禮，臉色平靜。「你讓我深感榮幸，伯爵閣下，但恐怕我必須拒絕。」

亞瑟和蓋蒙神情緊繃，不過沒有說話。海斯牧師搖了搖頭，彷彿羅傑是個笨蛋。

「仔細考慮，音恩先生。」湯姆士說。「由於娶了異教徒妻子，你會是沙漠惡魔宮廷大使的最佳人選，而你的女主人也認爲我們得要採取外交手段。宮廷是絕對不會吝嗇的。你甚至可以取得土地和頭銜，就像加爾德將軍一樣。」

羅傑聳肩。「黎莎·佩伯不是我的女主人，而我也不想要加爾德擁有的東西。我只想訓練我的學徒和跟你一起來前來窪地的吟遊詩人，學習如何迷惑地心魔物。」

湯姆士目光凌厲。「我沒理由讓個不願對我效忠的人訓練我手下的吟遊詩人。」

羅傑鞠躬。「沒有不敬的意思，伯爵閣下，他們不是你手下的吟遊詩人，而是我從喬爾斯公會長那裡雇來的手下，我有合約文件。如果不讓我訓練他們，你不但浪費了拯救人命的力量，而且要不了多久安吉爾斯裡所有吟遊詩人都會開始講述窪地的湯姆士伯爵不把別人的信譽當回事的故事。」

第一次，湯姆士看來像是眞的動怒了，但海斯牧師輕觸他的手臂，讓他冷靜下來。

「很好。」他說。「如果史密特鎭長還願意接待你，你的小情人可以待在旅舍裡。但我不會忘記這件事的。」

羅傑又行個禮。「感謝你，伯爵閣下。」

湯姆士深吸口氣。「現在，關於我母親贈送的禮物……」

湯姆士指示亞瑟，他拿出用綠絲帶綑綁的小卷軸，交給黎莎。「老公爵夫人依然掌理安吉爾斯領地內所有女性事務，而她任命妳為窪地郡的皇室藥草師。」

黎莎努力保持冷靜。老公爵夫人吃定她了，她很清楚這點，因為她沒辦法像羅傑那樣拒絕任命。就法律上而言，皇室藥草師的地位在郡內所有人之上。如果黎莎拒絕，這個位置就會由其他人替補，進而削弱她在窪地裡的權威，但是接受任命與加爾德接受頭銜沒有多大差別。這表示她承認湯姆士的統治，接受他的支配。同時這個職位會讓她成為他的私人藥草師。想到要看見伯爵的裸體就讓她噁心不已，雖然她最近每天都在反胃。她拉拉上衣，想著藏在衣服底下那個正在成長的小生命。

接待廳中一片沉默，所有人都在等她答覆。湯姆士看來像是算準她會像羅傑一樣拒絕的模樣。她不確定他究竟希望她接受還是拒絕。

「或許妳會有件制服搭配那個響噹噹的頭銜。」加爾德得意洋洋地說，她很想抓一把胡椒撒在他臉上。

最後她屈膝行禮，不過只是輕輕扯裙，微微屈膝。「很榮幸有這個機會，伯爵閣下。我一週內答覆你。」

湯姆士抿起嘴唇，接著聳肩。「期待妳的答覆。請在第七日前決定，以免我得要聯絡安吉爾斯，請他們另外派個人過來擔任此職。」

黎莎點頭同意，湯姆士轉向汪妲。「至於妳，卡特小姐，我沒有土地和頭銜給妳，也沒有職務和位階，但我母親很喜歡妳，所以送了禮物過來。」僕人推了衣架進來，上面掛了幾十件緊身上衣，每一件都繡有阿瑞安老公爵夫人的徽記——一頂放在繡花箍上的木冠。

「女人在部隊裡不能擔任職務，但窪地的女弓箭手已成為傳奇，母親希望能擔任妳的贊助人。」僕人挑選出一件緊身上衣，走到汪妲面前。「可以為妳穿上嗎？」

汪妲愣愣地點頭。僕人脫下她的魔印斗篷，她彎下腰去，讓僕人為她套上厚厚的緊身上衣。汪妲讚歎地拍拍這件衣服。她鞠躬。「從沒穿過這麼好的衣服，請代我謝謝公爵夫人閣下。」

湯姆士微笑。「這些衣服不值一提。妳可以把它們送給妳認為有資格穿的女人，但母親堅持要讓妳第一個穿上。皇室同時還出資聘請製弓師、造箭師，並提供製作弓箭的材料。」他再度比個手勢，守衛拉開門簾，一個中年男子走入接待廳。此人身材削瘦，肌肉結實，衣服上繡有工匠公會的鐵鎚和鑿子徽記。他身後跟著三個年輕人，將手中一捆捆油布小心翼翼地放在地上。他們攤開油布，裡面擺著上好的木盔甲，上面刻了美麗的魔印，與林木軍團的盔甲一樣上了光亮的瓷釉。汪妲驚呼一聲。

「晚點可以慢慢調整，不過現在請妳至少先穿上胸甲，讓我們開開眼界。」湯姆士說。

汪妲點頭，工匠拿起胸甲，開始幫她穿著。黎莎以為這副胸甲會做出女人的特徵，在她平坦的胸口留下不必要的空間，但是老公爵夫人考慮周詳，胸甲完美契合。汪妲看起來高貴莊嚴。

「好輕。」汪妲讚歎道。

工匠點頭微笑。「本來我們考慮幫妳裝上金屬篩孔，但是弓箭手必須迅速靈巧。輕盈的木甲可以提供與密爾恩最頂級鋼甲相同的防禦。」

黎莎嘆氣，這又是老公爵夫人試圖強奪權威的伎倆。上次茶聚時，汪妲曾明白表示自己效忠的對象，而阿瑞安顯然對此不滿。黎莎很想請汪妲退回盔甲。只要黎莎開口，汪妲立刻就會照辦，但是看著她那副自從父親身亡、惡魔在她臉上留下疤痕後就鮮少出現的快樂表情，黎莎實在不忍心這麼做。

羅傑在眾人讚美汪妲的新胸甲時稍微鬆了口氣，但湯姆士再度轉向他，他全身肌肉立刻再度緊繃。

「現在，」湯姆士摩拳擦掌。「我想該會見客人了。」亞瑟指示門口守衛宣召阿曼娃、安奇度、卡維爾及克里弗入內晉見伯爵。

「克拉西亞的阿曼娃公主。」亞瑟大聲宣告，聲音迴盪在整座大廳裡。「安吉爾斯王子，林木軍團統帥，窪地郡領主湯姆士伯爵閣下，歡迎妳及妳的顧問來訪。」

「你們最好有很好的理由讓我等這麼久，」阿曼娃說。「我們帶著和平的善意來訪，而你的青沙羅姆卻如此粗暴地對待我們。」她伸指比向蓋蒙隊長。「在克拉西亞，我們會對如此無禮之人施以鞭刑。」

羅傑嘆氣。事情肯定不會順利的。

湯姆士沒料到她會如此強硬。「如果妳抵達時有人對妳無禮，我在此對妳表達歉意，公主。」他瞪向蓋蒙。「我保證會教導手下恰當的禮節。至於讓妳等待的事，我想妳可以體諒我在接見妳之前先與我的子民簡短會談。」

「任命加爾德為將軍，」羅傑說，「還提供我一份成為皇家傳令使者的委任狀。」

阿曼娃看了羅傑一眼，隨即哈哈大笑，笑聲迴盪整座接待廳。

「妳覺得很好笑？」湯姆士問，語氣逐漸嚴厲，耐心即將耗盡。

阿曼娃看回伯爵，瞇起雙眼。「我丈夫會在拒絕全世界統治者的任命後跑來接受你一個小小王族的任命？光是想想就覺得可笑。」

「小王族？」湯姆士問，語氣不善。

阿曼娃轉向羅傑。「伯爵，在你們的文化中比公爵低階？」

「伯爵閣下是藤蔓王座第三順位繼承人。」羅傑說道。

阿曼娃點頭，轉身面對湯姆士。「我父親見過一個北地公爵——來森堡的伊東四世。當伊東公爵跪在地上，額頭貼緊地面，爲了活命而苦苦哀求時，他宣示對沙達馬卡效忠，並且幫十二名達馬基舔鞋子。只要我父親一聲命下，他會毫不遲疑地吸他們老二。」

湯姆士的表情由不耐煩轉爲憤怒。他面紅耳赤，羅傑幾乎可以聽見他咬牙切齒的聲音。他緊握長矛，矛柄差點折斷。

「那不是重點！」羅傑大聲道。「我不會接受任命，也不想接受任命！我愛寫什麼就寫什麼，愛唱什麼就唱什麼，我才不管別人想要我做什麼！」

阿曼娃點頭。「本當如此。」

羅傑不太了解她這麼說的意思，不過暫且先不理會。「還有妳，妻子，在別人面前放尊重點。」

「妳丈夫說的沒錯，」湯姆士說。「妳父親會發現安吉爾斯不像來森那麼軟弱，我們等著與他開戰。」

「來森人本來很軟弱。」阿曼娃說。「我父親正在讓他們變強。他認爲窪地人已經夠強悍了，決定宣告你們爲獨立的部族，由族長全權自治。他只要你們答應兩件事。」

「什麼事？」湯姆士問。「我們要付出什麼代價買回我們本來就擁有的東西？」

「首先，」阿曼娃說。「你們要承認他是沙達馬卡，在第一戰爭展開後與他共赴戰場。」

「第一戰爭？」湯姆士問。

海斯牧師湊上前去。「最終戰役，伯爵閣下。解放者統一人類，帶領我們將惡魔逐回地心的戰爭。」

阿曼娃點頭。「你們的卡農經和伊弗佳一樣預見了這場戰爭，是不是？牧師。」

海斯牧師點頭。「沒錯，但我們沒有看到妳父親就是解放者的證據。解放者或許早就降世，也可能明天會出現，又或許還要再等一千年。卡農經沒有提到他會姦淫擄掠，還引進異教。」

「所有戰爭都會帶來死傷與損失。」阿曼娃說。「那是統一的代價，應有的代價。但我父親提供和平共處的機會，你們聰明的話就該把握。」

湯姆士臉色一沉。「和平的第二個代價又是什麼？」

阿曼娃微笑。「當然是要佩伯女士同意嫁給他。」

旁邊傳來一陣沙沙聲響，魔印人推開充當牆壁的沉重防水布步入接見廳。「絕對不可能。」

所有人大吃一驚。黎莎與他分開不過短短數月，但正如妲西所言，亞倫這段時間變了很多。他脫下了牧師長袍——現在身穿樸素的工作褲和褪色的白上衣，正面釦子沒扣，露出胸口的大片紋身。他打赤腳，輕輕地走過冰冷的地板。

但這些改變並沒有如她預期中那樣看起來更像凡人，反而讓他更加突出，頭頂和脖子上數以百計原先藏在牧師長袍下的繁複魔印現在全都赤裸裸地展現在眾人眼前。

站在他身後的是妲西提過的那個女人。瑞娜．譚納，他的未婚妻。黎莎以批判的眼神打量她，但這個年輕女子的外表實在太過特立獨行，根本無從評判美醜。她約莫二十出頭，頭髮草率地在身後綁成一條辮子，衣不蔽體，身上只穿緊身背心，以及兩邊都開衩至腰際的粗布裙。她腰間佩戴一把大獵刀、皮袋，以及一條溪石項鍊。就像亞倫一樣，她從頭到腳布滿魔印，不過看起來像是黑柄漆所繪，而非真正的刺青。

可惡的傢伙，黎莎心想。竟然在逼我發誓不要這麼做之後讓別的女人這麼做。

「你憑什麼以為你有權告訴我該嫁給誰，不該嫁給誰？」她在亞倫走近時問道。

「我對妳未婚夫的了解比妳深多了。」亞倫說。「如果妳再不回來，我就要去救妳。」

黎莎越聽越氣，毫不費心掩飾怒意。「我不須要你救。」

「這一次，」亞倫說。「不要被絲綢枕頭和複雜的禮儀蒙蔽。克拉西亞人最會笑裡藏刀，阿曼恩．賈迪爾更是箇中高手。」

「你是什麼人？憑什麼一副和我神聖的父親很熟的樣子。」阿曼娃大聲問道。

亞倫轉向達馬丁，淺淺鞠躬，以母語般流利的克拉西亞語說道：「他是我的阿金帕爾。我是亞倫．阿蘇．傑夫．安貝爾斯．安提貝溪，克拉西亞人稱……」

「帕爾青恩！」卡維爾吼道。他轉向克里弗，伸手在脖子上一劃。

偵察兵立刻反應，伸手到黑袍中抄出幾枚三角形的利刃擲向亞倫。黎莎深怕他會被暗算，但亞倫動也不動地站在原地。他的手快如疾風，旋轉的利刃彷彿樹葉遇上風似地被他輕易掃開。利刃輕輕落下，不過訓練官和偵察兵已經分別從兩側展開夾攻，手裡都拿著暗藏的武器——克里弗的是把連著鎖鏈的鐮刀，卡維爾的則是兩把短杖。

「你的戰技是我教的，帕爾青恩。」卡維爾說。「你真的以爲你能對抗眞正的沙羅姆？」

亞倫微微一笑，擺出戰鬥姿勢。「自從你和克里弗上次試圖謀害我之後，我又成長了不少，訓練官。而當時你們還有很多幫手。」

謀害？黎莎心想，但還沒機會想清楚，克里弗已經自亞倫身後甩出鎖鏈上的砝碼。鎖鏈纏上亞倫的手腕，但是亞倫抓起鎖鏈，用力一扯，克里弗立刻失去平衡。卡維爾趁機進攻，兩條短杖使得虎虎生風，但亞倫拉直手中的鎖鏈，擋下兩下杖擊。他扭轉鎖鏈，奪下一根短杖，順勢出腳踢中訓練官的背部。

黎莎聽見肋骨斷裂聲，但訓練官立刻翻身而起，丟掉左手中剩下的短杖，右手隨即拔出匕首。

「給我住手！」黎莎叫道，但是沒人理她。湯姆上的守衛看起來像是準備介入的樣子，不過伯爵沒有下令，只是饒富興味地觀戰。加爾德和汪妲也一樣目瞪口呆地看著雙方交手。

克里弗站穩腳步，一手取下鎖鏈上的鐮刀，另一手拔出一把拳刃。他的攻擊迅速精準，夾雜不少虛招和迴擊，但亞倫還是輕易擋下，彷彿在玩弄他，卡維爾則重新加入戰局，出刀攻向亞倫背部。

瑞娜上前阻擋卡維爾，但由於太過接近阿曼娃，所以安奇度上前攔截她。他出手抓她，但她動作太快，轉眼脫離他的攻擊範圍，接著又回頭來個迴旋踢，重重踢中他的心窩。

閹人悶不吭聲，不慌不亂，順著攻擊的力道移形換位，與她貼背而立。他抓住她甩動的辮子，使勁拉過自己肩膀。

黎莎以爲兩人的戰鬥就此結束，卻沒想到那個女人竟然縱身而起，一個筋斗翻過閹人頭頂，再度與他相對而立，對準他的肚子又是一拳。

這一次安奇度輕哼一聲，不過沒有放開她的辮子，接著一拳擊中她的腦袋，讓她口吐鮮血。在她自劇痛中恢復之前，他已經挺指插入一束神經叢，癱瘓了她一條腿。他抓住她的手腕，用力扭動，強迫她跪在地上。

黎莎和安奇度都以為她已經沒戲唱了，但瑞娜．譚納卻教人吃驚。她發出野獸般的吼叫，止住下跪的力道。黎莎本已認定她的腳在幾分鐘內都無法使力，而安奇度又比她重上兩倍有餘，但是瑞娜依然咬緊牙關，緩緩起身。閹人瞪大冰冷的雙眼，無法相信兩人竟攻守位置轉換，變成他開始向後，脊椎像弓一樣彎曲，雙腳吃力地顫抖。

*她在白天依然保有力量，*黎莎發現。*就像亞倫一樣。*

瑞娜突然雙臂一扭，輕易掙脫安奇度的箝制。她反手抓著他粗得她連一半都握不到的手腕，將他扯向自己，一把抓起他的皮帶。閹人在被她舉在頭頂上的同時捶了她好幾拳，但是女人毫不理會，逕自將他摔過大廳，撞穿一面木板牆壁。他頭昏眼花地自木屑中爬起。

亞倫和沙羅姆越打越激烈。黎莎從未見過卡維爾和克里弗出招如此凶狠，但亞倫輕鬆閃避擋格，表情平靜專注。偶爾他會反擊一下，好讓對方知道自己行有餘力。他奪走卡維爾的匕首，以刀面擊中訓練官的腦側，令他摔在克里弗身上。偵察兵再度撲上，兩人扭打片刻，最後以克里弗的拳刃插在自己屁股上，亞倫飄逸地離場收尾。

黎莎不是很了解戰士的想法，但以她對克拉西亞文化的了解，她知道亞倫是在刻意羞辱他們。與比自己強大的敵人英勇作戰，最後光榮戰死是每個戰士夢寐以求的死法。但是被人擊敗、苟且偷生則是難以想像的夢魘。她自他們身上感受到羞辱和無助的憤怒，差點要同情他們了。

差點。

但他們曾試圖謀害亞倫。這是她親耳聽他說的，儘管對其他事情仍有疑惑，她卻能確定這是事實。

魔印人是在四年前出生於克拉西亞沙漠。去年在路途上問他年齡時，亞倫告訴過她。

身處魔印後方的男人呢？黎莎問。他死的時候幾歲？

他是被人殺死的。亞倫說，但從來沒說是被誰殺死的。

黎莎看著亞倫和沙羅姆打鬥，心知這兩個人就是那年害他的凶手、那年逼迫他踏上在自己的皮膚上紋印之路的凶手。阿曼恩也是害他的人嗎？如果阿邦的警告是真的，或許真是如此。

如果妳認識傑夫之子，如果妳能與他聯絡，告訴他立刻逃往世界的盡頭，因為賈迪爾就算追到世界的盡頭也一定要把他除掉。世界上只能有一個解放者。

不管曾對她做過什麼，亞倫都是個好人。這群人試圖謀殺這樣的好人，而且差點得逞了。黎莎心中的黑暗面想要看他們受苦，並且在幫他們接骨時不用麻醉藥。

兩名沙羅姆拉開架式，準備下一波攻勢，一陣尖銳的吼叫聲突然迴盪在大廳中。只聽見阿曼娃以克拉西亞語叫道：「立刻住手！」兩人馬上僵立不動。

卡維爾和克里弗沒有繼續動手，但也沒有就此罷休。訓練官瞄向達馬丁一眼，目光未曾離開亞倫。「神聖之女，妳不知道此人是誰。他是個血債叛徒，覬覦沙達馬卡的頭銜。為了維護榮譽，我們得殺了他。」

克里弗點頭。「訓練官說得沒錯，神聖之女。」

亞倫微笑。「告訴我，沙羅姆，如果艾弗倫確實存在，會怎麼懲罰說謊者？」

阿曼娃轉頭打量他。「所以你沒有自稱是解放者？」

「所有人都是解放者。」亞倫說。「所有在黑夜中挺身而出，而非藏身於魔印後方……或是躲在地底下的人。」他意有所指地看著她。

「我們的族人已經不再那麼做了，帕爾青恩。」阿曼娃說。

「我的族人也一樣。」亞倫說。「我們全都致力於在阿拉蓋之前解放人類。」

「神聖之女，不要聽信這個滿嘴謊言的青恩，」卡維爾說。「我們得爲了公義和妳父親的安全立刻殺了他。」

「好像你辦得到一樣，」亞倫吼道。「我們之間有血債，沒錯，但欠債的人是你。我本來可以今天就讓你血債血償，但現在我只殺阿拉蓋。」

「此人爲何深具威脅？」阿曼娃問卡維爾。「照他的話聽來，他根本沒有覬覦我父親的頭銜。」

「他的說法就是在污辱沙達馬卡，」卡維爾說。「用那異教的褻瀆言論削弱妳父親的榮譽，讓他爭取時間，等待攻擊的時機。」

阿曼娃不動聲色。「先動手的人是你，訓練官。我父親從前時常提起帕爾青恩，而他總說他是榮譽之人。」

「當他在大迷宮中背叛妳父親時就已失去所有榮譽。」卡維爾說。

亞倫上前一步，目光爍爍。「要談大迷宮嗎？卡維爾。要我告訴在場所有人當晚發生的事，讓他們去評判是誰失去榮譽嗎？」

訓練官沒有回應，與克里弗對望一眼。阿曼娃瞪著他。「訓練官，怎麼了？」

卡維爾清清喉嚨。「我們不能談那件事。我們對沙達馬卡發誓絕口不提，妳必須相信我的判斷。」

「必須？」阿曼娃問，語氣十分嚴厲。「戴爾沙羅姆，你是在告訴艾弗倫之妻必須做什麼，不須做什麼嗎？」兩個男人全身一僵，但是依然維持攻擊姿勢，隨時準備再度發難。

「帕爾青恩，」阿曼娃說。「請讓我們知道那天晚上發生了什麼事。」

亞倫搖頭。「妳想知道？去問解放者長矛隊，去問妳父親。如果他們不肯告訴妳，或許妳該想想爲什麼。」

阿曼娃瞇起眼睛看他，接著轉向卡維爾。「退到我身後。除非我同意，不然你們不能再提此事，而我此刻不同意。」看到兩個男人還在遲疑，她又補充一句。「我不會再說第二次。」

她語氣中的決斷意味令戰士忍不住顫抖，終於遵從命令，收起武器，走到達馬丁身後站定。

「看來妳的新鄰居會讓妳很開心，佩伯女士。」湯姆士幸災樂禍地說，黎莎不禁覺得一切都是自己咎由自取。

亞倫走過去站在黎莎身旁，壓低音量道：「很高興看到妳平安歸來。」

「我也是。」黎莎說。

「我們應該談談。」亞倫說。「今晚黃昏後，就我們四個人在妳的小屋。」

「四個人？」黎莎脫口問道。她經常與亞倫私下會面，不過向來都是三個人。她自己、亞倫和羅傑。

這是個沒有意義的問題，只是確認她已經知道的答案。「瑞娜和我訂婚了，有我的地方就有她。」

儘管早就料到他會這麼說，她還是沒想到這些話仍然令自己傷心。「羅傑和阿曼娃結婚了。」黎莎說。「而你拒絕讓他妻子享有同樣的權利？」

亞倫聳肩。「那是妳家，黎莎。妳想找誰去都可以，但如果要聽那晚的事，就只能我們四個。」

黎莎揚起下頷比向瑞娜。年輕女子看見她的表情，眼中流露不善的神色。「你不是求我不要在別人身上畫黑柄魔印嗎？」

亞倫嘆氣。「我不是第一次犯錯了，黎莎．佩伯。我想也不會是最後一次。」

「你的宮殿還有多遠？」阿曼娃在馬車沿著道路駛入解放者窪地時問道。

「宮殿？」羅傑問。

阿曼娃鞠躬。「原諒我，丈夫，我忘了你在北地沒有宮殿。你的……宅邸？」

「啊……」羅傑說。「我也說不上有那種東西，我住在史密特那裡。」

「我不知道這個字。」阿曼娃說。「什麼是史密特那裡？」

「史密特。」羅傑說。「他是個人，他開了間旅舍。」

「而你住在這間……旅舍裡，不管月盈還是月虧？」阿曼娃難以置信。

「怎樣？」羅傑問。「他們一個禮拜會幫我換一次床單，而且我永遠不用做飯。」

「不能接受。」阿曼娃說。

「非接受不可。」羅傑大聲道。「因為我只住得起旅舍。我告訴妳父親我沒錢，不是隨便說說的。妳剛剛挑釁伯爵已經夠糟了，現在還要挑剔我住的地方？」

阿曼娃鞠躬。「很抱歉，丈夫。我沒有冒犯的意思，我只是認爲受到艾弗倫感召的人應該住在能與其身分匹配的地方。」

羅傑微笑。這話很難反駁。

當他們抵達旅舍時，鎮民大多都已經聚集而來，但羅傑沒理他們。他想要儘快安置妻子，好在黃昏後去見魔印人，弄清楚到底現在是什麼情況。

「我要多租幾間房。」他對史密特說。

希克娃握住他的手，輕輕將他拉回。「拜託，丈夫。你不用處理這種小事。請讓我來……」她走到他前面，開始以莎瑪娃在旅程中討價還價的方式展開交涉。史密特一開始很驚訝，接著轉爲憤怒，然後又平撫下來。到最後，希克娃數了幾枚金幣給他，史密特轉身招來一個兒子。討價還價似乎是克拉西亞人與生俱來的天賦。

「商人得趕走幾個住戶才能準備我們的房間。」希克娃回來後說道。「我們先在丈夫的舊房間裡等。」

「舊？」羅傑問。「我愛那個房間，整間旅舍裡傳音最好的房間。」

「那個房間不合適，丈夫。」希克娃說，羅傑嘆氣。他不可能爭得過她。

前門打開，一群人走入。從他們的樂器盒和鮮豔服飾就能看出是吟遊詩人。有個年輕女孩與他們一起進來，羅傑一看見她立刻滿臉愧疚，那是差點因爲他的愚蠢而喪命的學徒坎黛兒。

他心中浮現一段回憶，加爾德抱著渾身是血的坎黛兒離開戰場的畫面。他搖頭甩開回憶。

「羅傑！」坎黛兒叫道，衝上前去一把抱住他。「他們說你回來了！我們好擔心，啊！」

她突然被人扯開，羅傑看見希克娃彷彿對付小孩般輕輕鬆鬆地以兩根手指扭轉坎黛兒的手腕，令她動彈不得。「妳是什麼人，竟敢碰我丈夫？」

坎黛兒看著她，儘管面色痛楚，表情依然驚訝。「丈夫？」

「希克娃！」羅傑大叫。「放開她！她是我的學徒坎黛兒。」

希克娃立刻放開坎黛兒的手腕，年輕女孩抽回手臂，輕輕搓揉。希克娃和阿曼娃像狼一樣圍著她繞圈，從各個角度打量她。

「你們綠地人給予奴隸很大的自由。」阿曼娃說。「但她看起來還挺健康的。你有多少奴隸？」

「我不是他的奴隸。」坎黛兒大聲道。「我屬於自己。」

「她說的沒錯。」羅傑說。「她和其他學徒都是自由身，坎黛兒是所有人之中最有天賦的。」

他妻子在其他吟遊詩人走進來的同時繼續圍著坎黛兒繞圈。羅傑聽說過這些人的名號，不過沒見過面。領頭的是哈利．滾球者。哈利早期的表演生涯經常站在大球上演奏。後來他不這麼幹了，不過滾球者的名號還是一直跟著他。

哈利年事已高，早已自演出與教學的生活中退休，但他是聲望絕佳的作曲家兼大提琴手。喬爾斯公會長承諾會派大師級的吟遊詩人過來，但聲勢如日中天的人似乎都不打算跑來窪地冒險。史來．六弦比哈利還老，肩上扛的吉他舊得很。羅傑曾看過史來表演，對他那雙靈活的老手驚為天人，但那至少也是十年前的事了。

其他人比較年輕，多半是一年前與羅傑在街頭搶飯碗的年輕表演者。當時威爾．風笛手還是個學徒。羅傑心想他能出師是否純粹因為同意接下這個工作的緣故。

哈利與羅傑握手。「很高興你回來了，半掌大師。你外出期間，我一直遵照你和公會長的協議，教導你的學徒音樂符號。他們……訓練不足，不過有一些進展……」

訓練不足。羅傑哼了一聲。眞是含蓄的說法。他們是一群五音不全的鄉巴佬，從未受過公會的正式訓練，而滾球者則是公會訓練的活廣告。

但一切即將改觀了。

「別管那個了。」羅傑說著把手伸到背包裡拿出〈月虧之歌〉的樂譜，用力將樂譜拍上對方的胸口，滾球者反射性地接下它們。「我要所有人學會這首新歌，教你的學徒謄寫很多份。」

滾球者震驚地看著樂譜。「這是理論……？」

「測試過了。」羅傑說。「我的三人樂隊可以發揮功用。就看其他人行不行。」

羅傑的房間與他離開時一模一樣，但住過鏡宮，以及這裡到艾弗倫恩惠之間所有旅舍最好的房間之後，他不禁要以不同眼光看待自己的房間。這裡又小又擠，只有一張床和放置雜物的大箱子。隨時打包好行李。艾利克以前總這麼說。

羅傑來到大箱子前，開始整理雜物，但希克娃阻止他。「拜託，丈夫，這種事讓僕人去做。你親自動手會令我們羞愧。」

「我沒有僕人。」羅傑說。

「那等新房間整理好後，我叫史密特的人幫你搬。」希克娃一直阻止他，他只好回去床上坐好。

他看著阿曼娃。「妳說『本當如此』是什麼意思？」

「嗯？」她問。

「伯爵的接待廳裡，」羅傑說。「我說我不會也不想接受任命時。」

阿曼娃鞠躬。「我在……上次爭吵後擲過骨骰，丈夫。它們說想要保有力量，你就不能宣示效忠任何人。很抱歉我質疑你。希克娃和我現在都是你的人了，不管你選擇以什麼樣的方式對抗阿拉蓋，我們都會追隨你。這就是父親要我們嫁給你的原因，我們不會再背棄你。如果你要求我們換上鮮豔的絲袍在夜裡歌唱，我們會照做。」

「如果我要求妳們唱〈伐木窪地之役〉呢？」羅傑問。

「我們會照做，但事後想辦法讓你後悔。」阿曼娃眨眼道。「我們是你的妻子，不是奴隸。」

羅傑震驚片刻，接著哈哈大笑。

「你信任魔印人嗎？」阿曼娃問。「你知道他和我父親之間的過節嗎？」

「是，我信任他，」羅傑搖頭。「但我不知道他們有什麼過節。今晚我會和他談，或許他會告訴我。」

「你會把他說的事告訴我們嗎？」阿曼娃問。

羅傑看著她很長一段時間。「如果他要我保密，我會照做。」他皺眉，接著聳肩。「除非我覺得不該保密。」他對她微笑。「我必須有主見，不是嗎？」

第十九章　口水與風　333AR　夏

新月前第十一個拂曉

黎莎坐在布魯娜最喜愛的搖椅上，裹著老女人的刺繡披肩，試圖忽視眼後的劇痛。遠行期間，妲西幫忙照料她的小屋，但花園裡的情況顯示那個女人還是不擅長園藝，而且完全缺乏將物品放回定位的能力。黎莎要花幾天時間才能讓小屋盡復舊觀。

儘管如此，能夠坐回老師的搖椅上、裹在披肩裡就能帶來莫大的慰藉。這幾週以來她曾數度懷疑自己還有沒有機會回家。至今她仍覺得一切很不眞實。

但她有理由覺得眞實嗎？她回到家了，但就許多方面而言，一切都與從前大不相同。現在窪地裡多了個王族，打定主意要改變他們從前的生活方式，並在過程中剝奪黎莎的權力。黎莎能阻止他嗎？應該阻止他嗎？

有一群克拉西亞人在她家後院、布魯娜交給她的土地上建立帳篷城市。他們對黎莎夢寐以求的和平會有助益嗎？還是會成爲窪地中心的毒瘤，就像她在夢中所見一樣？

亞倫，她以爲會永遠守護窪地的人，丟下他們、自己離開，回來後又完全變了個人。她不知道這樣的改變究竟是好事還是壞事。

而且我肚子裡還有個孩子。

就算沒驗孕，每天害喜也讓她越來越確定有個生命在她體內生長。阿曼恩・賈迪爾的孩子。一定是他的，因爲她沒和其他人睡過——但這點也很不眞實。亞倫深怕會讓她懷下惡魔之子，但她告訴他自己並不在乎。現在沙漠惡魔在她體內種下子嗣，她也告訴自己同樣的話，但她眞的不在乎嗎？她會深愛、珍惜這孩子，但當阿曼恩前來認親時又會導致多少人失去生命？她不可能永遠掩飾懷孕的事。黑夜呀，達馬丁可能早就預見此事了。

她輕拍自己肚皮，感覺一滴淚水緩緩流過鼻子。拜託是個女孩。

這個想法令她羞愧。她會比較不愛男孩嗎？當然不會。但阿曼恩比較不會爲了女兒而發兵北上。

再一次，她想起母親的話。找個男人，快點和他上床。伊羅娜肯定很擅長這種事。

儘管母親的話很不中聽，但卻往往說得沒錯。伊羅娜透過她自己的慾望看待世界，用黎莎永遠無法了解的角度了解他人的慾望。黎莎打算跟加爾德做的事——和他上床，然後讓所有人以爲孩子是他的——難道會比伊羅娜背著丈夫和舊情人之子私通要好到哪裡去嗎？

黑夜呀，黎莎心想。我的計畫更邪惡。

整件事最糟糕的地方在於，她至今仍在考慮此事。當然不是和加爾德，但肯定還有其他候選人——窪地中並不缺乏勇士。就連楊．葛雷也愈來越年輕、越英俊，而且已經喪妻十五年。他捏她屁股的次數多得顯然對她有興趣，不過當年這樣做無傷大雅——只是一個淫蕩老頭遙不可及的幻想，現在……

她突然全身抖個不停，想起他缺牙的笑容。不，不能找楊。還有其他人。保守孩子血緣的祕密可以拯救多少人命？

當然，阿曼恩很可能會發兵北上殺掉膽敢碰他未婚妻的男人。黑夜呀，卡維爾多半會代勞。這是個可怕的想法，但她無法排除這個可能。阿曼恩或許眞的相信自己所做的一切都是在拯救世界，但他太執著於追求這個目標，竟然認定黎莎——或說她雙腿之間的東西——就是征服北地的關鍵。他會殺掉任何膽敢碰她的人。

就像他試圖謀害亞倫。她不願相信此事，想要把它歸咎於亞倫不願碰她的藉口，但這兩個解放者候選人都是誠實至極的人。既然他說出口了，她就相信他。但就和阿曼恩避而不談帕爾青恩一樣，亞倫也沒有明說此事。該教他把話說清楚了。

黑夜呀，等他看到我肚子大起來後會怎麼想？

遠方傳來音樂聲，宣告羅傑的到來。他們說好要在亞倫抵達前私下談，但黎莎沒想到已經這麼晚了。她看向窗外，發現已近黃昏，自己早已忘了放在人腿上的針線。近來天黑的時間越來越早。夏至早已過去，白天越來越短，黑夜越來越長。這個想法令她不寒而慄。

但音樂逐漸接近，如驅趕惡魔般驅走黎莎的恐懼與擔憂。她生火煮水，幫他打開屋門，心知汪妲正在巡邏庭院，確保其他訪客安全無虞。

沒過多久，羅傑一手拿著小提琴和琴弓進門。黎莎望向琴身，沒看見那個魔印肥托。

「留在旅舍裡。」羅傑說，舉起琴弓指向披在黎莎肩上布魯娜的舊披肩。「迫不及待地要把那塊舊布裹在身上，是不是？」

黎莎摟著那件多年以來由老女人靈巧的手指不斷縫補的舊披肩。窪地中有不少老人宣稱半個世紀前就看布魯娜穿戴那件披肩。黎莎從未洗過它，讓它保留布魯娜的氣味，因爲這樣能帶她回到這間小屋還是全世界最安全之處的時光。「你有你的護身符，羅傑，我也有我的。」

羅傑脫下黎莎親手做的七彩隱形斗篷，放在椅背上，完全忽視門旁專掛斗篷的鉤子。他把驚奇袋放在斗篷上，一屁股坐在椅子上，把腳蹺到桌上，下頷夾著小提琴。「一點也沒錯。」

黎莎去拿茶杯和餅乾時踢了椅子一腳，讓他的雙腳摔下桌面。「你怎麼說服妻子讓你一個人來？」

「比想像中簡單。」羅傑說。「她先拍拍我的頭，然後說了些有關骨骰的瘋話，然後就放我走了。」

「那些骨骰可不簡單。」黎莎帶著茶走回來。

「說得對。」羅傑點頭。「而且它們的力量很實在。」

黎莎克制噁心感。「不過就是讓人們更加相信她們預言的有力工具，但如果它們眞的像達馬丁對外宣稱的那麼強大，克拉西亞人早就已經讓所有北地女人戴上面紗、讓男人持矛了。」

「好拐杖。」羅傑說著喝了口茶，臉皺成一團。「妳每次都捨不得放糖。」他從口袋裡拿出水瓶，倒了一點焦糖色液體到茶杯裡。黎莎皺眉，但他只是微笑，朝她舉了舉杯，然後喝上一口。「好多了。不過苦茶和惡魔骰的問題晚點再說，我們沒多少時間可以討論那個瘋女人。」

黎莎不必問他指的是誰。瑞娜・譚納將安奇度高舉過頭的身影自她腦中浮現。當時黎莎好好打量了她一番。在黑柄魔印和凶狠的表情下有張美麗的圓臉，還有能讓黎莎自嘆不如的肉體——充滿結實的肌肉，兼具完美的女性線條。

這就是他想要的嗎？她心想。能徒手勒斃惡魔的女人？

若眞如此，那就不是瑞娜的錯。她不該怪她。「我們不知道她有沒有比他瘋狂，羅傑。」

羅傑大笑。「我是不想這麼說啦，黎莎，但亞倫就像惡魔屎一樣瘋狂。我欠他一命，我永遠不會忘記，但那傢伙的所作所爲總是與理性的人背道而馳。」

「那就是他強大的原因。」黎莎說。「而且說起來你也一樣。」

羅傑聳肩。「我從沒遇過理性的吟遊詩人。」他又喝了口茶。「他們說他和她訂婚了。妳想他是認眞的嗎？」

「那不關我們的事，羅傑。」黎莎說。

「惡魔屎。」羅傑說。「那關係到整個天殺的世界的命運——尤其和妳有關。」

「怎麼會？」黎莎問。「我們不過就是一年前有過短暫的激情，而那之後誰也沒提起。」

「射得快，嗯？」羅傑問。「這種細節在傳說中是聽不到的。」

「我們……被打斷了。」黎莎說，想起硬生生將他們分開的那頭木惡魔。她從沒那麼痛恨任何一頭地心魔物。「但那並不表示我有權去管他之後和誰在一起。」

「妳知道他們住在史密特那裡嗎？」羅傑問。「就和我住同一條走廊。我每天晚上都得聽他們叫床，史密特的女兒梅莉說他們獵殺惡魔回來後會搞到牆壁都在震。」

黎莎的茶杯開始搖晃，因爲她抓得太緊了。羅傑用琴弓指了指她的手和茶杯。「看到了沒？那就是此事和妳有關的原因。」

「不遠了。」亞倫說。他們已經離開伐木窪地大魔印邊界一哩，前往藥草師小屋。鎮民鋪了一條魔印路，不過亞倫採取較爲直接的路線，帶她穿越樹林。走著走著，瑞娜看到熟悉的地方。

「這裡距離你上次那個藏身處很近。」

「黎莎需要有人照料，」亞倫說。「她很聰明，但這有時候會讓她惹上麻煩。」

瑞娜腦中浮現黎莎．佩伯在伯爵王座廳裡的模樣，這幾個小時以來一直如此。那個女人光是在想像中就已經夠糟了——勇敢、聰明、富有、是所有窪地人的偶像——而亞倫當然不會提到她如晨曦般的美貌，擁有男人愛死了的那種柔弱無助的表情。「你待在附近，好讓魔印人能像傳說中的英雄一樣趕過去拯救她？」

亞倫不再前進，嘆了口氣，接著轉身面對她。「這樣好了，瑞娜。妳告訴我妳和科比．費雪交往的所有細節，我就告訴妳我從前有多喜歡黎莎．佩伯。」

瑞娜心中燃起怒火，看見四周的魔光朝自己竄來，吸取她的情緒，進而加以強化。強烈的情緒會在黑夜裡透過魔法的光芒表現出來。亞倫肯定看出了她的憤怒所引發的強光，但他只是冷冷地看著她。他沒有後退，也沒有進一步觸怒她，迫使她慢慢冷靜下來。

他說得對。她曾經和科比．費雪做過一些事——親密的事——與亞倫毫無關係，他完全沒必要知道，那不關他的事。

這種情況下，她怎麼能不賦予他同樣的權利？他把黎莎丟在窪地裡好幾個月不管，和瑞娜在一起，還發誓與她廝守。他從前對她有什麼感覺、一起做過什麼事，又有什麼關係呢？

但就是有關係。「科比．費雪死了。」她說。「黎莎．佩伯卻邀請我們去喝茶。」

亞倫嘆氣。「那妳要我怎麼做？瑞娜。」

她深吸口氣，用亞倫教她的方法調勻呼吸，如同擁抱痛苦般擁抱憤怒。她任由情緒透體而過，突然後退一步，拋開所有憤怒。她的魔光黯淡下來。「對我不公平。」她終於說道。「這可不好受。」

亞倫笑。「我知道。對我來說也不好受，瑞娜。反正……別動手揍任何沒先動手的人，好嗎？」

瑞娜輕笑。「好，我保證。其他就不敢保證了。」

「那就夠了。」亞倫說著踏上另一條道路。這條路是由新灌好的大塊克里特所鋪成。表面上刻有強力魔印，沒有任何地心魔物能進入。它們微微發光，吸收來自地心的魔力。越接近目的地，魔印就越複雜。石板道的盡頭是座巨大的花園，比豪爾整座田地還要大，但是裡面種的都不是瑞娜見過的食用穀物。這裡只種麻藥和藥草，藥草師的花園。

花園中鋪了一條泥土路，順著兩旁種植不同作物的區塊左彎右拐。每一個區塊都由魔印石圍起，提供某些植物溫暖，也幫其他植物降溫，吸收空氣中的濕氣滋養根部。

「花俏。」瑞娜冷哼道，心知這片花園不光只是花俏而已。這裡有複雜得自己完全看不懂的魔印網。即使眼睜睜看著魔法流動與消退，她還是只能猜測它們的效用。亞倫甚至還沒有正式引見黎莎·佩伯，瑞娜卻已經開始討厭她了。她就像是吟遊詩人故事裡的女巫師。

他們穿越花園，來到一片寬敞的空地，空地中央有間小屋，樸實無華地坐落在這片壯麗的奇觀之間。不知為何，這讓瑞娜更加討厭黎莎·佩伯。

儘管氣溫溫暖，她依然微微顫抖，拉緊斗篷，想起這是她送的禮物就讓她更氣。

一名女子在令人頭暈目眩的扭曲現象之中步出陰影，拉開她自己的隱形斗篷。她的弓箭指地，她在魔印視覺下看起來大不相同，渾身綻放魔光，但是瑞娜認得她。汪妲·卡特，亞倫另一名學徒，身穿全新的木盔甲，看來氣勢不凡。

年輕女子立在他們面前，比任何女人還高，體型也壯上兩倍。她微笑，身旁的魔光在她深深鞠躬時變得溫暖親切。

「解放者。」

「告訴妳很多次了，我不是解放者，汪妲。」亞倫說，不過沒有通常說這句話時的輕蔑語氣。他喜歡這個少女。「叫我亞倫。」

汪妲搖頭，目光低垂。「我想我辦不到，先生。」

「貝爾斯先生？」亞倫提議。

汪妲笑容滿面。「好，這樣應該可以。」她轉向瑞娜，再度鞠躬。「歡迎光臨，譚納小姐。很榮幸見到妳。我看到妳在王座室擊敗安奇度，而我曾見他出手。希望有朝一日我能有妳一半強。」

那得付出代價。瑞娜心想，不過表面上只是點點頭，望向亞倫。「我有好老師。」

汪妲微笑，崇拜地看著亞倫。「是。」她看回小屋。「黎莎女士和羅傑已經在裡面了。如果你們不介意等一會兒，我先去通報一聲。」

「我喜歡她。」瑞娜在女孩進屋時說道。

亞倫點頭。「要是我身後跟了一百個汪妲．卡特，我就可以直闖地心魔域。」

汪妲於天黑後一小時開門進來。「他們到了，黎莎女士。」

「謝謝，汪妲。」黎莎說。「麻煩妳請他們進來，然後巡邏庭院，確保沒有人偷聽。」

汪妲點頭。「是，女士。」片刻過後，亞倫進屋，她不曾見過他如此放鬆的樣子。瑞娜．譚納跟著走入，雙眼綻放出掠食者般的猜疑目光。她看著黎莎，黎莎這才發現自己很沒禮貌地盯著她看。

伊羅娜的聲音傳入腦中。*快說話，白痴女孩。*

黎莎搖了搖頭，朝她走去。「歡迎光臨寒舍。我想妳叫瑞娜？」她的目光瞟向亞倫。「我們還沒有正式介紹，我是黎莎．佩伯。」她伸手去幫對方拿斗篷，結果吃了一驚。那是她幫亞倫縫製的隱形斗篷。

他把它送給她了？想起自己花了比她自己和羅傑的斗篷加起來還多的心力縫製這件斗篷，她就怒不可抑。那時她花盡心思想要取悅他，想要展現自己的魔印能力，但亞倫只是在她將斗篷披上他肩膀時瞄了它一眼，之後就再也沒穿過。

那是你的訂婚禮物嗎？她苦澀地想道，突然之間覺得他們兩個人的感情與她大有關係。

「我知道妳是誰。」瑞娜說。

她臉上的表情讓黎莎很想抓起布魯娜的拐杖敲她，但她保持愉快的笑容。「喝茶嗎？」

「是，麻煩了。」亞倫說著伸手摟著瑞娜，拉開兩個女人間的距離。

羅傑一個筋斗翻下座椅，輕巧地落在地上。「羅傑．半掌，任憑差遣。」

瑞娜大笑鼓掌，突然變得像個純真的小女孩。「瑞娜．譚納，」她在他吻她手背時說道。「亞倫跟我說過很多你的事。」

「別信他的。」羅傑眨眼道。瑞娜對他微笑，黎莎很想尖叫，但臉上始終保持燦爛的笑容。

「來幫我端茶，羅傑。」她說。他照做，當兩人站在長桌前面對一堆茶杯茶盤時，她低聲說道：「黑夜呀，你到底是哪一邊的？」

「喔，現在我們分邊了？」羅傑故作可愛地說。「我以為他們怎樣不關我們的事。」

黎莎踢他一腳，不過他輕易躲開，要給瑞娜和亞倫的茶沒灑出半滴。黎莎從廚房的桌上端出茶杯，看見亞倫和瑞娜一起坐在她的長椅上，羅傑則坐在靠近他們兩人旁邊的椅子。她在想這兩個男的是不是刻意要讓瑞娜與她坐得越遠越好。

「那麼，」羅傑故意拉長尾音。「近來如何？」

「忙啊，」亞倫說。「窪地擴張的速度越來越快，人們從自由城邦各地趕來，吞併附近的村落。

我們依照冬天規畫的大魔印趕工，有些大魔印已經啓動了。」

亞倫雙眼發光地看著她。「一切都在運作中，黎莎。大魔印持續發光，有一天我們將不必再對抗惡魔。沒人可殺，它們將會全部困在地心魔域。照這種速度發展下去，湯姆士伯爵很快就會自封公爵，而林白克沒有能力阻止他。」

「但是你有。」羅傑說。

「那不關我的事。」亞倫說。「我不在乎誰坐在哪個王座上，只要大魔印持續建造，人們也有持續在準備就好。」

「準備什麼？」黎莎問。

「戰爭。」亞倫說。「惡魔會試圖阻止我們，以免大魔印系統到達一定的臨界數量。」

「惡魔屎。」羅傑瞄向黎莎，然後又看回亞倫。「我聽夠了你們兩個老說什麼不關你們的事，偏偏你們就是事情的關鍵。那些人之所以從自由城邦跑來這裡，建造大魔印、訓練戰技，都是因爲你的緣故，亞倫．貝爾斯，天殺的魔印人，而不是湯姆士伯爵。」

亞倫聳肩。「或許吧。又或許他們只是過膩了躲躲藏藏的生活，想爲自由奮戰。沒錯，我是聚集人民的旗幟，但這並不表示我該自立爲王，就算我想要——而我不想。我有什麼理由反抗湯姆士？他有點驕傲自大，但所作所爲都是稱職的貴族該做的事——修建道路和城鎮、幫助人們繪製魔印、種植穀物、任命行政官員和神職人員維護和平、收垃圾、借貸、讓所有人有飯吃、提升生活品質。他的稅率很高，但還算合理，他不會拒絕接納新公民，只要他們宣示效忠安吉爾斯，而且他也沒有足夠的人手欺壓百姓。」

「我聽說他有上千名林木士兵。」羅傑說。

亞倫搖頭。「上千名能戴木盔、拿長矛行軍的人，對，不過眞正的林木士兵不到兩百人。剩下的人射箭還算有點準頭，不過大多都是魔印師、工程師，以及建築團隊。」

「現在又加上了加爾德和伐木工，多虧了你。」黎莎說。

亞倫再度聳肩。「伯爵可以在白天時充分利用他們。到晚上他們歸我所有，外加林木軍團的士兵。湯姆士本人都會在夜晚出陣，接受我的指揮作戰。」

「暫時。」黎莎說。

「湯姆士知道我隨時都可以踢倒他的堡壘大門。」亞倫說。「只要我在這裡，他就不會亂來。」

「如果你不在呢？」黎莎問。

亞倫微笑。「那妳就得自己想辦法，請不要像上次在安吉爾斯宮廷裡那樣突然消失。」

他的笑容令黎莎怒火中燒。她當初「突然消失」是與阿瑞安老公爵夫人會面的煙霧彈，老公爵夫人才是安吉爾斯眞正的權力中心——她兒子不過就是一群傀儡。亞倫與公爵和他弟弟的會面根本就是場騙局。但當然，她無法在這裡提起此事，以免破壞阿瑞安對她的信任。

*我得讓他以為我是個傻瓜。*這個想法令她火大。「歐可公爵怎麼說？」她改變話題問道。

「林白克絕不會答應歐可要求的條件。」亞倫說。「除非克拉西亞人殺到安吉爾斯城外，或許就連那時候也不會答應。他們不可能結盟。」

這個結論讓屋內的氣氛沉重起來。這表示安吉爾斯得單獨面對阿曼恩，這也表示克拉西亞人朝雷克頓發兵前不可能有人援助他們。雷克頓人還有多少時間？一年？最多三年？

「他到底開出什麼條件？」羅傑問。

「林白克沒有子嗣。」亞倫說。「歐可要他和梅兒妮公爵大人離婚，娶自己的女兒，而他的女兒都已生兒育女。」

「海帕緹雅、艾莉雅和羅蘭，」羅傑說。「全自由城邦的人都知道她們長得就像石惡魔。他乾脆叫林白克脫掉褲子，躺在酒桶上算了。」

亞倫點頭。「如果克拉西亞人攻陷安吉爾斯，金屬王座會在河橋鎮阻擋他們進軍。」

「歐可是個白痴。」黎莎說。

「比妳想像的更加白痴。」亞倫說。「歐可擁有火焰的祕密，黎莎，還有能把它們變成難以想像的恐怖力量的設計圖。」他拿出一本皮革古書丟給她。封面上寫著：*古世界武器*。

「翻閱前先休息一下。」亞倫建議道。「它能讓妳不眠不休一個禮拜。」

黎莎接下書，過程中一直盯著亞倫的雙眼——似乎很平靜，很祥和，彷彿他已經不再擔心明天，而將所有精神放在今天。「你變了好多。平民服飾、換回本名……」*你的眼神*。她很想說，但明智地決定不要說出口。

「尋回了我的根，」亞倫說，朝瑞娜點頭。「我不會再忘掉它們的。」

「忘掉的話，等著被踢。」瑞娜說著摸摸他的腳。

亞倫把手放在她手上，輕輕一捏。如此微不足道的小動作卻掀起洶湧的波濤，黎莎在亞倫將目光移回她身上時壓抑發抖的衝動。「我現在知道自己的身分了，黎莎。知道了我是誰，不再懷疑，不再擔憂。」

「怎麼辦到的？」黎莎問。

亞倫語氣嚴肅。「上個新月，一頭惡魔想要殺我。」

羅傑輕笑。「每天晚上不都這樣？」

「不是一般的軀殼，羅傑。」亞倫說，換上魔印人的啞音。羅傑的笑意漸失。

「一頭聰明的惡魔。」黎莎說。「姐西告訴我了，會跑到你的腦子裡。」

亞倫輕拍腦側。「而我也跑他的腦子裡去了。沒有很久，但足以弄清楚我們即將面對什麼樣的敵人，並且透過他們的方式看待魔法。而看過了之後，我就沒辦法假裝沒看到。」

他揚起手，平空比畫許多小魔印。一盞接著一盞，房內的油燈熄滅。黎莎把手伸到圍裙中取出魔印眼鏡，還沒戴上，他已經在他們頭頂上畫了個光魔印，將房間照耀得比白天窗戶全開時還要亮。

「造物主哇。」羅傑低聲道。

「只是小小示範。」亞倫站起身來，自皮帶上拔出匕首。「現在幾乎沒有東西傷得了我，就算傷到我了……」他割破手掌，劃開一條明顯的血線。

「亞倫！」黎莎大叫，連忙衝上去檢視傷口。傷可見骨——她在鮮血湧現、落地前看到些許白骨。就算仔細縫好傷口，肯定也會留疤。她望向瑞娜，但女人似乎毫不擔心。

「……我也立刻就能治好它。」亞倫把話說完，手掌化成煙霧，滲過黎莎的指間，然後重新塑型，完好如初，除了皮膚上複雜的魔印紋身外堪稱完美無瑕，就連地上的血都消失了。

黎莎戴上魔印眼鏡，仔細打量他。在魔印視覺之前，亞倫的身體比之前還亮，而且——她有點驚訝地發現——瑞娜也一樣會綻放魔光。

「我也能治療其他人。」亞倫說。「還能隔空殺死惡魔。我每天都會發現新的力量，魔法擁有無限的可能。」

「姐西說你清空了診所。」黎莎說。「但儘管全身發光，你身上還是沒有那麼強大的魔力。你從哪裡取得魔力的？霍拉？惡魔膿汁？」

亞倫搖頭。「外來的。妳之前說的對，大魔印讓我虛弱，黎莎。它們會吸走我的魔力，強化它們的力場。」他微笑。「但現在我能反轉這個過程。」

他深吸口氣，黎莎在看到地上的魔霧向他竄去時驚呼一聲。小屋內不管用漆的還是用刻的魔印原本閃閃發光，現在全都黯淡無光，只剩下亞倫一個人亮得難以逼視。

「你從心靈惡魔那裡學會這麼多？」黎莎問。

亞倫點頭。「但不要因為我運氣好殺了一頭就小看他們，我才剛開始探索這些對他們來說就像呼吸一樣自然的力量。還有更多心靈惡魔會來，而且他們不會再小看我了。」

「是人形，但比較矮小？」黎莎問。「腦袋很大，還有退化的魔角？」

亞倫瞇起雙眼。「我從沒向別人提過這件事。」他看向瑞娜。

「不要那樣看我，亞倫．貝爾斯，」她說。「那天的事我沒對任何人說。」

「有頭心靈惡魔在艾弗倫恩惠裡偷襲我們。」黎莎說。

亞倫看向羅傑。「不是我們。」吟遊詩人說。「我在洗澡，錯過整場好戲。」

亞倫一臉驚訝。「怎麼回事？」

黎莎壓抑回想此事所產生的厭惡感。「他趁月虧出擊，就和你碰上的一樣。他……控制了我。」

瑞娜看向她，眼中首度浮現感同身受的神情。「強迫妳做事？」

黎莎點頭。「他是去殺阿曼恩的，又或許是要降低他的威信。把我和他妻子英內薇拉當作傀儡般去對付他。」

「妳怎麼破除法術的？」亞倫問。

「阿曼恩碰了我們，他皇冠上的魔印發光。」黎莎說。「惡魔的控制立刻解除。阿曼恩殺了他，不過如果不是我們令惡魔分心，或許他會死在對方手上。」

亞倫點頭，望向瑞娜。「身邊少了個好女人，男人就什麼也不是。」瑞娜向他微笑，黎莎嚥下差點湧上喉嚨的膽汁。

「他單獨行動？」瑞娜問。

黎莎搖頭，從女人的眼中看出她早就猜到那時的情況。「他有個……保鏢，會變形。」

「化身魔。」亞倫說。「它們可以變化爲任何看見或想像的東西。正常情況下，它們的想像力並不豐富，但在心靈惡魔的控制下……」

「阿曼恩說他是阿拉蓋卡的王子。」黎莎說。「下次月虧會有更多頭現世。」

亞倫點頭。「那傢伙或許是個該死的渾蛋，但他說的沒錯。再過一個半禮拜就要到新月了。我儘可能幫窪地備戰，但到時候的情況將會讓伐木窪地之役看起來像是擒抱的球賽而已。」

黎莎點頭。「這裡和艾弗倫恩惠都一樣。心靈惡魔懼怕阿曼恩，就像他們怕你一樣。如果殺了他，你就等於是送給他們一份大禮。」她說這話是爲了要刺激他，提醒他他們曾在安吉爾斯來此途中的山洞裡立下誓言，發誓絕不把任何東西交給地心魔物。

她以爲他會震驚、憤怒或哀傷，但亞倫只是耐心地看著她。

「妳不能用我兒時許下的承諾來左右我，黎莎。我這輩子做過不少承諾，我自己會判斷兌現承諾的時機和方式。」

「什麼承諾？」瑞娜問。

「晚點再說。」亞倫說，語氣聽起來有點緊繃。瑞娜不太滿意，不過還是沒逼問。

「阿邦和阿曼恩都說他們跟帕爾青恩是朋友。」黎莎說。

亞倫大笑，似乎對於她知道他的克拉西亞名字不會感到驚訝。「阿邦沒有朋友，黎莎！只有有利可圖的生意夥伴，而我肯定提供了不少利益。而阿曼恩·賈迪爾是個雙面人，一個他仁慈公正，另一個他——眞正的他——很少出現。他會爲了權力不擇手段。」

「大迷宮裡究竟發生過什麼事？」黎莎直言相詢。「他對你做了什麼？不要再打啞謎了！如果你不要我們相信這個人，就把原因說出來！」

第一次，亞倫眼中不再平靜。羅傑拿出酒瓶，亞倫順手在空中比畫魔印，酒瓶如同鐵屑飛往磁石般飛入他的手中。他打開瓶蓋，喝了一大口酒，身體前傾，手臂放在大腿上，目光低垂。

「阿曼恩·賈迪爾是我的阿金帕爾。」他開口道。「你們肯定聽過這個名詞，但我不認爲有人了解它的意義。他帶我參與這輩子第一場眞正的惡魔戰役，與我並肩作戰，一起灑血……」

「就像你爲窪地人做的一樣。」羅傑說。

「還有爲我做的。」瑞娜說。

亞倫點頭。「對，那又不同。克拉西亞人不想讓我參戰，他們認爲我不夠格。賈迪爾獨排眾議，爲我出頭。他邀請我到他的宮殿裡，學習我的語言，就像個哥哥一樣教我許多關於世界還有我自己的事、如果讓我獨自摸索肯定要學上一輩子的事。」

「所以你們眞的是朋友。」黎莎說，但這話並沒有平息他的語氣中那種令人擔憂的怒氣。

「對我而言，」亞倫點頭道。「但現在回想起來，或許他一直以來就打算在我失去利用價值後立刻從背後刺我一矛，一直打算發兵北上，並且在我身上策劃這一切。」

他吐出一口氣。「不過也可能不是，或許一切都跟接下來的事情有關。」

所有人鴉雀無聲，大家都專心聽亞倫說話，就連瑞娜也一樣。

看來他畢竟還是沒有什麼事都告訴她。黎莎心想。

「那時候我不光只是與克拉西亞人並肩作戰，」亞倫說。「我還繼續擔任信使，花很多年的時間探索廢墟。我會拿大多數人一輩子都賺不到的錢去購買多半什麼都找不到的地圖，並在找尋廢墟的途中不只一次差點害死自己。但接著，幾年之前，阿邦賣給我一則安納克桑地圖的情報。」

「卡吉最後的安息地。」黎莎說。

亞倫點頭。「我光是爲了得到那份地圖就差點送命，直接跑去達馬的面前抄錄。我在沙漠中花了幾個禮拜找尋安納克桑。克拉西亞人說它已經被黃沙埋起來了，但我這個人就是執迷不悟。」

「沒錯。」黎莎說。

亞倫目光閃爍。「但我找到它了，黎莎！安納克桑，天殺的卡吉失落之城，我找到了！有半座城市埋在沙裡，即便如此，還是比妳見過的任何地方還要美麗。它的宮殿比所有公爵的住所還要壯觀，完善地保存在黃沙之下。我在裡面最宏偉的宮殿找到了一道通往墓穴的石階，在裡面搜尋。」

羅傑熱切地湊上前去。「你找到什麼了？」

「卡吉。」亞倫說。「又或許是他的後裔。做過防腐處理，全身包滿布條，手仍緊握長矛。」

「卡吉之矛。」黎莎說，體內生起一股寒意。阿曼恩的長矛。

亞倫點頭。「我把長矛帶去克拉西亞，與他們分享祕密。他們全都認定我在說謊，直到它首度綻放魔光，在大迷宮中殺死惡魔。一小時後，部隊變成我在率領，所有沙羅姆都高呼我的名號。兩小時後，賈迪爾和他的手下布下陷阱，從我手中奪走卡吉之矛，當時卡維爾和克里弗都在場。他們擊倒我，奪走長矛，把我丟到困了一頭沙惡魔的魔印坑裡。」

「造物主啊。」瑞娜瞪大雙眼說道。她嘴角一撇，似要咆哮，緊握插在腰間的獵刀骨柄。

「你怎麼逃走的？」羅傑問。

「殺了惡魔，爬出魔印坑。」亞倫說。「於是賈迪爾打裂我的頭，把我丟在沙漠裡等死。」

瑞娜吼道：「我要砍死那些狗……」

亞倫握住她的手，她冷靜下來。「卡維爾和克里弗都只是奉命行事。那並非他們的錯，他們只是軀殼，賈迪爾才是首腦。」

「他一定將你洗劫聖城和卡吉之墓的事視為嚴重的罪行。」黎莎說。

亞倫聳肩。「難道我要把那些失落的魔法留在黃沙裡繼續沉睡？」

「當然不是，但你必須了解他們的立場。」黎莎說。

亞倫難以置信地看著她。「我了解的事實就是賈迪爾從我手中奪走了全世界最強大的武器，而他不但不分享武器的祕密，反而利用它入侵提沙，姦淫擄掠。而我所不能了解的地方在於妳為什麼一直護著那個駱駝屎……」

他突然瞪大雙眼。「妳跟他搞上了。」

「那不關你的事！」黎莎本來不打算用吼的，但她一整個晚上都在累積怒火，還有強烈的噁心和劇烈的頭痛。她知道這樣吼叫等於承認此事，但這只有讓她更憤怒。「而且你沒資格說我！」她揮手比向瑞娜。

瑞娜沒有說話，只是站起身來，繞過茶桌，大步走向黎莎。兩人四目相對，黎莎終於瞭解羅傑面對卡維爾時是什麼心情。她在圍裙中找尋可供自衛的東西，但瑞娜一把抓住她的手腕，拉出口袋。

「妳有話對我說，直截了當地說出來。」她吼道。

「啊！」黎莎在對方扭轉手腕時驚叫道。

亞倫立刻趕到，抓住瑞娜的手腕。「夠了，瑞娜！」他拉開瑞娜，但她竟能與他抗衡。亞倫和黎莎一樣驚訝。一時之間，黎莎擔心瑞娜會殺了自己。野女人湊上前來，兩人的鼻尖幾乎碰在一起。黎莎微微畏縮，擔心自己會失禁，連最後一點尊嚴都不保。

但瑞娜只說了話，聲音低沉冷淡。「他對我說過訂婚誓約，黎莎．佩伯。他對妳說過嗎？」

黎莎倒抽一口涼氣。這話簡直和那年加爾德．卡特對信使馬力克說的一模一樣，就在兩人為了黎莎大打出手之前。「沒——沒有。」她終於結結巴巴地說道。

「那妳就沒資格過問我們兩個的事。」瑞娜放開黎莎的手腕，向後退開。亞倫放開她的手臂，她轉過身去，衝出小屋。

黎莎揉著疼痛的手腕，瞪著亞倫說道：「你的女人眞可愛。」

亞倫瞪她，她立刻後悔說這種話。她伸手想要摸他，但她的手在他化為煙霧的同時透體而過，他消失了。

一時之間，她和羅傑就這麼看著他剛剛身處的位置。終於，羅傑搖了搖頭，轉向黎莎笑道：「本來可能會更糟的。」

黎莎瞪他一眼。「你不該回去找你妻子了嗎？」

羅傑搖頭，走過來伸手摟著她。「她們可以等。」

黎莎試圖掙脫，但他摟得很緊，片刻過後，她不再抗拒。不過他還是摟著她，於是她慢慢揚起雙臂，回應他的擁抱。

接著她開始哭泣。

瑞娜頭也不回地路過伐木工女孩，步入花園迷宮之後加快腳步。爲了遠離女巫的小屋，她開始小跑步，接著全速狂奔。但不管她跑得多快，痛苦和憤怒始終如影隨形，而她沒辦法擁抱它們。

她拔出獵刀。她要去狩獵，殺一頭地心魔物，拿它充滿魔力的血肉大快朵頤。魔力將會撫平她的痛苦——沉浸在快感中，她就會欣喜若狂。

她記得亞倫抓她手腕的感覺。他用力拉扯她，而她抗拒他。如果使盡全力，他還是可以強行拉開她的手，但是她的力量也相去不遠了。要不了多久，她就能變得和他一樣強。

前方的路上冒出魔霧。瑞娜全身緊繃，滿心以爲那是一頭地心魔物。但是太陽已經下山許久，而她完全沒看見任何魔物現形。眼前的肯定是亞倫。

這是他的新把戲之一。他說每天都能學會新把戲可不是隨便說說的，而他也越來越習慣使用它們，至少在瑞娜面前。他說這招叫「溜冰」——溜到地表之下，趁著魔法的奔流，轉眼之間從一地前往另一地。

瑞娜曾嘗試這麼做，但截至目前爲止，她都還做不到分解形體。至於是因爲她吃的惡魔肉還不夠多，還是因爲時間沒有長得足以令她改變就不得而知了。或許要幾個月，甚至幾年。

*但我會學會的，*她對自己承諾道。*就像太陽肯定會升起一樣。*

亞倫凝聚形體，在瑞娜衝進懷裡時摟住她。「剛剛那是怎麼回事？妳保證不會發脾氣的。」

瑞娜搖頭。「我是保證不打人，而我沒打。」

亞倫嘆氣。「照字面上講是沒錯，但妳是個大人了，瑞娜。不能這樣到處威脅人。」

「女巫須要有人威脅她，並且提醒她，你不是她的。」她瞪著亞倫。「她也不是你的，就算你們兩個以前搞在一起，還不敢跟我提起也一樣。」

她再度起步，隨便找個方向大步走去，迫使亞倫連忙跟上。「我沒問過妳在草料棚上跟什麼人做過，瑞娜。我們同意不提過去。」

瑞娜對他揮手。「我不怪你。我知道自己有缺點，而這位拘謹完美小姐擁有男人夢寐以求的一切。金錢、魔法、深受所有人愛戴。還有，喔，看看那個！她還幫人殺了一頭心靈惡魔！我要是你，我也會把我自己丟到旁邊。」

亞倫抓著她，用力轉過來面對自己。「我不會把妳丟到旁邊，瑞娜。現在不會，永遠都不會。沒錯，黎莎有她美好的一面，但她也有她瘋狂的一面，而且不管她原先打算如何，妳都瞪贏她了。」他笑。「我從沒看過有人讓她那麼害怕，我以爲她要失禁了。」

瑞娜笑嘻嘻地道：「我本來期待看到她失禁的。」

「妳聽到她說了，」亞倫說。「我沒和她訂婚，瑞娜．譚納。我和妳訂婚。」

瑞娜看著他，很想相信他，但一切聽起來都像惡魔屎。他們以前玩過這一套。亞倫講得天花亂墜，說得好像她是他世界的中心，他永遠不會想要其他女人。他會一直說什麼她是他的日出和日落之類的甜言蜜語。她知道只要聽得夠久，自己就會被他說服——或是煩得不想再聽，只好停止爭吵。

但到最後，一切都只是空談。「瑞娜．貝爾斯。」她說。

「什麼？」亞倫問。

「不是譚納。」瑞娜說。「如果你是眞心誠意，那就去找個牧師，兌現承諾。今晚就去，要不然講那麼多都是廢話。」

第二十章　唯一證人　333AR　夏

新月前第十一個拂曉

亞倫看著瑞娜很長一段時間。這目光讓她感覺像是被惡魔王子剝光心靈一樣赤裸，她並不是第一次懷疑亞倫有沒有學會那個把戲。他眼中充滿批判意味。

「妳認為妳準備好了嗎？瑞娜。」他輕聲問道。

瑞娜抬頭挺胸，直視他的目光。「我早就準備好了。」

「夫妻之間沒有祕密。」亞倫說。

「我知道。」瑞娜說。

亞倫把手放在臉上，以大拇指和食指按摩腦側。「妳把我當傻子嗎？瑞娜。妳以為我看不出來妳在吃惡魔肉嗎？我從妳的呼吸就聞得出來，從妳的血液裡看得出來，在妳的魔力中感知到。就在我哀求妳不要吃的那天晚上，妳就吃了。那之後只要一逮到機會，妳馬上就去吃。」

瑞娜咬牙，試圖壓下心中的怒火，但是失敗了。他竟敢批判她？她所做所為還不是為了救他！魔法竄入她的體內，強化她的力量及怒氣。她必須全力自制才不至於馬上爆發。「早就告訴過你了，亞倫．貝爾斯，你沒資格告訴我該做什麼。」

亞倫肯定看到她的魔力和怒意大增，但他似乎毫不在意。他點頭。「妳是說過，而我也不是在告訴妳該怎麼做。我說過了，妳不打算理我，那是妳的決定。我不在乎妳瞞著我。我自己也不能光明正大地說我沒有隱瞞任何事，人們有權保持隱私。」

「那現在有什麼問題？」瑞娜問道。

亞倫嘆氣。「我剛剛就說了，我怎麼能娶一個把我當傻子的人？」

一聽到這話，瑞娜心中的怒火就像湧起時一樣迅速消失，取而代之的是強烈得難以承受的罪惡感。亞倫的身影在她雙眼泛淚時變得模糊不清。她的雙腳痠軟，跪在地上。

亞倫立刻靠近，扶著她，她靠在他身上，淚水濡濕他的白上衣。他緊緊擁抱她，手指輕撫她頭上僅存的短髮。

「好了，瑞娜。事情沒有那麼糟。」他伸手撫摸她的臉頰，揚起她的頭，直視她的雙眼。「造物主知道我也不完美。」

「我只是想趕上你的腳步。」瑞娜說。「我知道你面前的路不好走，而我承諾過要與你攜手並進。如果你溜到地心魔域裡，把我留在上面呼喚你，我就沒辦法和你在一起了。」

亞倫稍微後傾，朝她微笑。「妳的呼喚讓我不會被吸入地心，瑞娜。不要看輕自己的價值。」

「那不夠。」瑞娜說。「你遲早都會下去的。我從你看著通往地心魔獄道路時的哀傷表情就看得出來。我不是要叫你別去，但我也不打算讓你一個人去。」

亞倫凝視著她，面無表情，不過眼眶泛著淚光。「瑞娜，妳願意為我這麼做？前往地心魔域？」

瑞娜點頭。「哪裡都去，亞倫．貝爾斯，只要和你在一起。」

他嗚咽一聲，突然間變成是她在抱他，而不是他在抱她。「我不能要求妳這麼做，瑞娜。我不能要求任何人這麼做，那地方去了就回不來了。」

她雙手捧著他的臉，讓他看著她。「你沒要求我，但你也不能告訴我該怎麼做。」

她親吻他，一時之間，他僵在原地，似乎打算推開她，但接著他又湊上前去，回應她的吻，手臂緊緊摟著她。

「愛你，亞倫・貝爾斯。」她說。

「愛妳，瑞娜・貝爾斯。」他說。

他們回到鎮上時，不少人在魔物墳場上活動。十多個吟遊詩人擠在音貝棚四周調音，克拉西亞訓練官則在指導一群新人——「原木」，伐木工如此稱呼他們。瑞娜這輩子見過最高大的男人，加爾德將軍，在廣場上來回走動，大聲下令，布區夫婦緊跟在後。一支伐木工巡邏隊集結完畢，等著海斯牧師祝福後就要進入黑夜。

亞倫朝他們走去，禱告中的聖徒看見兩人，禱詞當場頓了一下。他迅速恢復自制，繼續禱告，不過人們已經轉頭看向他們。一如往常，每當亞倫出現時群眾就會開始竊竊私語。

加爾德朝他們走來，但亞倫揮手阻止他，靜靜地等待禱告結束，牧師在戰士們上方比畫魔印。正常情況下，伐木工會立刻離開，但他們全都待在原地看著海斯轉身面對亞倫。

「貝爾斯先生，譚納小姐。」宗教裁判官鞠躬說道。他的語氣很緊繃——那天聚餐之後，他們就再也不曾直接交談，而且盡量不去招惹對方。「能為兩位做什麼？」

「很抱歉麻煩你，牧師。」亞倫說。「我……想請你幫忙。」

裁判官揚起一邊眉毛，看著附近的群眾把話傳開。整座廣場的人開始議論紛紛。

一時之間，裁判官沒有回應，瑞娜有點擔心他們之前梁子結得太大了。但最後他點了點頭。「當然，我們去我聖堂裡的房間談談……」

亞倫搖頭。「去聖壇。」瑞娜牽起他的手，海斯看到了這個動作。「你說過願意主持我們的婚禮。我們想結婚，今晚，現在。」議論的聲浪轉爲喧囂，興奮的低語變成吶喊和叫好。有些人教大家安靜，不想錯過隻字片語。

「你們確定嗎？」裁判官問。「婚禮應該是在太陽下舉行的，不該急急忙忙地在夜晚舉行。」

亞倫點頭。「訂婚十五年了，牧師。我該兌現那年的承諾。」

「免除訂婚的責任。」瑞娜說。

海斯轉向法蘭克。「準備聖壇。」他望向越來越多的群眾。「我們沒有足夠的座位……」

「只有我們就夠了，牧師。」亞倫說。「不需要盛大的儀式，這不是吟遊詩人的表演。」

人群中傳出失望的叫聲，很快就形成不認同的聲浪。加爾德拔出巨斧和彎刀，刀斧交擊，發出巨響。「閉嘴！這個男人拯救了這座小鎮，當他想要一點隱私的時候，誰都不能打擾他！」他轉向伐木工。「你們都聽到了！清場！誰都不能接近聖堂！」

伐木工立刻動作，將他們圍在中間，在群眾中清出一條通路。

「你們至少需要一名見證人。」海斯說。

亞倫轉頭看著加爾德。「你願意站在我身邊嗎？加爾。」

「我？」加爾德尖聲說道，突然間聽起來像個青少年，而非伐木工的魁梧將軍。

「你與我並肩對抗惡魔，」亞倫說。「我想你能應付這種場面。」

「是。」加爾德說。「我的榮幸。」

「那就有勞男爵了。」海斯說著向法蘭克點頭。「讓其他人在外面等。」

輔祭點頭，迅速趕往聖堂。當裁判官和他的客人抵達時，裡面的人魚貫而出。人們擠上前來，跟在他們身後湊熱鬧，不過被伐木工攔下。

「你有戒指嗎？」海斯牧師問亞倫。

「我們不需要……」瑞娜開口，但亞倫把手伸到口袋裡，取出兩枚戒指——精緻的金銀戒指，上面刻滿小魔印。她一眼就看出那是亞倫親手刻的。戒指吸收他的魔力，綻放耀眼的魔光。

她看著他，亞倫露出貓般的笑容。「妳以為我沒在計畫結婚嗎？瑞娜。我本來打算新月之後成婚的，如果我們還活著的話，不過戒指是幾天前就刻好了。」

瑞娜雙眼泛淚，在亞倫為她戴上小戒指時淚流滿面。她雙手顫抖地接過較大的戒指，戴在他的手指上。「我會給你難忘的新婚之夜。」

牧師咳嗽一聲。「以造物主之名，在造物主的聖堂裡，我宣布兩位結為夫妻，以其之名生兒育女。你可以親吻……」

瑞娜撲入亞倫的懷裡，嘴唇緊緊貼在他的唇上，耳中熱血澎湃，根本聽不見牧師有沒有說完那個句子。

「欠你一個人情。」亞倫在終於與瑞娜分開時對牧師說道。「我不會忘記的。」

海斯微笑。「我也不會。」

「恭喜。」加爾德在亞倫轉身時一掌拍在他背上。這一掌的力道足以將正常人撞到大廳另一邊去，但亞倫穩穩站著。「很榮幸當你的見證人，我眞的不夠格。」

「這是我們的榮幸，加爾德．卡特。」亞倫說。「現在有一群好人在看顧窪地了。」

加爾德突然面露悲哀。「我還不夠好。你來到窪地後，我還是……犯了錯。」

亞倫微笑，舉起手掌搭上伐木巨漢的肩。「我們都會犯錯，加爾德。看得出自己犯錯的人就已經走在更好的道路上了。不管你做了什麼，我都原諒你。」

加爾德喜形於色。他抬頭挺胸，整個人甚至比站在聖壇講台上的裁判官都還要高，接著他深深鞠躬。「從現在開始，我要走完這條改變的道路。」他望向海斯。「造物主就是我的見證人。」

「愛你，亞倫．貝爾斯。」瑞娜低聲說道。亞倫牽她的手，領著她走過走道。

加爾德衝到他們前面，推開彷彿毫無重量的聖堂大門。它們在一聲巨響中開啓，門後有數百人擠在聖堂之前，每條街上都有人陸續趕來，把魔物墳場擠得水洩不通。人們爲了有更好的視野而站上廣場四周的陽台，小孩則坐在父母的肩膀上。

瑞娜僵在原地。她這輩子唯一一次見過這麼多人，就是提貝溪鎭民聚集在鎭中廣場看她被綁在木樁上給惡魔殺的那次。一千個人跑去看戲，沒有一個人打算阻止地心魔物把她撕成碎片。

她感覺心跳停止，下意識地伸手要去拔刀。

「結爲夫妻！」加爾德吼道，群眾的歡呼聲震耳欲聾，把瑞娜嚇得清醒過來。她震驚地看著人們倉促摘來的鮮花從天而降，音貝棚裡的吟遊詩人開始奏樂。

亞倫鞠躬，朝她伸出手臂，聲音低得只有他們的強化聽力才聽得見。「他們不是來傷害妳的，瑞娜，只是想要祝福我們，然後跳舞狂歡。」

瑞娜勾起他的手臂，讓他領著自己步入群眾之中。一名年長的女人迎上前來，帶著緊張的笑容屈膝行禮。「梅格・卡特。」她說。「我們一家人很榮幸能在伐木窪地之役中與妳丈夫並肩作戰。要不是他，今天我們都不可能站在這裡。」

她將插了幾朵微枯花朵的美麗陶壺硬推給瑞娜。「這個壺已經在我們家流傳百年了。我祖父說他是向信使買的，而對方說這個壺的年代可以追溯到惡魔回歸之前，不曉得是不是眞的。我知道這算不了什麼，但我希望把它給妳，祝妳新婚愉快。」

瑞娜呆了，不知道該說什麼。這個女人表現得好像這不是什麼大不了的禮物，但她的眼神顯示她很珍惜它。這種東西絕對不會輕易送人。

「我……謝……」她終於開口，但女人已經被人擠開，另一個人站上前來。瑞娜認得此人的相貌，不過不記得名字。瑞娜喜歡對方院子裡的玫瑰花叢，曾在路過時這麼告訴她。

「珊蒂・泰勒。」女人尷尬地屈膝行禮，不過卻因爲手中捧著一大束用紅絲綑綁的玫瑰花而絆了一跤。瑞娜可以猜到她因爲匆忙摘花而扯破衣袖、割傷手臂。她一定把整個玫瑰花叢裡的花都拔了才弄出這麼一大束花來。「我知道妳喜歡玫瑰，而新娘就該有捧花。」她的臉漲得比玫瑰還紅，馬上轉身離去，接著轉過頭來，指著花束上的蝴蝶結。「那是眞的克拉西亞絲巾。」說完消失在人群裡。瑞娜試圖把花插入壺裡，不過插不進去，只好尷尬地將兩樣東西拿在手上。

人們持續上前，瑞娜彷彿置身夢中。她的黑夜感官、對抗地心魔物時助她活命的本能，在腦中大聲警告她，認定人們會一擁而上——抓她、撕裂她。但是人們不斷鞠躬，獻上倉促間準備的禮物。窪地人沒什麼錢，但還是帶著瑞娜心知那是他們非常珍惜的禮物送給她和亞倫。

「和妳丈夫站在一起……」

「……請收下……」

「……麥莉．布羅爾……」

「……請收下……」

「……妳丈夫救了我……」

「……我兒子的命……」

「……我們所有人……」

「……請收下……」

「……請收下……」

「……請收下……」

即使擁有黑夜的力量，她還是拿不動所有籃子和包裹。沒過多久，她就開始覺得自己像是信使的馱驢，而人們還在持續送禮，還有好幾百個人在排隊。好幾十人。

意外的是，出面解救她的是個克拉西亞女人。

她步出人群，依照南方傳統從頭到腳包在黑袍裡，但眼神卻很親切。「這是幹嘛？」她大聲說道。「新娘不該在新婚之夜親手拿這麼多禮物！」她身邊的人全都僵在原地，而那個女人指向幾個已經送過禮物的女人，輕聲下令道：「找桌子來放禮物，這些珍貴的東西不該放在地上，這是你們族人在阿拉蓋沙拉克中灑血的聖地。」

女人們立刻點頭，紛紛去找其他人幫忙，從瑞娜手中接過禮物。克拉西亞女人看著她，從她眼角的皺紋來看，瑞娜知道她在微笑。「請容我自我介紹。我是莎瑪娃，卡吉部族哈曼血脈查賓之子阿邦的第一妻室。」亞倫一聽立刻抬頭，她直視他的目光。「我丈夫一直都是帕爾青恩眞誠的朋友。」

亞倫打量她一段時間，接著微笑點頭。「很高興又見到妳，阿邦的第一妻室。我希望妳的姊妹和女兒過得都好。」

莎瑪娃鞠躬。「你也一樣，傑夫之子。我眞心希望這些年來你和你榮譽的家人好生興旺。」她回頭面對瑞娜。「如果妳允許我幫忙，我很榮幸在這神聖的夜晚協助帕爾青恩的吉娃卡。」

瑞娜眨了眨眼，然後點頭，結巴道：「好——好。」

莎瑪娃再度鞠躬，拿出小寫字板和紙筆。下一個女人上前送禮時，莎瑪娃記下了她的名字和禮物，然後指示她把禮物放在鎭民搬來並且鋪上白布的桌上。

「如果妳想要，我可以找人看守禮物。」莎瑪娃察覺瑞娜在看時說道。

「不用。」亞倫說。「這裡沒人會偷任何東西。」

莎瑪娃點頭。「悉聽尊便。」

收禮的過程又持續了一段時間，瑞娜在看到克拉西亞女人井井有條地處理所有事情後鬆了口氣。不管這個誰誰誰的妻子莎瑪娃是什麼人，總之都是她的救命恩人。

只聽見一聲吶喊，一群林木士兵穿越群眾而來，光亮的盔甲和護盾在他們推開與會民眾時閃閃發光。瑞娜察覺亞倫渾身緊繃，就連莎瑪娃都變得動作僵硬。但接著士兵散開，爲湯姆士伯爵開道。身穿絲綢與絨布的伯爵看起來就和身穿盔甲時一樣瀟灑。沉重的令牌掛在胸前，頭上戴著金飾環，中央刻有心靈魔印。

伯爵直接來到瑞娜面前，熟練地行了個宮廷鞠躬禮，膝蓋彎到距離石板地面將近一吋。

「我在妳新婚之夜恭喜妳。」他親吻她的手背。「請接受這個伐木郡民的小禮物。」他向身後揮手，亞瑟奔上前來，有點上氣不接下氣。他也身穿華服，不過似乎是匆忙間換上的。他拿出黑絨布盒交給伯爵，伯爵依然維持行禮姿勢，一邊轉身一邊打開盒蓋，將禮物呈獻給瑞娜。

盒裡的絲台上擺著一條精緻的金項鍊，項鍊中央是顆狗眼大小的祖母綠，周圍有圈小寶石。瑞娜還沒習慣金錢的觀念——提貝溪鎮用不到錢——但她還是認得出貴重物品。

她伸出手，以指尖輕撫切割工整的寶石。「好美。」

亞瑟再度上前，在湯姆士舉起項鍊給眾人欣賞時接過盒子。「戴在妳脖子上會更美。」他大聲說道。這是個價值連城的禮物，比其他所有禮物加起來還值錢，但卻讓人覺得虛假。窪地人送的都是最私人的物品。手指上戴滿寶石戒指的湯姆士，送的禮物就只是錢。他真的在乎她結婚了，或者只是政治手段？

瑞娜以大拇指摩擦手指上的指環。那條項鍊真的非常漂亮，但她已經擁有這輩子唯一需要的珠寶了。

她微笑，將音量提高到和伯爵一樣。「感謝你，伯爵閣下。今晚我很榮幸能戴上它，但在窪地郡民仍然挨餓的此刻，我不能收下這樣的禮物。」

莎瑪娃發出斷聲，湯姆士微笑的嘴角微微抽動，但他很快就恢復正常，幫她戴好項鍊時再度鞠躬。「這條項鍊隨妳處置，貝爾斯夫人。明天把它賣了，妳就可以餵飽很多人。」

瑞娜微笑點頭，群眾再度歡呼。亞倫牽著她的手，輕輕一握。她在這簡單的動作中感受到濃濃的愛意。

黎莎在汪妲來到門口時抬頭，她的習慣就是敲門的同時把門打開。她和羅傑坐回桌旁，這一個小時以來都盯著茶杯，迷失在各自的思緒裡。

「很抱歉打擾妳，黎莎女士。」汪妲說。「但市鎮上發生騷動。不知道出了什麼事，不過連在這裡都聽得到，我想不會是好事。」

黎莎放下茶杯，伸手去拿繡到一半的魔印斗篷。她的舊斗篷送給阿曼恩了。剛剛才好一點的頭痛又再度發作起來。「造物主啊，連讓我享受一個寧靜的夜晚都不行嗎？」

羅傑立刻起身，抓起斗篷和琴盒。「阿曼娃和希克娃都在鎮上。」他說完衝向門口。

「羅傑，等我！」黎莎叫道，但他已經跑了，好像全地心魔域裡的惡魔都在追他一樣地死命奔跑。

汪妲看著他離去，嘆了口氣。「希望那些克拉西亞女人知道她們有多幸福，我願意付出一切來換這麼關心我的男人。」

黎莎一手搭上她的肩。「魔法讓妳擁有女人的身材，汪妲，而我知道妳在惡魔狩獵過後激動的情緒下曾和……那些男孩好過，但是妳才十六歲，還有時間弄懂男人，嘗試和幾個交往看看，而且妳又不像大多數女孩那樣需要有個男人衝去救妳。」

汪妲點頭。「對，我想那就是問題。」她揮手比比臉上的傷痕。「那個，還有這個。我是個不錯的發洩對象，但沒人會帶我參加節慶舞會。」

「如果男人只能看見妳臉上的疤，那麼他就配不上妳。」黎莎說。

「我在褲子裡塞條襪子去追女人，或許比等待不在乎臉上疤痕的男人要來得實際。」她們朝鎮上前進時，汪妲說道。

「胡說。」黎莎說。「擺高姿態，要不了多久男人就會為妳爭風吃醋，汪妲·卡特。記住我的話。」

她們走得很快，但黎莎抗拒著奔跑的衝動。多年配合布魯娜緩慢的步伐讓她學會耐心。「如果鎮民沒辦法活到等我趕去，那我根本也救不了他們。」她的老師以前常說。「如果我摔傷屁股，對誰都沒好處。」

快到半路時，路旁有顆大石頭，她們在石頭上看見一條黑影，在魔印光下無法辨識是什麼。汪妲邊走邊搭箭瞄準對方，不過來到近處才發現那是正在專心傾聽的羅傑。

「不管是什麼事，總之不是麻煩。」羅傑說著跳下大石。「聽起來像是狂歡晚會。」他顯然鬆了口氣，不過作爲從不錯過任何晚會的人，他立刻催促她們加快步伐。

隨著他們逐漸接近魔物墳場，音樂與歡笑聲也越來越大，轉爲一股不絕於耳的喧囂。黎莎看見空地上豎起柱子，人們匆忙架設慶典帳篷，吟遊詩人在音貝棚裡演奏，女人則在舞台上跳舞。

「這到底是……？」羅傑滿腦疑惑。

史密特的小孫女史黛拉拿著一籃鮮花跑過他們面前。

「喂，史黛拉！」汪妲叫道。「現在在幹嘛？」

史黛拉放慢腳步，轉頭看向他們，不過沒停下來。「你們沒聽說嗎？解放者結婚了！」她轉回身去，繼續奔跑，消失在前方的人群中。

羅傑和汪妲立刻看向黎莎。她看得出來他們屏息以待，等著看她如何反應。

「汪妲，」她說。「麻煩妳回小屋去拿點慶典煙火。回來時小心點。」

汪妲看著她片刻，接著取下弓弦，將弓搭在肩上，開始奔跑。

「妳還好嗎？」羅傑問。

黎莎聳肩。「他做了決定，羅傑。我的感覺根本無關緊要。亞倫・貝爾斯救了我們，還有這座小鎮，如果這就是他想要的，能給他帶來平靜……」

羅傑看著她。「那就閉嘴，來跳舞。」

黎莎微笑。「好。」

史黛拉又跑過他們面前，一會兒過後拿來更多鮮花。這一次黎莎叫住她，在她手中放了一枚硬幣，拿了一束花。

「往這裡走。」羅傑說著朝一群與人群分開的克拉西亞人走去。站在最前面的是阿曼娃和希克娃，幾名戴爾沙羅姆圍著她們。羅傑加快腳步，黎莎必須撩起裙襬才跟得上。

阿曼娃看見他們，立刻迎上前去，希克娃跟在後面。「你好，丈夫。看來我們挑了個好日子回到窪地部族。聽說帕爾青恩和他的新任吉娃卡臨時決定結婚，你們的族人沒有準備，所以……高興得一團混亂。我在新娘忙不過來前派莎瑪娃過去幫忙。」

「妳眞好心。」黎莎說。

阿曼娃鞠躬，不過目光沒有離開羅傑。「我很榮幸可以觀察你們北地的婚禮習俗。」

羅傑搖頭。「婚禮不是用來觀察的，阿曼娃。婚禮是要享受的。」

阿曼娃搖頭，就連希克娃也有點吃驚。「這又不是我們部族……」

「不是才怪。」羅傑說。「妳們到底是不是我妻子？」

阿曼娃眨眼。「我們當然是……」

「那就……」羅傑牽起她的手，把她拉到身前，在兩人透過白絲面紗鼻頭相觸時微微一笑。「……請妳閉嘴，讓我有這個榮幸與妳一起跳舞。」

話一說完，他帶著兩個妻子一起走到魔物墳場的大空地上。人們跳舞繞圈，動作熟練地轉身勾手。阿曼娃和希克娃仔細觀察這種舞，顯然克拉西亞沒人這麼跳。任何未婚男女間的肢體接觸都有違伊弗佳律法，而去碰不是你妻子的達馬丁肯定會讓人失去手掌。透過眼角餘光，羅傑看見安奇度緊跟在後。

「看著我。」羅傑命令道，兩個女人同時轉向他。「我知道這種舞看起來很難，但其實非常簡單。看我的腳。」他迅速踏出一連串類似數字8的舞步。「妳們試試。」他繼續跳著同樣的舞步。

「很好！」羅傑在她們照做時叫道。「現在隨著音樂的節拍拍手踱步。」他開始拍手，腳掌在石板地上踏著節拍。

「對了，妳們抓到訣竅了。」羅傑說著移動腳步來到阿曼娃面前。「當我們接近時，妳就勾住我的手，然後我會順著妳的力道讓妳轉一圈，最後回到原位。然後就繼續跳。」

「就像沙魯沙克。」阿曼娃點頭。她輕巧地勾起他的手臂，在他轉動她時微微躍起。她輕鬆跟上節奏，落地時不禁出聲輕笑。

「現在換希克娃！」羅傑說著轉身面對另一名妻子，一邊跳過去一邊鞠躬。

希克娃在他轉起她時發出愉悅的尖叫。

就這樣，她們開始輪流和羅傑跳舞。兩個女人都開懷大笑，羅傑感到心滿意足。

「這邊！」羅傑叫道，勾起兩名妻子的手臂，帶著她們朝人群跳去。兩個女人在其他男人跳上來時同時尖叫，但粗胳臂的伐木工勾起阿曼娃轉了一圈，接著又把她轉給羅傑。

「艾弗倫的鬍子！」阿曼娃上氣不接下氣地說，不過語氣中帶有喜悅。

「很榮幸妳們願意融入我們的習俗。」羅傑在她被下一個男人轉開前說道。他及時轉身接下被班恩·布羅爾的學徒轉過來的希克娃。

「我不敢相信我剛剛竟然那樣做！」希克娃開心叫道。

他們又跳了一段時間。達馬丁跳舞的景象吸引克拉西亞男男女女擠入人群，鼓掌跺腳。他們都和家人待在一起，不過開始模仿轉舞，在笑聲中交換舞伴。

舞台上有個吟遊詩人看見羅傑，舉起琴弓指向他，叫道：「半掌！」

人們紛紛叫喊：「半掌！半掌！上台！」人們停下舞步，所有目光都集中在他身上。羅傑朝妻子鞠躬，低聲在阿曼娃耳邊說了幾句話，然後拿出琴盒，在妻子走開的同時跳上台階，步入音貝棚。窪地人在他走向舞台中央時齊聲歡呼。

從這個位置上，羅傑可以看見新婚夫婦亞倫和瑞娜，被一群人團團圍住，不斷揮手和握手。莎瑪娃站在瑞娜另一側，加爾德則在亞倫身旁，一邊維持秩序，一邊滿足大家的需求。

「很榮幸能在這個特別的夜晚出席盛會。」羅傑大聲說道。他沒有魔法聰托擴大音量，但音貝棚的效果也不遑多讓，而羅傑知曉在任何情況下投射聲音的方法。人們安靜下來，他看見亞倫和瑞娜抬頭看他，大力揮手向他們招呼。「要不是那個男人的關係，我今天不可能在這裡，我們都不可能。」他伸手指向亞倫。「亞倫·貝爾斯，拯救我的次數多得數不清，其中有一次就是在這個地方。」

廣場四面八方傳來認同的聲浪。羅傑任由人們歡呼，炒熱氣氛，然後揮手要大家安靜。他環顧四周，看見一個手拿冒泡麥酒杯的男人，比了個手勢，接過酒杯，高高舉起。「現在，我們的朋友娶了個美麗的妻子。」他揮動另外一手。「歡迎瑞娜．貝爾斯！」

數百名伐木工齊聲歡呼，大口喝酒。羅傑一飲而盡，將酒杯丟回給原先那個人，對方彷彿手持獎杯般地高舉酒杯。

「我在舞台上看到許多新面孔，」羅傑說，轉而面對吟遊詩人公會的大師和學徒們，「但我打算演奏一首我寫的歌，希望他們能夠跟上。」他向人群微笑。「歌詞方面各位或許可以幫忙。」

話一說完，他取出小提琴，開始演奏〈伐木窪地之役〉的前奏。鎮民認出曲調，再度開始歡呼，跺腳跺到堅固的舞台都在搖晃。他看見坎黛兒在舞台右邊徘徊，於是朝她比個手勢，迅速轉動琴弓，直到她也開始演奏。

他們一起演奏這首曾經合奏過上千次的歌曲。其他吟遊詩人顯然也學過這首歌，因為他們熟練地加入演奏，在他們的引領下配合羅傑的歌聲。羅傑維持緩慢的節奏，讓每一段歌詞沉浸在它們獨特的世界裡，帶領窪地人重溫那晚的試煉與勝利。

這首歌中有一段獨奏，儘管其他人都安靜下來，坎黛兒還是繼續演奏。她的技巧比起上次見面時又提升了不少，她笑嘻嘻地看著他。

羅傑從不在任何音樂挑戰下退縮，於是獨奏演變成競爭，兩人的曲調都越拉越複雜，坎黛兒一直都跟得上，最後羅傑哈哈大笑，讓她拉完最後一段獨奏，然後開始演唱下一段歌詞。觀眾在最後一個音節結束，所有人停下演奏後鼓掌歡呼。人群裡有不少人伸手拭淚。

他透過眼角餘光看見鮮艷的衣角，隨即轉身望向朝舞台走來的阿曼娃和希克娃。他的吉娃卡身穿亮麗的紅橘絲服，吉娃森則是藍綠色打扮。布料並不透明，不過就如人們印象中的克拉西亞絲綢一樣輕薄飄逸。她們身上戴著魔印珠寶，頸上掛著魔印頸鏈。

窪地人目瞪口呆地看著她們步上舞台。她們的服飾比在臥房裡的裝扮保守，但仍比任何在公開場合的克拉西亞女人來得暴露，包括達馬丁在內。即使就北地標準來看，她們的打扮都很有爭議。

阿曼娃鞠躬，將羅傑的腮托交給他。「謝謝妳，我的吉娃卡。」他說，將腮托夾在小提琴上。他轉身面對觀眾。「我出門在外時學了一首新歌。我必須翻譯成提沙語並做些修改，但歌詞內容對我們所有人而言都很重要，而我想那對魔印夫婦會想要聽聽。」他向亞倫點頭。「希望你喜歡。」

話一說完，他開始演奏〈月虧之歌〉。現在他們默契十足，阿曼娃和希克娃毫不遲疑地加入演唱。在魔印的擴大效果，以及音貝棚的傳音效果之下，這首歌挾帶強大的力量震撼觀眾。

其他演奏者一動也不動地專心聆聽，不敢加入演奏。窪地人也一樣，全都瞪大眼睛聽著。

表演完畢後，廣場一片靜默。羅傑抬頭看向亞倫，揚起一邊眉毛。亞倫離他起碼超過一百碼，但羅傑確定自己看見了他的表情。他點頭，然後用力鼓掌。人們跟著鼓掌，大聲跺腳叫好。

「好了，」羅傑笑著喊道。「閉嘴跳舞吧！」他開始演奏轉舞音樂，其他演奏者拿出樂器加入演奏。

黎莎本來可以插隊的。她是窪地女鎮長，這些人依然是她的孩子。如果她直接走到新婚夫婦面前，不會有人攔下她。他們只要一看到她就會鞠躬讓路。

但黎莎不趕時間，趁機理清思緒。她看著亞倫和瑞娜，緊張兮兮地編著手中的花冠。那個女人面帶燦爛的笑容，在窪地人上前致意時不住道謝，目光誠摯。

妳一點也不了解她。黎莎告訴自己，但即使她了解瑞娜，她都知道自己在自欺欺人。而她很肯定一件事，亞倫愛她。如果她真的關心他，這點就該夠了。

隊伍在羅傑的音樂聲中迅速移動，沒過多久就輪到她了。她來到他們面前。所有人都僵在原地，就連加爾德也一樣。只有莎瑪娃不為所動。「黎莎．佩伯女士，厄尼之女。」她一邊在名單中寫下名字，一邊對瑞娜說道。

黎莎微笑，行屈膝禮。「新娘應該戴花冠。」她說著拿出用史黛拉的花朵編成的花冠。

瑞娜看著她，眼中流露出難以言喻的情緒。她睫毛微顫，盈滿淚水。「很漂亮，謝謝。」她彎下腰去，讓黎莎戴上花冠。

「祝福妳的婚禮。」黎莎說著轉向亞倫。他攤開雙手，她上前擁抱片刻，然後迅速放手。她希望他沒注意到留在他上衣上的淚痕。汪妲出現了，牽著一匹身負重擔的驢子，黎莎立刻快步走去。

「所有上好的煙火都帶來了。」汪妲說。

「謝謝。」黎莎說，往一名路過的男孩手中塞了一捆慶典煙火和火柴。他笑得闔不攏嘴，發出愉快的喊叫，帶著煙火跑開。「可以幫我弄點喝的嗎？」

「當然。」汪妲說。「茶？水？」

黎莎搖頭。「來點烈得能洗掉我前廊上油漆的東西。」

羅傑在兩名妻子於舞台上大跳轉舞時哈哈大笑，她們鮮艷的服飾讓人們不斷發出驚奇與歡呼聲。由於有十多個吟遊詩人正演奏舞曲，她們將羅傑和坎黛兒拉來一起跳舞，所有人都一邊拍手一邊歡笑。人們開始施放煙火、甩炮、慶典鞭炮、火哨子、火焰輪。魔物廣場中央空出一片空地，黎莎在那裡燃放照亮天際的火箭和流星。

人們漸漸不再跳舞，一臉讚歎地欣賞煙火。阿曼娃和希克娃目瞪口呆地看著一支火箭沖天而起，然後在它炸成七彩光點時驚訝地鼓掌。

「該去道賀了。」羅傑說，帶領她們走到舞台左邊，最接近亞倫和瑞娜的台階。他的妻子們拉著坎黛兒一起去。

「跟我們說說北地婚禮的習俗。」阿曼娃對女孩說道。

「我們通常會在道賀時送禮。」坎黛兒說。「但在那首歌後……任何禮物都黯然失色。」

「既然這是傳統，我們就該準備禮物。」希克娃說。

阿曼娃點頭。「在今晚開了這麼多眼界之後，該送。」羅傑不曉得該如何回應，不過他沒有多少時間，因爲人們已經爲他們讓道兩旁。

亞倫伸出雙手，突然擁抱羅傑。他很驚訝。魔印人什麼時候開始擁抱人了？

「太好聽了，羅傑。我以前聽過〈月虧之歌〉，但和你們的相比差遠了。它蘊含……」

「力量。」羅傑說。「足以殺死石惡魔的力量。這就是你的小提琴巫師團，就像我承諾的一樣。」他轉身向瑞娜行禮，笑道：「這是我在這個特殊的日子送給妳的禮物。」

瑞娜有點臉紅，阿曼娃迎上前去。「我是阿曼娃，窪地部族音恩血脈傑桑之子羅傑的第一妻室。」她轉向另外兩個女人。「這位是我的姊妹，希克娃，以及我丈夫的學徒坎黛兒。」女人輪流鞠躬，阿曼娃把手伸到腰帶裡，取出一條純白的絲巾。

「坎黛兒告訴我結婚禮物是你們的傳統，我們族人也有同樣的傳統。」她揚起絲巾。「妳是帕爾青恩的吉娃卡，應該有條婚姻面紗。這是我自己的面紗，以最純潔的絲所編製，在達馬丁宮殿獲得祝福。」

瑞娜默默看著阿曼娃將絲巾綁在她臉上，遮起鼻子到下頷間的魔印。「我得戴多久？」

希克娃笑道：「戴到帕爾青恩把它取下來吻妳。」

瑞娜哼了一聲。「才不等他。」她轉向亞倫，自己撩起面紗，深情地吻了他一下。阿曼娃、希克娃和坎黛兒大笑鼓掌，旁邊還有很多鎮民歡呼。

「這樣可以嗎？」瑞娜回頭問道。面紗落回原位，她沒有動手解下它。

阿曼娃微笑。「我們族人的婚禮習俗與你們並沒有多大不同。」她看向羅傑。「有時候我會遺憾結婚時沒有大肆慶祝。」

羅傑在妻子眼中看見遺憾之情。所有北地女孩都會幻想婚禮之日，而他發現克拉西亞女人也一樣。他當初於席間就地結婚的做法等於是屏棄所有傳統，而現在他突然了解到那也等於是踐踏了妻子們的美夢。他得想辦法補償她們。

「妳沒有嗎？」瑞娜問。「那就和我分享，一起跳舞。」她牽起阿曼娃，伸手比向希克娃和坎黛兒，把她們都拖到跳舞區。人群中傳來歡呼，吟遊詩人換上另一首舞曲。

「你有兩分鐘，亞倫．貝爾斯。」瑞娜叫道。「然後最好給我過來跳舞！」

「啊，婚姻。」羅傑說，亞倫笑。

「當她讓我日子難過時，我就會提醒自己你有兩個。」亞倫說，看著四個女人跳舞。「你知道自己在做什麼嗎?娶達馬丁可不輕鬆,更別提是賈迪爾的女兒……」

羅傑聳肩。「我也可以問你同樣的問題。有時候我自認知道自己在做什麼,而有時候……」

「你只是在隨波逐流。」亞倫幫他說完。

羅傑點頭。「對。但你也聽到〈月虧之歌〉的力量了,而且我覺得多半時候都過得很快樂。」

「我知道你的意思。」亞倫說。「下一個新月,我們都可能會死,但我的心情從來沒有如此平靜。」

「新婚之夜想這個太沒意思了,」羅傑說。「這又給了我們一個應該跳舞的理由。」

「是呀。」亞倫說,兩人一起走向石板地。他的舞技令羅傑吃驚,同時勾著瑞娜和坎黛兒邊笑邊轉圈。窪地人全都湊上來,輪流和新人轉圈,個個歡天喜地。

「克拉西亞人結婚時都跳什麼舞?」瑞娜在樂師給窪地人一些喘息空間時問阿曼娃道。

「我們不在公開場合跳舞。」阿曼娃說。「但回到新房後,我們會爲丈夫跳一種舞。」

「喔,一定要教我!」瑞娜叫道。阿曼娃和希克娃互看一眼,然後轉向羅傑。

「我們這裡跳舞不是罪。」羅傑微笑。「別脫衣服就好了。」

阿曼娃搖頭。「有些東西只能讓丈夫看。」

「是喔,那更是非瞧瞧不可了。」布莉安娜·卡特說。「女士們,圍成一圈!克拉西亞女人要讓我們見識見識她們的舞蹈。」轉眼之間,窪地高大的女人把瑞娜和羅傑的妻子團團圍起。她們讓羅傑留下,但就連亞倫也被趕走,跑去應付其他道賀的賓客。

「我還沒送妳結婚禮物。」希克娃對瑞娜說,自腰袋中拿出小銅鈸。「請收下這些輔助跳舞的小道具。」

她幫瑞娜戴上銅鈸，阿曼娃則戴上自己的銅鈸。沒過多久，她開始敲打節奏，窪地女人跟著拍手。羅傑隨著旋律拉奏小提琴，利用魔印肥托擴大音量，台上的吟遊詩人也跟著演奏，不過他們看不到女人圍起來的圈子裡的景象。

確定其他男人看不見後，阿曼娃開始教瑞娜具有催眠力量的扭腰擺臀法。瑞娜很快就學會那個動作，還有不少窪地女人也跟著做，包括坎黛兒和布莉安娜在內。希克娃在女人之間走動，調整她們的步法和扭腰的姿勢。

羅傑感到胯下有了熟悉的反應，不禁滿臉通紅，放下斗篷遮掩寬鬆的彩褲。他只有在做愛前看過妻子們這樣跳舞，而看來她們把他訓練得很好。瑞娜和坎黛兒跳得如同天生好手，羅傑臉紅得更加厲害，雖然窪地女人在做這些淫蕩動作的同時也開心地尖叫。其他克拉西亞女人也走了過來，幫助達馬丁示範動作。最後羅傑找個藉口離開，因爲他覺得好像在偷看不屬於自己的臥房。

一段時間過後，女人圈散開，克拉西亞女人和窪地女人都興奮得哈哈大笑。這時伐木工拿出婚禮木竿，將新人趕在一起。他們已經在墳場邊緣架起了新婚大帳。

「那是什麼？」阿曼娃問。

「新人會坐在那兩張椅子上，」羅傑指著椅子說道。「窪地人會舉起木竿，扛著他們繞廣場，讓大家看。通常隊伍會一直跟到新人的新家，但是如果沒有新家，他們就會搭起新婚大帳。帕爾青恩會抱著新娘跨越門檻，然後全鎮的人就會大聲喧嘩，在他們……啊……」

「插的時候。」坎黛兒說。

「圓房。」羅傑說，他偷瞄妻子一眼，看看她們是否覺得被冒犯，不過阿曼娃和希克娃似乎十分期待。她們迫不及待地跟著隊伍沿著魔物廣場繞了三圈，接著抵達大帳。亞倫輕輕跳回地上，然後接起瑞娜，抱在懷中。他吻她一下，步入大帳，隨即放下帳帘。

阿曼娃立刻歡呼，聲音在魔印頸鏈的加持下遠遠傳開。希克娃和其他克拉西亞女人跟著一起叫，窪地人則開始歡呼、鼓掌、跺腳，敲打鍋盆和酒桶，摔杯子，儘可能製造噪音。黎莎施放更多煙火。

只有沙羅姆沒有參與此事。卡維爾神色不善地瞪著帳篷，羅傑深怕他會採取什麼行動。

阿曼娃察覺他的目光。「如果你沒辦法保持禮貌，訓練官，那就去找點事做。帶你的人去殺七頭阿拉蓋，一根天堂之柱一頭，藉以慶祝他們的結合。」

卡維爾無奈點頭。「我們的矛不在身上，達馬丁。」

阿曼娃眉頭深鎖，羅傑和卡維爾都知道她快要失去耐心了。「這三百年來，沙羅姆都在沒有魔印矛的情況下殺阿拉蓋，訓練官。戰鬥魔印讓你們懦弱了嗎？你們已經忘了你們的戰技了嗎？」

卡維爾著地跪倒，額頭抵地。「原諒我，達馬丁。我立刻去辦。」

帶領手下離開魔物墳場時，他似乎鬆了一大口氣。

只要有藉口殺惡魔就行。羅傑心想。

「如果他們要殺七頭，我們就要殺七十頭。」加爾德對汪妲說道。「伐木工！去拿斧頭！我們要送解放者結婚禮物：大到能讓天上的造物主看到的惡魔屍堆！」

阿曼娃看著伐木工集結部隊，殺入黑夜，輕嘆一聲，勾起羅傑的手臂。

「父親說的沒錯。」她說。「你的族人與我們沒有多大不同。」

汪妲依照黎莎的指示，幫她弄來一小瓶琥珀色液體。黎莎不常喝烈酒，不知道那是什麼酒，不過它就像阿邦給她的庫西酒一樣令她喉嚨灼燙、手腳暖和。沒過多久，她就感到一陣朦朧的舒適，欣賞小孩和大人因爲她的煙火而興奮不已。

但是當他們抬著亞倫和他的新娘沿著墳場繞行三圈，然後送入新婚大帳時，她覺得自己的孩子們彷彿在嘲弄她。他們都知道她喜歡亞倫·貝爾斯，之前全鎮的人都在談論這件事。

就像那年與馬力克，還有加爾德一樣。不管怎麼做，她的感情生活似乎都是別人在她身後議論紛紛的話題。

窪地人吵鬧的笑聲令她傷心。他們是不是很喜歡這樣羞辱她？她是不是眞的變成了母親那樣的女人？

再一次，她腦中浮現伊羅娜和加爾德交合的畫面。但是接著加爾德消失了，變成亞倫抱著她母親，自己曾花費許多時間研究的魔印身軀裸露在外，幾乎是單憑陽具撐住伊羅娜。伊羅娜看著黎莎大笑，繼續扭腰擺臀。接著母親變成了瑞娜·譚納，在亞倫進入體內時發出歡愉的叫聲。

她發誓能透過喧鬧的人聲聽見兩人在新婚大帳裡交合。她點燃慶典鞭炮，但沒爆炸。她從逐漸減少的煙火中拿出一支大火箭，將木棒插在兩塊疏鬆的石板之間，希望爆炸聲能讓自己耳鳴幾個小時。

但她沒辦法讓火箭站直。她點燃火柴，燒傷自己的手指，尖叫一聲，丟下火柴，淚流滿面的同時吸吮手指。

「黑夜呀，看看妳，妳喝醉了。」一個聲音說道，黎莎轉過身去，看見妲西站在自己面前。

「給我。」妲西說著搶過黎莎手中的火柴。「他們說我木腦，但就連我也知道酒和煙火不能混在一起，妳想要弄丟幾根手指嗎？燒掉一棟房子？害死某個人？」

「不要教訓我，妲西．卡特。」黎莎大聲道。「我是窪地的藥草師，不是妳。」

「那就拿出點藥草師的樣子。」另一個聲音說道，黎莎看見伊羅娜來到妲西身邊。她是全世界黎莎最不想看到的人。「要是布魯娜看到妳這樣會怎麼說？」

我們守護火焰的祕密是有理由的，布魯娜說。男人不會尊敬這種力量。

突然間黎莎感到強烈的羞愧。要是讓布魯娜看到的話，她會在她腳上吐口水，或是第一次拿拐杖打她。

而黎莎知道一切都是她咎由自取。想到自己如此令老師失望，她難受得全身抖個不停，忍不住失聲哭泣。

妲西緊緊擁抱她，不讓人們看見她脆弱的一面。「不要緊的，黎莎。」她輕聲道。「我們都有難過的時候。妳跟妳媽去吧，煙火交給我來放。」

黎莎嗚咽一聲，點了點頭，擦乾眼淚，起身離去。她慢慢走向母親，小心不被凹凸不平的地板絆倒。伊羅娜伸出手臂，黎莎儘可能維持尊嚴地攙上去。只有她母親知道她有多麼仰賴自己的扶持。

「再走幾步，妳就可以休息了。」伊羅娜說。她們朝廣場外圍的一張長椅走去，坐在上面的女人立刻起身，簡單行個屈膝禮，讓出座位。

「好了，」伊羅娜說。「妳喝了多少？」

黎莎聳肩，在圍裙中摸索，取出汪妲給她的酒瓶，遞給母親。伊羅娜就著光線打量，然後拉開瓶塞，聞了一聞。她輕哼一聲，喝了一口。「我要是喝那麼多的話也會開始臉紅的，所以我想妳大概要準備把早餐起吃的東西全部吐出來了。」

黎莎搖頭。「只要一點時間喘喘氣就好了。」

「可惜妳沒有時間。」伊羅娜說著抬頭挺胸，輕扯衣服上的繫繩，好拉低胸線。每當有男人進屋時，她就會這麼做。「目光直視前方，別吐了。」

黎莎抬起頭來，看見湯姆士伯爵走近，身穿上好服飾與珠寶的他看來英俊挺拔。幾名林木士兵跟在他身後，但伯爵似乎沒注意到他們，臉上帶著輕鬆帥氣的笑容。他以貴族特有的氣質體面地行禮，向她們鞠躬。

「很榮幸再見到妳，女士。」他說，接著轉向伊羅娜。「如果妳有姊姊，我早該聽說了，所以這位美麗的女士肯定是妳母親，惡名昭彰的佩伯太太。」

黎莎雙眼一翻，她以爲王子不會這麼陳腔濫調。如果每次有男人用這句台詞去奉承她媽時，她都能得到一卡拉，現在她已經比林白克公爵還要富有了。

伊羅娜的反應每次都一樣，就是一副從沒聽過這種甜言蜜語般地輕笑，然後目光低垂，表情羞澀撩人。黎莎懷疑世上有什麼事能讓伊羅娜臉紅，但母親隨時都有辦法讓自己臉紅。

伊羅娜伸手讓伯爵親吻。「恐怕傳言都是眞的，伯爵閣下。」

這倒是實話。黎莎心想，深吸口氣，努力站穩。湯姆士的微笑透露著明顯的意圖，就像信使馬力克那如狼般的笑容一樣。

黎莎無法忍受湯姆士用這種目光打量母親。至少有她在場時不能，今晚不能。她面露微笑，輕扯自己衣服上的繫繩。

「今晚還開心嗎？伯爵閣下。」她問，將他的目光拉回自己身上，並且儘可能留住他的視線。他的目光不斷向下瞄去，然後又看回來，但就和伊羅娜一樣，她假裝沒注意到。

「我從沒參加過小鎮的婚禮。」湯姆士說。「現在我覺得那是我的損失。相形之下，宮廷舞會無聊死了。」

「喔，您眞會說話。」黎莎說。「身穿手工布衣的窪地女人怎能和穿金戴銀的宮廷仕女相比？」

湯姆士的目光再度往下瞟，黎莎覺得自己的笑容逐漸擴大。「宮廷仕女只在乎自己。」他微微一笑，在吟遊詩人演奏另一首舞曲時伸出一手。「她們可能會絆倒，但絕對不會轉圈。」

接下來幾個小時，黎莎昏昏沉沉地與英俊的王子一起跳舞說笑。他不情願地與其他人分享舞伴，但總是待在她身邊，送她回家時在馬車裡的熱吻溫暖而又激情。他褲襠下的陽具又硬又挺，而她主動貼上，用臀部和大腿摩擦它。她覺得自己越來越濕，正考慮著要不要在馬車裡佔有他時，馬車已經在她家門口停下，車夫跳下車，放下台階，打開車門。

湯姆士率先下車，在黎莎搖搖晃晃下車時伸手扶她。

「先回慶祝會場。」湯姆士對車夫說。「我自己走回去。」

「伯爵閣下，」車夫說，「夜深了，而這片樹林裡又有克拉西亞人……」

「那就黎明時分回來，」黎莎說。「離開！」

車夫聳肩，甩動馬韁，朝來時的路駛去。

「處理得眞好。」湯姆士說，在黎莎拉起他的手臂，把他拖入小屋時咧嘴而笑。

她毫不做作，直接把他拉入臥房。她點燃一盞黯淡的化學燈光，接著轉身使勁將他推倒在被褥裡。她面帶微笑，撩起裙子，爬到他身上，親吻他的臉頰、嘴唇與脖子。「現在，伯爵閣下，我打算佔你便宜。」

湯姆士身體一扭，解開她衣服上的繫繩，將臉埋入她的乳溝裡。「通常是我佔人家便宜。」

黎莎微笑。「是呀，但窪地的處世作風與其他地方不同。我會從現在開始騎你，一直騎到車夫回來。」她往下摸，解開他的皮帶，然後去拉他馬褲上的繫繩。她原以為只要幾秒鐘就能把他的陽具握在手中，但最後她不得不偏開目光，低下頭去研究最後一個結要怎麼解。她終於拉開褲子，但是裡面的陽具已經沒有先前那麼硬了。

她握起陽具，在親吻他的同時輕輕捏它，但它始終軟趴趴的。她向上移動，將他的臉埋在自己乳房裡，手上逐漸使勁。這樣做似乎有點幫助，讓它硬得可以插入。她踢開襯裙，將之貼上自己的下體，但它又軟掉了。

「怎麼了？」她問，再度握起它。

「啊……沒什麼……」湯姆士呻吟。「只是夜深了……喝多了……而且沒想到妳會這麼……」

「主動？」黎莎邊問邊在他陽具上吐口水，加以潤滑。伯爵在她將濕潤的陽具塞入口中時呻吟，但是依然硬不起來。

黑夜呀，是我的關係嗎？她心想。難道阿曼恩是世上唯一真心想要我的人嗎？她拋開這個想法，翻身下床。

「妳要去哪裡？」他問。「我可以的，只需要……」

「噓……」黎莎說著將手臂褪出衣袖，然後將連身裙往下拉。「我會提供你需要的東西。」

他就著昏暗的光線欣賞她寬衣解帶，而黎莎在彎腰跨出裙子時看到他又硬了起來。他擁有能令任何男人自豪的長矛，她輕咬下唇，對於要讓它進入體內感到興奮不已。她伸手捏了捏它。

伯爵發出動物般的吼叫，站起身來，將她壓在床上。她主動配合，在他從後面插入時發出歡愉的叫聲。她向後推擠，在快感逐漸凝聚時摩擦他威猛的陽具。

接著，湯姆士呼嚕一聲，一切結束了，他癱在她的身上。黎莎動動下體，試圖藉由最後一點摩擦讓自己達到高潮，但他已經軟了，滑出去了。她很想哭，但沒力氣。她希望自己只請車夫在外面等他們喝杯茶，而不是把伯爵困在這裡一整晚。她希望他有勇氣自己離開。

但湯姆士脫掉剩下的衣服，上床躺在她身邊。「實在太美妙了。」他在貼上她的背時輕聲說道。他拉起被褥蓋著兩人，然後伸出粗壯的胳臂摟著她，心滿意足地在她頸部磨蹭。「我從在吉賽兒的診所見到妳後就想要一親芳澤，但我從沒想到會是如此美妙。」

一時之間，黎莎覺得沮喪感消失了，在伯爵的懷中感到安全和溫暖。或許他在她面前表現得不夠男子氣慨，但她的表現卻非常女人。她感到一股莫名的驕傲，在微笑中沉沉睡去。

黎莎醒來時，四周一片漆黑。她夢到了阿曼恩，以及在彼此懷抱中度過的那些夜晚。魔法讓他擁有毫無節制的激情，而他經常在深夜兩人半夢半醒時上她。他會用親吻和愛撫喚醒她，而她會輕輕摩擦他。當她夠濕可以讓他進入時，他就會進入她體內，一直抽插到兩人放聲大叫。接著他們會再度睡去，淺眠片刻，直到他為了慶祝黎明到來而再度佔有她。

造物主呀，她想念他。在二十八年自我否認的時光後，她嚐到一週的甜頭，現在全身都渴望他的觸摸。任何形式的觸摸都好。她知道性慾增強是懷孕的徵兆，但沒想到它會比長期頭痛和害喜更令人難受。

她身後，湯姆士發出滿足的鼾聲，毛茸茸的厚實胸膛緊貼她的背。她頂著他移動身軀，用臀部摩擦他。她感到些微抽動，於是把他翻過身去，像之前一樣把它含入口中。這次他幾乎立刻就硬了。

湯姆士開始呻吟，依然半夢半醒，不過手開始往下滑，撫摸她的頭髮。她知道他已經醒了，立刻跨到他身上，下體依然在他的種子和自己的體液滋潤下濕滑不已。伯爵一邊呻吟一邊揚起溫柔的手掌，在她騎他的同時撫摸她的臀部和乳房。她緊閉雙眼，想像自己在和阿曼恩做愛。

每當她感到伯爵快要射了的時候，就會抬起臀部，彎下腰去吻他，直到他呼吸平靜下來。然後她又繼續騎。

沒過多久，她覺得即將高潮，於是加快速度，將伯爵壓在下面爲所欲爲。片刻過後，她歡愉高叫，湯姆士彷彿絕處求生般抓住她的臀部。由於壓抑許久的關係，高潮持續了很長一段時間。開始消退時，她面露微笑，緊縮下體，再度動了幾下，吸乾公爵的種子。

她親吻他，但由於兩人都在喘氣，他們一邊親吻一邊笑出聲來。

「太美妙了。」湯姆士再度說道。

「是呀。」黎莎眞心說道，不過她的肚子似乎並不認同，翻滾得像是忘了關火的熱湯。

她深吸口氣，試圖排除這種感覺，但是片刻過後，不得不伸手捂住嘴，衝出臥房，在廁所狂吐。這已經變成了例行公事，黎莎幾乎開始期待晨間害喜，因爲吐過之後她就可以開始正常的早晨。

害喜總會引發頭痛，黎莎本能地伸手搓揉腦側，接著吃了一驚。

幾個月來第一次，她的頭痛消失了。不光只是減緩，而是完全不痛了。她感到眼眶濕潤，臉頰的肌膚因爲淚水而些微繃緊，接著放任自己落淚，感受內心的喜悅。

湯姆士穿回馬褲和上衣，在廁所門口等她出來。她赤身裸體，不過意志再度變得堅定。他微笑，拿被單給她披，然後遞給她一杯水。「整個晚上喝酒跳舞會對人們造成某些影響。妳別跟人家說我怎麼了，我就不會洩露妳的窘態。」

黎莎點頭，接過水杯輕啜。

「繼任公爵前，」湯姆士說。「我哥哥常說最好的解酒良方就是培根加蛋。我試過，真的沒有比它更好的方法。」

「我去幫你做。」黎莎說，很慶幸有事可做。

「我本來是想親自下廚的……」伯爵開口。

黎莎對他微笑。「但你這輩子從沒打過蛋，是不是？伯爵閣下。」

湯姆士抱歉地聳肩，露出黎莎無法想像有任何女人能抗拒的微笑。

她嘲弄地屈膝行禮。「那麼爲你做早餐就是我的榮幸，伯爵閣下。」

第二十一章　靈氣　333AR　夏

新月前第十一個拂曉

亞倫和瑞娜衣衫不整地離開新婚大帳後，慶祝會又持續了好幾個小時。他本來以為兩人會溫柔地做愛，但他的新娘從帳帘放下來的那一刻就像猛獸般撲到他身上，在慾望的驅使下綻放魔光。

我的妻子，瑞娜．譚納。這個想法就和做愛的過程一樣令他天旋地轉。他為了逃避與之結婚而離鄉背井的女孩竟然就是他命中註定要娶的女人。

命中註定？他嗤之以鼻。你一輩子深信世上沒有造物主、沒有解放者，結果只是和個女孩處得來，你就開始相信天命了？

但是不管如何努力將這個想法視為荒誕無稽，他就是辦不到。

他們腳步有些不穩地走回歡呼的群眾中，亞倫再度驚訝地看著眾人身上散發出來的靈氣。

亞倫曾將魔法視為邪惡的產物，但它遠遠超越善惡的定義，並且不比風、雨或是電來得邪惡。它在所有活物體內脈動，藉由豐富的資訊定義生命的一切。人類的靈氣較為黯淡，但是遠比惡魔的複雜，不過窪地郡大魔印中央散發一股強烈的環境魔光。在毫無所覺的情況下，窪地鎮民將喜悅的情緒烙印在魔法上，導致魔光雀躍不已，四下翻飛，具有強大的感染力。

亞倫自從在眼旁繪製強化視覺魔印後，就能看見靈氣，不過在遇上惡魔王子前都無法理解靈氣的色彩、亮度、結構變化所代表的意義。在他們心靈交會的瞬間，他透過惡魔的心眼體驗整個世界。

現在只要瞄上一眼，他就能看出某人的情緒狀態，正視對方的話還能看見持續湧現的訊息。他能分辨別人有沒有對他說謊，是會起身戰鬥，還是會落荒而逃。他隨時都能看出別人所有的情緒，不過他無從得知引發情緒的理由。

他沒辦法像惡魔王子那樣閱讀他人的思緒……暫時辦不到。但如果聚精會神，亞倫能擷取別人身上的魔法，標記其中的精華，然後吸入體內。因此，亞倫甚至比他們的愛人和藥草師更了解對方——每道疤痕、每個痛處、每種感覺。這裡被火焰唾液灼傷、那裡又被貓抓傷，了解對方身上的每個故事。有時候他的心中會湧現某些影像——與對方有強烈情緒糾葛的人、場所、物品的影像，但還是得要看他如何解讀。

所有植物都蘊含祕密。光是吸入穿越一棵樹的魔法氣流，亞倫就能清楚得知這棵樹的歲數，比伐木工計算年輪還要精確。他知道何時有過洪水，何時有過乾旱。他知道樹什麼時候被燒過，什麼時候被冰凍過。什麼樣的惡魔利爪曾劃破它的樹皮，種子發芽後的一切都能在瞬間進入他腦中。

回到慶祝會上時，莎瑪娃、坎黛兒、羅傑和他的妻子正等著他們。

羅傑的靈氣看起來格外有趣。當吟遊詩人表演時，不管是在演奏小提琴還是演戲，他的靈氣都會被一道遮罩掩蓋，完全無法解讀。不過其他時刻裡，他這個年輕的朋友就像攤開的書。他身邊會充滿影像，有些黯淡、有些清晰、全都透過複雜的情緒網絡與羅傑緊密連結。

亞倫在他周遭的影像中看見自己和瑞娜，還有阿曼娃、希克娃，以及黎莎。亞倫看得出來羅傑對瑞娜和這段婚姻抱持保留的態度，不過由於他對自己的婚姻也很不確定，所以自認無權多說什麼。木已成舟，而身為亞倫的朋友，羅傑決定支持他。

他伸手搭上吟遊詩人的肩。「我也支持你，羅傑。眞的。不管你對瑞娜有什麼看法，我還是欠你很多。」

羅傑眨眼。「你怎麼知道我在……」阿曼娃的靈氣在她突然專注在他身上時大放光明。她反應很快，在丈夫一句話都還沒說完前就知道他要說什麼。

一時之間，他看見她身旁飄出許多影像，大部分都與她父母有關。阿曼娃行走在他們深邃的陰影下，而飄在這些影像之間的是一本書。

「妳在想根據伊弗佳訓示，只有解放者能閱讀他人的心思。」亞倫猜道。

阿曼娃的魔光裡浮現震驚的漣漪，但接著年輕的達馬丁變得……平靜，情緒的表面埋藏在呼吸的節奏裡。她凝視他的目光依然銳利，但他不再能解讀她的心思。

「伊弗佳確實這麼說，」阿曼娃同意道。「但你不是解放者。」

他望向希克娃，驚訝地發現她的心靈與阿曼娃一樣門戶嚴實。她不像外表那麼簡單，或許那與她的白面紗有關。

儘管羅傑的妻子能掩飾身上的魔光，卻無法遮蔽身上所攜帶的魔法物品。阿曼娃和希克娃頸鏈裡所鑲的魔印惡魔骨讓她們的脖子大放光明。亞倫細看上面的魔印，與羅傑小提琴上的腮托很像。他見過它們在舞台上發揮的擴大效果，很有用的魔法。

其他珠寶都綻放類似的魔光。阿曼娃腰際的霍拉袋魔光鼓動，就連莎瑪娃的戒指和手鐲上都有一些惡魔骨，不過他並不清楚它們的用途。

「妳不相信我。」亞倫說。

「我們有任何應該相信你的理由嗎？」阿曼娃問。

亞倫聚精會神，自兩名女子身上擷取一絲魔力，探查她們的過去。「沒有，但我相信妳，阿曼娃·娃·阿曼恩。」他朝希克娃點頭。「我相信妳和妳的姊妹。我看得出來妳們不是奈的盟友，而妳們對我朋友是真心相待。」

「欸?」羅傑問。

「別太開心了。」亞倫告訴他。「她們或許會服從你的命令,但只要認定是為你好,她們絕對會毫不遲疑地違背你的本意。」

阿曼娃似乎並不在意他的評論。「有時候我們榮耀的丈夫需要……引導。」

亞倫輕笑。「說得一點也沒錯。」

「喂!」羅傑叫道。

亞倫笑嘻嘻地說:「我不認為自己是解放者,阿曼娃。不過我也不認為妳父親是。我根本不信世上有解放者這號人物,除非把他當作用以激勵人心的象徵。」

「你是個沒有信仰的人,而非異教徒?」阿曼娃問。「這樣有比較好嗎?」

亞倫鞠躬。「那就要看妳決定了,公主。」

阿曼娃瞇起眼睛。「改天再決定,感謝你允許我們參與你的新婚慶祝會。」

這時莎瑪娃迎上前來,手裡拿著亞倫曾見過無數次的寫字板,突然讓他想起在阿邦大市集的帳篷裡那些溫暖回憶。

亞倫能從她的魔光中看見影像,與帳冊裡的黑線和紅線環環相扣,計算著已付及積欠的債務。阿曼娃為了釋出善意派她出面幫忙,而莎瑪娃則非常樂意把握機會同時為阿曼娃和亞倫效勞。她會不擇手段讓今晚一切順利,不管要賄賂什麼人或是對什麼人吼叫,不過有朝一日她會回過頭來要求他們償清債務。

亞倫微笑。「妳和妳丈夫真像,讓我很想與我的朋友阿邦再見一面。」

莎瑪娃鞠躬。「傑夫之子太客氣了。」她外表不動聲色，但身上的魔光表示這話令她深深感動。

那些都是眞話。亞倫非常想念他的卡非特商人朋友，但多次經驗證實，阿邦偶爾値得信任，但不能完全信任他。他會在必要時撒謊，而大多時候他會隱瞞某些事。通常都是重要的事。

亞倫經常回想最後一次造訪克拉西亞時所發生的事，而不確定感始終在心裡揮之不去。畢竟，幫他取得安納克桑及卡吉之墓地圖，讓他找到魔印長矛的人就是阿邦。那天他是先把卡吉之矛拿給阿邦看，讓他辨識眞僞。而那晚，曾是阿邦摯友的賈迪爾爲了奪取長矛而試圖殺他。

現在他們攜手合作。就算幾個月前馬力克沒有證實此事，他也能從克拉西亞征服北地的模式中看出阿邦的手段。這樣其實也好，因爲阿邦向來不像賈迪爾那麼野蠻粗暴。來森堡淪陷之後，許多南方城鎭都在房舍、田野，還有女人不受侵害的情況下被征服，保持貿易路線暢通，接受達馬和伊弗佳律法的統治。那是阿邦在賈迪爾的耳邊提供建議，就算只是爲了獲利也罷。

你到底是站在哪一邊，阿邦？他好奇。你知不知道你朋友曾試圖謀殺我？你只是接受事實，還是一切本來就是你的主意？

他嘆氣。眞相有意義嗎？現在浪費心思多想此事根本於事無補。要不了多久，他就會直接去找這兩個男人對質，得知眞相。但首先，他們得活過下個新月。

道賀的人在他們回歸慶祝會後立刻再度排開。下一個上前道賀的是名年長女士，領著一個中年男子。他渾濁的白色眼瞳沒有焦點。這兩個人有種熟悉感，亞倫在女人的魔光中看出她曾見過自己，而且欠自己一份人情。

「蘿莉．薛普，貝爾斯先生、貝爾斯太太。」女人僵硬地鞠躬說道。「這是我兒子，肯恩。我們沒有禮物可送，只能獻上我們的敬意以及感激之情，希望你們接受。在路上逃難時，我們的家人慘遭地心魔物殺害。要不是你及時趕到，我和肯尼也都難逃一劫。」她拍拍男人的手臂。「日子不好過，但當你帶著我們的車隊回來時，窪地敞開心胸接納我們，儘管肯尼無法工作，仍然讓我們不愁溫飽。我們對此非常感激。」

「那是窪地鎮民的功勞。」亞倫說。「還有你們，因爲你們在時局艱困時保持堅強。」

他看著肯恩·薛普，一言不發地站在母親身旁。男人的魔光散發出羞愧之情，痛恨自己得依賴年長的母親過活，且無力幫助家人。這時老女人慈愛地朝他靠了一靠，他身上立刻現出驕傲的光芒。

「你從小就看不見？」

肯恩點頭。「是，從我有記憶以後。」

「他在襁褓中生了一場大病，導致失明。」蘿莉說。

亞倫自他身上擷取一絲魔力，探查肯恩的雙眼，找出出問題的地方。他本能地伸出手來，自大魔印中吸取魔力，以手指在對方的額頭和眼旁繪印。

人們紛紛驚呼，看著肯恩渾濁的雙眼逐漸轉爲鮮明的褐色，在他激動呼喊，用力甩頭時越來越清澈。他的靈氣突然綻放喜悅的光芒，接著轉爲迷惘與恐懼。最後他緊閉雙眼，雙掌遮面，整個人抖個不停。

亞倫穩穩地伸手搭著他的肩。「你會越來越適應的，肯恩·薛普。眞的，我很清楚你正經歷的一切。」

薛普的騷動結束後，一名卡沙羅姆迎上前來。他的步伐沒有遲疑，但亞倫在他的靈氣中看出恐懼。恐懼與羞愧。他聽見阿曼娃突然吸氣的聲音，輕得其他人都聽不見，而她的靈氣短暫浮現憤怒之情，接著又恢復達馬丁的平靜。

戰士在亞倫身前跪倒，額頭抵地。亞倫不必認識此人就能了解他的感受。他和沙羅姆相處的時間長得足以了解自己遭人羞辱了，但眞正羞辱他的人並非這個被迫前來羞辱他的卡沙羅姆。

顯然卡維爾訓練官認爲派遣卡非特戰士來呈獻第一個天堂之禮是手法高明的政治宣言。這種做法一方面能對他表達消極的羞辱，另一方面又能讓所謂的解放者長矛隊——幫助賈迪爾搶奪卡吉之矛的人——無須與他接觸。

但是對亞倫而言，派卡非特戰士來獻禮並非是種羞辱。他在克拉西亞中看過多次卡非特受虐、無法取得任何權力或提高社會地位。打從惡魔回歸後就一直如此，但賈迪爾統治不過短短數年，這種情況已經改變。這也是阿邦的影響——迅速獲得戰士的方式——還是他那背信忘義的阿金帕爾終於良心發現了？

跪在地上的戰士將一對木惡魔角擺在亞倫和瑞娜腳邊。亞倫看見魔角上的魔力緩緩被吸入大魔印中。

「賈達。」亞倫平空比畫代表天堂第一柱的符號。阿曼娃驚訝地看著他，但他不理會她，對戰士微笑。

「賈達。」戰士點頭道，目光瞄向阿曼娃，比之前更恐懼。

「起來，站好。」亞倫以克拉西亞語道。男人起身後，亞倫對他鞠躬。「不要怕，兄弟。卡維爾或許看不出來派卡非特呈獻他不敢親自送來的羞辱之舉有多諷刺，但我心裡卻很明白。是卡沙羅姆爲戴爾沙羅姆增添榮耀，而不是反過來。」

戰士深深鞠躬，靈氣所產生的改變看起來十分美麗，羞愧變成驕傲，恐懼變成歡愉。「謝謝，帕爾青恩。」他再度向瑞娜鞠躬，然後向阿曼娃行禮，接著轉身奔回黑夜。

還有六道天堂之柱。

「我會教訓卡維爾。」阿曼娃在戰士離去後說道。「請你明白，他這樣侮辱你不是我的意思。」

「我知道妳說的是眞話。」亞倫說。「我在夜裡與沙羅姆並肩作戰，但我向來討厭那些總是爲芝麻蒜皮小事而掀起世仇的人。卡維爾這麼做只是在侮辱自己。」

阿曼娃側頭看他，靈氣中顯露出一絲敬意，不過眼神卻沒有任何變化。他輕輕點了點頭。

片刻過後，汪妲·卡特跑來，獻上一根彎曲的風惡魔長角，上面還連著背翼的薄膜。「本來應該第一個送來的，不過割下這些玩意兒比殺它們還麻煩。」

亞倫微笑。她的靈氣綻放強烈的驕傲，不過還是有點恐懼。他進一步查探，深入了解她。她打算對他提出要求，一個自私的要求，她深怕他或許不能答應——或不願答應。

「祝福妳，汪妲·卡特。」阿曼娃說。「史上第一位沙羅姆丁。」

沙羅姆丁？亞倫深感驚訝。現在賈迪爾竟然賦予女人權利了？還有更多奇蹟嗎？

「妳令我驕傲，汪妲。」亞倫說，提高音量讓其他人聽見。「成爲克拉西亞第一名女性戰士可是了不起的成就。如果有什麼能爲妳做的，儘管開口。」

汪妲微笑，靈氣中浮現鬆了口氣的感覺。「他們說你治好了肯恩·薛普的眼睛。」

亞倫點頭。「是。」

汪妲一直以來都用頭髮遮住惡魔抓傷的半邊臉，她撩起頭髮，露出又深又皺的爪痕。她壓低音量。「你能拿走我的疤嗎？」

亞倫遲疑。他隨手就能辦成此事，但是看著汪妲的靈氣，他不確定自己該這麼做。他平空繪印，讓自己的回應只有她能聽見。

「可以。」她眼睛一亮，靈氣中浮現欣喜與恐懼。「但新月時，妳要擔心什麼？汪妲．卡特。妳的戰友，還是妳的容貌？」

她的靈氣滿是羞愧，亞倫比向自己布滿數百個魔印刺青的臉。「傷疤可以保護我們，汪妲。提醒我們什麼才是眞正重要的事。」

女孩點頭，他搭上她的肩，輕捏一下。他必須抬頭才能直視她的雙眼。「妳考慮考慮。新月之後，如果妳還是決定這麼做，只要和我說一聲就行了。」

她的靈氣轉變成中立的色彩，不過內部形成緩慢的漩渦，表示她在考慮他的話。

「我想這表示妳不打算接受沙漠惡魔的求婚？」湯姆士一邊咀嚼最後一片培根，一邊問道。

黎莎對他微笑。她的胃口恢復了，幾週以來第一次覺得自己有點元氣。「不太可能。」

「母親說妳所做的一切都會以窪地的利益爲優先考量。」湯姆士說。「但我不該將那誤認爲妳會依照我的命令行事。」

黎莎大笑，起身收拾餐盤。「老公爵夫人說的沒錯。」

「妳和她很像。」湯姆士說。

黎莎擺一擺臂。「希望不要太像了，不然我就不願多想昨晚的事。我知道你們貴族十分看重血統純正。」

湯姆士笑道：「也沒有那麼看重啦，不過要知道，我母親年輕時可是個大美人。」

「那點我毫不懷疑。」黎莎說。

「至於血統嘛……」湯姆士聳肩。「一百年前，我們家族只是個小貴族。我祖父是家族中第一個坐上藤蔓王座的人，而讓他坐上那個位子的並非血統，而是財富。」

他順勢起身，一把將她摟入懷中。「從任何方面來看，妳都是窪地裡最接近貴族的人。妳有沒有想過如果身爲伯爵夫人，妳可以達到什麼樣的成就？」

黎莎哼了一聲，輕輕推開伯爵。「伯爵閣下擁有會和所有對你眨眼的女人上床的聲望。難道我該相信你會對我忠心不二嗎？」

湯姆士微笑，輕輕一吻。「爲了妳，我或許願意嘗試。」

「如果下週過後，我們還活著，我會考慮看看。」黎莎承諾道，在他嘴唇上輕輕一碰，然後回過頭去清理餐盤。她毫不懷疑湯姆士是眞心想要娶她，不過那比較像是政治婚姻，而非出於愛情。他們兩人結合可以鞏固湯姆士在窪地的地位，以及林白克對於領地的控制權，阿瑞安很清楚這點。

這樣有什麼不好嗎？她眞的不知道。

「妳眞的也遇過貝爾斯先生提到的那種心靈惡魔嗎？」湯姆士問。

黎莎點頭。她走向寫字桌，拿出蠟封信封，上面蓋有她的印記，研缽和碾杵。她將信交給伯爵。「給你母親的。」

湯姆士揚起一邊眉毛。「妳是說我哥哥。」

黎莎也揚眉。「我們就連在親密獨處時也要玩這個遊戲嗎？」

「那不是遊戲。」湯姆士說。「林白克是公爵，他很偏執也很高傲。如果妳公開對他表達不敬，一定會付出代價的。」

黎莎點頭。「是，但你會向他回報，而我相信你可以捎個信息給阿瑞安——」

「老公爵夫人。」湯姆士糾正道。

「……老公爵夫人，」黎莎更正。「不會有任何阻礙。你自己也說過藥草師還是隸屬她管轄，我這樣做並不會造成不敬。」

湯姆士皺眉，不過還是收下信。

「我必須老實講，伯爵閣下，」黎莎說。「我也不知道能信任你到什麼程度，不管是在床上還是在外面。你來我家是因為喜歡我，還是想要鞏固你在窪地郡內的統治地位？」

湯姆士微笑。「當然兩個原因都有。伐木窪地向來都是安吉爾斯的領地，許多方面都仰賴皇室的援助，包括讓你們與其他地方互通聲息的信使大道。不久前，它還是個偏遠城鎮，但是對領主效忠可不是隨著你們壯大就可以輕易違背的東西。妳難道以為在你們的土地上挖出黃金或煤礦，皇室會就這麼眼睜睜看著你們脫離安吉爾斯嗎？」

黎莎搖頭。「當然不會。」

「貝爾斯先生帶給你們的魔印也是一樣。」湯姆士說。「再說，我們做了什麼糟糕的事？我們難道沒有因應妳的要求，在窪地鎮民最需要時帶來食物和種子、牲口和溫暖衣物？幫助他們建立家園，並建造你們協助設計的大魔印？我的堡壘或許莊嚴雄偉，女士，但它是為了對抗克拉西亞人而建，不是用來恫嚇在我守護下的人民。」

黎莎點頭。「不管它有多堅固，兩年內，克拉西亞人的戰士就會比安吉爾斯男女老幼加起來還多。即使是現在，只要他們有心，也有辦法在一天內鏟平窪地，雖然這樣做就表示他們會讓艾弗倫恩惠缺乏防禦，難以抵擋後方的雷克頓。但是一旦窪地變成他們的，我們就不太可能搶得回來，而他們就能像夾住牙齒的鉗子一樣夾攻雷克頓。」

湯姆士搖頭。「除非沙漠老鼠突然變成水手，不然克拉西亞人永遠不可能攻下雷克頓。雷克頓的港口鎮散布在數百哩長的湖岸上，供他們停泊補給。世上沒有任何軍隊能看守所有港口鎮，如果他們打算這麼做，船民和沼澤惡魔會讓他們付出慘痛的代價。雷克頓人能在轉眼間調轉船頭，朝碼頭鎮或湖岸發射箭雨，不過船務官員都是懦夫，不會出兵防禦碼頭鎮或是湖岸。離開船上的雷克頓人就像落地的風惡魔一樣，完全不是任何人的對手。」

「我同意。」黎莎說。「我一路上都在慫恿雷克頓人逃往窪地。」

湯姆士瞇起雙眼。「已經開始扮演伯爵夫人了？妳無權叫他們來，我們人口已經飽和了。」

「沒這回事。」黎莎說。「唯一抵抗克拉西亞人北上的方法就是儘可能迅速擴張，我們一定要讓窪地擠滿人。」她嘆氣。「如果月虧之後窪地還在。」

湯姆士牽起她的手，靠近自己。「我們不需要對立，黎莎．佩伯。只要妳給我所需的答案，我願意接納從這裡到克拉西亞沙漠營地的所有平民。」

「答案？」黎莎問，儘管她很清楚他的意思。

湯姆士點頭。「克拉西亞人有多少戰士，駐守何處？妳從心靈惡魔那裡得到什麼情報，把妳嚇成這樣？貝爾斯先生在率領人民作戰時會不會讓人平白犧牲？妳願意為我的領導背書嗎？」

天色逐漸明亮，兩人都聽見了伯爵馬車接近的聲音。她嘆氣。「我會想想你的問題，伯爵閣下，很快就會給你答案。」

湯姆士以軍人的姿勢站立，僵硬地鞠了個躬。突如其來的正式儀態感覺有點冷漠，不過他的目光始終沒離開她的雙眼，而且英俊的大鬍子臉上流露淘氣的笑容。「那就晚餐時談吧，今晚。」

黎莎微笑。「看來你的獵人名聲並非浪得虛名。」

湯姆士眨眼。「黃昏時我派車來接妳。」

道賀的人潮直到黎明將至時才開始減少，不少窪地鎮民都還在跳舞。伐木工和沙羅姆帶著一身魔力回歸，在魔物廣場中央留下一堆和人一樣高的惡魔骸骨，爲慶祝會帶來新的高潮。

亞倫深吸口氣，走向吟遊詩人的音貝棚。他輕輕跳上舞台，不須借助台階，雖然舞台足足有六呎高。樂師們不再演奏，將場地清出來給他。群眾歡呼，亞倫伸手比向瑞娜。她同樣輕鬆地躍上舞台，他伸出手臂摟著她。

「我知道這聽起來很瘋狂。」瑞娜說。「但我發誓看見這些人對你的愛戴化作了綻放的光暈，我從沒看過這麼美的東西。」

「對我們的愛戴。」亞倫糾正，輕輕捏她。「沒錯，感覺像是在看日出。」

「不會持久，是不是？」瑞娜問。「因爲即將發生的事情？」

愛妳，瑞娜．譚納。亞倫搖頭。「我們將會面對血腥的蜜月。」

瑞娜把頭靠上他的肩膀。「很高興我們有先跳舞。」

「是。」亞倫點頭道，又捏了一下，接著放開她，舉手平空揮了幾下。人們安靜下來，不過其實安不安靜並不重要。亞倫平空畫了幾個聲音魔印，讓自己的聲音清清楚楚地傳送出去。

「我想感謝所有參與這個美好夜晚的人。」亞倫說道。「我和瑞娜沒向任何人提起結婚的事，但窪地鎮民還是幫我們舉辦了一場符合任何新人期待的慶祝會。」人們歡聲雷動，大家都在歡呼跺腳。

太陽出來了，亞倫的皮膚出現刺痛和灼燒感。他對日出時的痛楚並不陌生，但現在他知道如何讓魔力遠離皮膚，避免陽光照射，儘可能保留最多魔力。

儘管如此，陽光還是燒光了攀附在魔印上的多餘魔力，感覺像是用火烙印上去的一樣。曾有一段時間——還不算太久之前——他認爲這種痛楚表示太陽在排斥自己。但了解眞相後，現在他爲此而驕傲。

他身旁的瑞娜低呼一聲。

痛楚能教你很多事，帕爾青恩，賈迪爾曾告訴他，所以我們肆無忌憚地施加痛楚。歡愉不會教人任何事，所以必須盡力爭取。

亞倫牽著她的手。「痛楚是我們在陽光下行走的代價，瑞娜。我們該自己贏得這樣的權利。」她點頭，深深吸氣。戰士們也感受到陽光的威力，但由於皮膚上沒有魔印、血液裡沒有膿汁，他們體內的魔法很快就燒光了。他們走來走去，彷彿起疹子般搔搔暴露在外的皮膚。厚皮衣上的膿汁起火燃燒，在他們身上發出陣陣閃光。其中一名身上沾了太多膿汁的伐木工衣服眞的燒了起來。亞倫正打算過去處理時，他已經拿起半桶麥酒往自己身上倒。他旁邊的鎮民大聲嘲弄。

「下一次節省麥酒，讓我們在你身上尿尿就好了！」一名伐木工笑著叫道。

「大家都對我們很好，」亞倫繼續道。「不過該和妻子獨處了。」瑞娜捏捏他的手，他感到一陣快感襲來。「我們也該回去辦正事了。狂歡整夜的確很開心，但新月距離現在只剩十個拂曉，而我們還有很多工作要做。惡魔將會群起而攻，窪地郡得做好準備，把它們都踩回地心魔域。」

他在陽光灑落的同時指向地上那一大堆惡魔角。惡魔角化為一團難以逼視的烈火，伐木工吶喊，高舉斧頭。就連沙羅姆也大叫一聲，揚起拳頭。

這陣喊叫聲讓亞倫覺得惡魔王子確實應該要感到害怕。但他也曾見過地心魔域裡的景象，如果仔細想想，害怕的人就會變成自己。

瑞娜碰了碰他。「你還好嗎？」

亞倫握住她的手。「沒事，瑞娜。我很好。」

「東西都送過來了。」莎瑪娃在陪他們走回史密特旅舍的房間時說道。她打開房門，新婚禮物整整齊齊地擺在屋內。玫瑰修剪整齊，插在古老的彩瓶裡，新鮮食物擺放在桌上。其他寶貝都放在衣櫃和床頭櫃上。

亞倫在窪地居住至今超過一年，在訓練伐木工對抗惡魔的過程中與大家混得很熟。他知道屋內這些東西有什麼價值，同時也在送禮者身上看見莫大的自豪、真摯的感激和愛，還有對他的……信心。

最令他感動的就是信心。這些人會做任何他要求他們去做的事，不是出於崇拜，而是出於信任。他已經在他們面前證明了自己，與他們並肩作戰，而且他們由衷相信他永遠不會讓他們失望。

我不會，他默默承諾。*如果惡魔在新月時攻陷了窪地，肯定是因為我在抵抗他們的過程中陣亡。*

莎瑪娃走到玫瑰前，拿起用線掛在瓶子上的紙片。「每個禮物都有標示送禮者的名字。我會找厄奈爾·佩伯製作合適的感謝函，並請兩位在上面簽名。」

瑞娜身體一僵，身上的氣味改變。與解讀靈氣相比，這是種較爲原始的反應，即使在白天，亞倫的強化感官還是源源不絕地提供周遭所有的訊息。她的恐懼在他聞起來就像靴子上的糞便一樣刺鼻。他感到同情，不須去看她身旁的影像就能知道原因。就像大多數提貝溪鎮的鎮民，瑞娜不識字。

亞倫自莎瑪娃面前偏過頭去，以只有瑞娜的強化聽覺能聽見的聲音說道：「別擔心，瑞娜。我會在那之前教會妳寫自己的名字，要不了多久妳就看得懂書了。」

瑞娜看他一眼，面露微笑，體味轉爲感激與愛。「我們也該幫加爾德做點什麼，感謝他見證我們的婚禮。」

「是呀。」亞倫說。

「我很樂意爲男爵挑選禮物。」莎瑪娃說。

亞倫搖頭。「這我自己來就行了，謝謝。」

莎瑪娃鞠躬。「伯爵送妳的項鍊非常漂亮。」她對瑞娜說。「妳確定要賣掉它嗎？」

開始了。亞倫心想。

瑞娜走到鏡子前，一邊欣賞項鍊，一邊用指尖輕敲上面的珠寶。亞倫聞到它爲她帶來的歡愉，聽見她的無聲嘆息。

那是最後的碰觸。瑞娜點了點頭，取下項鍊。「這麼多人衣食匱乏時戴這種東西是不對的。」

「不要小看光鮮亮麗的領袖鼓舞人心的能力。」莎瑪娃說。「但如果妳眞的決定這麼做，我很樂意向妳購買。我可以用硬幣，或直接將食物和牲口送去給需要的人，如果妳覺得這樣更好。」

瑞娜抬頭看她，亞倫難以置信地發現根據她的體味，她竟然眞的相信這個女人在表達善意。「妳願意這樣幫我們？」

不是她的錯，他告訴自己。就和識字一樣。如果提貝溪鎮的人懂得討價還價，霍格就不會擁有鎮上半數的財富。

莎瑪娃微笑，揮揮手，彷彿那算不了什麼。「一點也不麻煩。那條項鍊是個美麗的小東西，我應該可以輕鬆就賣給富有的達馬基當成送給妻子的禮物。」

亞倫兩眼一翻，偏開頭去。「一點也不麻煩，」他以只有瑞娜聽得見的聲音說道。「只是趁機打起我們的旗號在窪地郡建立起克拉西亞人的貿易人脈。」

他在瑞娜打量莎瑪娃的同時聞到難以置信的體味，接著又轉為失望。她假裝檢視項鍊，藉機以只有他們能聽見的音量回應亞倫。「那不要賣嗎？」

「賣，不過要求以現金交易。」亞倫低語道。「一手交錢，一手交貨。」

瑞娜轉身，對莎瑪娃露出開心的笑容。「很感激妳的幫助。那就一手交錢，一手交貨吧。」

莎瑪娃點頭，一副本來就不期待會聽到其他答案的模樣。「可以借我看看嗎？」瑞娜將項鍊給她，她仔細檢視項鍊，戴上眼鏡，就著光線細看寶石。

「現在她會挑三揀四，和妳討價還價。」亞倫輕聲道。「不管她說什麼，妳就說她瘋了，然後威脅說要賣給史密特。她會將出價翻倍，然後妳再提高五倍。」

「眞的假的？」瑞娜在微笑中說道。「我不想侮辱她。」

「妳不會的。」亞倫喃喃道。「克拉西亞人不會尊重不懂討價還價的人，最後以半價成交。」

瑞娜哼了一聲，等待莎瑪娃檢查完畢。

「很美。」莎瑪娃在語氣中增添適當的失望。「鑽石不夠清澈，祖母綠的邊緣有瑕疵，黃金純度不及我們克拉西亞的黃金。但或許曾屬於綠地伯爵這個新鮮事能幫我們找到買家，我出一百卓奇。」

瑞娜哈哈大笑，儘管她很可能根本不清楚一百卓奇的價值。「我想妳的眼鏡該修理了。這些寶石完美無瑕，黃金則像白雪一樣純淨。如果妳不打算支付合理的價格，我敢說史密特……」

莎瑪娃大笑，然後鞠躬。「我太小看帕爾青恩的吉娃卡了，妳眼力絕佳。兩百卓奇。」

瑞娜搖頭。「一千。」

莎瑪娃一副忿忿不平的模樣。「這價錢可以買三條這種項鍊了。三百卓奇，多一卡拉都不行。」

「五百，不然我就賣給史密特。」瑞娜語氣冷淡地說道。

莎瑪娃打量著她，亞倫不用強化感官也看得出來她在考慮該不該繼續講價。最後她鞠躬。「我不能在新吉娃卡大喜的日子拒絕她任何事。五百卓奇。」

「我很感激。」瑞娜說。「這筆錢可以幫許多人家增添牲口，也能讓不少人有衣服穿。」

「妳很會討價還價，」莎瑪娃說。她轉向亞倫，眼角微皺，釋放出一股饒富興味的氣味。「要不了多久，妳就不再需要帕爾青恩的指導了。」

「好了，汪妲，我等夠久了。」黎莎說。「出來吧。」

「我不要。」汪妲說。

「汪妲．卡特。」黎莎警告道。「如果妳再過——」她在汪妲身穿阿瑞安老公爵夫人送的衣服步入房內時輕呼一聲。

「喔，天呀，」她說。

「看起來很蠢，是不是？」汪妲苦澀地說。「我就知道。」

「一點也不會。」黎莎說。「妳看起來美極了。等到鎮民們看到妳的樣子，然後聽說這套衣服是老公爵夫人的裁縫師親手縫製後，窪地所有女人都會想要一套。」

她是真心的。儘管黎莎不願承認，皇室裁縫師的表現確實傑出，做出了一套既端莊且與所有男性士兵的武裝一樣實用的服裝，並很明確地表現出女子風情。

上衣是深綠色絲綢，以金線繡上藤蔓與魔印的圖案，在平坦的胸部上增添一些紋理。肩膀到手肘之間的衣袖寬鬆，不過在前臂上以繫線繫緊，一方面避免勾到弓弦，一方面讓她能輕易套上木臂套。上衣外搭配厚皮背心，內裡塞以護墊，貼身扣緊。這件背心的功用是要在上衣和胸甲之間提供緩衝的空間，不過背心獨具風格的傑出剪裁也非常適合在沒穿護甲時穿。

腰部到膝蓋之間穿的是棕羊毛寬褲，很像窪地婦女戰鬥時愛穿的分邊裙——相當鬆垮，站立不動的話看起來像是裙子。作戰時，汪妲會在外面加穿柔韌的金木護板，能提供強力魔印的保護，且維持行動自由和速度。

寬褲自膝蓋以下收窄，最下面以繫繩收緊，方便穿上及膝的軟鹿皮靴，好爲木腿甲和鞋子提供緩衝。有了這雙鞋，汪妲即使一腳被木惡魔咬著，也能另一腳猛踢對方的腦袋。

汪妲的手臂下挾著光滑的露臉式木頭盔，上面刻了更多漩渦狀藤蔓魔印。如果她的腳沒能踢碎惡魔頭骨，也能輕易用頭錘辦到。對黎莎而言，在頭盔上加刻心靈魔印和強化視覺魔印只是舉手之勞。

「緊身上衣呢？」黎莎問。

「送人了，就像伯爵說的。」汪妲說。

「妳自己沒有留一件？」黎莎問。

汪妲搖頭。「我不是幫老公爵夫人工作的，所以身上不該有她的徽記。如果妳給我一件有研缽和碾杵徽記的緊身上衣，那我就會穿。沒有的話，這樣就很好了。」她拿起掛在門上的魔印斗篷，披在自己肩上。

黎莎眨了眨眼。她假裝去拿茶杯，趁機拭淚。「新月前我會在妳的護甲上刻好其他魔印。還有妳的弓，如果妳願意讓它離開視線十秒鐘。」

汪妲看著靠在門邊牆上沒上弦的武器。「我不知道妳還能把我的弓怎樣，那是魔印人親手製的。」

「我不會更改任何魔印。」黎莎說。「只是要在握柄上鑲入一顆惡魔骨。」

汪妲扮個鬼臉。「爲什麼？」

「因爲亞倫能用雙手灌注魔力到弓裡，妳不行。」黎莎說。「惡魔骨可以讓弓隨時處於啓動的狀態。即使是沒刻魔印的箭，只要是從這把弓射出去都能傷害惡魔。」

汪妲揚起眉毛。「是喔？聽起來不錯——」她突然面色緊繃，迅速來到窗口，手握刀柄。在看了窗外一眼後，她鬆懈下來。

「只是姮西。」她回頭對黎莎道。「妳確定我看起來不蠢？」

黎莎沒有回答。「請把門打開，我去燒開水。」

片刻過後，姮西進屋，雙手緊張地扭動。「有件事要告訴妳，黎莎，妳肯定不會喜歡的。」

黎莎嘆氣。「午安，姮西。」

妲西站在原地，雙手彷彿擰成硬麵糰。黎莎比比手指。「那就說吧，如果這件事讓妳緊張成這樣。」

妲西點頭。「伯爵的車夫昨晚送妳回家後又駛回魔物墳場，喝了幾杯麥酒。他告訴一些鎮民說他今晚不用睡了，因爲妳叫他天亮時回去接伯爵。」

「造物主啊，」黎莎說。「妳說一些是多少人？」

妲西聳肩。「話是會傳開的，黎莎。這點妳比誰都清楚。就連剛到鎮上的人都知道妳是誰，現在方圓十哩之內所有人都聽說此事了。」

「黎莎女士和誰過夜關他們什麼事？」汪妲大聲問道。

「是不關他們的事，」妲西同意道。「但是他們可不這麼認爲。」

黎莎一手移動到肚子上，輕拍兩下。

儘快行動，伊羅娜說過。明目張膽。

她刻意對妲西長嘆一聲。「別理會流言，只要沒人在診所裡討論就好了。要是沒人談我的感情生活，這裡就不是窪地了。」

妲西哼地一聲。「至少妳有感情生活。」

「對呀。」汪妲同意道。

妲西直到此時才注意到汪妲的打扮。「這套衣服不錯。南方來的？」

汪妲搖頭。「阿瑞安公爵夫人送來給我的，去年春天我和她喝過茶。看來她喜歡我。」

亞倫低頭看著瑞娜一如往常般平靜地午睡，親吻她的髮鬢。「我會在妳起床前回來，愛人。」她滿足地應了一聲，抓抓他的手臂，嘴角揚起笑容。他讓她抱了一會兒，然後輕輕推開。他精疲力竭，只想陪她大睡一覺，但他沒時間休息。他擷取血液中的魔力，讓自己恢復精神，然後出門下樓，迅速離開旅舍。人們對他指指點點，不過他的速度快得沒人有機會朝他招呼。

亞倫自認太陽下再也沒什麼事能讓他害怕，但隨著他一步步接近黎莎的小屋，他內心的平靜也逐漸瓦解。所有窪地人裡，黎莎的靈氣最難解讀。表面上，她和達馬丁一樣沉著冷靜，但內心充滿猛烈的衝突情緒。這也是他一開始深深受她吸引的原因之一，因爲他自己也常常有這種感覺。

而她內心的情緒衝突從沒像昨晚送花冠給瑞娜時那般波濤洶湧。那非常體貼——大幅降低瑞娜的敵意——但亞倫知道她內心裡的掙扎。如果是其他人，他會毫不遲疑地擷取她身上的靈氣，完全了解她的感覺，但這招用在黎莎身上似乎有點褻瀆。爲了治療或幫助、領導或激勵他人而探索對方的內心是一回事，爲了弄清楚一個沒和他結婚的女人對他有什麼感覺而這麼做又是另一回事了。

亞倫想向她解釋自己的作爲，但要怎麼解釋？客觀來看，黎莎．佩伯擁有男人在女人身上渴望的一切，美麗、聰明、親切、富有、無私。但對當初的他而言，這些條件還不夠。他已經踏上黑暗的道路太遠，自覺配不上她。他需要有個女人讓他遠離那條道路，但她不是那個女人。那可不是老情人想聽的話，就像他也不想知道賈迪爾怎麼上得了她的床。

他的腦中浮現他們兩人交合的畫面，臉上流露厭惡的神色。

別想了，他告訴自己。黎莎做了她的選擇，我也做了我的。那不會改變接下來的一切，也延續不了我們僅存的時間。

她家的門沒有完全關上，他還沒抵達門廊就聽見了女人說話的聲音。他並沒有打算偷聽，但他的耳朵已經把每個字都聽了進去。

黎莎和湯姆士上床？這個謠言似乎荒誕無稽，但黎莎卻沒有刻意否認，所以肯定是眞的。

他搖頭。無所謂。除了新月外，一切都不重要。

他打赤腳，不過刻意在踏上前廊台階時發出沉重的腳步聲，讓屋內的人知道他來了。他使勁敲門，等待黎莎讓他進去。

妲西、汪妲還有黎莎全都僵在原地，凝視著他。妲西和汪妲散發恐懼的氣味，但黎莎的體味就像她的靈氣一樣難以解讀。他心裡再度浮現想要深入探索她的衝動，而他很感激灑落屋內的陽光驅逐所有魔法。

黎莎小屋內一如往常般地瀰漫著各式各樣的氣味——香料、藥草、茂盛和枯萎的植物、濕土和新鮮食物。最濃郁的就是香噴噴的培根味。但這一切都無法蓋過從她臥房中傳出的性愛氣味，還有空氣中難聞的強烈嘔吐味。

看來是眞的。他心想，壓抑著緊握拳頭的衝動。黎莎有權做任何她喜歡做的事，但湯姆士在男女關係方面有不太正面的名聲。如果他傷了她，或是她的聲望，亞倫一定會打斷他那英俊的鼻子。

他深吸口氣。那是魔法在影響我。他努力地想說服自己相信這句話。

「早，小姐們。」他說著，擠出愉快的笑容。「昨晚的聚會提早結束了。」他看向黎莎。「介意我們談一談嗎？」

黎莎眨眼，接著搖頭。「當然不。跟我去花園走走？它們已經太久沒人照料了。」

亞倫點頭，黎莎拿起一籃園藝工具，領頭出門來到庭院裡。步入花園迷宮時，他聽見待在小屋裡的妲西和汪妲說的最後兩句話。

「我現在只想變成在花園裡嗡嗡飛舞的蜜蜂。」妲西說。

「現在已經有很多人在談論他們了，妲西．卡特。」汪妲說。「我下次回鎮上時，最好不要聽見有人提到他們兩個在花園裡獨處的事。」

「妳是在威脅我？女孩。」妲西問，音量隨著脾氣而提高。

「是呀。」汪妲冷冷回應。「妳最好自愛點。」

亞倫暗自偷笑。如果這話是其他人說的，妲西會讓他們把話吞回去。但就連妲西也不會蠢得對汪妲．卡特揮拳相向。

黎莎停在豬根叢前，拿出園藝工具。「我說眞的，妲西應該當伐木工的。她殘害植物的手段比種植植物要高明多了。」

亞倫點頭。「她也是鎭上謠言的一大來源，汪妲剛剛威脅她不要向人透露我們出來走走的事。」

黎莎散發出愉快的氣味。「我愛那女孩。」她開始掘土。「我想你也不想讓你的新娘知道你在這裡。」

「我跟她說了我要去哪裡。」亞倫說。「我不打算以謊言展開我的婚姻。」

「說結就結。」黎莎說。

亞倫聳肩：「奇特的夜晚。」

「是呀。」黎莎點頭。

「很抱歉那樣對妳。」亞倫說。「我沒資格爲了那件事發脾氣。」

「你有資格。」黎莎說。亞倫驚訝地看著她，她則揚起覆蓋新鮮泥土的鏟子，散發一股生命的氣息。「我不會為了自己做過的任何事情道歉，並不是說如果有機會重來，我會做出不同的決定。但要是阿曼恩真的做過你所說的那些事，那你當然有資格大發雷霆。很抱歉，我從不想傷害你。」

「我說的是實話。」亞倫說。

「我知道。」黎莎說。「有時候我不認同你的選擇，但你是我見過最誠實的人。」她聳肩。「不管這樣講有沒有意義。」

「所以我們都很抱歉，卻不後悔。」亞倫說。「那之後我們要何去何從？」

「辦正事，當然。」黎莎說。「月虧距今只剩十天。你有計畫嗎？」

亞倫皺眉。月虧。克拉西亞如此稱呼新月。不知為什麼，這個字讓他不太高興。

「我有很多小計畫。」亞倫說。「不知道惡魔會怎麼做，所以擬定大計畫並非明智之舉。」

「同意。」黎莎說。「它們很聰明，或許比我們聰明。」

「對，或許，」亞倫說。「但它們小看我們，也沒想像中那麼了解我們。我直覺認為它們會立刻採取人海戰術。以足以撼動高山的大軍展開攻擊，殺了我和賈迪爾，在全世界的人心中留下恐懼。」

黎莎顫抖。「你認為它們辦得到？」

亞倫聳肩。「或許。」他揚起手指。「但如果他們失敗了，人們就會開始集結。我們會在六個月內變得比現在更壯大。」

「到時候就能全力反擊。」黎莎說。

亞倫點頭。「而我的能力會讓它們大吃一驚。」

那天稍晚的時候，黎莎去鎮上巡視，拜訪老友和病人，詢問他們的健康狀況。正如妲西所說，亞倫把診所清空，就連傷勢和病情最輕微的病人也不放過，將所有窪地人都丟回最需要他們的地方。

不過藥草師還是忙得很，召集所有懂裁縫的人製作心靈魔印頭巾，並且縫製粗陋但有效的隱形斗篷。

她和鎮議會開會，但現在他們基本上只是名義上的議會成員，不具有實質權力。湯姆士指派了行政官和稅務官員，而他們都是加爾德的下屬。

她搖了搖頭。窪地郡首府伐木窪地的男爵加爾德．卡特。她得要一段時間才能適應這個變化。鎮上其他人似乎都對這樣的安排感到非常驕傲。窪地從沒出過領主，而他們很快就忘掉幾年前的那個惡霸加爾德。他小時候很受歡迎，既英俊又強壯，和黎莎．佩伯訂婚，而她的父親能把紙變成黃金。但兩人分手後，他的聲望就和她的一樣跌到谷底，因為布魯娜逼他公開承認自己謊稱曾和黎莎上過床。

失去了新娘和鎮民的尊重後，加爾德轉而利用力量贏得敬意，不過這種做法有好有壞。沒人會蠢得去和他作對，但他們也會儘可能遠離他。

那一切在伐木窪地之役後徹底改變。加爾德失去了父親，而所有人都同意史帝夫從小就開始對他產生不好的影響。鎮上所有人都知道史帝夫和伊羅娜的婚外情。加爾德在那一戰過後成為英雄，之後每天晚上都甘冒生命危險守護窪地。人們很快就忘了過去的他。不少伐木工都因此找到了人生的目標，全鎮的人團結一致，在黑夜中出生入死的同時忘記別人過往的錯誤。

黎莎甚至不認為加爾德會是個糟糕的領主。伯爵會制衡他濫用權力，而他似乎並不在乎將事情委派給其他人處理，並將所有精神放在率領伐木工作戰之上。如果亞倫想得沒錯，人們得接受真正的英雄領導，而加爾德非常適合當英雄。

但是他和她母親搞在一起的畫面再度浮上心頭，她搖了搖頭，試圖抹除它。

怎麼抹也抹不掉。

就和說好的一樣，湯姆士的馬車於黃昏時前來接她。黎莎那時人在診所，很多人看見她上車。鎮民聚在一起交頭接耳，黎莎只能猜想他們在說什麼。他們是不齒她的作為，還是期待不久的將來又有一場盛大的婚禮？

據她對窪地鎮民的了解，大概兩者都有一點。黎莎十分認命地坐在絨布座椅上。當她肚子大起來後，情況只會變得更糟，暫時而言，最好還是讓鎮民認定孩子是湯姆士的。

她得承認伯爵的新堡壘十分壯觀。如果日後沒被地心魔物或是克拉西亞人拆掉，現在的景象只能算是骨架，但它擁有強大的防禦機能，建立在高地之上，搭建了臨時尖頂圍欄來守護為了蓋圍牆而在挖掘地基、搬運石塊的建築工人。

亞瑟勳爵在庭院裡迎接黎莎，護送她穿越庭院，經過工人、僕役和守衛居住的帳篷。中央的堡壘目前是座建築骨架似的迷宮，亞瑟帶她走向完成度較高的區域，湯姆士居住的房間；伯爵寢宮完成後這裡多半就會改成客房。

躬。

儘管如此，這裡的餐廳還是裝潢華麗，符合安吉爾斯王子的身分。

湯姆士等在餐桌主位，旁邊還坐著蓋蒙隊長，不過黎莎一到，兩個男人立刻起身，隊長深深鞠躬。「很榮幸再度與妳見面，佩伯女士。在下先告退。」蓋蒙在黎莎點頭後立刻離開餐廳。

湯姆士幫她拉開椅子，接著在僕人上前倒酒時坐回原位。他揮手遣走女僕，她快步離開餐廳。

「終於獨處了。」湯姆士說。「我一整天都在想妳。」

「全鎮的人都一樣。」黎莎說。「你的車夫昨晚送完我們後就把事情傳開了。」

伯爵揚起一邊眉毛。「要我割下他的舌頭嗎？」

黎莎雙眼凸起，湯姆士哈哈大笑。「只是開玩笑！」他揮手安撫她。「不過還是應該懲罰他。」

「你打算怎麼懲罰？」黎莎問。

「免費清理糞坑一個禮拜應該能讓他好好反省。」湯姆士說。「我的僕人不能亂講話。」他眨眼。

「而這件事對你沒有好處？」黎莎問。「如果你認爲和我結婚不會讓你在窪地取得優勢，就不會讓馬車打著你的旗號載我穿街過市了。」

「至少在對我沒有好處的時候不能。」

「正式追求妳能爲我帶來優勢。」湯姆士點頭道。「把妳當成妓女一樣搞可不行。」他搖頭。

「我已經可以聽見母親聽說此事時會怎麼說。」

「我看不出有什麼理由讓她知道。」黎莎說。

湯姆士輕笑。「別自欺欺人了，我母親派來窪地的間諜數都數不清。」

「那該怎麼辦？」黎莎問。

湯姆士舉起酒杯。「接受皇家藥草師的職務，我們攜手合作，爲窪地郡謀求福利。我會時常邀妳共進晚餐，送花給妳，外加許多昂貴的禮物，並且以機智的言語與風趣的談吐擄獲妳的芳心。到時候……再看看吧。」

「你期待這些晚餐會結束在你的臥房裡嗎？」黎莎問。

湯姆士微笑。「我得提醒妳，佩伯女士，昨晚可是妳在佔我便宜呀。」

黎莎跟他碰杯。「說得是。」

亞倫在加爾德於魔物墳場上集結伐木工時上前招呼。

「晚安，男爵。」他說。

加爾德看著他，靈氣中浮現尷尬之情。「你那樣叫我怪不自在的，先生。」

「將軍？」亞倫笑著問道。

「黑夜呀，我覺得這樣叫更糟。」加爾德說。

「你叫我先生也好不到哪裡去。」亞倫說。「我想你比我大上五歲。所以，我們乾脆免了世俗稱謂吧？我叫你加爾德，你就叫我亞倫。」

尷尬轉爲實質的恐懼。加爾德開始搖頭，但亞倫伸手搭他的肩。「你現在的處境等於一邊是惡魔，一邊是地心魔物，加爾。要嘛我就是只是個普通人，沒理由不能叫我本名，不然我就是天殺的解放者，而你得照我的話做。」

加爾德抓抓後頸。「既然你這麼說，我想我沒得選擇。」

「亞倫。」亞倫說。

「亞倫。」加爾德複誦。

亞倫拍他肩膀。「你舌頭沒燒掉吧?跟我走走,有東西給你看。」

加爾德點頭,他們走向瑞娜和坍方等著的地方。

她緊緊握著巨馬的粗韁繩,牠似乎終於不再掙扎。瑞娜花了很長的時間,弄斷好幾條韁繩,最後坍方才願意讓體重不到自己十分之一的瑞娜把牠固定在原地。

加爾德一看到這頭強壯的動物立刻停下腳步,吹了聲口哨。「牠比黎明舞者還要高大。」

「坍方是舞者的父親。」亞倫說。「我唯一見過能跟你的體型匹配的馬,加爾德.卡特,而我認為沒有其他人強壯得能馴服他。伐木工們想辦法在牠身上裝上馬鞍,但沒人能待在上面。」

「別被亞倫嚇到了。」瑞娜說著把韁繩交給加爾德。「坍方很貼心的,只是要了解牠。」

「啊?」加爾德問,伸手想拍馬頸,但坍方轉頭瞪他,於是他決定不這麼做。

「是的,」瑞娜說。「坍方困在魔印後方多年,但牠本應自由自在地在黑夜裡狂奔。」

「我知道那種感覺。」加爾德說。

瑞娜點頭。「不要把牠關在牆後或是教牠去做蠢事,這樣牠就會和你當朋友。而藉由我在牠蹄上所刻的魔印,牠踢爛惡魔頭骨的次數會和瞪你的次數一樣多。」

「聽起來不錯。」加爾德直視坍方的雙眼。巨馬試圖後退,但儘管加爾德沒有瑞娜那股怪力,他仍是亞倫這輩子見過最強壯的男人。他的臂肌鼓起,韁繩嘎吱作響,不過當加爾德的手掌碰到馬頭時,坍方的頭沒有移動。片刻過後,巨馬再度放鬆。

「我不配收這份禮物。」加爾德說。

「別人要送你什麼可不是你能決定的。」亞倫說。「憑你所做的事，收下十匹這樣的馬綽綽有餘。」

「我不光是指馬。」加爾德說。「我是指這一切。伯爵命人幫我設計徽記。我！天殺的加爾德·卡特。」他搖頭。「我覺得好像就要步入圈套，被趕回去砍樹一樣。我需要你告訴我該怎麼做。」

「我要你像個男人一樣自己思考。」亞倫說。「不管喜不喜歡，現在你是伐木窪地的男爵，首要之務是照顧子民，其次才是擔任伯爵的手下。如果他要你做什麼你覺得不對的事，記住要跟著良心走。」

「我不想承擔這麼多責任。」加爾德說。「我並不聰明，而且良心經常讓我惹上麻煩。」

「不是只有聰明人才能分辨是非。」亞倫說。「而我很清楚揹負不想要的責任是什麼感覺。但人生不能事事如意，加爾德·卡特，不會隨時有人在你身邊告訴你該怎麼做。」

第二十二章　新月　333AR　秋

新月第一夜

新月使得洞口一片漆黑。這道洞口其實只是條裂縫，像裂開的傷口般展露在一座被遺忘的山丘裸露出的巨岩上。洞內的空間十分狹窄，卻沒盡頭，透過許多縫隙與通道無盡延伸，有些地方狹小，有些區域則轉爲巨型石窟，一路向下直通世界的地心。這裡就連星光也照不到，完全處於徹底的黑暗。

黑暗中出現了某樣更加黑暗的東西，一種超越無光境界的腐敗。它如墨水般流動，將洞底覆蓋成油膩膩的漆黑，最後湧入黑夜。污漬沿著山丘流動，其中長出數道形體，逐漸升高，開枝散葉，最後凝聚成六棵大樹，如同利齒般圍住洞口。

洞穴中央冒出一根大石筍，最後化身爲一頭巨大的化身魔。血盆大口裡長著一排排利齒，四肢末端則是巨型魔爪。它的身體有些地方銳利，有些地方平坦，表面像蛇般蠕動，沒有片刻固定。

地心魔物謹慎地打量附近環境，接著快步走向洞穴後方。惡魔親王現形時，它負責在那裡守衛。他體型瘦小，彎腰駝背，細長的身體彷彿支撐不了那顆大腦袋。他的魔角退化，炭黑色的頭頂上有兩塊隆起物在緩緩脈動。他的指甲和牙齒都很銳利，但與化身魔那些擅於撕碎敵人的利器比起來較類似針頭。

倒不是說親王需要這些地心魔物，化身魔的軀體和感官只是他本身的延伸，他可以透過它們的眼睛視物，用它們的利爪殺人，透過它們的鼻孔聞到地表上的空氣。地表冰冷無趣，幾乎完全沒有魔法，因爲每日白晝都會被那顆可惡的恆星燒個精光。王宮裡，空氣灼熱——蘊含地心豐富的魔力，每一口呼吸都美味無比，充滿力量。

惡魔本能地自裂縫中擷取魔力，一道力量泉源自魔力源頭直奔而來。他靠這道泉源補充力量，全身魔法充沛，接著走到洞口。他在黯淡的星光下瞇起雙眼，感覺些微的力量外洩，彷彿有陣微風在竊取高溫。

洞口位於石丘高處，視野極廣。西南方和東北方有大量人類聚集，他們的繁衍場人滿爲患，沉浸在全新的力量裡。即使位於數哩外，親王還是能感受到他們所匯聚的力量。他輕鬆接管附近所有風軀殼原始的意識，開始蒐集更多情報。

結果相當可觀。人類通常要花數千年才能重建這種力量，再說還有軀殼在獵殺他們，而他們竟然在這麼短的時間內取得這種成果。

他研究過之前的報告——從不太可靠的軀殼腦中篩選出來的記憶——只是一點反常現象，於是派出兩名小王子去處理此事。他們的回報令他不安。有三個人類繁衍場找回了戰鬥魔印和鬥志，而他原本以爲這兩樣東西都已經遭到徹底摧毀。軀殼強化後，人類的首腦就開始成形。女王並不希望讓人類滅絕——不然她的心靈該以何爲食？但她也不能放任這種情況不管。

但那兩個迫切想要取悅親王和女王的王子，向他保證他們可以輕易在人類的腐敗散布到其他繁衍場前除掉人類首腦，驅散他們的部隊。最後的報告表示他們即將展開攻擊。

然後就音訊全無。

整個心靈王宮都在等著他們回報，但是什麼消息都沒有，於是他們開始意識到有難以想像的事發生了。他們顯然已經失敗，但失敗並不能阻止他們回歸。因爲地心魔域能讓他們恢復力量，並且補充他們的軀殼，讓他們以更強大的姿態重返人間。眼前的情況令他們更加不安。

他們不光只是失敗，而是被摧毀了。

兩個王子都很年輕——就其他王子的標準稱得上弱小——但仍然謹慎且計謀多端，可充分掌控魔法。而那些玩弄魔法的人類就像才剛學會繪製第一道魔印的初生嬰兒，他們怎麼可能被人徹底摧毀？

情況明朗後，女王大發雷霆。所有王子，包括最弱小到最強壯的在內都是可能的配偶，對她而言十分珍貴，尤其是此刻。她的怒意，及其毫無道理的宣洩方式，在在證實了他的兄弟早已猜到的事實——她快要產卵了，不久整座王宮就會因爲眾王子爭奪烙印卵囊的權力而分崩離析。

親王痛恨地表，更痛恨得在這時前往地表。他應該待在王宮內照料女王、監視宿敵，而不是跑上來處理這些忘記自己隨時任人宰割的牲口。但是女王命令他親自處理，儘管在生命循環的這個階段中，她的心靈處於困惑的狀態，仍然有能力強迫任何蠢得膽敢拒絕她的惡魔服從命令——如果她沒有隨手殺掉他們。她徹底掌控了他的一切，爲此，他痛恨她。

他釋放力量，尋找其他相隔數哩之遙，在無月的黑夜裡降臨人間的惡魔王子。三個在北方，三個在南方；親王說服女王派遣他最強的宿敵一起前往地表，聽從他的指揮軋平叛亂。

這樣做有風險。王子們距離女王越遠，她就越難以控制他們。時間拖得越久，他們就越有能力違背她，以及親王的命令。戰鬥會讓他們更強大、更老練，而且他們可能會趁著兵荒馬亂之際互相殘殺。吞噬宿敵的心靈能讓王子力量倍增，或許會強得讓他們有勇氣出手對付他。他們也可能聯手出擊。力量強大的惡魔王子不常合作，而他們合作對付同類的例子更少，但在求偶季節除掉親王就是其中之一。親王比任何王子強大，但沒有強得能同時應付所有王子。

儘管有著諸多風險，讓他們離開王宮還是最好的做法。女王體內脹滿了蛋，隨時都會開始產卵，那時他們就會不顧一切地衝到她身邊。

基於這個理由，親王選擇了這個洞穴來指揮這場戰爭。這裡是方圓千哩內與地心魔域之間最直線的路徑，他能擷取足以擊退任何攻擊的力量，並將戰俘直接丟到他的私人儲藏室去。如果產卵的時候到了，他會比其他在地表的惡魔王子更早聽見女王的呼喊，進而搶先趕回王宮。

他不可能第一個趕到她身邊，但女王不會立刻展開挑選，而親王曾擊敗過不少挑戰者。他活了很久，幾乎比其他惡魔王子加起來還要久，而他體內的魔力比他更加古老。他曾在一次次求偶季節中吞噬過許多心靈，一開始是他父親的、叔叔的、兄弟的，接著是兒子和孫子的。他擁有足以與其力量相比的智慧，還有數千年所累積下來的經驗。

他閉上雙眼，在與手下的將領聯繫時腦袋緩緩抽動。他們比他更討厭這種狀況，因為這讓他們無法接觸地心的魔力——受限於儲存在體內的魔法，以及洩入地表和下屬體內的力量。這些力量足以讓他們應付所有地表上的生物，但這麼做會讓他們難以抵禦兄弟的襲擊。所有惡魔王子在與親王連結心靈時都會謹慎提防。

他傳送風軀殼間諜的感官，其他惡魔王子的報告立刻湧入他的心靈，讓他得知他們的軀殼所傳回的情報。他們很快就選好戰場，隨即展開備戰。

親王離開他們的心靈，讓他的將領去決定細節。穩定的訊息在他們持續討論下不停湧入。就連空氣也在這些訊息的影響下嗡嗡作響。

再一次，他全神貫注在眼前的土地上，從他防禦森嚴的洞穴偷看。上次得造訪地表是多少世紀以前的事了？他深深吸入惡臭的空氣，而伴隨惡臭而來的是一股令他垂涎的香味。

人類。

親王只花了一點時間就找出他們的位置，甚至不必利用軀殼。那是一座遠離交通要道的小村落，沒有受到隨著統一而來的戰事波及，儘管村子擁有強大的防禦魔印，但卻少了心靈魔印。他能輕而易舉地掌控村民的意識，就像化身魔可以輕鬆轉化爲他們的形體一樣。

他下達一道命令，村裡所有男女及小孩都停下在做的事，一聲不吭地拿出所有食物和飲水，走出該村魔印的守護範圍，默默順從惡魔的召喚移動。

路上擁入許多軀殼，如魔法竄向魔印般受到親王所吸引，但人類安然無恙地穿越茂密的森林，來到山丘上。沒過多久他們就聚集在洞口外，目光空洞地凝望前方。

找出這群人的領袖十分簡單，不過此人並非首腦。他毫不抵抗地迎向末日。一頭化身魔抓住他，冒出一根彎曲的利爪割下他的腦袋，任殘骸墜在地上。它迎上前去，打開頭骨，呈給主人。

親王纖細的爪子伸入頭顱，舀出甜美的肉塊，塞入嘴中。這塊肉很硬，充滿人類毫無意義的慾望與需求，而這些特質在親王的儲藏室裡早已消失許久。他已經忘了地表牲口的味道有多不同，一邊舔著牙齒上的黏液，一邊品嚐著這個男人一輩子的想法與情緒。

他看向其他人類，總數超過兩百人，心中生起一股快感。王宮裡的兄弟願意爲了品嚐地表牲口的味道付出多少代價？

他的額頭鼓動，將自己的意志深深印入人類的心中，分別下達精確的指令。一個接著一個，他們扛起行李，開始擠入洞穴內的縫隙。他們路過時，他在他們身上留下他的氣味，如此一來，他們前往地心魔域的漫長旅途裡就不會有任何生物、惡魔或是其他東西膽敢騷擾他們。

新月前一天下午，黎莎看著汪妲最後一次試穿阿瑞安的皇家護甲。

黎莎為了這套護甲連續熬夜數日，在已經非常強大的禁忌魔印外加上力量、速度及誘導魔印。如果站著不動，地心魔物會主動忽視她，就像男人在身穿低胸服裝的女人面前會忽視她的臉一樣。這套護甲會自周遭環境及攻擊她的惡魔身上吸取魔力，如果缺乏以上兩種魔力來源，嵌在護甲內的惡魔碎骨就會釋出它所儲存的魔力。

她以同樣的方式處理汪妲的弓，還有加爾德的臂甲、斧頭和彎刀。不管她如何看待這個男人，加爾德今晚都會陷入苦戰，而她很清楚在即將到來的衝突裡自己是站在哪一邊。他將能徒手捏碎鑽石，而他原先就已威力強大的武器將會變得更加鋒利。

儘管加了許多魔印，她卻只鑲入普通木惡魔的骨頭。她妥善保存心靈惡魔的手臂和魔角根，只用掉了小爪子——那爪子只比貴族仕女的指甲大一點——她將之鑲在他們的頭盔裡。惡魔王子無法像之前控制她那樣溜入他們的心靈；想起那時的情況就令她微微顫抖。

「眞是太美了。」湯姆士說著走入更衣室。「我的林木士兵會嫉妒得咬牙切齒。」

汪妲滿臉通紅，與每次她看見英俊的伯爵時一樣垂下目光。汪妲從未離開黎莎身邊，非常清楚她所有祕密，包括她和伯爵共度的那些夜晚。不過更重要的是，汪妲很不習慣湯姆士不論美醜、不拘年齡在女人面前就會散發的男性魅力。

他會讓妳覺得妳是房內唯一的女人。黎莎心想，凝視著他，壓抑自己微笑。

「謝謝，伯爵閣下。」汪妲試圖鞠躬，但護甲令她難以彎腰。

「別動。」他低聲道。

汪妲的臉漲得更紅，但湯姆士假裝沒注意到。「我聽說這位女士在黑夜裡表現得比妲西．卡特還要大膽。」

「我會保護她的。」汪妲承諾道。

「這點我毫不懷疑。」湯姆士微笑，但黎莎看見他抿唇。他確實有所懷疑，也曾在與黎莎獨處時爭辯許久。他的目光移動到旁邊的私人餐室中，她走過去與他單獨交談。

「我希望妳重新考慮。」他說。「作戰時跟在我身邊。我的林木士兵……」

「會把我團團圍住，妨礙我做事。」黎莎說。「他們，還有你，得把心思集中在惡魔身上，而不是保護我。」她微笑。「汪妲和我做這種事的經驗比你們豐富多了。」

湯姆士臉色一沉，但又無可反駁。「我擔心的不光是惡魔。密探回報，自從我們……從婚禮那晚之後，許多克拉西亞人都對妳頗有微詞，還會威脅對妳不利。」

「這倒提醒了我，」黎莎說。「今晚沙羅姆過來集合時，我會把武器還給他們。」

「什麼？」湯姆士氣急敗壞地說。「妳難道沒聽到我剛剛——」

「那無關緊要，」黎莎說。「今晚我們需要所有能作戰的戰士，而沙羅姆已經證明了不管有沒有武器，他們都能殺人。宗教信仰禁止他們在月虧期間攻擊任何人，只有惡魔得害怕他們。等到月亮轉虧爲盈時，他們將會交還武器。」

「我不准。」湯姆士說。

黎莎微笑。「事情已經辦好了，伯爵閣下。如果你打算這時要他們繳械，窪地人不會支持你。」

湯姆士搖頭，無奈笑道：「妳眞是非常難搞的女人，黎莎．佩伯。」

「你確定你不想回宮廷裡找個無趣的貴族仕女當伯爵夫人嗎？」黎莎問。

湯姆士再度露出獵人般的笑容。「一點也不想。」

羅傑看著哈利．滾球者揚起指揮棒，讓樂團演奏停留在最後一個音節。打從自亞倫和瑞娜的婚禮甦醒過來之後，吟遊詩人和學徒就幾乎不眠不休地練習〈月虧之歌〉。如果羅傑在慶祝會上的演出還不夠激勵人心，隔天晚上他在大魔印外所做的示範肯定夠激勵。

大多數演奏者都還沒準備好。哈利是個好老師，很快就學會這首歌，並且不眠不休地教導其他人，但在這麼短的時間內，只有技巧最高超的吟遊詩人才能學會這首歌裡較為複雜的旋律。

他們前一天晚上測試過演奏的實力，結果有好有壞。很多吟遊詩人能像羅傑之前一樣影響惡魔——迷惑它們；驅使它們手舞足蹈或是跟隨他，逃走或攻擊惡魔。只要持續演奏基礎旋律，他們甚至可以毫髮無傷地穿越黑夜。

但他們不會隨機應變，也沒辦法像他、阿曼娃及希克娃那樣對惡魔造成實質的傷害。

這些音樂的力量有些來自於羅傑三人組的霍拉魔法所增強的音量，但羅傑聽得出來不管其他吟遊詩人拉得有多大聲，惡魔都會在他們停下演奏的瞬間恢復正常。只有坎黛兒似乎抓到了一些訣竅，但就連她也還有很長的路要走。

哈利拳頭一握，所有樂師同時停止演奏，接著亂成一團。人們開始交頭接耳，或是調音，或是把樂器收入箱子中。哈利來到羅傑面前。「聽起來很棒，是不是？」

羅傑點頭。「不到兩個禮拜練到這種程度算不錯的了，只希望這樣夠了。」

哈利哼了一聲。「想當老師的話就聽我建議，羅傑。鼓勵學生比皺著眉勉強認可要有用多了。」

艾利克可不是這麼說的。羅傑心想，不過還是面帶微笑與休息中的樂師們揮手。「大家都做得很好。好好休息，今晚將會十分漫長。」

他轉身面對哈利。「抱歉，今天大家都有點緊張。」

「這次『月虧』眞的有這麼可怕嗎？」哈利問。「我經歷過很多次新月，從前在小村落建立知名度時甚至還在路上度過兩次。」

羅傑聳肩。「或許是我們多心了。」他承認。「黑夜呀，我眞希望如此。但如果黎莎和魔印人說的沒錯，死在他們手上的聰明惡魔的家人今晚會來找他們，那我們就要所有能動用的戰力。」他拉拉魔印斗篷的兜帽。黎莎在褶邊上繡了心靈魔印，但他還是用吟遊詩人的化妝品在額頭上畫了一個，其他吟遊詩人也都照做。

「你這首歌威力無窮。」哈利保證道。「你會失望是因爲我們沒辦法用這首歌去打碎石惡魔，但我們還是可以保護自己和其他人，並爲戰士提供勝利的優勢。」

羅傑搖頭，不過裝給樂師們看的微笑始終保持在臉上。「或許能提供優勢，但不能幫他們打贏。只要惡魔被斧頭砍中，再強大的音樂都沒辦法持續迷惑它們。」

「即使如此，」哈利說。「我還是不敢相信你竟然會免費教授這首歌。」

「我還能怎麼做？」羅傑問。「不管朋友的死活執意收錢嗎？」

哈利搖頭。「當然不是。但伯爵要讓你當傳令使者，那可不是小事。很多人會不惜一切爭取那個職位。」

早就在乎了。羅傑盯著哈利想道。安吉爾斯的吟遊詩人知道在皇族面前該如何表現，也會樂意接受皇室任命，不過在公會裡表態效忠藤蔓王座的人不多。人民普遍都會抱怨林白克的法律和稅率。

「如果你記得的話，我的老師擔任皇室傳令使者的下場不怎樣。」

「讓公爵上不到最寵愛的妓女的人可不是艾利克。」哈利提醒道。「那種事會讓任何男人火大，更別提是貴族。你當時沒被他插就已經很幸運了。」

羅傑維持著臉上的面具。他並不驚訝哈利知道艾利克失寵的細節。吟遊詩人最愛說長論短，特別當事情與其他吟遊詩人有關的時候。

「就算你不想要傳令使者的工作，還是可以像加爾德一樣討價還價。」哈利繼續道。「他隨便說說就被冊封為男爵。男爵！公爵領地迅速擴張，孩子，聽我的沒錯。窪地郡將會成為領地的中心，我可不想在選角時遲到。」

「是呀，」羅傑說。「但安吉爾斯為我做過什麼？林白克只因為一次沒爽到，就把我老師像垃圾一樣丟掉，讓我們為了生活在街頭演出。誰敢說等到戰鬥結束後，他或他的新伯爵不會對加爾德或我做出同樣的事？」

「我也不喜歡公爵。」哈利說。「但你還年輕，或許你對老師的認識沒有想像中那麼深。我早在你出生前就認識他了，而艾利克．甜蜜歌向來只在乎自己。酗酒讓他變得懶散，而隨著地位而來的自大又讓他瞧不起任何沒利用價值的人。早在妓院抓包事件之前，公爵就想找藉口結束他的合約了。」

羅傑張口欲言，打算大聲為老師辯護，但卻怎麼也說不出話來。他很清楚艾利克的缺點。

「說實在話，」哈利說。「我們都不了解他為什麼會照顧你這麼久。」

羅傑輕笑。「群眾不是只有在艾利克跳舞和唱歌的時候才會鼓掌叫好。」

哈利點頭。「是，我敢說他喝醉時就和地心魔物沒什麼兩樣，但他總是護著你，即使丟下你不管才是對職業生涯有幫助的做法。記得湯姆．小提琴說要認養你的那次嗎？」

「艾利克打斷了他的鼻子。」羅傑說，搖了搖頭。「反正我也不想跟湯姆走。他宣稱搜學徒的口袋是爲了確保他們沒藏錢，但大家都知道他是想要亂摸。」

哈利再度點頭。「沒錯，但是湯姆有人脈。那一拳讓艾利克丟掉不少工作。就像傑辛・黃金嗓嘲笑你老師去世時，你給他的那拳一樣。」

「你聽說過那件事？」羅傑問，驚訝得連面具都拉下來了。

哈利笑道：「聽說？孩子，那件事在公會裡讓人津津樂道了好幾個月。你或許和艾利克沒有血緣關係，但某些方面你們兩個簡直一模一樣。」

「不知道這話算是恭維還是羞辱。」羅傑說。毆打傑辛的事導致他的公會贊助人，傑卡伯大師，被人活活打死，也讓半死不活的羅傑淪落到黎莎的診所。她把他從死亡邊緣拉了回來，但那時，以及後來某些時候，他都希望她讓自己死了算了。

哈利聳肩。「我也不確定。」他眨眼。「如果艾利克現在處在你的境地，他會想辦法將整個窪地郡據爲己有。」

「幹嘛只要窪地郡？」羅傑問。「我娶了沙漠惡魔的女兒，還是天殺的解放者最要好的朋友。我的長子應該成爲國王。」

哈利凝視他一段時間，試圖弄清楚他是不是認眞的。最後他哈哈大笑，羅傑也和他一起笑。在面對死亡時還能大笑的感覺很好，於是他們兩個都開懷大笑，一直笑到肚子痛。

笑完之後，羅傑嘆氣。「來專心想想如何帶領大家度過接下來的幾個晚上吧。成功的話，我就又多二十七天可以擔心貴族應該如何獎勵我的事了。」

瑞娜看著亞倫走向吟遊詩人的音貝棚。他已經好幾天沒睡了，但卻固執地拒絕她的規勸。即使在他得處於巔峰狀態的今天也不肯休息。

「工作還未完成前，我不能休息。」他說，她從他的語氣中聽出他有點不耐煩。亞倫．貝爾斯有時候固執得像頭驢子。

他們確實有很多工作要做，而距離黃昏不到一小時的此刻，一切都在他的努力下完成了——或至少所有來得及完成的工作都完成了。大魔印網有些部分威力不足，但都已啓動，而且相互連結，每個魔印都能與其他魔印力量互通。沒有地心魔物，包括心靈惡魔，能踏上窪地郡，或是飛入低於一哩的上空。

亞倫走上中央舞台時，現場一片安靜。窪地郡的人並沒有全部到場——大多都已經抵達崗位，保護在大魔印脆弱處加強防禦工事的工人，直到黑夜降臨。但領導人全都在此集合，等待亞倫下達最後的命令。

伐木工，無論是老手還是生手全都立正站好。他們大多都是在窪地長大的壯漢，不過也有不少一看就知道是從外地來的。這裡還有數百名女子，許多穿著類似汪妲在護甲下所穿的寬鬆褲裙和背心。女人大部分都揹著長弓，撫摸著魔印箭就像撫摸自己的愛人。她們全都繫了心靈魔印頭巾。

林木軍團的士兵抬頭挺胸地騎在壯健的馬背上。他們的長矛加裝特別握柄，可以當作長槍使用。短矛則插在觸手可及的皮套中。湯姆士伯爵，身穿光鮮亮麗的瓷釉護甲，騎在比所有人更加高大的壯碩戰馬上，馬的戰甲是以魔印玻璃搭配木甲所製。

卡維爾的沙羅姆再度取回矛與盾，排列成整齊的方陣。瑞娜緊盯他們，期待他們鬧事，但他們似乎是所有人裡最守紀律的一群。

旁邊有些身穿藥草圍裙的藥草師在黎莎身邊圍成一圈，另一邊則是以羅傑和哈利·滾球者為首的吟遊詩人。就連海斯裁判官和他的輔祭都安安靜靜地等著聽他講話。

「我們這個月表現得很好，已經做好向惡魔開戰的準備。」即使沒有魔法輔助，亞倫的聲音還是清清楚楚地傳開。人們鼓掌叫好，亞倫等到大家安靜下來，然後嚴肅地說下去。「但我不打算騙各位。惡魔知道我們實力堅強，今晚它們將會集結超乎想像的大軍，打定主意要把我們踩成爛泥。更糟的是，它們會使用戰術——攻擊我們最脆弱、最能造成重大傷害的地方；所有人，」他若有所指地看向克拉西亞人。「今晚都會經歷前所未有的激戰。」他環顧人群，似乎同時與所有人目光相對。「今晚你們不能期待我會現身救援。」

人群中傳來驚呼的聲浪，亞倫等到聲浪平息後才繼續說道：「我們可以盡量多殺一點惡魔，但只要它們的心靈還在，那就等於是在揮掌對抗雨滴。今晚我的任務就是獵殺心靈惡魔，參與小規模戰鬥的時間不多。」

他的語氣轉爲嚴峻，眼中閃爍銳利的目光。「世上如果有任何人能照顧自己，肯定就是窪地郡的居民。各位有沒有信心？」

群眾高舉武器，大聲回應。

「不會讓你失望的！」

「不必擔心我們，你回來時，我們還在砍樹呢！」

亞倫揚起拳頭，所有人恢復安靜，不過鬥志仍然高昂。

「我很榮幸曾與許多人在此並肩作戰，將鮮血和地心魔物的膿汁灑在腳下的這片石板地上。我們失去一些好人，不過有更多人帶著傷痕活下來。但我們表現英勇，擊敗惡魔，看著它們在陽光下焚燒。」他看回克拉西亞人。「在克拉西亞，這讓此地成為聖地，讓我們是一家人。」

不少克拉西亞人點頭並且發出認同的聲響，不過沒人膽敢說話，只是專心聽講。「這三百多年來，我們一直在等解放者降世，拯救我們免遭惡魔毒手。而這漫長的等待讓我們忘了每個人都有力量。只要攜手合作，世間沒有任何力量能阻止我們。古代的解放者並非獨自作戰。沒錯，他們成就非凡，但如果身旁沒有上千名，不，數百萬名像各位這樣的好人，他們絕對沒機會戰勝惡魔。」

「所以今晚你將為自己和家人而戰。你們昂然而立，等到月亮轉虧為盈，窪地郡仍然存在，人們問起哪個是解放者？你可以摸著良心告訴他們：『對，我就是。』」

人們再度歡呼，一再高叫：「解放者！」克拉西亞人沒有跟著一起叫，但他們用矛拍擊盾牌，壯大聲勢，不滿的情緒似乎也因這些話而得到紓解——亞倫謹慎地迴避自稱解放者，也沒宣稱賈迪爾不是解放者。現在不該搞分裂。

亞倫激發人們的鬥志，驅逐他們的恐懼，接著揚起雙掌一揮，直到人們再度安靜下來。「我不知道對方會從哪裡展開攻擊。我猜想是外圍城鎮，但很難確定，所以我們才在這裡集結。伐木窪地位於魔印網中央，我們可以儘快趕去支援戰況危急的地方。惡魔很快就會出現，但心靈惡魔會等到黑暗完全降臨後才現身。暫時先拿好武器，等待你的指揮官下令。隨時準備出動。」

說完後，他輕輕跳下舞台，朝瑞娜走去。

「獵殺心靈惡魔？」瑞娜問。

「盡力而為。」亞倫說。「妳和伐木工也一樣，瑞娜，今晚不能保留任何實力。我把妳留下不是因爲妳能力不足，而是因爲今晚我得儘快趕往需要我的地方。或許快得妳跟不上。」

這話令瑞娜難受，讓她想起剛離開提貝溪鎮時亞倫的警告。妳要嘛就是跟上我的腳步，不然我就把妳留在經過的第一座城鎮。話說得很重，但瑞娜付出了極大的努力和犧牲跟上他的腳步。然而這樣還不夠。亞倫可以化作煙霧，融入大魔印中，在吐納之間內抵達窪地郡內的任何地點。

「如果你教我那個把戲，我就能跟上了。」瑞娜說。

亞倫搖頭。「那和擁抱痛楚或是甩開惡魔不同。我花了數年時間吸收魔力和吃惡魔肉才能化作煙霧，然後又過了幾個月才學會隨意消失，並且重新現形。而那只能算是學會踢水而已，就像是在隨時能把我當作樹枝捲走的激流中游泳。」

瑞娜皺眉。「我不喜歡這種說法。」

亞倫聳肩微笑。「我也不太喜歡。但我會不擇手段地保護窪地，我得要知道妳也會這麼做。伐木工很強，但我不在時，妳就是窪地裡最強的人。少了妳的支援，他們或許會兵敗如山倒。今晚妳不能獨自行動，他們需要妳。」

「你以爲我不知道嗎？」瑞娜大聲說道。「窪地人對我很好，我從不知道人們可以對人這麼好，我寧死都不會讓他們失望的。」

亞倫摸她的臉。「這才是我的女人。不過要記住，」他親吻她。「別忘了呼吸。」

她伸出一指抵上他胸口。「你也別忘了自己屬於人間，」她指向石板地。「不要跑到下面去挑戰全世界所有的惡魔。你要是丟下我們，我一定會追下去把你拖回來的。」她伸手到他兩腿之間，用力一捏，藉以強調自己的論點。亞倫發出半叫半笑的聲音。

「我保證。」他說，聲音越來越尖，瑞娜大笑。

比想像中容易。亞倫在瑞娜放開自己時想道。他可以聞到在她體內交戰的情緒，透過魔法更加明顯。這一週以來，她都努力控制脾氣，表現得比數個月前離開提貝溪鎮初嚐魔法滋味後還要好。他母親或許會說：「她很適合婚姻生活。」但那也可能是因爲他透露自己一直知道她在吃惡魔肉的關係。把話說開後他覺得輕鬆多了。他一開始不說破是想要尊重她的決定，認定她總會告訴他，只是在等待適當的時機。但隨著日子一天天過去，他發現她並不打算這麼做。

他想測試她究竟會不會主動承認此事。測試她的判斷，也測試她的愛，測試自己能信任她到什麼程度。瑞娜一輩子沒做什麼好決定。她本來應該要重新開始的，但日子一天天過去，她一直在說謊。

直到現在，把話說開，並且原諒她後，他才了解自己有多固執。驕傲得不願意主動接納需要他的人，直到她證實了……什麼？亞倫的過去也做了許多很糟的決定，而他還是一直接納自己的建議。他有什麼權利爲了同樣的行爲去批判她？

「幹嘛？」瑞娜問，亞倫這才發現自己盯著她看。

「沒什麼。」他說，一手撫摸她的臉，湊上去深情一吻。「在想或許我能習慣婚姻生活。」他微笑，她的體香充滿愛意。

他迅速轉身，試圖將那個畫面和那股體香記在心底。就算他相信自己不會破壞那時的氣氛，他也沒時間繼續溫存。

他走到站在馬匹旁的艾文．卡特、楊．葛雷，以及兩名林木士兵前方。影子在附近來回走動，馬匹不安地動著，就連艾文的馬也一樣。只有坍方、黎明舞者及承諾毫不畏縮，像狗盯著貓一樣看著這頭巨型狼犬。就連夜狼也不是安吉爾斯馬斯譚馬的對手。

加爾德和蓋蒙隊長來到他身邊，在他點頭後翻身上馬。亞倫已經習慣在黎明舞者背上高人一等的感覺，不過現在加爾德比他還高。男爵和巨馬仍小心翼翼地互相打量，但在戰場上他們令人望而生畏。亞倫從人們的靈氣中看出他們如何尊敬加爾德、信任他，而不管他在男爵身上看到了什麼，亞倫認為他在接下來的日子裡不會讓眾人失望。

過了一會兒，黎莎、羅傑和伯爵也都走了過來，身後跟著羅傑的妻子和他們的啞巴保鏢。他們會和其他人一起待在魔物墳場，等著亞倫等人率領的巡邏隊巡邏邊境，看看有什麼地方需要他們。

亞倫看得出湯姆士對自己發號施令不是很開心，但他只笑了笑。伯爵和所有人一樣有自己的缺點，不過還算是不錯的領導人。當鬥志高昂時，王子會變成技巧高超的戰士，但如果擔任斥候，他很可能會惹出不必要的麻煩。等到要衝鋒陷陣時，他會有夠多機會奮勇殺敵。

「祝好運。」黎莎說。儘管很難解讀她的內心，他還是看得出黎莎同樣非常渴望能和他們一起去。她毫不畏懼，並且自認是最適合觀察邊界狀況的人選。她想得沒錯，但今晚他們更需要她的醫術。他已準備好要和她爭論——儘管未必有效。一旦黎莎．佩伯打定主意，就算地心魔域傾巢而出也阻止不了她。

但這場爭論卻沒發生。不管她內心想做什麼，黎莎知道顧好診所並隨時注意戰況吃緊處，最能發揮她的長才。

羅傑迎上前來。「還是確定不用我跟？」語氣有著扮演傳說中無畏無懼的旅行者——馬可．流浪者時的堅定。這話聽起來好像兩人為了此事已經爭論一整個禮拜，但事實上這是他第一次提起此事。

亞倫面對羅傑的雙眼，聳了聳肩，沒有表現出任何知道他在演給誰看的意思。

「想跟就跟，但沒意義。誰也不知道哪個巡邏隊會遇上狀況，你最好還是待在這裡，等待信號。要不了多久，訊號就會多得讓大家忙不過來。」

信號箭是黎莎最好的煙火製品，每支巡邏隊都隨身攜帶。是種會發出呼嘯聲，還會在夜空中拖曳光跡的火箭，引導支援部隊趕往需要的地方。火箭依特定顏色和標記代表威脅的大小和有沒有傷亡。

但接著羅傑讓他吃了一驚。「不，我要跟。舞者以前就曾同時載過我們兩個。」

阿曼娃伸手搭他的肩。「丈夫……」

「吉娃給我閉嘴！」羅傑背對著女人，不過半轉過頭，以克拉西亞男人提醒女人搞清楚身分時的姿態側頭和她們說話。亞倫眨眼，難以想像吟遊詩人竟然這麼快就融入了他們的文化。「我去巡邏時，妳們兩個就和其他人一起在這裡等。」

儘管嚴守教養，兩個女人散發的體味還是無法掩飾被當作普通戴爾丁對待的怒氣。羅傑的體味說明他很清楚自己將會爲此付出代價，但還是把戲做足。

阿曼娃轉向安奇度，飛快地比畫手語。亞倫在大迷宮裡學過一些克拉西亞手語，但阿曼娃比得比那些複雜多了。沙羅姆只會用到一些簡單的指令，阿曼娃似乎懂得整套語言。高大的閹人偶爾比出代表奈的手勢，試圖拒絕命令，但阿曼娃十分堅持。終於，閹人鞠躬，走向羅傑。他跪下，額頭抵地，接著起身。這意味戰士宣示誓死保護他的凱沙羅姆。

但羅傑搖頭。「達馬佳命令你守護她的血脈，安奇度。你待在我妻子身邊。」

「那就讓卡維爾去。」阿曼娃咬牙說道。

羅傑哈哈大笑，不過這同樣也是預先計畫好的表演。「他還試圖殺死我呢！不可能。我可以照顧自己。再說，」他舉起小提琴。「如果我遇上麻煩，妳會知道。」

亞倫之前就注意到了這道魔法連結，如同空中閃亮的線條般聯繫小提琴的腮托和阿曼娃的耳環。太陽下山後，她會聽見羅傑身旁所有人說的話，顯然他也清楚這點。這倒有趣。

亞倫跨上黎明舞者，然後伸出一手。羅傑握住他的手，然後他輕輕將吟遊詩人拉到身後坐好。

阿曼娃迎上前來，取出用彩絲搭配他的七彩表演服所縫製而成的面巾。面巾上繡了心靈魔印，還有強化視覺的魔印。

「這是月虧之禮，」阿曼娃說。「用來保護我們崇高的丈夫。不要拿下來。」她的體味眞誠。不管克拉西亞女人的動機爲何——而亞倫知道她們有很多動機——他絕不懷疑她們深愛著他。

綁上絲面巾時，他摘下了吟遊詩人面具。「我也該送妳什麼嗎？」

阿曼娃搖頭。「妻子會送月虧之禮給丈夫，他的回禮就是帶著榮譽與長矛活著回家。」

亞倫嗅出羅傑的恐懼，但吟遊詩人面具再度回到他臉上。他哈哈大笑，抓著自己的胯部道：「好，我會保護好它的。」

阿曼娃不覺得好笑。她輕哼一聲，轉過身去，大步離開，希克娃和安奇度緊跟在後。羅傑看著他們。亞倫突然調轉馬頭，率領巡邏隊上路，讓他的目光離開他們。

「你可以回來之後再道歉。」他說，聲音低得只有羅傑能聽見。「和貝爾斯夫婦，還有加爾德．卡特在一起，沒有東西傷得了你。」

羅傑看了加爾德一眼，兩人之間有種莫名的氣氛。加爾德的氣味轉爲憤怒，羅傑則變得羞愧。太好了。亞倫心想，踢踢黎明舞者的腹部，帶著巡邏隊衝向邊境。

「爲什麼來這裡？」瑞娜在他們騎到新避風港鎮時問道。

不到一個月前，亞倫和瑞娜才看伐木工在清理這個區域內的惡魔。現在伐木郡中最新的聚落已經擁入了一千兩百名拓荒者，大多都是一開始爲了躲避克拉西亞人而北上，越過窪地，一心想前往安吉爾斯避難的來森人。安吉爾斯不歡迎他們——城內早已擠滿難民，拒絕接納更多人。

當湯姆士王子帶著數百名士兵、裝有補給的車輛，以及大批牲口南下接管窪地時，數百名難民收拾行囊跟隨而來。有些人甚至主動離開擁擠的城市和小鎮，希望能在窪地找到更好的生活。

「如果我要攻擊窪地，就會選在這裡開始。」亞倫說。

這裡有幾棟建到一半的房舍，不過新避風港的居民將大部分的心力用來修築街道、外牆和圍欄，藉以形成大魔印——窪地郡魔印網的最後一部分。每個大魔印都是獨立的禁忌魔印，但當它們連接在一起時就能分享魔力，讓直接面對攻擊的地區吸取還未開戰的地區的力量，特別是位於大魔印網中央，最強大的伐木窪地大魔印。

這裡的大魔印是昨天晚上才開始運作的。當第一頭測試魔印的惡魔被震飛時，避風港鎮民高聲歡呼，在發光的街道上開心地跳舞。

亞倫心知這裡的大魔印很脆弱。伐木窪地的大魔印是由石板街道、凝固的克里特、牢固的古樹、大型建築，以及溪流改道形成的小湖結合而成。新避風港鎮的大魔印則是由泥土地、灌木叢、木籬笆，以及剛插秧的田地所組成。還沒建好的建築、石塊堆成的牆壁、土堆壁壘，以及幾棵老樹也爲魔印增加強度，但是一旦惡魔放火燒掉木質部位並且搬走重要建築中的幾塊大石頭，大魔印的威力就會大幅減弱。只要少數幾頭地心魔物就能在心靈惡魔的領導下突破大魔印，擁入新避風港鎮的街道。

「或許它們也知道。」瑞娜說。「或許它們算準你會跑來這裡，打算從反面進攻。」

亞倫聳肩。「我不會說我沒想過這種可能，但我們又能怎麼做呢？全郡領地都有帶著煙火的斥候巡邏。只要他們施放信號，我就能在火箭燒完之前趕到現場。而在那之前……」

「我們防守脆弱的地點。」加爾德說。

亞倫看著避風港鎮民，其中有不少都年紀太小或太老，在激戰中起不了什麼作用，但他們仍持著長矛和臨時趕工出來的魔印盾，準備捍衛新家。其他人準備了用來救火的水桶，即使在太陽下山的此刻，最強壯的鎮民還是在土堆裡工作，每一鏟添入壁壘上的土都能增加大魔印的強度。

當太陽沉入地平線下，黑暗終於籠罩大地時，鎮上陷入一片死寂。新避風港鎮的街道在大魔印開始吸收地心魔域釋放而出的魔力時發出微光。鎮內照明充足，但是大魔印以外的區域則是一片漆黑。

「就算地心魔物在我們面前現身，我們也看不見。」蓋蒙說。

加爾德搖頭。「它們還沒現身。黎莎在我的頭盔上刻了能在黑暗中視物的魔印。我看不清楚大部分的東西，但惡魔卻會發出火炬般的光芒。如果它們現身，絕對逃不過我的法眼。」羅傑點頭，他的新面巾也有同樣的效果。

「要花時間適應，」瑞娜說。「但你說的沒錯。附近沒有惡魔。」

「或許它們這個月不會來。」艾文向前走去，不過影子突然發出一聲低吼，亞倫看見眾夥伴身上浮現恐懼的靈氣。只有瑞娜除外，她的靈氣變得更加熱切——更加飢渴。

「它們來了，」她說。「但是不在附近。我聞得到它們的氣味。」

「它們現形時最脆弱。」蓋蒙隊長說。「應該會在弓箭射程範圍外凝聚形體。」

亞倫點頭，不過這種說法並沒有讓他放鬆一點。他深吸口氣，自視線範圍外擷取一絲魔力，探索其中的奧妙。遠方確實有大批惡魔現形。遠遠超過他曾在同一處感應到的數量，但仍比預期中少。

片刻過後，所有人都聽見樹木斷裂、土壤翻起的聲音。「它們來了！」有人叫道。避風港鎮民越來越害怕，緊握武器，緊張兮兮地凝望黑暗。有些人完全崩潰，逃入家中，鎖上房門……天知道這樣有多少幫助。

「懦弱的叛徒！」蓋蒙吼道。「我該……」

「你該閉上嘴巴，注意前方。」亞倫說。「戰鬥是你的工作。他們只是嚇壞了的平民，惡魔近在眼前時跑去對付自己人對誰都沒幫助。」

隊長外表不動聲色，但他的靈氣顯示被平民斥責讓他很不爽，對方還是個他自己——以及大多數公爵最信任的顧問——深信會對主人的統治地位造成威脅的人。亞倫並不打算搧風點火，但他得確定蓋蒙及他的手下清楚自己的身分。隊長的靈氣顯示他會克盡職責，遵守命令。

暫時而言，這樣就夠了。

「要發訊號嗎？」隊長問。

亞倫搖頭。「還不用，可能是陷阱。」

四周的騷動越來越大，形成無法忽視的喧囂背景聲，彷彿身處吵鬧的旅舍裡一樣。這種情況持續一段時間，但還是沒有惡魔展開攻擊。羅傑、加爾德和瑞娜湊上前去，加強他們的魔印視覺，但就連亞倫也看不見惡魔的魔光。

它們透過魔法遮蔽行蹤嗎？

「希望它們直接進攻，趕快打一打。」外面的聲音吵得羅傑得用吼的。

「它們只是在嚇唬我們。」加爾德說。

「有效。」羅傑說。

「保持冷靜。」亞倫平空繪印，不用吼叫就能聽見他的聲音。他的語氣令其他人稍微放鬆。他希望自己攪動的腸子也能這麼輕鬆解決。他深吸口氣，聞到一股酸味。片刻過後，樹林裡冒出濃煙，令守軍難以呼吸，並在濃煙反映樹林裡逐漸增強的橘光時擋住他們的視線。就連亞倫的魔印視覺也變得模糊渾濁。

「想要用煙逼我們出去？」加爾德咳嗽道。

「比較像是掩飾攻勢。」蓋蒙說。

亞倫一言不發，再度擷取魔力，感應到有一小隊火惡魔穿越濃煙而來，歡欣鼓舞地點燃沿路的一切事物。

正常情況下，木惡魔會採取行動，殺掉所有進入樹林裡的火惡魔。但在心靈惡魔的影響下，木惡魔立刻交出它們的領域，讓火惡魔製造一場不用任何惡魔動手就能除掉半數窪地人的大火。

火焰唾液無法突破大魔印，城鎮邊境樹林茂密的地方也有預留防火道，但是沒有魔印能防止新避風港鎮民被濃煙嗆死。

「加爾德猜對了。」亞倫搜尋天際，但沒看見其他濃煙的蹤跡。「它們選在這裡下手，因為風向正確。」

「舉弓。」亞倫喊道。新避風港鎮民立刻行動。過慣了這樣的生活之後，大多數窪地人都會射箭，不少人成為高明的獵人。事實上，會箭術的人多得魔印箭都不夠用。現在鐵匠開始使用模具，但製箭速度還是有限。最後，每個弓箭手只分到三枚魔印箭頭。有些弓箭手在自己的箭上依樣畫葫蘆，但窪地人的繪印技巧因人而異。亞倫評估不到半數的箭能發揮作用，而有用的那些威力也不大。

他們必須箭無虛發。

楊、艾文和林木士兵翻身下馬，與其他人一起拉弓搭箭。他們的箭筒裡裝滿魔印箭，馬上還有更多箭。這些人都是箭術專家，但他們的箭術在濃煙與黑暗中毫無發揮的餘地。

亞倫畫下聲音魔印，讓自己的聲音直達邊界。「我要各位相信我，我們得在被嗆死之前除掉外面那些火惡魔。」

他暫停片刻。「這表示我們要離開大魔印，進入濃煙裡。所有人確保心靈魔印到位，手扣最好的魔印箭。」

「我才不幹！」一個男人叫道。大多數新避風港鎮民都出聲附和，身上的靈氣綻放恐懼的光芒。意外的是，加爾德竟然出面喊話。「伐木窪地之役時，我們也沒有大魔印！」伐木巨漢雄渾的聲音吼道。「如果一開始就躲在大魔印後，這場仗不用打就已經輸了。想要守護家園，你們就得要走入黑夜！不然就去躲在床底下等死！」

亞倫微笑看著人們靈氣中的恐懼轉爲堅定的決心。他看向加爾德，只見他對自己展現狂熱的信任。「謝謝，將軍。我說的沒有你好。」

加爾德的靈氣變得……十分不好意思。

「我要你帶領他們出戰，加爾。」他說。「我袖子裡面藏了張王牌，但諷刺的是，我得待在大魔印裡才能施展。」

「諷什麼刺？」加爾德問，接著搖了搖頭，靈氣中的迷惘消失。「無所謂。就算你說要直衝地心魔域，我也會毫不遲疑地加速前進。」

他在加爾德肩上拍了一下。「火惡魔仍藏在樹林裡。你們得盡量接近，展開突襲，沒有時間和弓箭可以浪費。」

加爾德咳嗽。「弓箭在濃煙裡發揮不了作用，我們要怎麼看見目標?」

亞倫跳下馬鞍，感應著腳下大魔印的脈動。「等你們就定位後，我會爲你們指引目標。確保在我下達命令前，不會有人放箭。」

加爾德點頭，帶領其他斥候和新避風港鎮最好的弓箭手進入黑暗。還沒走出幾步，他們就一個接著一個消失在濃煙裡。

亞倫深吸口氣，自整個窪地的魔印網中擷取前所未有的強大魔力。他感覺內臟都在這股魔力下燃燒沸騰，心知自己無法保有這股力量太久，否則將被吞噬。

「準備。」他對窪地人道，聲音傳入所有耳朵裡。接著他揚起兩根手指，畫下熱魔印和空氣魔印，讓體內的魔力化爲實質的力量。一陣狂風向前吹送，捲走了濃煙，將烈火如同燒盡的蠟燭般全部撲熄。

他在魔法襲體而過時感到一陣昏眩，但他沒時間可浪費。他再度擷取大魔印的力量，這次朝天際釋放耀眼的強光，將黑夜頓時轉爲白天。火惡魔在強光下現形，雙眼和口中綻放火光，呆呆地僵立原地，被突如其來的強光嚇得動彈不得。

這次當魔法離去時，亞倫身體一晃。瑞娜轉眼趕到，抓起他一條手臂。片刻過後，羅傑扶住他另一條手臂。

亞倫在他們的扶持下站穩，擷取更多力量，讓聲音傳入弓箭手耳中。

「放箭。」

第二十三章　陷阱　333AR　秋

新月第一夜

羅傑聽到四周傳來放箭聲，接著是火惡魔被殲滅時的慘叫聲。

羅傑還沒習慣面巾提供的魔印視覺，但片刻之前他仍看見亞倫身上綻放出如同太陽般的強光。現在他魔光黯淡，甚至比正常人還要黯淡。

「退回大魔印內。」過了一會兒，亞倫下令道。「立刻。」他召喚來的強光開始消退，而他渾身無力，突然間將全身重量都壓在瑞娜和羅傑身上。羅傑絆了一跤，但瑞娜彷彿提小孩般把他們兩個都拉回原位。羅傑的動作快如貓，立刻站穩腳步。

他抬起頭來，看見第一批新避風港鎮民跑了回來，臉上帶著勝利的神情。

「站穩點。」他嘶聲道。「我不知道剛剛那樣對你有什麼影響，但這些人得看到你安然無恙。」

「我不准你叫……！」瑞娜開口，但亞倫打斷她。

「不，他說得對。」亞倫說。「只要一點時間……」腳邊的魔霧開始朝他竄去，讓他的身體再度發光。他站直身子，擺脫兩人的扶持。「好了。」

新避風港鎮民再度回到原位，加爾德和巡邏隊則回到亞倫、瑞娜和羅傑的身旁，完全不曉得亞倫曾出現短暫的虛弱。遠方持續傳來樹木倒地和地面撼動的聲響。

「它們到底在幹什麼？」加爾德的叫聲蓋過那些聲響道。

「是陷阱。」羅傑說。「想要引誘我們出去。」

亞倫搖頭。「如果是陷阱，幹嘛弄得這麼吵？它們有所圖謀，我敢用我的睪丸打賭。」

「我們該怎麼做？」加爾德問。

「什麼都不做。」亞倫說。「我要出去看看。」

瑞娜搖頭。「我們一起去。」

亞倫看著她，她冷冷地瞪回去。「亞倫·貝爾斯，你不要以為我會讓你一個人跑到外面去。」

「我絕對不會要人和我一起去。」亞倫說。「那些軀殼傷不了我，瑞娜。我不會有事的。」

「那頭化身魔就傷了你。」瑞娜說。「心靈惡魔讓你傷得更重。」

「沒錯，但現在我知道要怎麼傷害他們。」亞倫說。

「你那天只打傷了其中一頭，」瑞娜提醒他。「那還是因為我穿你的魔印斗篷從後面偷襲。誰知道今晚來了多少心靈惡魔？」

「或許那不是專為我們準備的陷阱。」羅傑說。「我認為那是專為你準備的陷阱。」

亞倫忽然愣了一下，看著他。

「他說得對。」瑞娜說。「一旦踏出大魔印，你就會像是黑暗中的油燈般引人注目。它們轉眼就會盯上你。」

羅傑咬緊下唇。別開口，別開口，別開口。

「我去。」他說，隨即暗罵自己。所有人都驚訝地看著他，羅傑不怪他們。他並不是以勇敢著稱的人，但眼前沒有其他方法。他很驕傲自己將〈月虧之歌〉的力量帶回人間，但見識了亞倫剛剛施展的能力後，他毫不懷疑兩人之中誰犧牲生命較無所謂。

亞倫搖頭。「我們不知道你的力量能不能影響心靈惡魔。你能用反射大陽的光點讓貓追逐一整個下午，而軀殼並不比貓聰明到哪裡去，但你不能拿同樣的把戲用來對付人類。」

羅傑聳肩。「用光去照眼睛，就連人也會暫時失明。而且瑞娜剛剛不是說過黎莎的斗篷瞞得過它？」他抓起魔印七彩斗篷的褶縫，旋轉斗篷讓它罩住全身。

「羅傑，我不能讓你去——」亞倫開口。

「不，我也不能只讓你去。」羅傑說。「我或許不能一揮手就撲熄森林大火，但這件事我可以辦到。」

「我們可以辦到。」加爾德說著走到他身邊站定。「我和你去。妲西幫我做的斗篷沒你的好，但至今不曾讓我失望。」

「那是因為你很少拿出來用。」羅傑搖頭。「你得和你的手下待在一起，將軍。」

加爾德一口啐在腳邊。「你或許有時候是個小渾蛋，羅傑，但我死也不會讓你一個人去。」

羅傑感到喉嚨一緊，但是在吟遊詩人的面具後嚥下那股情緒。他很想繼續爭辯，但事實上他覺得和加爾德在一起確實比較安全。

「我也去。」瑞娜說著，從承諾的鞍袋裡拿出隱形斗篷，披在肩上。

「瑞娜。」亞倫抓住她的手臂，語氣近乎哀求。

她轉身直視他的雙眼。「你自己說過，你不能管這種小事。你要去獵殺心靈惡魔，而我得在你無法抽身時保護大家。」

他凝視著她，她伸手撫摸他的臉頰。「我會小心，也會帶他們活著回來。」最後他終於點頭，將她擁入懷中，深深一吻。

「好了！」加爾德說。「別在我們面前搞親密！」

阿曼娃和希克娃躺在湯姆士帳篷內的絲質長椅上，啞巴守衛站在她們身旁。黎莎打量著阿曼娃。伯爵爲了等待回報及指揮部隊而在魔印墳場邊緣架設這座大帳。就像往常一樣，他在帳篷裡擺滿符合皇室地位與財富的裝飾品。帳內的牆上掛著美麗的繡幃，地毯是厚厚的皮草，摸起來柔軟如幼貓。光滑的木製家具雕飾華麗，鑲金帶銀。還有，當然，他在裡面放了張王座。

但隨著這些皇家派頭而來的就是正式禮儀的責任。阿曼娃和希克娃或許是敵人，但都是貨眞價實的公主，克拉西亞領袖的子嗣。她們的身分讓她們獲得皇室待遇，包括使用湯姆士的帳篷和所有特權在內。服侍她們的男孩是貴族出身，而他面色恐懼地在希克娃的命令和咒罵下忙進忙出。阿曼娃一言不發地跪坐在她身旁，腦袋側向一旁。

聽著羅傑的情況。

這個想法令黎莎不悅。阿曼娃曾試圖行刺她，而羅傑竟然還讓她得知外面的一切，卻把黎莎和湯姆士蒙在鼓裡。不管是不是妻子，黎莎都與他朝夕相處將近兩年。他怎麼能夠相信她們更甚於她？

*我也應該偷偷在加爾德的頭盔上繪印。*她心想，隨即感到罪惡。她有什麼權利刺探加爾德的隱私？

不。她搖頭。*那是達馬丁的做法。用她們的做法，我就會變成伊羅娜。*

但是造物主啊，她眞希望能知道現在的狀況。

阿曼娃突然吼了一聲，以克拉西亞語連連咒罵。她說得太快，黎莎完全聽不懂，但她憤怒的語氣卻很明顯，沒有任何達馬丁權謀手段的意味。希克娃震驚地看著阿曼娃站起身來，來回踱步，嘴裡依然不斷咒罵。

黎莎再也按捺不住。「怎麼了？出了什麼事？」

阿曼娃盯著她片刻，像在思考該怎麼說。「我榮耀的丈夫很勇敢，但卻很愚蠢。」

「我們偶爾都會做些蠢事。」黎莎說。

阿曼娃點頭，平穩地吸了口氣，恢復達馬丁的冷靜。「這是艾弗倫的旨意。」

「他沒事吧？」黎莎問。

阿曼娃揮揮手。「暫時沒事。他自願進入黑夜。」

「為什麼？」黎莎問。這聽起來不像她認識的羅傑。

「顯然他們相信一旦帕爾青恩離開大魔印，惡魔就會感應到他的力量。」阿曼娃說。「於是帕爾青恩派我榮耀的丈夫、莽夫加爾德，還有他自己的吉娃卡進入黑夜幫他巡邏。」阿曼娃皺著眉，不過隔著面紗，黎莎看不出這是什麼表情。「他以勇敢為名，卻在他自己不敢離開大魔印時派其他人出去。他畢竟還是個懦夫。」

「照你這樣講，我等在這裡又算什麼？」湯姆士大聲問道。所有人看向伯爵，黎莎在他臉上看到緊張的神色。黎莎記得他第一次在床上時的表現，還有如西說過伯爵對惡魔的恐懼，以及為了克服恐懼而引發的英勇行為。他深怕被人當作懦夫，進而失去人民的尊敬。「領袖必須指揮大局。」

阿曼娃嗤之以鼻，不屑地瞪他一眼。「我神聖的父親天黑之後絕對不會坐在王座上，而他是有史以來最偉大的領袖。你是青恩，懦弱並不意外，但我聽說帕爾青恩不一樣。」

湯姆士大怒，轉眼失去僅存的自制力。片刻後，他就會開始大吼大叫，而那對所有人都沒好處。

黎莎走到他們中間，直視阿曼娃的雙眼。「沒有不敬的意思，阿曼娃，但我曾見過你榮耀的父親派遣手下，包括自己的兒子深入黑夜巡邏。我知道妳擔心丈夫，但羅傑曾進入黑夜不下百次。他不會有事的。」

「妳怎麼能宣稱知道這些就連骨骰也不願透露的事？」阿曼娃問。

「我不知道。」黎莎承認。「但我有信心。」

阿曼娃眨眼，接著點頭。「這是艾弗倫的旨意。」她深呼吸冷靜下來，走回角落，再度冥思傾聽。

步入黑夜時，羅傑用完好的手拿著小提琴和琴弓，相信斗篷能保護自己。他刻意空著右手。即使只剩三根手指，他還是隨時能彈出魔印飛刀去丟惡魔。

「我領頭。」瑞娜說。「我已經習慣在黑暗中視物了。」羅傑和加爾德都不打算爭論。他還在習慣阿曼娃給他的面巾，視線清楚得不至於撞上任何東西，或是錯過任何惡魔，但是附在所有東西上的彩色魔光令他分心迷惘，彷彿置身晨霧中般不確定。

當瑞娜向前移動，前進到他們魔印視覺的邊緣時，羅傑轉向加爾德。「你說得沒錯，我之前把你的保護視爲理所當然。如果這樣說會讓你好過一點，很抱歉。我有時候太沉迷在自己的世界裡，有點不顧其他人的感受。」

加爾德哼了一聲。「樹已經倒了，犯不著再去爬。」

羅傑轉頭面對他。「我知道，只是——」

「我們身處黑夜，羅傑。」加爾德插嘴。「我覺得好像受困在一朵天殺的彩雲裡。我沒在生你的氣了，現在看前面。」

羅傑點頭，左顧右盼，不過這麼做的同時，他覺得心裡有個結打開了。少了件煩惱事，現在我只要擔心別被惡魔吃掉就好了。

前進的速度非常緩慢。黎莎的隱形斗篷從未失效過，但得緊緊裹在穿戴者身上，而且不能移動太快。羅傑和瑞娜比較常穿，得放慢腳步配合加爾德。

步入樹林後，他們立刻看到火惡魔留下的殘局：曾是肥沃林床的漆黑樹幹與焦土。他們的靴子和斗篷邊緣沾上烏黑的灰燼。

前方一直傳來羅傑前所未聞的破壞聲響。本能強烈催促他轉身拔腿就跑，但他鼓起勇氣，一步步向前，找路穿越樹林。

他們不必走出太遠，樹林突然消失在一片遭受暴力摧殘的毀滅景象裡。黎莎這輩子做過的雷霆棒加在一起也無法造成這種程度的破壞。地面焦黑爆裂，大片鬆土堆在樹木和石塊整個翻起而留下的大洞旁。

這個地方令人厭惡，羅傑渾身上下都感受得出這地方很不對勁。他們不屬於這裡。田野惡魔柔軟的身軀緊貼地面，在空地上四下巡邏，爬上土堆，嗅聞空氣。風惡魔在天上繞圈。瑞娜回到他們身旁。「這裡有太多地方供惡魔藏身。從這裡開始，我們一起行動。」

羅傑和加爾德點頭，三人開始深入毀滅之地。惡魔將巨大石塊堆成二十呎高，樹木也一樣。羅傑看著一堆石塊，接著望向來時的路。「你認爲石惡魔能拿這些石頭丟多遠？」

加爾德打量石堆，然後也看向後方。「大頭的？非常遠。」

「它們在囤積攻擊的武器。」羅傑說。「我們應該回去——」

「還不到時候。」瑞娜插嘴。「如果它們只是這麼打算，爲什麼附近沒有石惡魔和木惡魔？」

羅傑嚥了口口水，心知她說的沒錯。他們繼續前進，繞過很快就會飛向新避風港鎮的木堆和石堆。終於，他們在一座大土堆後看見惡魔行動的情況。

這片土地被夷平了，木惡魔和石惡魔在地上挖了許多壕溝，還有一些羅傑認不出來的惡魔品種。這些壕溝足足有二十呎寬，超過十呎深，但惡魔的巨爪如同揮開枯葉般鏟起沙土。挖到大石頭時，它們就將之搬起，抬往一座石頭堆。

「它們在幹嘛？」加爾德問，看著彷彿隨機挖掘的壕溝。「建立防禦陣地？看起來不像惡魔會做的事。」

「這些是聰明的惡魔。」瑞娜提醒他。「附近有頭心靈惡魔在指揮它們，或許不只一頭。」

「還是沒道理。」加爾德說。「太陽一出來，惡魔就跑了。堅守陣地有什麼意義？」

羅傑四下打量，在眼中勾劃出地上壕溝形成的線條，接著冷汗直流，突然了解自己心中那股越來越甚的厭惡感是怎麼回事了。

「它們在建造大魔印。」

加爾德和瑞娜同時轉頭看他，羅傑突然覺得膀胱一緊。造物主啊，我快尿褲子了。他二話不說，跑回大土丘後，拉開斗篷，扯開七彩褲的繫繩。他才剛抓起小弟弟，尿水就已經噴出來了。

「啊。」他鬆了口氣，但也沒放鬆多久，因爲幾呎外傳來一聲低吼。羅傑抬頭看去，只見一頭田野惡魔作勢欲撲。

他在惡魔撲上時大叫一聲，被褲子絆倒，重重跌落，背部著地。他手忙腳亂，試圖彈出飛刀，但是手被壓在地上，一時彈不出來。

加爾德及時趕到，吼叫一聲，以雙手揮出沉重的巨斧。這把斧頭是亞倫親手刻印，斧刃將惡魔的腦袋從鼻頭一路劈到頸部，膿汁濺滿羅傑全身。

儘管被加爾德擊倒在地，惡魔依然不停踢腳，於垂死掙扎中撕裂他的斗篷。羅傑立刻起身，重新繫好褲帶，在一群田野惡魔將他們團團圍起時舉起小提琴和琴弓。瑞娜手持又尖又長的獵刀，嘴裡發出類似惡魔的低吼。她看起來渴望一戰，儘管他們顯然寡不敵眾。

這女人比亞倫還瘋狂，羅傑心想，*真不簡單*。

「別動。」他說著將琴弓搭上琴弦，拉了幾個尖銳的高音嚇退惡魔，接著演奏一段迷惑旋律，好讓他們趁亂撤走。

但是惡魔沒被迷惑。它們的確被一開頭的高音嚇退，但這種情況沒持續多久。其中一頭惡魔跳回來咬向瑞娜，但她舞動獵刀將之逐開。它們開始飢渴地繞著他們轉圈，一邊吼叫一邊抓刮地面，尋找攻擊的機會。

糟了。羅傑心想。

「不能待在這裡，」瑞娜說。「如果心靈惡魔在控制它們，要不了多久就會有大批惡魔趕來。」

羅傑看看加爾德破爛的斗篷，而自己的斗篷也沾滿惡魔膿汁。他們不可能逃脫，戰鬥又是瘋狂的舉動。他咬緊牙關，強化音樂，加上一層又一層複雜旋律。惡魔的眼瞼明顯下垂，但仍然不停繞圈。

「得要有人分散它們的注意。」羅傑說。「瑞娜，妳的斗篷還是好的，能引開它們一會兒嗎？」

「可以，」瑞娜說。「但它們不會全都跑來追我。」

「我可以逼它們去追妳。」羅傑說。

「行不通，」加爾德說。「我才不會讓妳一個人去……」但是話沒說完，瑞娜已經一躍而出，抱住一頭田野惡魔在地上翻滾，同時反覆拿刀刺它。她毫髮無傷地翻身而起，惡魔則在地上奄奄一息。但它的傷口已經開始癒合了。

「跑！」羅傑對她叫道，她立刻拔腿就跑，赤腳衝向一堆巨石堆，在石塊間靈巧縱躍，瞬間來到石堆之上。

羅傑配合她的動作改變旋律。

*她要跑走了，*音樂說道，*快追！還有很多惡魔可以解決其他人。*

這個指令一下，所有惡魔全都撲向瑞娜，利爪在爬上石堆時劃過堅硬的石塊。幾頭惡魔停下腳步，回頭找尋某樣超越它們正常本能的東西，但是分心戰術奏效，羅傑已經領著加爾德轉移陣地，並且布下層層困惑旋律。他持續發揮魔法小提琴的威力，增強音量直到音樂在空氣中鼓動，讓惡魔完全無法掌握他和加爾德的行蹤。

瑞娜在石堆頂端盡量爭取時間，藉由魔力加持踢飛逼近的惡魔。它們重重落地，但很快就翻身而起，甩開撞擊的影響，試圖恢復神智。

看到夥伴安全後，瑞娜縱身躍起，以難以置信的力道跳出三十呎外，落在石惡魔挖出的大土丘上。她落地時雙腳微微陷入鬆土，不過似乎沒受傷。

但在她披上斗篷前，一頭風惡魔大吼一聲，朝她俯衝而下。瑞娜轉身面對，蓄勢待發，但惡魔做了一件羅傑未曾見過的事。它攤開雙翼抑止衝勢，身體微微上升，接著對她吐出一道閃電。

刺眼的電光照亮夜空。羅傑緊閉雙眼，但慢了一步，頓時頭暈目眩。他努力在眼前光點翻飛的情沉下持續演奏。再度睜開雙眼時，他看見瑞娜自十幾呎高的土丘落下，躺在地上。她的身體在冒煙，空氣中瀰漫著焦肉和臭氧的氣味。難以想像的是，她竟能掙扎起身，動作越來越穩。在他的魔印眼中，她的魔光仍然耀眼，他認爲她也和惡魔一樣在自我療癒。

*我得學學那個把戲。*他心想。

兩頭田野惡魔在瑞娜還未恢復前撲了上去。加爾德一聲發喊，趕去救援。離開羅傑及小提琴數步外後，惡魔立刻注意到他，但來不及避開他頭幾下攻擊。一手巨斧，一手彎刀，他將攻擊瑞娜的惡魔都擊退，在它們布滿鱗片的外皮上留下深深的傷口。他轉眼擋在她身前，爲她爭取掙扎起身的空間。被加爾德擊倒的惡魔已經開始爬起，就像瑞娜一樣，傷口迅速復元。更多惡魔趕來，不過全都待在加爾德和瑞娜的攻擊範圍外。越來越多田野惡魔將兩人團團圍起。沒過多久，整片空地上擠滿惡魔，一大片緩緩蠕動的鱗片表皮發出耀眼的魔光。

但即使佔有絕對的數量優勢，惡魔還是沒有出手。它們持續移動，迫使加爾德和瑞娜背對而立，武器在手，等待著遲遲未曾展開的攻擊。

他們被困住了。

但爲什麼困住他們？羅傑環顧四周。風惡魔在天上盤旋，但卻沒有俯衝的意思。石惡魔和木惡魔繼續挖地，對這裡的騷動充耳不聞。

*更可怕的東西就要來了。*羅傑很清楚是什麼東西。

他考量情勢。就算藉由霍拉魔法強化音樂，他還是不確定自己能驅退這麼多惡魔，但即使他能突破惡魔今晚展現的防禦能力，驅退它們，地心魔物在逃跑的過程中也可能會踩扁他的朋友們。

他冷靜地深吸口氣，慶幸自己命令妻子們不要跟來。

「阿曼娃，」他向小提琴的腮托說道。「我知道自己不是最好的丈夫，但我從未後悔娶妳和希克娃。妳們給了我妻子能給丈夫的榮耀，助我向世人展現我的價值。如果我回不來，唱歌時請想著我。」

她不能回應，這樣或許比較好。羅傑不再演奏讓自己隱形的旋律，改換新的曲調，魔法小提琴將音樂送入所有地心魔物耳中。

我在這裡，音樂告訴它們。*虛弱無助。而你們非常、非常餓。*

一時之間，什麼都沒發生；接著所有地心魔物突然轉頭看他。數百雙黑眼瞪視著他。不管心靈惡魔能對軀殼產生多大的影響，都不能改變它們的天性。它們在尖叫聲中張牙舞爪地朝他一擁而上。

羅傑拔腿就跑，他這輩子都不曾跑這麼快過。他一邊跑還一邊拉琴，召喚惡魔直追而來。

亞倫像座石像般站著，盯著樹林。他試圖擷取魔力，但是魔法的光芒黯淡，並在某種看不見的力量驅使下改變流向。他的探查能力什麼都查不出來。

他們似乎已經離開許久，但事實上他很清楚才過了幾分鐘而已。他敏銳的耳朵在吵雜的噪音中聽見惡魔吼叫，感到情緒緊繃，接著聽見羅傑的小提琴聲。於是他靜觀其變。

只要音樂持續演奏，他們就不會有事，他心想。*但如果音樂停了……*

無雲的天上閃過一道亮光。亞倫知道那是閃電惡魔動手的現象。即使在它們的出沒範圍，大多數人仍將這種罕見惡魔視爲無稽之談，而亞倫從未在安吉爾斯見過它們。本地魔印師甚至不曾費心在魔印圈上繪製閃電魔印。

心靈惡魔能召喚任何品種的惡魔。他頓悟，接著明白他們倖存的機率變得更低。伐木工要怎麼對付土惡魔堅硬的腦袋，或是雪惡魔能擊碎鋼鐵的冷唾液？沼澤惡魔的酸糞？亞倫和黎莎繪印的盾牌和護甲提供一定程度的防護，但他很清楚一般的魔印護甲在罕見惡魔的唾液和利爪前會有多少用處。

不過加爾德和瑞娜身上有正確的魔印，而羅傑還在演奏……

事實上，音樂越來越大聲，旋律急促，伴隨著聽起來像有上千頭惡魔齊聲吼叫的聲響。他看見羅傑以最快速度衝出樹林。他的靈氣釋放純粹的恐懼，藉由他所演奏的音樂壓抑下來。片刻之後，亞倫就看到緊追著他衝出樹林那群難以計數的田野惡魔。

來到開闊地後，它們越追越快，但羅傑在它們趕上之前突然停步，將曲調改變為亞倫聽他拉過無數次的尖銳噪音。在小提琴的魔力強化下，琴音如同實質攻擊般衝撞田野惡魔，讓它們像波浪一樣散向四周。

亞倫解體，在重新塑形前的片刻內，自空氣中感受到心靈惡魔的力量，心知瑞娜猜得沒錯。他或許能在這種形態下對抗一頭心靈惡魔，但是兩頭或以上就超出他的能力範圍。

不過他轉眼之間就在羅傑身邊現形，額頭上的心靈魔印再度啓動，心靈惡魔沒機會攻擊。亞倫像提小孩般抓起吟遊詩人，隨即縱身而起，跳躍兩次後回到大魔印裡。

「他們呢？」他問，但在羅傑有機會回應前，亞倫聽見一聲吶喊，接著抬頭看見渾身滿是膿汁的瑞娜，綻放耀眼的魔光，將加爾德．卡特像袋麵粉般扛在肩上，於大批出野惡魔間縱身而來。

瑞娜落在一頭田野惡魔背上，激盪出一道魔光，當她跳離惡魔時，惡魔沒有起身。亞倫再度衝去，平空比畫田野魔印，為兩人開道。片刻過後，他們擦身而過，瑞娜落在亞倫身後的空地，亞倫則開始殿後。他抓起一頭田野惡魔的後腿，拿它當作木棒般用來攻擊它的同伴。田野惡魔的利爪在同伴的鱗片表皮上所造成的傷口比任何人造武器更加嚴重。

空氣中滿是膿汁的臭味，亞倫得壓下一股多年不曾感受到的飢渴。他很想去咬在自己掌心嘶嘶作響的惡魔，撕下它的外殼，品嚐底下的嫩肉。

他大力搖頭，抗拒本能，抛開惡魔，衝回大魔印，來到正輕輕放下加爾德的瑞娜身旁。伐木大漢的靈氣黯淡。他還活著，不過昏迷不醒。

「怎麼了？」亞倫問。

「頭上挨了一下。」瑞娜說著取下加爾德的頭盔。「他救了我。」

「或者只是拖延妳死去的時間。」羅傑說。亞倫轉頭看他，只見他撤下吟遊詩人的面具，靈氣所呈現的恐懼正表現在神情上。「惡魔在建造它們自己的大魔印。」

這就是周遭魔力被吸走的原因。「我眞是個傻子！」亞倫叫道。他解體並竄上天際，飄在大魔印守護範圍的最高點，觀察四周環境。正如羅傑所說，就在那裡，不到一哩之外，有一道亞倫從未見過的大魔印閃閃發光。魔印遠比窪地大魔印來得小，但已經啓動。

透過眼角，亞倫看見另一樣東西，心中的恐懼更甚。惡魔魔印放出一條閃耀不定的能量線，與東南方位於新來森外的另一個大魔印連結。他轉了一圈，看見西南方雷克谷外的惡魔正在挖掘第三道魔印。這個惡魔魔印還未完工，不過已經開始擷取魔力。再過幾分鐘它就會與其他惡魔連成一氣。

就連亞倫新的感應能力也無法看穿惡魔魔印的帷幕——魔力能流竄進去，不過出不來。但他還是感應到三個惡魔王子，如同蜘蛛般待在蛛網中心。這時石惡魔和木惡魔仍持續挖掘、強化魔印，讓它們的效力越來越持久。

亞倫降回地面，輕輕落在瑞娜和羅傑身邊。「不只一個。共有三個該死的惡魔魔印，每個中間都有一頭心靈惡魔。」

「造物主啊。」羅傑喃喃說道。

「必須通知伯爵。」亞倫說。

瑞娜點頭。「我去牽馬。」

亞倫搖頭。「太慢了。」

瑞娜看著他，面露擔憂。「飄浮和療傷已經很費力了，如果你這麼做……」

「沒辦法，瑞娜。」亞倫說。「你們就騎馬趕回魔物墳場，或許到時候我們已經擬定出對策。」

話一說完，他立刻消失。

亞倫立刻感受到人魔印的吸力。就像血液會通過心臟般，所有魔印網的力量都會通往伐木窪地的關鍵魔印。他沒有擷取那股力量，反而讓自己融入魔法奔流之中，轉眼間在魔物墳場中央現形。

這一切都發生在一眨眼間，通常不會有人注意到，但由於墳場中聚集太多人的關係，還是有不少人目睹那一幕，而亞倫聽見驚叫聲在人群中漸漸傳開。

湯姆士像是受困的夜狼般在帳篷中來回踱步，目光三不五時就會瞟向王座，接著眉頭越鎖越深，一副很想在盛怒之下踢倒王座的模樣。如果阿曼娃的人馬不在這裡，他八成已經踢了。達馬丁嚴厲的話深深傷了他。她回到自己的座位上，再也沒有出聲，但是傷害已經造成了。

黎莎將手搭上伯爵的手臂，隔著護甲仍能察覺他渾身緊繃。他轉向她，她則伸手撫摸他胸甲上才剛補過的瓷漆。「窪地裡沒人認為你是懦夫。」她說，聲音低得其他人都聽不見。「你護甲的上裂痕證明你如何起身對抗黑夜。我和你一樣不喜歡在這裡乾等，但要不了多久，我們都會有工作要做。」

湯姆士點頭。「我只是受不了那些女人，她們實在……」

「不可理喻，我知道。」黎莎說。「但有件事她們沒說錯。」

「嗯？」湯姆士問。

「你不該帶王座來的。」黎莎說。「它表示你自認高人一等，但人們並不需要這樣的領袖。」

「這就是他們如此敬愛妳的魔印人的原因嗎？」湯姆士問，語氣透露一絲苦澀。

黎莎微笑。「那是原因之一，加上他能在石惡魔身上踢穿一個洞。」

湯姆士大笑。「是呀，我該學學那個把戲的。」

兩人之間彷彿有道暖流經過，但接著阿曼娃開口了，黎莎頓時心裡一涼。

「阿拉蓋在建造它們自己的大魔印。」

「黑夜呀，妳確定嗎？」黎莎問。

湯姆士走到放了窪地郡大地圖的桌前。「什麼樣的魔印？」他問。「多大？在哪？」

阿曼娃聳肩，頭側向一邊，繼續聆聽。「我只知道我聽見的部分。」她停了停。「我想我榮耀的丈夫和他的夥伴在那個位置無法判斷這些。」

海斯裁判官平空繪印，低聲禱告。黎莎有點想要加入他，但她很久以前就已經學到造物主不會干預子民的行為。如果想要得救，他們就得自救。

阿曼娃深吸口氣，驚呼出聲。所有人神情緊張，等待更多消息，但達馬丁沒再開口，眼中充滿眞實的恐懼，再度提醒了黎莎不管她受過多少訓練，畢竟還是個小女孩。通常比較容易激動的希克娃此刻卻出奇地平靜，她伸手搭上姊妹的肩膀，默默提供力量。

一段時間過後，阿曼娃呼了口氣。「他受到攻擊，不過現在已經開始演奏了。」她的語氣中充滿驕傲。「即使在月虧，阿拉蓋還是無法抵抗我榮耀的丈夫的音樂。」

希克娃點頭。「艾弗倫對他開示。」

但阿曼娃突然跪下。「不，」她低聲道。「不、不、不。拜託，丈夫，不要……」

她沒有把話說完。希克娃跪倒在姊妹身後，輕撫她的肩。阿曼娃面無表情，一言不發，但黎莎可以想像她心裡的煎熬。

黎莎撩起裙襬，在阿曼娃面前跪下。她伸出手，握起阿曼娃柔軟的掌心，輕捏一下，試圖像希克娃那樣給她力量。

「阿曼娃，」她說，毫不掩飾語氣中的沮喪。「請告訴我怎麼了，羅傑他……？」

「還沒。」阿曼娃說。「他還在演奏，只是不再驅退阿拉蓋。他在引誘它們來追自己，好讓夥伴逃命。」

就聽見啪答一聲，她膝上的純白絲袍出現一滴淚漬。希克娃自黑袍中取出小瓶子，接下阿曼娃的淚水。「他的榮耀無止盡，艾弗倫會讓他坐在天堂第六柱的大殿裡。」她說。阿曼娃點頭，越哭越傷心。

這種情況持續了幾分鐘，接著阿曼娃眼睛一亮，坐直身子。「他又開始戰鬥了！整個奈的大軍都在追他，而他依然起身對抗它們！」

希克娃順手蓋上盛滿淚水的瓶子，接著又拿出一瓶，要是阿曼娃繼續落淚就繼續接。「他能不能——」

「他當然能！」阿曼娃大聲說道，再度恢復力量。「他是羅傑，傑桑之子，艾利克．甜蜜歌之徒，沙達馬卡的女婿。」她暫停片刻，握緊拳頭。「但是下次我看到他，他要擔心的就不再是阿拉蓋了。」

「一點也沒錯。」黎莎點頭道。

「他和帕爾青恩會合了。」阿曼娃片刻過後說道。「他……」她皺起眉。「那些阿拉蓋……」

這時只聽見一聲驚叫，所有人轉過頭去，看著亞倫突然出現在魔物墳場中央。就連還算了解亞倫的力量的黎莎也看得目瞪口呆，片刻之前他還在數哩外的新避風港鎮。

但他實實在在地就在這裡，因爲他的聲音如同雷鳴般傳入眾人耳中。「上馬備戰！我們即將衝入黑夜！」

他轉身，大步走向伯爵的大帳，人們紛紛讓道，有些人敬畏地低語，有些人則驚聲大叫。

「他像惡魔一樣平空出現！」一個女人叫道。

亞倫來到帳篷時，海斯裁判官上前擋路。「怎麼可能？」他大聲問道。「卡農經說我們絕不能用地心魔物的手段……」

亞倫像推開小孩般地推開裁判官，完全沒放慢腳步。「現在沒時間討論經文，牧師。」

海斯大怒，法蘭克輔祭隨即迎上，但湯姆士一拳敲在桌上。「聖徒都離開！去爲戰士祈福！」

裁判官及他的手下看著他，但伯爵嚴峻地面對他們的目光，他們立刻照辦。

「怎麼回事？」湯姆士在亞倫來到他和地圖旁邊時問道。亞倫沒有立刻回答，打量地圖片刻，然後拿起刷子，蘸了點墨水，在原本是原始林地之處專業地畫上粗線條的魔印。

「心靈惡魔建造了大魔印，這裡、這裡，還有這裡。」亞倫說著指向新來森、新避風港，以及雷克谷。「魔印已經啓動了。」他放輕手勁，畫下比較細的魔力連接線。畫完後，窪地郡大魔印就變成處於心靈惡魔的三角魔印網中的圓圈。「石惡魔一直挖，惡魔的魔印網就會越來越強，進而阻絕窪地魔印網的魔力來源，並且吸走我們的力量。」

這些魔印都很優美，而黎莎一眼就能看出它們威力強大。魔印看起來有點像英內薇拉在賈迪爾宮殿裡困住她的魔印。

「這些是人類魔印，」她猜道。「我們進不去它們的魔印網，就像它們進不來我們的一樣。」

湯姆士搖頭。「那樣只會形成僵局，它們一定還有其他計畫。」

亞倫點頭。「它們一邊清理大魔印，一邊蒐集大石頭和樹幹。石惡魔很快就會開始投擲石頭和樹幹，要不了多久它們就能打斷迴路，令我們的魔印網失效。」

「迴路？」湯姆士問。

「聯繫我們大魔印的能量連結。」黎莎解釋。「大魔印得形成封閉迴路才能有效運作。」

亞倫點頭。「一旦它們這麼做，我們外圍城鎮的街道上就會擁入惡魔，到時候石惡魔就能轉進到能攻擊窪地郡任何地方的位置。」

「造物主啊，」湯姆士說。「但如果這些魔印會像我們的魔印排斥惡魔一樣排斥我們，我們要如何摧毀它們？」

「沒辦法。」亞倫說。「今晚不行，就算我們撐到明天，也沒辦法在白晝時加以摧毀。」

「我們可以放火燒樹。」湯姆士一臉嚴肅。他知道這樣做的代價，但必要時還是會動手。

這就是我們不讓男人知曉火焰祕密的原因。她聽見布魯娜說。他們會詛咒世界，然後還以為是在拯救它。

亞倫搖頭。「沒用的，伯爵閣下。這些魔印不光是由樹木所組成，我們還要處理石惡魔挖出的壕溝，二十呎寬、十呎深。要填滿這樣的壕溝需要很多人力，就算有數千壯丁和用不完的火藥也一樣，而天亮前我們都沒有這兩樣東西。」

「我們不用摧毀魔印。」阿曼娃說著走過來。「只要抹花就好了。」

黎莎看向她，接著點點頭。「魔印牙。」

「沒錯。」亞倫說。

「什麼魔印牙？」湯姆士大聲問道。黎莎聽得出他語氣中的沮喪。他想要像在其他方面一樣指揮大局，但此事完全超出他的知識範圍。黎莎拿出一張紙和亞倫剛剛用的魔印刷，迅速畫出一個魔印。她指向魔印主體旁兩筆小小彎彎的淚滴形狀。「這些就是魔印牙。幾乎所有魔印之中都隱藏著魔印牙，它們在魔印裡的功能就是吸收魔力——少了它們，魔力很快就會耗盡。」

她轉向亞倫。「你穿了衣服。」

「什麼？」亞倫問。湯姆士也好奇地轉頭看著黎莎。

「當你化身魔霧，像惡魔一樣移動時，」黎莎說。「能讓衣服一起移動。你還能帶更多東西嗎？」

「可以。」亞倫說。「但是太重的不行，活的也不行。解體非常容易，要把它們重新組合比較難。」

「你能帶一箱雷霆棒嗎？」黎莎問。

亞倫想了想。「短程或許可以，如果有時間研究它們的結構。」亞倫微笑，眼神若有所思。「不容易，但比扛一箱雷霆棒上冰山簡單。」

黎莎側頭。「什麼意思？」

亞倫拋開那個想法。「說來話長。」

黎莎提醒自己晚點繼續這個話題。「你能在大魔印外現形嗎？」

亞倫聳肩。「可以，但很容易迷路。我一直不離開大魔印是因爲我知曉大魔印裡的地形。離開大魔印，我就得深入阿拉，然後找出一條接近目的地的魔法奔流。或許得要傳送一至三次才能進行三角定位，但附近的樹林我很熟。」

「這怎麼可能？」阿曼娃問。「就連我父親也沒有這種能力。」

亞倫不管她。「如果我抹除中央魔印的魔印牙，它們的魔印網就會失效，但我只有很短的時間動手，然後它們就會感應到我。我需要別人分散它們的注意。」

湯姆士立刻站直。「交給我。」他指向心靈惡魔在新來森建造的大魔印。那是窪地郡外圍第二座城鎮，同時也是人口最多的城鎮。「新來森相當遼闊，我們的戰馬和弓箭手能造成最大的傷害。如果攻擊那裡……」

「你沒想清楚。」瑞娜在亞倫遠離部隊與馬匹，往放置雷霆棒的帳篷走去時說道。步兵已經開始西進，騎兵則在備馬。

羅傑的妻子在他們身後，同時用口音很重的提沙語和連珠炮似的克拉西亞語斥責他。亞倫微笑。

或許羅傑無法了解她們在說什麼也是件好事。這位吟遊詩人並非以脾氣暴躁聞名，不過固執起來脾氣也很硬，話也會說得很難聽。「不管有沒有想清楚，我們只有這個計畫，瑞娜。」亞倫說。「如果計畫失敗，窪地就完蛋了。」他深吸口氣。「或許就算成功也救不了窪地，但我可不是會躺下來等待結局的那種人。」

瑞娜搖頭。「我也不是，至少再也不是了。但你眞的得一個人去嗎？」

亞倫點頭。「得速戰速決。一切順利的話，我轉眼之間就會回來。等你們聽見爆炸聲時，我應該已經回到大魔印裡，掩護你們撤退了。」

「應該。」瑞娜說，聽起來沒被說服。她的靈氣呈現任性但又果斷的光彩。

「我也不喜歡讓妳獨自戰鬥。」亞倫說。「但妳也見識過伯爵作戰時的模樣，有勇無謀。現在窪地需要他，妳一定要讓他活著回來。」

瑞娜點頭。「沒問題。我對太陽發誓。」

亞倫看見魔法對她天生的力量產生反應，竄入她體內，照亮她的靈氣。她從來不曾看起來如此美麗。他擁她入懷，深情一吻。「愛妳，瑞娜．貝爾斯。」

瑞娜微微一笑，適才的美麗如同日蝕般被比了下去。「愛你，亞倫．貝爾斯。」

她轉身走向其他人。片刻過後，號角響起，他們策馬離去。亞倫集中精神，讓魔力貫穿其中一個箱子，將箱中的內容物摸清楚至粒子層面。原料出奇簡單，他有信心能重組它們。

他轉過身去，環顧現在幾乎空無一人的魔物墳場。黎莎帶領藥草師前往戰區附近建立臨時診所，羅傑的妻子則與他同去，支援他們進攻。

如果你沒把握好時機，他們都會死。父親的聲音在他腦中響起。你應該讓他們安安穩穩地待在魔印後面。

亞倫咬牙切齒。那個聲音到底有沒有消失的一天？親眼看過父親用矛刺死一頭惡魔之後，傑夫．貝爾斯的聲音至今還是在他腦中提出懦弱的建言。

但這個聲音說得沒錯，把握時機就是關鍵。亞倫感覺得出來部隊已經準備衝鋒，心知必須等待一段時間，他們才能引開心靈惡魔的注意，但不需久到全軍都進攻。如果心靈惡魔認爲已經損失太多軀殼，可能會在他們的人魔印網中發起毀滅性的反制行動。

該露臉了。他心想，接著沉入大魔印，瞬間出現在伐木工和林木士兵後方。他躍入空中，在違反地心引力的情況下持續上升，一直升到理想的高度，然後停在半空，將窪地人和惡魔盡收眼底。他在夜空中綻放亮眼的光芒，震懾惡魔；他下令攻擊。

湯姆士堅持要領頭衝鋒。他的靈氣透露這個決定與羅傑的妻子有關，但是起因並不重要。不管他說什麼都無法動搖伯爵的心意，所以亞倫沒有徒費唇舌。

蓋蒙隊長騎在伯爵的一邊，另一邊則是加爾德．卡特。加爾德向來不太擅長騎馬，但顯然受過克拉西亞人的訓練，即使馬蹄上的魔力讓坍方野性大發地踩扁地心魔物，他還是能待在馬背上。加爾德自己也沉浸在魔法的影響之中，揮動巨斧，一斧砍下撲向伯爵坐騎的田野惡魔腦袋。

再過去一點，瑞娜駕著承諾，輕鬆跟上他們的步伐。這匹馬仍然不肯上鞍，但牠同意綁上幾條皮帶，好讓瑞娜坐穩，並且在牠的斑點毛皮上漆上一些保護魔印。

騎兵刺穿或踩傷數十頭田野惡魔，並擊斃幾頭惡魔，把那些頭昏及毫無準備的惡魔留給緊追在後、由道格及梅莉．布塭所率領的步兵。這對夫婦以如同殺豬一樣熟練地肢解地心魔物的技術聞名。

但接著閃電惡魔從天而降，精準地以閃電進行轟炸，亞倫知道附近的心靈惡魔已經開始控制戰局。

轉眼之間，他回到魔物墳場，再度查探木箱，以心靈將之鎖定，帶著它沉入大魔印，然後持續下降，進入阿拉的地殼裡。

他在四面八方都感應到魔法通道。其中很多通往地表，剩下的則試圖將他扯入地心魔域，也就是世上所有魔法的源頭。

他不去理會，專注在向上的魔法通道上。沒有一條筆直向上，但有些很快就抵達地表，有些則蜿蜒數哩才豁然開朗。他查探它們，感應它們的出口。在虛實不定的狀態下，這麼做十分容易——他可以待在某個定點，派出自己的觸鬚去探索周遭環境——但這裡有數千條交錯綜橫的通道，是座足以讓人一輩子受困其中的迷宮。

不管多容易迷路，專注片刻之後，他還是輕易找出了惡魔魔印。魔印網的關鍵魔印像漩渦般自魔印牙所在處吸收魔力。他乘著魔法奔流而去，卻沒想到牽引的力量如此巨大。一時之間，他深怕被完全吸入其中，整個人被惡魔魔印的力量吞噬。他凝聚意志，及時抽身，找出最接近的出口現身地表。回到地表上時，他再度感應到心靈惡魔的存在，但接著他的保護魔印重塑，心靈與外界斷絕聯繫。他希望暴露的時間短得沒被心靈惡魔發現。他儘可能將身上的魔力深藏體內，在四周平空繪製困惑魔印，用以隱藏自己的行蹤。

他走向大魔印，感受它的排斥力量。他的半惡魔天性讓他可以比正常人類更接近魔印，但還是只能走到距離魔印邊境二十呎外的地方。他看見石惡魔和木惡魔正持續挖深壕溝，強化魔印。其他惡魔則在大魔印中巡邏。

他將木箱放在最接近魔印牙的地方，接著一腳踏在木箱上，以不至於引爆的力量將它踢向定位。

他可以用丟的，但由於最近越來越強壯的關係，他無法確認自己的準頭。如果丟過頭，或是木箱墜入壕溝，偏偏沒有在落地時引爆，那這一切就白費了。

木箱停在距離邊界十呎左右的位置。

夠近了。亞倫揚起手掌，畫下熱魔印。

這時他聽見一聲嘶吼，轉身看見數十頭田野惡魔撲來。亞倫皺眉。儘管刻意掩飾行蹤，他顯然沒辦法在如此接近惡魔力量中心的地方完全避開探測。這裡的心靈惡魔或許無法找出他的確實位置，但顯然感應到危機，於是派出一群惡魔來掃蕩這個區域。不管它們有沒有看見他，在這開闊的空間裡都無處可藏。

第一道利爪欺身時，亞倫解體，打算讓它們穿過，然後重新現形，在一切太遲之前點燃雷霆棒。但當他進入虛實之間的狀態時，這裡的心靈惡魔已經展開攻擊。

他感應到惡魔的意志，但亞倫曾面對這種爭奪主導權的情況。他凝聚意志，展開反擊，結果卻撞上了一道無法穿越的高牆。

大魔印。

太遲了，亞倫終於察覺自己的錯誤。這道魔印不光只是實體上的防禦機制和力量來源，同時也能保護惡魔王子的心靈不被入侵，就像亞倫自己的心靈魔印一樣。

他一再攻擊屏障，突然之間首度體會多年來試圖突破信使魔印圈的獨臂魔和其他惡魔是什麼感覺。憤怒。沮喪。絕望。

無助。

當他首度出現絕望的情緒時，惡魔再度展開攻擊，沒有真正暴露自己的情況下攻擊大魔印外的地方，就像汪妲·卡特站在大魔印邊緣用弓射殺惡魔。

惡魔王子輕鬆破除他的防禦，控制亞倫的心靈，讓他知道自認能和這些怪物相比有多自大。瑞娜說的沒錯。上一次是他走運，要不是因爲她相助，那頭惡魔肯定早已擊敗他。儘管學會了不少能力，對一輩子沉浸在這種戰鬥形式的心靈惡魔而言，他還是初學者。

亞倫集中所有的力量與意志，不顧一切地試圖凝聚形體。如果能夠現形，他的心靈魔印就會啓動，到時候他就只要應付數百頭地心魔物就能保護窪地的魔印網了。

只要應付數百頭。

但是心靈惡魔讓他形體消散。亞倫找出一條通往地心魔域的通道，試圖逃出對方的攻擊範圍，但這個方法同樣徒勞無功。惡魔緊緊箝制他，強行吸走他身上溢出的魔力。即使化身魔霧，亞倫發現自己還是會痛，而如果他能出聲，他會在力量被吸走的同時發出慘叫。

他以爲惡魔打算殺了他，但對方卻在吸乾他體內最後一絲魔力前停下攻擊，讓他處於類似失血過多的虛弱狀態，無助地聽著惡魔在他心中說話。

笨蛋，竟然離開力量中心來攻擊我們。地心魔物對其他同類想道。

他一定以爲他的軀殼可以藉著微不足道的攻擊讓我們分心。另一個回應道。

笨蛋。第三個認同道。亞倫感應到他們的心靈存在逐漸逼近，持續強化他原先就難以抵抗的原始攻擊者的力量。

一定要掙脫。他再度掙扎。少了我，其他人一點機會也沒有。

他居然在擔心他的軀殼！這個想法讓三頭心靈惡魔感到有趣。這種傢伙怎麼可能打倒我們兄弟？

我們很快就會知道了。這個想法帶有一股亞倫從未感應過的強烈飢渴。知識與經驗對這些怪物而言就等於力量，而他們全都迫不及待地想要挖開他的心靈，如同亞倫翻閱歷史書籍般閱讀他的思想。

他們穿越他的記憶，強迫他釋放所有強烈的體驗，從他最深沉的痛苦、脆弱與墮落的時刻啜飲他的情緒，如同上好的安吉爾斯白蘭地般吞噬它們。

突然間，他變回十歲的自己，躺在地上，雙手護頭，被科比．費雪踢得屁滾尿流。科比、加特和威盧．費雪因為他和威盧十二歲的姊姊艾莉講話而輪流踢他。亞倫當時暗戀她，以為她比經常欺負自己的費雪家男孩來得和善。

但那天艾莉證明他錯了，亞倫抓著尿濕的褲子哭著跑回家時，她與其他人一起嘲笑他。

心靈惡魔抓緊這段回憶，空氣中充滿歡愉的震動。*羞辱是最甜美的情緒。*其中之一想道。

*我比較喜歡憤怒。*另一個在目睹亞倫於數週後採取的報復手段時想道。*非常……原始。*

亞倫感到箝制他的惡魔在嘲弄自己。*激怒人類就像讓火惡魔燃燒一樣簡單，那是他們的天性。痛苦才是更加優雅的情緒。*

亞倫突然變成十一歲，再度看著父親僵立在前廊的魔印之後，眼睜睜看著母親和瑪莉雅被撕成碎片。他想要尖叫，但在虛實不定的狀態下，他沒有嘴，也沒有肺。

他感到惡魔在品嚐自己的痛苦，但他完全無法阻止他們入侵他的記憶。就像吟遊詩人戲碼裡那個帶著蜜果的小孩一樣，他們強迫他呈現玫莉與他分手那晚的景象，接著他在密爾恩堡街上遊蕩，臉上流淌著雨水和淚水。

惡魔沒有拳打腳踢，而是藉著他生命中所有羞於啓齒的事件、所有失敗、所有錯誤或失控來折磨他。有些是糾纏了他一輩子的記憶，其他則是早已遺忘多年，直到心靈惡魔如同在市集中拿起小裝飾品來檢視時才再度浮出水面。

他回到阿邦的客帳，試圖在阿邦一個還沒結婚的女兒「不小心」撞見他在自慰時手忙腳亂地穿回褲子。她羞怯地說要幫忙，而亞倫不曉得自己比較怕哪種情況，是讓他的克拉西亞朋友——搞不好一切就是他在搞鬼——有藉口宣稱受辱，強迫自己娶她為妻，還是怕她嘲笑自己缺乏經驗。他的勃起瞬間消退，但就某方面而言，那只讓情況變得更糟。

他在有機會交配時無能。一頭惡魔想道，亞倫感到更加羞愧，惡魔則更加滿足。

他們繼續解剖他的心靈，一路挖到他和阿邦從沙利克霍拉竊取失落之城安那克桑地圖。心靈惡魔暢飲他因為偷竊引發的罪惡，就連亞倫也沒想到此事能引出這麼強烈的情緒。那時他為犯罪找到合理的藉口，但那個藉口從未真的說服他自己，特別是這項罪行促使他找回卡吉之矛，帶領世界走向一條或許還沒準備充足的道路時。

突然之間，惡魔王子全都變得非常嚴肅，深入挖掘他的記憶，篩選他所有在檢視地圖、穿越沙漠時的所見所聞。當他打開卡吉石棺，找到長矛時，他們在他的心靈中嘶吼。我們一定要夷平那個地方。本地的心靈惡魔想道。那裡或許埋藏著其他祕密。

同意。其他惡魔想道。

他們聊得越多，彷彿不知道——或不在乎亞倫聽得見他們講話，他就越能在心中分辨三頭惡魔的不同。在魔印網中央控制他的比較古老、強大，能夠盤據關鍵魔印絕非偶然。其他兩頭也不算地位較低，不過比較像是順從長者的年輕人。

惡魔的禮儀，亞倫心想，一時忘了身上的痛楚。

本地惡魔感應到他的想法，再度施壓，令亞倫神智不清，回到難以承受的痛苦狀態。他們持續深入他的內心，享受賈迪爾在大迷宮裡的背叛。

如果這傢伙的記憶是眞的，南方的統一者或許還不了解那些法器的所有力量。本地惡魔想道。

其他惡魔表示認同。只要除掉統一者，剩下的牲口就不足爲懼。我們就可以離開可惡的地表，帶著勝利回去心靈王宮。

結果只會讓惡魔親王奪取我們的功勞。最古老的心靈想道。

我們探測完這傢伙的內心後，就該立刻殺了他，最年幼的直言不諱道，別讓惡魔親王食用他的記憶。亞倫在這個想法裡感應到叛變的心思，一時之間，所有惡魔都沒出聲。

女王即將產卵，我們絕不能讓惡魔親王取得任何優勢。最古老的心靈同意。

他們繼續剝奪他的記憶，就像從書上撕下書頁一樣。當亞倫重新體驗在自己身上紋身的那晚時，惡魔流露出理解的情緒，而幾週之後，他開始吃惡魔肉時，心靈惡魔感到震驚與難以置信。

他與其他統一者不同。他竊取我們的力量。

只是意外。最古老的心想。

這個祕密將隨著他的死而消失。

他們繼續翻閱他的心靈，在目睹亞倫和黎沙於泥濘中交合時感到十分有趣。這傢伙再次無能交配！

目睹伐木窪地之役時，他們就不覺得那麼有趣了，不過也沒有非常擔憂。惡魔王子考量了這些人類的實力，結果認定不用擔心。

但當他們目睹亞倫和瑞娜殺死上一次新月時襲擊他們的心靈惡魔時，發出了嘶吼。他在他們看著他粉碎心靈惡魔的身軀，並將他投入通往地心魔域的通道時感受到他們的憤怒，以及——只有一瞬間的恐懼。

但恐懼稍縱即逝。惡魔繼續無情地搜尋，看著幾週以來發生的事件。

那個女的知道力量的祕密，本地惡魔的心靈想道。她也非死不可。

自認心智崩潰的亞倫突然再度浮現抗拒的力量。他抵抗強大的壓力，表面看來完全沒用，不過引起了心靈惡魔的注意。

他關心她。這個想法中充滿驚訝與趣味。

她的死將會激發他難以言喻的痛苦。

正好用來懲罰他所製造的麻煩。

他們探索內心。

他的思想顯示她此刻正在黑夜中……

一時之間壓力消失，因為他們的思緒開始透過軀殼，尋找身上有刺青、綻放竊取魔光的女人。

瑞娜！亞倫趁機集中所有精神，不是試圖掙脫，而是凝聚小小的指尖。箝制他的心靈惡魔不讓他重塑足以呈現任何魔印的形體，但他還是想辦法利用指尖平空繪印。他只有一點點力量可供取用，但那一點力量就足以引爆那箱雷霆棒。

夜空在強烈的熱氣中大放光明。空中不斷發出巨響，地面撼動，壕溝坍塌，壓垮還在挖掘的惡魔。爆炸的衝擊波震碎樹木，田野惡魔如同紙紮般地皺成一團。

亞倫受困於心靈惡魔的意志，身處爆炸範圍內，不過爆炸無法影響他這種虛實不定的狀態。他試圖無視四周的亂象，等待近乎永恆的時光；不過片刻後，惡魔間的聯繫就隨著魔印網的崩塌而中斷。

趁著惡魔震驚的瞬間，亞倫掙脫心靈惡魔的箝制，逃入最近的魔法通道。他感應到窪地魔印網的吸力，轉眼之間回到其中，像溺水者浮出水面時大口吸氣那樣吸收魔力。力量席捲全身，驅退痛楚與絕望，但亞倫不浪費時間享受這種感覺。他立刻躍入空中，找尋之前箝制自己的心靈惡魔。

他輕易找出還未白大魔印被毀的震驚中恢復過來的心靈惡魔——他的力量就像黑夜中的明燈。他的兄弟並未離開他們自己的大魔印，所以不受爆炸影響，而儘管他們在對自己有利時會服從這頭古老的惡魔，亞倫卻很清楚他們不會冒險前來救他。對惡魔而言，利他主義就和愛一樣是種陌生的概念。

古老心靈惡魔的化身魔化爲巨型田野惡魔，此刻正以極快的速度衝向它的主人，不過還沒進入足以保護他的範圍。亞倫自窪地魔印中吸取大量魔力，繪製熱魔印和衝擊魔印，朝惡魔王子發出一道強大的魔法攻擊。這種攻擊不如他們施加在他身上的力量那麼巧妙細緻，但他不須用巧妙細緻的手段。

惡魔察覺他的攻擊，隨即於動念之間解體，但魔法移動的速度比思緒更快，於他大部分形體尚未瓦解時擊中目標，同時殺死化身魔和心靈惡魔。

就像上次一樣，心靈惡魔的垂死慘叫在空氣中產生比一箱雷霆棒還要強大的心靈衝擊。方圓一哩內的軀殼當場斃命，就連亞倫也伸手抱頭，試圖舒緩疼痛。

其他心靈惡魔必定也感應到了，因爲儘管與窪地人作戰的惡魔沒有暴斃，但還是亂成一團。亞倫看著自己的人馬，終於瞭解自大的代價。在他受困的短暫時間內，有組織的軀殼已造成極大的傷害。巨石和樹幹散落在一群人類與馬匹的屍體之間。他沒看見蓋蒙隊長，而盔甲上濺滿膿汁的湯姆士則失去了戰馬，正以手中的矛與盾對抗石惡魔。承諾獨自奔跑，沿路踩扁田野惡魔，瑞娜則在他身旁戰鬥。

加爾德待在馬背上，不過現在坍方身上還扛著昏迷不醒的道格·布區。窪地人殺了不少惡魔，但是地心魔域派出的惡魔難以計數，想要贏得這場戰役，每條人命都極其珍貴、無可取代。

眼看著眾多死者與傷患，亞倫感到怒不可抑，於是再度吸取魔力，不顧身上的灼傷，朝一群田野惡魔施放魔爆，爲部隊清出一條撤退的道路。

「撤退！」他叫道，將聲音遠遠傳出去。「小心警戒，儘快退回大魔印。行動告一段落了。」

他又施展了兩次熱魔印和衝擊魔印，燒死大批惡魔，幫助部隊安全撤退。他用黎莎凝聚空氣中濕氣用來澆水的魔印溺斃一群追趕而來的火惡魔。它們倒在地上，冒煙抽動，口中格格作響，雙眼失去光彩。

窪地人安全後，亞倫轉向地心魔物堆積的巨石和樹幹堆，持續吸收魔力，開始摧毀它們。

他吸收的魔力太多，導致整個魔印網開始明滅不定。亞倫的喉嚨和鼻孔灼熱，彷彿吃了一把克拉西亞火辣椒。他的肌肉瘦疼、指甲發燙、眼眶乾澀，眨眼時會有刺痛感。

但巨石和樹幹堆還沒清除完畢，於是他繼續吸收魔力，直到四周突然變得一片黑，他終於倒下。

我又忘記呼吸了。他在倒地的同時想道。

第二十四章　損失　333AR　秋

新月第二夜

魔光開始閃爍時，黎莎正在新來森的臨時診所裡，手忙腳亂地試圖縫合傷患的胸口，但得兩度停下動作，在爆炸撼動診所、塵土自木椽上落下時用自己的身體保護傷患。診所外傳來人們歡呼與驚叫的聲響。

「外面究竟出了什麼事？」她大聲問道。

「我去看看，女士。」汪妲抓起長弓，很高興有事可做。

她過了一會兒回來。「女士，請快過來。」

黎莎連看都不看她一眼，手上因為試圖止血而染滿鮮血。「現在有點忙，汪妲。怎麼回事？」

「妳得現在就來，」汪妲說，迫切的語氣終於讓黎莎抬起頭來。汪妲面無血色，一臉恐懼。「解放者倒下了。」

所有人立刻抬頭。「不可能！」一名女子大叫，其他人則開始哭泣。黎莎看著眼前還要很久才能縫合的傷口。「我不能就……」她開口說道，但阿曼娃伸手搭著她的手背。

「去吧，」達馬丁說。「我來接手。」

黎莎看著她。「妳有——」

「我從七歲就開始幫沙羅姆療傷，女士。」阿曼娃插嘴道。「快去。」

黎莎點頭，抓起一塊布擦手，隨即撩起裙襬追著汪妲出去。

「告訴我怎麼回事。」她邊跑邊說。

「有人說他出現在天上。」汪妲說。「如同造物主親臨般投擲火球和閃電掩護部隊撤退。但接著大魔印的魔光消失，他就摔下來了。」她說著嗚咽起來，伸手拭淚。黎莎沒看過這個高大的女孩哭泣，而這種反應比千言萬語更能表達事態嚴重。她加快腳步，氣喘吁吁地趕到群眾聚集的地方。「讓路給黎莎女士！」汪妲叫道，但她不等人們讓道，連推帶拉地清空擋路的人。

人群中央，瑞娜跪在亞倫扭曲的身體旁，他則動也不動地躺在地上，頭部附近積了一灘鮮血。加爾德和幾名伐木工在旁邊推開人群，迅速幫黎莎開路。

「我不准你死，亞倫·貝爾斯！」瑞娜對他吼道，緊握他一隻手掌，但亞倫毫無反應。

「他還活著。」黎莎在感受到微弱而又不規律的脈搏後說道。他落地時撞裂頭骨，黎莎摸出撞擊點四周有類似蛛網的裂痕。碎骨刺穿他的皮膚，肩胛骨和鎖骨摔斷，碎了幾根肋骨，骨盆也……

但他已經不再流血了。「黑夜呀，」黎莎喘息道。「他已經開始自療了。」

瑞娜盯著她。「那不是好事嗎？」

「身體扭曲成這樣的情況下不是。」黎莎說。「我們得把他抬上手術桌。加爾德！你能抱他嗎？小心點！」

加爾德立刻上前，但瑞娜隨手推開他，像抱嬰兒般輕輕抱起亞倫。「很快就會沒事的。」她淚流滿面地說道。

接下來一個小時，黎莎、妲西和瑞娜連扯帶扭，加上夾板固定將亞倫扳回原形。妲西兩度扭斷癒合錯誤的骨頭。整個過程之中，亞倫都沒醒來；如果他的頭部沒受到重創，這本來應該是件好事。

加爾德在太陽終於升起時探頭進來。「他會好嗎？」

黎莎擦擦額頭上的汗水，聳一聳肩。「我們能做的都做了。他還活著，以飛快的速度自我療癒，現在只能等他自己醒來。」

*但等他醒來後會是什麼樣子？*她默默地想。他的頭骨就像蛋殼一樣被敲碎了，儘管裂痕都已消失，天知道這樣摔下來會不會造成就連魔法也無法治療的傷害。

藥草師得學會告知他人壞消息，布魯娜曾教過她，但同時也該知道在什麼時機告知他人。讓其他人，包括瑞娜在內，得知亞倫的腦部可能永久受損，肯定會在窪地郡內造成無法承受的恐慌。

加爾德點頭離開。不久湯姆士就走了進來，渾身都是膿汁，頭髮上滿是汗水和盔甲的陶瓷碎片，不過看起來沒有大礙。黎莎微微鬆了口氣，一邊享受著這個好消息所帶來的欣慰，一邊詢問壞消息。

「死了多少人？」她問。

湯姆士搖頭。「已經確認數百名死者，不過目前失蹤人數仍超過千人。我們才剛開始搬運在黑夜中英勇陣亡的遺體，並且清算死在診所裡的數目。本來我以為蓋蒙隊長死了，後來發現他在診所裡打著石膏。」

黎莎點頭。「他被擊落馬背，但是護甲卡在馬鞍上，然後被馬一路拖回大魔印。他撞碎了髖骨，並且有腦震盪。」

「他日後還能走路嗎？」湯姆士問。

黎莎聳肩。「有機會細心醫治的話，可以，但我們一直都很忙，伯爵閣下。我們的首要目標是讓人活下來。」她沒有提起使用惡魔骨來拯救蓋蒙性命的事。她非常關心伯爵，深信他將人民的福祉放在心上，但還不打算讓他知道自己能以魔法治療傷患。整間臨時診所裡只有她和阿曼娃懂得這種知識。這裡沒有足夠的霍拉來救活所有人，而她也不知道人們能不能接受被惡魔魔法解救的事實。

湯姆士走向她，伸出有力的手捏捏她的肩。她突然發現自己有多疲憊，於是暫時靠在他身上。

「妳該休息一下。」湯姆士說。

黎莎搖頭，離開他的懷抱。「還有人需要我的幫助，伯爵閣下。如果你以爲我會因爲自己想要坐下來捏腳而讓他們乾等，那就太不了解我了。請你出去，讓我做事。」

但是伯爵站在原地。「我們派人巡邏惡魔魔印，記錄它們武器堆積的位置，但我們得在天黑再度開打前用火藥摧毀它們。」

黎莎點頭。「去告訴妲西．卡特，她會幫你處理，不過先請魔印師確認該把火藥放在哪裡。我們的火藥有限，一根雷霆棒都不能浪費。」

伯爵點頭。她轉身去照料傷患，但他握住她的手臂。當她看向他時，他將她拉到身前深深一吻。

「昨晚在外面作戰時，我好怕再也沒機會吻妳了。」他低聲道。

黎莎微笑。「那就再吻一次。」

瑞娜從晚上到天亮都一直待在亞倫身邊，等他轉醒。他的傷口已癒合，但沒有絲毫甦醒的跡象。

不要離開我，亞倫．貝爾斯，她心想。我不能沒有你。

天亮後，她小睡了幾個小時，趴在亞倫身邊守護著他。她被遠方的爆炸聲驚醒，立刻起身準備戰鬥，但陽光仍然自醫療帳篷的帳帘外灑入。她低頭看向亞倫，他還是毫無動靜。

「伯爵的手下在破壞大魔印，摧毀惡魔堆積的武器。」黎莎說著與瑞娜對視片刻，然後繼續巡床，檢查傷勢最嚴重的病患，指示其他藥草師。

她身上散發疲憊的氣味，但外表卻看不出來。瑞娜身上仍充滿昨晚戰鬥時所吸收的魔力，精力充沛、感官敏銳。黎莎並沒有她這種優勢，但仍不停工作。帳篷另一邊，阿曼娃和希克娃同樣不眠不休地照料受傷的沙羅姆。

*而我做了什麼？睡覺。*瑞娜低頭看著亞倫，伸手撫摸他的臉頰。「繼續休息，我的愛。」她吻他一下。「我會確保你醒來時這裡沒事。」

她一離開大帳，人們就圍上來詢問亞倫的情況。她告訴他們他沒事，只是在養精蓄銳，然後找事情做。遠方傳來更多爆炸聲，不過那沒有什麼她幫得上忙的地方。

她跑去新避風港鎮大魔印最脆弱的地方，想要儘可能地強化魔印。她一整天都在掘地、挖洞、搬運大石。她毫不懷疑惡魔將會突破魔印網，但只要多拖一分鐘，惡魔就會少一分鐘可以殺害窪地人。

黎莎看著湯姆士在地圖桌後來回踱步。他和她一樣，一整天都沒休息，英俊的臉上兩個黑眼圈深陷。亞瑟動也不動地站在主人附近，與他形成強烈的對比。

護送新避風港鎮的傷患抵達伐木窪地診所後，他們又回到魔物墳場的伯爵大帳裡。診所剛成立時，黎莎還對這地方感到非常驕傲，但現在裡面人滿爲患，診所看起來實在太小了點。如果窪地沒毀在這次新月裡，她得要擴建診所。

蓋蒙隊長受傷，湯姆士再度直接指揮林木軍團。他在黃昏逼近時召開最後一次會議，討論晚上的作戰計畫。加爾德、汪妲及布區夫婦都出席了，加上瑞娜、羅傑、阿曼娃、希克娃，以及安奇度。就連卡維爾訓練官都進帳開會，不過湯姆士的守衛繳了他的械，並且一直緊盯著他。海斯裁判官和法蘭克輔祭抱著卡農經，緊閉雙眼，默默禱告。

黎莎回頭看著伯爵，有那麼一瞬間好希望他是阿曼恩。這不是她第一次想像南方艾弗倫恩惠此刻的情況了。他們是否也遭受到類似的攻擊？很可能是，但克拉西亞人沒有窪地人那麼讓黎莎擔心。

儘管這樣對湯姆士並不公平，但她還是忍不住拿他與她的克拉西亞情人比較。不管賈迪爾打著對抗惡魔的聖戰旗號做過什麼樣的暴行，他都散發出強大的自信，能夠激勵他人。湯姆士是個強壯的好人，但他散發出來的疑慮充斥整座帳篷。

結果是阿曼娃問出所有人心中的疑問。「帕爾青恩呢？」

「在睡覺。」黎莎說。

阿曼娃冰冷地打量她。「太陽快下山了，我們不該叫醒他嗎？」

黎莎搖頭。「他的頭部受了重創。搖晃和吼叫不能在他準備好前喚醒他，再說對他也沒好處。」

湯姆士停止踱步。「他幫我們爭取一天的時間，而我們也充分利用。現在我們得靠自己的力量守住窪地，直到他醒來……如果他醒得來。」

「他會醒來的。」瑞娜插嘴。「太陽下山時，他就會恢復體力。」

「就像惡魔一樣。」法蘭克輔祭說。

瑞娜轉眼間穿越帳篷，神情如同野獸。法蘭克連忙後退，被一張椅子絆倒，背部重重著地。「再說一次。」她挑釁道。

法蘭克迅速爬起身來。他比瑞娜高，但她卻強勢許多，步步進逼，他則不斷後縮。黎莎穩穩吸了口氣，覺得頭又開始痛了。內鬨對誰都沒有好處，除了地心魔物，但她自己也很想痛扁聖徒一頓，而且也沒力氣上前勸架。

意外的是，結束這場衝突的竟是裁判官。只見他伸手搭上法蘭克的肩。「輔祭會閉嘴的。」

法蘭克難以置信地看著主人，但牧師目光凌厲。「伯爵閣下說得沒錯。不管是怎麼辦到的，貝爾斯先生昨晚救了所有人一命。如果他爲此而觸犯了造物主的律法，那等死後再讓造物主去審判他。我們應該要心存感激，盡力活下去。」

瑞娜看著他，點了點頭。「我不是我丈夫，但我會盡力帶領大家活過今晚。」

湯姆士看著她。「妳能……啊……」他手臂一揮，凭空畫了個難看的魔印。

瑞娜搖頭。「應該不能，但我可以扯斷惡魔的手臂，插到它的喉嚨裡。」

加爾德輕笑。「這我親眼見過。」

黎莎再度頭痛，懷疑這樣的能力是否足以帶領大家度過難關。

天黑的時候，瑞娜和新避風港鎮民站在一起。她很高興自己能爲鎮民帶來勇氣，也希望有別人能爲自己帶來勇氣。亞倫仍然昏迷不醒，湯姆士則分散兵力鎮守窪地魔印網脆弱之處，沒辦法集中在單一定點。伐木工學徒和自願者的部隊待在推車旁準備運送傷患。

加爾德將軍和伐木工負責守護新來森，也就是東方心靈惡魔建立魔印的位置。湯姆士和林木軍團主力部隊則等在西方雷克谷的邊界。其他城鎮交由各自的民兵以長矛與弓箭防守，但是他們無從得知惡魔會從哪裡進攻。

新避風港鎮的鎮民由瑞娜指揮，羅傑和克拉西亞人也在此協防，因為昨晚這裡死傷慘重。其他吟遊詩人分散在各個城鎮盡力幫忙。

她改變站姿，懷疑自己是不是來錯地方了。她感應到中央魔印的心靈惡魔死了，而空氣中瀰漫的地心魔物灰燼也證實了它與附近所有惡魔的死亡，但心靈惡魔選擇這裡當作攻擊中心不是沒理由的。新避風港鎮仍是窪地大魔印網最弱的一環，這裡的大魔印有太多地方是由石惡魔可以輕易摧毀的樹木和建築所組成。不適合戰鬥的人已經撤離，但他們得儘可能堅守陣地。如果新避風港淪陷，惡魔就會進入可以攻擊伐木窪地的距離。

「不會有事的。」羅傑彷彿看穿她的心思般說道。

瑞娜看著他和他的妻子。她們穿著類似吟遊詩人的七彩表演服，面紗割掉一半，露出嘴唇，好讓聲音遠遠傳開。看著她們這樣露出每個女人都會露出的嘴唇竟然會令人感到羞恥，其實是件很奇怪的事，但她們真的讓人這麼覺得。克拉西亞人的感覺似乎比她更加強烈。沙羅姆不停偷瞄她們，難以集中注意力。卡維爾逮到一名戰士偷看，提起矛柄重擊對方，然後以克拉西亞語吼了幾句話。

「為什麼不會有事？」她問。羅傑將情緒隱藏得很好，但她能夠聞出他的恐懼。

羅傑聳肩微笑。「我們要嘛就是打贏，讓全世界知道惡魔不管怎樣都擊垮不了我們，不然就是陣亡，等人幫我們寫歌，將今晚寧死不屈的事蹟傳頌下去，讓百年後的人們受到我們英勇的感召。」

「我寧願活下去。」瑞娜在黑夜中傳來惡魔吼叫時說道。大魔印在她腳下開始發光，形成一灘她並不完全了解的魔力池塘。她能像亞倫一樣擷取其中的力量嗎？就算可以，這樣就足以對付惡魔了嗎？她再度想到她的丈夫，躺在診所的病床上像個死人。

空地對面的樹林邊界後傳來一陣騷動，她擁抱恐懼與憂慮，抬頭挺胸。這麼做的同時，她感到力量竄入體內，令她精力充沛、口水直流。如果一定要死，也要英勇陣亡。

「舉弓。」她叫道，新避風港鎮民舉起武器。克拉西亞人不是射手，不過每人攜帶三支矛，兩支用以投擲，一支近身戰鬥。

「該我們出場了。」羅傑說著邁步上前，揚起小提琴開始演奏。阿曼娃和希克娃張口歌唱，伸手碰觸喉嚨上的惡魔骨。

音樂順著魔法奔流遠遠傳了出去，越來越大聲、越來越複雜，在空氣中編織出一道魔法，如同魔印網般驅退惡魔。瑞娜知道它們就在外面——看得見它們在樹林中發光——但它們似乎沒辦法在三人樂團唱歌時進攻。幾分鐘後，她急促的心跳開始放慢。

但接著一顆巨石飛出樹林。

「小心！」瑞娜叫道。安奇度已經拉開阿曼娃，瑞娜則把羅傑和希克娃當作小孩一樣抓起，跳向一旁。巨石在他們落地時擊中地面，震得她站立不穩，大批碎石撒在他們身上。他們在塵土中咳嗽，毫髮無傷，但已經造成了一些損害。

音樂一停下來，惡魔立刻擁出樹林。田野惡魔成群結隊，火惡魔緊跟在後。後方還有一種身上長了白色鱗片的惡魔。瑞娜沒見過雪惡魔，但聽亞倫提起過它們。

某人放聲尖叫，新避風港鎮民發射第一波寶貴的魔印箭。他們的準頭不佳，目標又移動得快，但由於惡魔數量龐大，還是有很多箭擊中目標。少數惡魔倒地，但大多數還是繼續衝鋒。

「別放箭，笨蛋！」瑞娜叫道。「大魔印還沒失效！」

確實，衝到大魔印前的地心魔物都在閃光中向後彈開。瑞娜在衝鋒陣地來回走動，直到一顆石塊落在一名弓箭手頭上，將她當場擊斃。她抬起頭來，看見一群風惡魔飛越上空，後面還有更多來襲，後腿爪上扣著大石塊。

「擊落那些風惡魔！」她叫道。新避風港鎮民依令仰弓，但他們顯然十分害怕，雙手抖得厲害。即使在大魔印的照明下，夜空依然漆黑，他們不像瑞娜可以看見發光的惡魔。少數風惡魔墜落天際，撞在魔印網上，緩緩滑落，就像撞上厚重玻璃的鳥，但大多數弓箭都消失在黑暗中。

「石惡魔和木惡魔！」卡維爾大叫，瑞娜轉身，隨即咒罵。從樹林邊界看來，這兩種惡魔身材巨大，爪裡握著沉重的石塊和樹幹。

瑞娜僵住，不確定該怎麼做，卡維爾立刻接手指揮。「弓箭手！」他叫道。「瞄準石惡魔！其他不要管！木惡魔交給我們處理！」

有些新避風港鎮民望向瑞娜，她咬牙切齒。她應該看出這是對方聲東擊西的戰術才對，結果卻愚蠢地浪費了大批弓箭。儘管不願承認，但眼前的情況超過她的能力範圍。而冷靜又擅長領導的卡維爾則一輩子都在面對這種情況。「照他的話做！」

新避風港鎮民再度放箭，這次的目標大得就連初學者也不可能射不中。他們放箭的同時，沙羅姆衝向前去，停在魔印網邊緣，利用衝刺的動能增加投擲的力道。輕矛遠遠飛去，射穿木惡魔的心臟，將它們插在地上。惡魔尖叫，試圖抓住身上的矛，但矛柄上的防禦魔印不讓它們拔矛，而攻擊魔印則持續吸收地心魔物體內的魔力，轉化爲致命的能量灌入傷口。

接下來，新避風港鎮民就沒那麼順利了。最強力的魔印箭都浪費掉了，粗製濫造的箭則像枕頭上的針一樣插在石惡魔身上。惡魔尖叫，不過是出於惱怒而非疼痛。它們手一揚，拋出沉重的石塊。所有人都閃向一旁，但守軍並非惡魔的目標。其中一塊巨石擊中屬於大魔印一部分的木柵欄，將之擊成碎片。另一塊打穿一段路堤。火惡魔在一些石塊上噴吐唾液，儘管火焰在石塊通過魔印網時熄滅，石塊本身卻還是非常燙。一塊巨石撞穿穀倉大門，沒過多久穀倉內就冒出白煙和火舌。

惡魔源源不絕。石惡魔和木惡魔幫大型石惡魔搬運武器，這種惡魔的射程與威力都所向無敵。即使少數石惡魔終於被外殼上的幾十支箭拖垮，倒地不起，後面立刻就有更多惡魔上前遞補。

羅傑再度揚起小提琴，但是還沒拉出旋律，一頭木惡魔已經朝他和他妻子丟出一根啤酒桶大小的木柱。他奮力滾開，阿曼娃和希克娃則著地撲倒，弄髒了上好的絲袍，不過逃過一劫。三人在其他惡魔朝他們丟東西時迅速尋找掩護。

他們了解一切，瑞娜發現。*心靈惡魔能透過軀殼的雙眼視物。*

這個想法令她滿腔怒火，而她發現大魔印在回應她的情緒。她擷取那股力量，感覺魔力襲來，但那是一股帶有痛楚的力量，彷彿她被丟到滾燙的大鍋裡。她無法承受這股力量太久，於是朝惡魔平空比畫熱魔印，滿足地看著三頭木惡魔身陷火海，化為灰燼。

但是接著瑞娜雙腳一軟，差點沒來得及在臉部著地前撐住地面。她大口喘氣，喉嚨燙傷，雙眼乾澀灼痛。片刻前充斥在體內的力量消失了，她感到渾身痠軟無力。

*亞倫施法後就是這種感覺？*她心想。*他怎麼受得了？*

她強迫自己起身，再度吸收大魔印的魔力，但這次沒回應。她感覺力量在腳上脈動，如同往常一樣渾厚，但剛剛藉由憤怒產生的連結已經消失了。

然而看著四周的混亂景象，她知道自己得想想辦法。克拉西亞人的矛已經丟光了，新避風港鎮民的箭又常常會在石惡魔的硬殼前折斷。由於鎮民拿水桶救火，穀倉的火勢已經控制住了，但火惡魔又加熱了更多石頭，要不了多久火勢就會一發不可收拾。風惡魔從天上投擲較小的石塊，其他惡魔整批聚集，等待大魔印失效。

她把手伸到腰帶上，自父親的獵刀刀柄上獲得勇氣。犁田沒有輕鬆的辦法，豪爾從前常說。妳得彎下腰去，親自動手。

魔法反應她的決心，在她大叫一聲、衝入黑夜時於灌注力量給她。她聽見身後傳來卡維爾的吼叫，緊接著就是沙羅姆緊扣盾牌，隨她衝鋒的聲音。

然後她在眼前化作一片尖牙、利齒、金屬獵刀所組成的殘影時迅速閃避、砍踢弱小的惡魔，完全沒放慢速度。她一刀砍斷田野惡魔的爪子，膿汁在空中濺出一道弧形，接著在一頭火惡魔朝她噴吐唾液的同時踢中它的咽喉，導致它被自己的火焰嗆到。她看見陣陣魔光，聽見利爪撞擊盾牌的聲響，長矛刺穿惡魔鱗片像水流般的潮濕聲，以及被惡魔咬中的人們發出的慘叫聲。

接著她遇到第一頭石惡魔，於是她踩上正在為石頭加熱的火惡魔，將火惡魔的背部當作踏板高高躍起，將獵刀狠狠刺入石惡魔頭部外殼的縫隙內。

就連她父親的長獵刀也割不斷石惡魔的喉嚨，但瑞娜緊握刀柄，身體盪到巨型怪物身後，將溪石項鍊繞過它的喉嚨，用全身的力量拉扯。魔印溪石綻放魔光，利用地心魔物自己的力量陷入它體內。片刻過後，石惡魔的腦袋在強烈的魔光與飛濺的膿汁中落下。瑞娜落下後蜷伏在地，尋找下個目標。

結果卻發現她的目標正在尋找自己。戰場上所有惡魔的視線全都轉過來，如同上千隻貓盯著一隻老鼠那樣瞪著她。

羅傑訝異地盯著瑞娜平空繪印，接著想要殺他的惡魔便炸成火球，在慘叫聲中倒地，身體焦黑冒煙。從她的表情看來，她和自己一樣驚訝。

他想起昨晚亞倫所展示的力量，心中立刻燃起希望。但接著他發現瑞娜身形搖晃，腦中於是浮現亞倫說過的話。*世界上沒有解放者這種東西，羅傑。人如果想要得救，他們得學會自救。*

瑞娜似乎也了解這點，於是放棄魔法，衝入黑夜，在混亂中殺出血路，就像亞倫在伐木窪地之役時一樣，並且在他與妻子還躲在路堤後目瞪口呆時幹掉一頭石惡魔。

卡維爾率領戰士跟在瑞娜身後，這是羅傑第一次很高興看到這個殘暴的訓練官和沙羅姆。在大部分新避風港鎮民於恐懼和遲疑間顫抖時，克拉西亞人卻團結合作，盾牌交扣，保護他們的弟兄。他們同時出矛，如同以鐮刀除草般剷除田野惡魔。

看起來只要能解決石惡魔，戰況就有可能逆轉，但接著恐怖的事發生了。惡魔全都鎖定瑞娜，無視其他目標，朝她撲去。就連石惡魔也丟掉巨石，揮動巨爪跳向女人。

瑞娜撐了幾秒，以舞蹈大師的優雅動作在田野惡魔的背上奔跑。一頭雪惡魔對她噴吐唾液，但她閃向一旁，冰唾液擊中一頭石惡魔的腳。中了唾液的部位變白結霜，她順勢一腳踢碎惡魔的腳。石惡魔倒在惡魔群中，現場變得更加混亂。

但接著有頭木惡魔揮動樹幹將她打得飛出數碼之外。瑞娜雙手抵地，掙扎起身，但眾惡魔只需要這片刻的延遲。瑞娜身上黑柄魔印所產生的魔光間並沒有留下太多空間，但它們的尖牙和利齒畢竟還是找到了不少縫隙。她血流如注，魔印很快就被抹花，失去原先的效用。

卡維爾大吼一聲，沙羅姆英勇地上前救人，但他們前方有頭惡魔立起，身體突然拔起，高聳在眾人面前，長出一條長形觸角，甩過他們的盾牌頂端。戰士的頭巾下戴著上好魔印鋼鐵所製的頭盔，但惡魔就像切水果般劃破盔甲，轉眼殺死數名戰士。

卡維爾的哨音響起，沙羅姆改變陣型，包圍那頭肯定是亞倫和黎莎口中的化身魔。羅傑曾經見過這種戰術，他們會等待惡魔進攻，前方的人扣盾防禦，後面的人則負責攻擊。

但化身魔與他們從前面對過的敵人大不相同。他們嘗試繞到它身後時它以難以想像的角度轉身，而當光憑轉身無法應付所有人時，它開始在腦後長出眼睛和觸角，直到它能同時面對所有戰士。觸角捲起戰士的腳，把他們當作木棒般甩去攻擊其他人。即使沙羅姆有辦法擊中它，長矛也宛如刺中煙霧般直穿而過，完全沒造成任何傷害。弓箭像雨滴般撒在惡魔身上，但一樣透體而過，弓箭紛紛落地，惡魔毫髮無傷。

一次又一次，沙羅姆在化身魔的反擊下倒地，但還是毫不畏懼地持續攻擊。這就是克拉西亞戰士一生追尋的死法，雖然羅傑無法理解。卡維爾撲上前去，惡魔擊落他的盾牌。訓練官毫不理會，以羅傑幾乎看不見的速度旋轉長矛，抵擋觸角，爲手下爭取攻擊的時間。

但接著惡魔的嘴巴脹大數倍，將訓練官咬成兩半，在他下半身還未倒地前吞掉他的頭和上半身。這一幕讓眼花撩亂的羅傑清醒過來，接著他看到瑞娜還在幾頭試圖把她拖走的木惡魔身上掙扎。

他發現，*它們要活捉她。*

他想也不想就開始演奏，步出掩蔽物後方，朝戰場前進。他隱約知道阿曼娃、希克娃和安奇度跟著他一起走向魔印網邊境，但他忽視他們，忽視周遭的一切，專注於音樂，踏入黑夜。他完全沒有費心遮掩行蹤。反而引起所有位於演奏範圍內的惡魔注意，促使它們如同片刻前鎖定瑞娜般鎖定自己。

別動，他告訴它們。*獵物接近，準備襲擊。*

它們照做，利爪陷入土裡，繃緊強力的四肢，做好衝刺準備。就連試圖扛走瑞娜的惡魔也停下腳步，而那正是他這麼做的用意。

唯一不受影響的只有化身魔。它跳出沙維姆的包圍，如同活生生的夢魘般朝他衝來。

羅傑微微一笑，要讓惡魔的黑夜充滿痛苦，音樂的力量轉為極不協調的刺耳噪音，讓惡魔放聲慘叫，抓向自己的腦袋。就連化身魔也感受到這股魔力，在毛骨悚然的叫聲中停止衝刺。

阿曼娃和希克娃以歌聲強化他的力量，三人不協調的音樂達到前所未有的高潮，霍拉魔法讓刺耳的音樂傳出數哩之遙。較弱小的惡魔四下逃竄，羅傑和妻子則圍著化身魔，加劇它的痛楚。羅傑開始測試，演奏得越久，他就越清楚什麼樣的音樂能對它造成更強烈的傷害。

惡魔痛苦扭曲，觸角緊貼腦袋，身體融化變形，化身為一頭吼叫不休的石惡魔，接著又變成嚎叫的木惡魔，尖叫的風惡魔，甚至變成慘叫的人類。它一次次轉變形體，但羅傑和妻子配合變形改變曲調，不給它任何喘息空間。化身魔越變越怪，皮膚冒泡，逐漸在它腳邊凝聚一灘黏液。

解決你了，你這惡魔養的。羅傑面露殘忍的笑容，上前準備擊殺對方。然而在他這麼做的同時，惡魔突然振作起來。它的耳朵完全融化，頭骨上只剩下光滑的鱗片，以看來像是微笑的神情看著他。

羅傑沒時間閃躲它直甩而來的觸角，但安奇度大叫一聲，撲上前去，代他承受這一擊。希克娃在閹人被開膛破肚時失聲尖叫，但他還是於撲出的同時奮力擲出長矛。長矛擊中惡魔，發出刺眼的魔光，但羅傑心知那還不足以殺死這頭怪物，而現在他的音樂已經無法影響它。

化身魔再度起身，羅傑琴弓離弦，著地翻滾，勉強閃開對方觸角的攻擊。惡魔抽回觸角，再度出擊，羅傑面露畏縮，心知自己無法及時閃開。

觸角直竄而來，但擊中羅傑的卻不是銳利的尖角，而是一灘來自斷肢的膿汁。他抬起頭來，看見瑞娜站在身前，手裡的獵刀染滿膿汁。她丟下觸角，在觸角化為黏液的同時舉起獵刀，撲向前去。

惡魔轉身迎擊，但這一回阿曼娃踏步上前，把手伸在腰間的霍拉袋裡摸索。她拿出一顆焦黑的惡魔骨，指向化身魔，手指操控著刻在魔骨表面的魔印。

魔骨中釋放出一道如同閃電的魔光，擊中化身魔，令它離地而起，浮在空中。瑞娜立刻撲到它身上，連刺帶砍。阿曼娃拍掉掌心中的魔骨灰燼，再度把手伸到霍拉袋裡，拿出一把惡魔爪。她拋出爪子，它們如同曲柄弓矢般擊竄而出，深深刺入化身魔體內。它扭動尖叫，在被瑞娜摔到地上，並試圖以獵刀鋸斷它的脖子時神情渙散。剩下的沙羅姆在克里弗的帶領下加入混戰，邊刺邊喊，以盾牌擋下甩動的觸角，不讓化身魔恢復鎮定。

羅傑經魔印加持的眼角餘光瞥見惡魔魔光開始回歸，表示他的音樂可再度作用。他再度演奏小提琴，試圖驅趕它們，但是一頭田野惡魔看見了跪在安奇度身旁哭泣的希克娃。它以飛快的速度朝她展開攻擊，羅傑心知自己無法及時解救。

但希克娃看見了來襲的地心魔物。由於薄面紗被淚水浸濕，她一手扯下面紗，另一手觸碰喉嚨上的頸鏈。她所發出的尖叫聲刺耳得不管是人類還是惡魔都忍不住伸手遮耳。田野惡魔在疾衝中倒地，連翻數圈，最後死在她的腳下。

新避風港鎮民加入瑞娜和沙羅姆的行列，全都擠在化身魔旁邊，不給它機會融化脫身，直到瑞娜終於成功地讓它的腦袋和身體分家。她高舉惡魔腦袋，四周傳來零零落落的歡呼。

「夠了！」羅傑叫道。「退回魔印網！我沒辦法一直抵擋它們！」

兩名沙羅姆在撤退途中自安奇度屍體旁拉走希克娃。羅傑持續演奏，不過終於有機會喘口氣。接著他看到火箭在夜空中畫出紅色軌跡，宣告惡魔突破了新來森的大魔印，現在已經擁入街道。

第二十五章　再會！魔印圈　333AR　秋

新月第三夜

「呼特！他們來了！」克里弗向下叫道。

身為特技演員，羅傑也懂得一些保持平衡的技巧，但看到這個克雷瓦克偵察兵將十二呎高的鐵梯架在空地上，不用手扶直接跑上最上面的橫檔，動也不動地站了好幾分鐘瞭望地平線時，就連他也佩服得五體投地。

兩個男人獨自待在新來森的鎮中廣場上，身處一天前還是繁華街道的廢墟裡。現在它只是具腐敗的屍體，石板廣場四周幾乎所有建築都被巨石砸爛或是燒得焦黑。這裡靜得令人害怕。

他們把一整天的時間都用來堆積碎石，重建人魔印，但他們都知道這樣的魔印撐不了幾分鐘。他們防止惡魔直接在鎮上現身，但是地心魔物現身之後立刻開始拆除大魔印，而窪地鎮民沒有足夠的力量改變這種情況。

於是吟遊詩人和偵察兵就待在羅傑用了一輩子的攜帶式魔印圈中靜靜等待。沒人喜歡這個計畫，尤其是羅傑，雖然這是他的計畫。當阿曼娃知道無法改變他的心意後，就堅持要克里弗與他同去，雖然羅傑認為這樣做唯一的意義就是讓死亡人數從一個變成兩個。儘管如此，有個戰士待在身邊還是讓他比較安心。

這傢伙曾想除掉亞倫。羅傑提醒自己，但他無法為此生氣。克里弗現在是倖存的沙羅姆指揮官，而他們隨時都跟在他和妻子的身邊。昨晚偵察兵救了他多少次，他早就已經數不清了。

羅傑在聽見惡魔接近的聲音時舉起小提琴。它們必須穿越新來森才能攻擊伐木窪地，而在鎮上大部分都淪爲廢墟的情況下，最簡單的做法就是穿越鎮中廣場。

他可以用這件事來強化召喚。走這裡！他的音樂告訴惡魔。這條路比較快，又好走！還有獵物！確實有獵物，就是他自己。

惡魔回應他的召喚。一開始有數十頭，攻擊他的魔印，綻放陣陣魔光。數量迅速激增到數百頭，接著數千頭。鎮中廣場已經滿了，但他持續召喚，把惡魔引向自己。沒過多久，他和克里弗就淹沒在牙山鱗海之中，完全看不見其他景象。

地心魔物爬到彼此身上，爭先恐後地攻擊他的魔印。但是老舊的攜帶式魔印圈做工極佳，將攻擊轉移到它們自己身上，而在越來越多惡魔提供魔力的情況下，魔印圈的力場也越變越強。

但該來的總是會來。擠成一團的地心魔物讓道兩旁，一群木惡魔迎上前來，手裡拿著以樹幹製成的巨棒。它們可以輕而易舉地將羅傑和克里弗打成肉醬，並且打歪他的魔印圈。

但克里弗早有準備，立刻拿出一支彎曲、中空、光滑的牛角。他將牛角放到嘴前，吹了聲長音。號角一響，廣場四周的窗葉開啓，弓箭手現身廢墟的窗口與屋頂，毫不遲疑地朝地心魔物放箭。廣場上的惡魔多得根本不可能射不中，而有少數箭技最高超的好手負責除掉威脅羅傑的木惡魔。他在一頭惡魔倒下前看見汪妲的專屬弓箭正中惡魔眼睛，破眼而出。

惡魔衝向廢墟的門口，結果被上方的木桶灑了滿身液體。片刻過後，火把緊接而來，點燃惡魔火，讓惡魔轉眼化爲火球。

另一聲號角響起。「現在。」從不多話的克里弗說。他架起鐵梯，迅速爬上，朝一扇三樓窗戶拋出綁著砝碼的繩索。

羅傑停下演奏，將小提琴塞入肩上的驚奇袋裡。他以接近克里弗的速度爬上鐵梯，抓住縱身躍起的偵察兵。窗內的人拉繩，他們則夾緊雙腳，奮力擺盪，感受下方掠過身體的利爪所帶來的勁風。

他們撞上廢墟焦黑的牆壁，撞爛了幾塊鬆脫的木板，但克里弗已經揹著羅傑爬到窗口。

他們在湯姆士伯爵和加爾德率領騎兵衝鋒時逃入窗內。羅傑哀傷地看著他們剛剛站的位置，現在已經被數百匹踏著鋼蹄的戰馬蹂躪。

「我會懷念那道魔印圈的。」他說。

瑞娜來回踱步，對於自己在外面打得熱鬧時被迫留在大魔印內感到不忿。但就像亞倫一樣，她現在只要離開大魔印，所有惡魔立刻就會拋下其他目標衝來抓她。

窪地鎮民全面潰敗，在一群地心魔物之前死命逃竄。派往廣場的弓箭手至少有三分之一沒回來。湯姆士的騎兵損失更慘重，很多馬上都揹負兩個人，不過還是少了數百人。他們在掩護步兵撤退，不過同時也在逃命，大部分的長矛都已脫手，得仰賴魔印斧和大鎚作戰。克里弗把羅傑扛在肩上奔跑。

瑞娜獨自站在大魔印邊界，看著鎮民繞過自己身旁，她大口吸氣，感受著魔力在腳邊凝聚。當所有人都撤入大魔印裡時，她開始擷取力量。

瑞娜不管弱小的惡魔，專門攻擊石惡魔，平空繪製熱魔印和衝擊魔印，瞄準它們厚殼上的縫隙。她轟爛惡魔的肩膀和膝蓋，用意不在殺死惡魔，而是打殘它們，不讓它們投擲致命的武器。

今晚她撐得比較久，不過很快就達到極限，任魔法從體內灼傷她時感到頭昏眼花。

但是惡魔前仆後繼。她單膝著地，一手撐地，然後再度吸收魔力。

黎莎在戰鬥聲逐漸逼近伐木窪地診所時感覺全身肌肉越來越緊繃。診所裡有太多傷患需要轉移，萬一魔物墳場淪陷，他們能轉移到哪裡？

暫時而言，大魔印還很堅固。伐木窪地的大魔印是由魔印石板街道、厚實的矮牆，以及大片土地所組成，惡魔得連續攻擊數小時才有可能把大魔印的強度降低到足以突破——即使到了那個地步，診所和其他安全地帶也有獨立的魔印。惡魔不太可能在一夜之間摧毀全鎮。

但它們不需要摧毀全鎮，她提醒自己。*只要造成我們無法在一個月內修補的損害就好了。等到下一次月虧，它們就會來了結一切。*

她聽見自己僅存的火藥所造成的爆炸聲，石頭如同雨滴般落下。每一下石塊落地聲都令她眼睛刺痛。頭痛隨著新月回歸而更加嚴重，她除了默默承受之外完全束手無策。她不能吃藥效強的頭痛藥，而她和湯姆士都沒空採取另一種解決方式。

黎莎不習慣這種無助的感覺。她迫切地想要離開診所，透過某種方式幫忙作戰，但她能做什麼？她已經在扮演藥草師的角色，伐木工用掉了她最後的火藥、強酸，以及安眠藥。她可以冒險治療戰場上的傷患，但是這麼做有什麼意義？傷患持續擁入診所，藥草師和學徒早已忙得不可開交。

她環顧診所大廳，病床和地板上滿滿都是痛苦的哀鳴、白色的繃帶，以及紅色污漬。傷勢穩定的人已經送往聖堂交給海斯牧師照顧，但診所仍然人滿爲患。

黎莎與阿曼娃目光交會，年輕的達馬丁點了點頭。黎莎知道她也不喜歡困在這裡，但她的戰鬥霍拉已經在與化身魔作戰時耗盡，而這裡也需要她和希克娃。克拉西亞人的醫療方式與她所學的不同，但黎莎無法否認她們非常擅長治療戰傷。

只聽見一聲吶喊，診所大門猛然開啓，克里弗走了進來。黎莎一眼就從他背上的七彩衣料看出他揹著羅傑。吟遊詩人的紅蘿蔔色頭髮染上不少鮮血。

黎莎衝上前去，但阿曼娃搶先一步，在克里弗將他放下時抱起他的頭檢查傷勢。希克娃走過來擋住黎莎。

「我沒時間搞這套惡魔屎，希克娃。」黎莎說著動手把她推開。

但希克娃動作更快，抓起她的手臂順勢一扭。黎莎原地轉圈，向後跌開，差點摔倒。

「去照顧其他人。」希克娃以口音很重的提沙語說。「我們會照顧自己的丈夫。」

黎莎試圖爭論，但這時其他傷患已經送入診所，她只好與其他女人一起去找空位和分類傷患。作戰的聲音過於逼近，沒有人能安心治傷。惡魔已經殺到邊界，這表示瑞娜．譚納就是他們最後一道真正的防線。黎莎知道那個女人會盡力，但現在還沒午夜。她能阻止所有惡魔並撐到黎明嗎？

診所在某樣巨大的物體落在門外時劇震。

顯然她辦不到。

「造物主啊，」黎沙以別人聽不見的聲音說。「我知道你會幫助自助者，但我們需要奇蹟。」

她沒期待能得到回應，但片刻過後還是有了回應，整間診所彷彿都在左右晃動。撞擊聲震耳欲聾，天花板上的橫梁隨著塵土和石塊落下。

「亞倫！」黎莎大叫，他的房間就在二樓。她衝上樓梯，以布遮口，差點在坍塌的塵土中窒息。

二樓塌了一塊。顯然有顆巨石凌空飛越，擦落部分屋頂，擊破數道牆壁。黎莎努力不去想待在那些房間裡的傷患，在廢墟中找路前進，來到昏迷不醒的亞倫所處的房間。

穿越原先是房門的大洞時，她最深沉的恐懼終於成真。天花板缺了一塊，夜空一覽無遺，原先擺放病床的地方現在壓在坍塌的牆下。

黎莎退出門外，撞到身後完好的牆壁。她滑落在地上，全身抖個不停。

「結束了，」她喃喃說道。「我們死定了。」

但接著碎石滑動，坍牆隆起。橫梁升起，石塊墜地，房間裡冒出一大片灰塵。亞倫．貝爾斯站在中間，身上的魔印閃閃發光，雙手移動橫梁，將之扛在肩上，高舉過頭，走了出來。

黎莎眼看著他越走越近，彷彿造物主本人的天使。通常她會是第一個否認亞倫是上天使者的人，但當他對她伸出發光的手時，就連她也開始相信了。

「解放者。」她低聲道，接過他的手，任他拉起自己。她腳下一絆，他連忙抱住她，一時之間，兩人緊緊相擁。

亞倫輕觸她的臉。「是我，黎莎。亞倫．貝爾斯。」

黎莎也伸手觸摸他的臉。「有時候真的很難分辨。」

「現在是什麼情況？」亞倫問。「我記得我摧毀了惡魔堆積的武器……」

「那是兩天前的事了，」黎莎說。「新來森淪陷，惡魔已攻到魔物墳場外。瑞娜在抵擋它們。」

亞倫一聽到這個名字立刻向後退開。「瑞娜一個人在外面？」

就這樣，他化身魔霧，把黎莎一個人留在原地擁抱空氣。

片刻過後，亞倫出現在魔物墳場上，立刻看見瑞娜以膝蓋與手肘撐在地上。僅存的林木士兵將她團團圍住，緊扣刀槍不入的盾牌，在惡魔的視線與落石前守護她，等待她掙扎起身。

但亞倫看得出她再也站不起來了。她的靈氣明滅不定，要不了多久就會失去意識。

他立刻趕到她身邊，連魔印都不比畫，直接伸手搭她的肩。他透過她接觸大魔印，感受其中的力量。窪地郡大魔印間的連結消失了，但是伐木窪地中央關鍵魔印所蘊含的魔力卻是前所未見的強大，簡直取之不盡，用之不竭。

他擷取魔力，穩定地讓魔力流過瑞娜的身體，直到她的靈氣復原，皮膚上的黑柄魔印再度發光。

「亞倫。」她喘道，站起身來，伸手抱他，深情一吻。

亞倫雙掌捧著她的臉，直視她的雙眼。「我說過寧死也不讓惡魔攻陷窪地，瑞娜。和我一起這麼說的時候，妳是認眞的嗎？」

瑞娜點頭。「非常認眞。」

亞倫又吻了她一下。他後退一步，緊握她的手。「那和我一起吸取魔力。」兩人吸取大魔印的力量，渾身魔法激盪。

「開盾！」亞倫大叫，林木士兵散開，讓他們直接面對敵人。兩人同時舉起雙手，平空繪印。

當黎明到來，巨石落地、火藥爆炸，以及痛苦慘叫的聲音消失時，黎莎哭了。羅傑的吟遊詩人徹夜演奏的〈月虧之歌〉最後幾個音符終於在抽筋流血的手指離開樂器時結束。窪地短暫陷入死寂，接著人們發出零零落落的歡呼聲。

他們活下來了。

有些人活下來了。黎莎更正，看著魔物墳場上滿地蓋在布下的屍體。亞倫和瑞娜不支倒地時戰鬥並沒有落幕。當發現惡魔打算傾盡全力攻打中央的伐木窪地時，周邊城鎮的守軍紛紛趕來支援。那時亞倫與瑞娜已經摧毀了大部分體型巨大的惡魔，也讓剩下的惡魔缺乏投擲的武器。戰況演變爲近身肉搏，尖牙利齒大戰魔印鋼鐵，由加爾德和湯姆士率領一波又一波攻擊。

受傷的人數太多，她不得已只好讓他們躺在廣場上，然後又躺到街上。到處都有死人，但她沒有時間與人力去搬運屍體，只好把他們留在原地。數千名死者與傷患混在一起。就連還站得起來的人看起來都半死不活，所有人都已經好幾天沒睡覺了。

她悲哀地看著在伐木窪地之役裡作爲最後陣地的聖堂，如今屋頂慘遭數塊巨石擊穿。或許海斯裁判官建立新的大教堂來取代它也未嘗不是件好事。新來森差不多被夷爲平地，如今人稱甜援鎮的地方好不到哪去，但其他周邊城鎮都撐了下來。

湯姆士和騎兵一整夜都隨著號角和火藥訊號東奔西跑，沿著魔印邊界支援大魔印的弱點。羅傑的吟遊詩人在伐木工作戰時驅退並迷惑惡魔，克里弗及僅存的沙羅姆負責支援戰況最吃緊處。

她前往診所裡的辦公室查看羅傑的狀況。他躺在她的辦公桌上，頭上纏著繃帶，阿曼娃和希克娃輪流和他說話、問問題，努力讓他保持清醒及警覺。阿曼娃使用最後一塊霍拉讓傷口癒合，但他的腦袋遭受重擊，一旦昏過去，可能再也不會醒來。

「他還好吧?」她問。

「他會痊癒的。」阿曼娃說。「骨骰告訴我艾弗倫還有用得到他的地方。」

黎莎點頭。「祂還有用得到所有人的地方。」

「我的族人認為青恩軟弱,」阿曼娃說,「但我父親卻很推崇窪地部族的戰力。關於這點,如同其他的一切,他沒說錯。妳的族人在這次月虧中為造物主帶來榮耀,你們將比從前更為強大。」

黎莎搖頭。「我們不能一直承受這樣的損失。我們必須強化大魔印,在月虧時讓人們遠離街道。挖掘地下室、通道、下水道……」

「你們需要一座地下城。」阿曼娃說。

「好的開始,」她身後傳來一個聲音。「但還不夠。」

黎莎轉頭,睜大雙眼。「亞倫!」她叫道,忍不住衝上前去擁抱他。他伸出雙臂摟起她,微微使勁,她心裡終於生出數日不曾感受到的希望。「感謝造物主,你平安無事。沒有你,我們絕對活不過下一個新月。」

亞倫哀傷地看著她。「你們或許得在沒有我的情況下度過新月。我是心靈惡魔來此的原因,一切都是我的錯。」

「不是那樣——」黎莎開口。

「惡魔進入我的腦中,黎莎。」亞倫插嘴道。「我聽到他們的計畫——更糟糕的是,他們也聽到了我的計畫,知道我曾做過的一切,包括打算怎麼對付賈迪爾,以及打算怎麼對付他們。我之前所策劃的一切都在那一瞬間變得毫無價值。」

他抬起頭來,面對阿曼娃的目光。「我們要做點出其不意的事。」

第二十六章 沙羅姆丁 333AR 夏

月虧前第十四個拂曉

「你竟敢在解放者議會上撒謊！」甲馬部族的魁森達馬基指控道。

「撒謊？」坎金部族的伊察奇達馬基面紅耳赤地叫道。「撒謊的人是你，你很清楚……」

伊察奇和魁森本來就不算瘦，這幾個月來又變胖了不少。事實上，自從征服富饒的綠地以後，所有克拉西亞人都變胖了，但胖這麼多的人不多。

阿曼恩．阿蘇．霍許卡敏．安賈迪爾．安卡吉，沙達馬卡，全世界最有權勢的人，望著這兩個爭吵不休的祭司，努力壓抑著想拿長矛幹掉他們的衝動。甲馬和坎金部族向來水火不容。

賈迪爾覺得自己一輩子都不曾如此強壯，渾身活力激盪，但精神上卻從未如此疲憊，看著兩個胖老頭在沙拉克卡的戰線都已經畫下的此時，卻爲了毫無意義的政治議題爭執不下。

不光只是甲馬和坎金部族。各族統一至今已經很多年了，而且大家都過得比從前富足，但還是有辦法找出理由去冒犯彼此，搶奪水井和女人，只爲了觸怒宿敵。達馬基本來可以阻止這種情況，但達馬基議會裡的報復衝突也沒比一般憤怒的族人好到哪裡去。這些人都是薩凡，唯一看重的事就是彼此間的地位高低。

他察覺達馬基都望向自己，這才發現自己已經沒在注意他們。他們在等待裁定，而他根本不知道要裁定什麼。與爭奪領土有關的事……

賈迪爾看向站在高台下方的賈陽。「我兒賈陽，你對甲馬和坎金部族間的重大危機有何看法？」

賈陽深深鞠躬。「甲馬部族確實蒙受損害，父親。」賈迪爾看見魁森達馬基一臉得意。「但是坎金部族也有。」伊察奇立刻抬頭挺胸。

賈迪爾點頭。「如果你是我的話會如何處置？」兩名達馬基驚訝地轉頭看向年輕的沙羅姆卡。傳統上，沙羅姆卡服侍議會，而非議會服侍沙羅姆卡，況且賈陽才十九歲。除了阿山之外，議會裡的人至少都六十歲了。

賈陽再度鞠躬。「兩個部族都證明了他們沒資格統治那塊土地，我會拿它作爲戰用充公。」

*你當然會。*賈迪爾心想。賈陽對於之前只拿到三百萬卓奇不太滿意，但賈迪爾看到了他有多不擅長處理戰爭稅的帳務，也曉得他的言外之意。*他是我兒子中唯一擁有宮殿的人，而他一定要讓它的鋒芒蓋過其他宮殿。*

他看向站在阿山達馬基和阿蘇卡吉達馬身旁的阿桑。「你呢？阿桑。你同意你哥哥的裁決嗎？」

阿桑鞠躬。「父親，那塊土地無關緊要，也不會解決真正的問題。」

「真正的問題是什麼，我兒？」賈迪爾問。

「沙拉克卡即將降臨，而達馬基還拿這種小孩都能處理的芝麻蒜皮小事來浪費解放者的時間。」

這話在達馬基之間引起一陣騷動。賈迪爾以長矛撞擊大理石台的地板。「安靜！」

所有人立刻安靜下來。賈迪爾目光停留在阿桑身上。「那你會如何處理此事？」

「讓達馬基自己去處理。」阿桑轉身，看著兩名達馬基，語氣轉爲冰冷。「然後讓魁森達馬基和伊察奇達馬基各挨三鞭阿拉蓋尾以示儆。」他伸手握住腰帶上的刺鞭。每個達馬都有一條——象徵換上白袍時所取得的新權力——但是幾百年來，隨身攜帶阿拉蓋尾早就過時了，直到阿桑出現才又重新流行起來。現在越來越多達馬都會隨身攜帶這把武器。

一時之間，誰也沒說話，但接著整個議會廳裡充滿憤怒的吼叫聲。

「你大膽，小鬼！」魁森吼道。

「太過分了！」伊察奇叫道。

阿桑只是微笑。「看到沒？達馬基。你們已經開始達成共識了。」

魁森和伊察奇面紅耳赤，賈迪爾以為他們即將爆發。

小心點，我兒，他想。你樹立了強大的敵人。

其他祭司也加入怒罵。已經好幾百年沒有達馬基遭受鞭笞之刑，當然也不會讓個不滿十八歲的小達馬下令受刑。長年權勢滔天讓他們自認凌駕於管理其他人的法律之上。就連解放者的愛將、阿桑的叔叔阿山也不悅地看著他。

達馬基丁只是一吭不響地看著。

「再一次，我弟弟證明了他為什麼無能繼承任何東西。」賈陽得意洋洋地說道，但阿桑毫不畏縮，目光冰冷。他看起來一點也不像是無能繼承任何東西的人。

*他看起來像個安德拉，*賈迪爾心想。*彷彿他命中註定要接任此職。*

賈迪爾思索這件事。阿桑很有技巧地讓他陷入兩難。如果聽從賈陽的建議，他的次子將會顏面盡失，而且問題確實還會持續存在。但如果他同意阿桑……

只有阿雷維拉克達馬基——曾是賈迪爾的強敵，現在成為他最信任的顧問之一——鎮定如初。阿雷維拉克有時也會讓賈迪爾感到無力，但他很看重榮譽與勇氣，是他們部族真正的領袖，不像大部分達馬基只是族人的暴君。他絕不會做出像這些傢伙一樣愚蠢的舉動，就算真的做了，他也會脫掉長袍，在絲毫無損尊嚴的情況下躬身受罰。但就連阿雷維拉克也不會在公開議會裡提議鞭笞，阿桑如此直接的做法在議會中倒是創舉。

賈迪爾看向阿雷維拉克，老祭司微微點頭，不過混亂中沒人注意到這個動作。他也隨身攜帶阿拉蓋尾。

「達馬佳！」門口的哈席克大聲宣告。所有人抬起頭來，在英內薇拉出現時暫時忘記適才的衝突。

*她真的能令人忘記呼吸。*賈迪爾心想，在議會成員鞠躬的同時打量自己的第一妻室。

英內薇拉點頭受禮，但卻沒有走向王座。她直視賈迪爾的雙眼，輕觸她的霍拉袋，然後朝枕廳微微側頭。這個動作的意思十分明顯。

她終於完成新的阿拉蓋霍拉了。

賈迪爾心中五味雜陳的感覺弄得他頭暈目眩。二十五年來，他一直是阿拉蓋霍拉的奴隸，擲骰結果決定他人生所有的走向。這兩週以來，他感到難以言喻的自由，沒有霍拉的生活稱得上無拘無束。

但伴隨這份自由而來的卻是不確定感。就某方面而言，他是骨骰的囚犯，但骨骰同時也賦予他權力。擲骰結果蘊含他非常需要的真相，他是否能贏得白晝戰爭和沙拉克卡。問題在於這些真相都是英內薇拉篩選過的，而她會自己決定什麼該分享，什麼該保密。

他看回達馬基，只見他們依然在震驚的沉默中等待他裁示這件微不足道的小事。「這件事就照我兩個兒子的意思去辦。引起紛爭的土地歸賈陽所有，伊察奇和魁森達馬基以阿拉蓋尾之吻用刑。」

除了阿山和阿雷維拉克外，所有祭司都開口抗議，但賈迪爾高舉卡吉之矛，他們立刻安靜下來。

「此刻就由阿雷維拉克達馬基在這裡執刑。」

他以矛柄敲擊高台地板，發出一下令數名祭司畏縮的砰聲。「沙拉克卡即將來臨，達馬基。我們沒時間繼續內鬥。從現在起，這種事讓內部議會去解決。再像這樣浪費我的時間，下一場鞭刑就在城中廣場公開舉行。」

眾達馬基臉色發白，看著賈迪爾步下七級高台石階，跟隨英內薇拉路過他們。

賈迪爾看著英內薇拉扭腰擺臀地步入枕廳，一如往常地沉迷在她的美色之中。就像他的戰士每天晚上在阿拉蓋沙拉克中吸收惡魔魔法一樣，長年使用阿拉蓋霍拉讓他的第一妻室身上散發出一股不朽之氣。她的一舉一動帶有族母般的自信，儘管現年四十二歲，曾為他產下數名子嗣，她依然有如三十出頭女人般的玲瓏曲線。

但只有傻瓜才會以為她的價值源自美貌。少了英內薇拉，他會有今天的地位嗎？他會在機會來臨時動手奪權嗎？或是他會有奪權的機會嗎，還是他只會是個目不識丁的沙羅姆——甚至只是沙利克霍拉裡一顆漂白過的頭骨？

*而我依然愛她。*他想，而他不喜歡自己這個缺點。有時候他竟然夢想她也愛他，但在內心深處，他不能信任她。自從安德拉的事過後就不能了。

他心裡閃過他們兩個交纏在一起的畫面，性感美艷的英內薇拉騎在那頭老肥豬身上，就像操弄賈迪爾一樣操弄著他。見識過她假裝高潮的本事之後，她做愛時所發的歡愉叫聲又有多少意義呢？

達馬佳的枕廳自從賈迪爾上次造訪之後重新裝潢過，當時他在裡面與黎莎·佩伯偷情。他們兩人都很高興能在英內薇拉的地盤上翻雲覆雨，那場愛做得激動又激情。如果他這麼做是為了傷害她，看來他成功了。他的古娃卡對於那次事件隻字不提，但第二天枕廳就起了一場大火，將裡面的一切燒光。官方說法是有盞油燈掉在枕頭上，但是根據宮廷傳言，有人看到英內薇拉手持火惡魔頭骨大步走出燃燒的房間。現在所有與黎莎．佩伯有關的東西都已消失。

不知爲何，這件事讓賈迪爾愛她更深。

*她是達馬佳。她的妒意鋪天蓋地，絕不能忍受任何女人的地位比自己高。*卡吉在他的日記裡不也曾思索過這個問題嗎？聖典中提到她會惹火他，然後安撫他，因爲解放者的第一妻室就是他的薩凡。

枕廳外傳來鞭打聲，然後是慘叫聲。看來魁森達馬基忘記該如何擁抱痛楚，如此提醒他肯定很有效果。阿雷維拉克痛斥他的懦弱，第二下時魁森就只有大口喘氣。第三下他完全沒有吭聲。

英內薇拉沒有費心點燈，直接拉上掛在大窗戶上的厚窗帘。當兩人身處黑暗後，賈迪爾的知覺轉爲敏銳。

卡吉之冠一直都能提供魔印視覺，就像英內薇拉額頭上的飾環，但在大戰心靈惡魔之後，皇冠潛藏的力量覺醒，他開始看見更多東西——圍繞在人身上的靈氣讓他得知他人的感覺，洞察他們的動機。突然間卡吉無比的智慧說得通了。有了能看清手下心意的皇冠視覺，賈迪爾可以成爲更優秀的領袖。

更厲害的是，他發現自己能隨意取用卡吉之冠和卡吉之矛的力量。白晝，他可以用遠古法器中的力量治療自己，擺脫疲勞，或是讓自己擁有超越常人的力量與速度。這是非常強大的優勢，但也不是沒有極限。

夜晚，許多白晝的極限通通消失。他擁有難以想像的力量，但是，在月虧逐漸逼近的此刻，他打從內心深處害怕這樣還不夠。

英內薇拉在最偏好的施法枕頭上坐下，賈迪爾則按習慣坐在她的對面。廳外，伊察奇達馬基的處罰已經開始，丟臉的他竟然嗚咽哭泣。賈迪爾將注意力轉移回來，看著英內薇拉拿出多年以來曾劃傷他無數次的匕首。

「我該先問什麼？」她問。

她的靈氣在她說到「先」這個字時晃動一下，賈迪爾心知她已經問過骨骰問題了。這樣算不上是說謊，但卻透露出不少事實。英內薇拉總是會隱藏自己的計畫，然後堅持自己已對他坦白。

賈迪爾捲起衣袖，伸出胳臂。她將刀尖插入一條血管，然後接了一小碗血。血接滿後，她以拇指壓住血管，伸手到藥草袋中掏藥。

「沒必要。」賈迪爾說，自放在身旁的卡吉之矛內擷取魔力。他抽回手臂，讓她看見血已經止住，傷口也已癒合。英內薇拉驚訝地看著治療過程，但他沒給她時間提問。「先問阿邦那個在第一場降雪攻擊碼頭鎮的計畫。想要取得出其不意的優勢，就必須儘快展開那些計畫。」

提到阿邦時，英內薇拉的靈氣浮現憎恨。他知道她認爲是卡非特造成他們兩人失和，而且不信任他。她會想辦法藉由找出計畫中的錯誤，提供更好的建言來證實自己的價値。

但這些都是表面上的情緒。當她伸手拿出骨骰，在上面淋上一些血，低聲唸誦禱文，然後搖骰的同時，她的內心其實十分平靜。就像往常一樣，自她指尖洩出的邪惡光芒令他不安。

英內薇拉擲出骨骰，花了點時間凝視它們，研究排列出來的圖案。賈迪爾則在觀察她，透過靈氣確認她有沒有說實話。她不太喜歡擲骰的結果。這點十分明顯。

「你不能走回頭路，」她凝望著骨骰說。「也不能原地踏步。你唯一能做的就是向前邁進。卡非特……」她語氣不善地吐出此字。「的計畫會大幅降低傷亡人數。」

「那就有更多人能參加沙拉克卡。」賈迪爾說。

「或是起身反抗你。」英內薇拉指出。這樣的擔心不無道理，但她的靈氣顯示她是因爲不願意承認阿邦是對的才這麼說。

「我必須承擔這個風險，」賈迪爾說。「骨骰還說了什麼？一次說完，不要隱瞞我。」

英內薇拉靈氣閃爍，警告他該步步爲營。她很想取悅他，但她的自尊是座高山。他不能像對付達馬基那樣威脅她。

「如果沒有征服身後之敵就發兵北上，解放者的大軍將會全軍覆沒。」她側過腦袋，從另一個角度檢視骨骰。「沒有攻下雷克頓，你就不能進軍窪地，沒有窪地的輔助，你就不能進軍安吉爾斯。」

「這個我倒不擔心。」賈迪爾說。「窪地部族會與我並肩作戰。」

黎莎的身影如同鬼魅般飄在英內薇拉頭上，其中含有憤怒、嫉妒和憎恨。他曾見過這個景象，但卻對表象下的眞相抱持高度的懷疑。英內薇拉不像他那樣深信窪地的忠誠，她認爲他是個笨蛋才會如此輕信於人。「窪地不會效忠於你，除非你殺了魔印人，也就是他們的解放者。」

她的靈氣明白表示這是她的意見，而非骨骰的意見，但這個意見聽起來很有道理。他毫不懷疑黎莎愛他，命中註定要帶領她的部族一起嫁給他，但除非除掉這個僞解放者，這一切都不會發生。

他點頭。「還有嗎？」

英內薇拉的靈氣浮現惱怒，卻沒有表現在她的臉和肢體動作上。她的目光沿著數十個骰面上的符號遊走，所有符號都閃爍著不同程度的光芒，順著解讀的路徑組成意義。他認得其中某些符號，但從不了解它們代表的意義。他有時會考慮命令達馬丁教他骨骰之道，不過她們肯定會藉口推托，而且英內薇拉也會想辦法預防此事。就連伊弗佳都宣稱那是屬於女人的學問。

英內薇拉終於開口：「想要贏得白晝戰爭，你就得率兵親征，但別讓頭骨王座空置太久。你有五十二個兒子，個個都想奪取王座。」

賈迪爾皺眉。他知道賈陽和阿桑覬覦王座，或許最好的做法還是讓阿桑成爲安德拉。「有沒有哪個兒子夠資格坐上王座，並且會在我回來之後主動退位？」

英內薇拉割開自己的手，滴幾滴血到賈迪爾的血上，然後再度擲骰。她只研究骨骰一會兒就抬起頭來。「沒有。」

「沒有？」賈迪爾問。「就『沒有』？」

英內薇拉聳肩。「我也不喜歡這個答案，丈夫，但骨骰的意思非常明白。這個問題我問過數千次了，從沒找到另一個與你擁有相同潛能的人。」

他看到了。在達馬丁的平靜面容之下，她的靈氣綻放耀眼如烽火的光芒，明白呈現一種情緒。

她在說謊。還有一個。

他勃然大怒。這個男人或男孩是誰？她爲什麼要保護他？難道她打算在他變得難以掌控時用這傢伙來取代他嗎？

他立刻擁抱這個感覺，臉上不動聲色。他不是英內薇拉或阿邦那種擅於玩弄他人、以半眞半假的言語、刻意不提、誘導發問等手段掩蓋事實的人，但他慢慢學會喜怒不形於色，不讓他人利用自己的情緒，就像他不讓對手利用沙魯沙克轉移他的力量來對付自己一樣。他決定先擱下這件事，現在還有更重要的問題要問。

「我要如何在下次月虧擊退敵人？」他問。

英內薇拉再度拿他的血淋濕骨骰，然後將骰子擲到地上。骨骰的圖案讓她的靈氣轉爲無比專注，而她跪在地上，從所有角度研究骨骰。這個動作扯緊她身上的薄紗，呈現出類似做愛時的體態，但她靈氣中逐漸增強的恐懼把這些想法趕出他的腦海。她看見了一件不願意告訴他的事，此刻正在思考推托之詞。他很想對她吼叫，逼她說出她所看到的景象，但卻強迫自己冷靜。

最後她轉向他。「解放者必須獨自深入黑夜，獵殺位於魔網中央的敵人，不然當阿拉蓋卡及它的後裔降世時，我們將會全軍覆沒。但就算你成功了，也得付出沉重的代價。」

他凝望著她，看見她靈氣中的恐懼朝自己襲來。她不希望他以身犯險。這是出於愛，還是因爲她的替代方案還沒準備好？他無從得知。他痛恨自己竟然在考慮第二種可能，但她曾不只一次騙過他。

「後裔？」他問道。「幾個？什麼魔網？」

「一共有七個，代表奈的七級深淵。」英內薇拉說。「但只有三個會來攻擊艾弗倫恩惠。」

「『只有』三個。」賈迪爾搖頭。「艾弗倫的鬍子。上次才來一個我們就應付不來了。」

「上次你沒防備。」英內薇拉說。

「他滲透皇宮，英內薇拉，」賈迪爾說。「完全無視我們最頂尖的魔印師所繪製的魔印。」

「我們後來增加了防禦措施。」英內薇拉說。「現在阿拉蓋王子沒辦法如此輕易突破我們的魔印，我也會擲骰找出魔印網最脆弱的部分加以補強。」

賈迪爾點頭。「那什麼魔網呢？」

英內薇拉聳肩。「這個我就不得而知了。」

「妳不打算勸我不要這麼做？」他問。

他的吉娃卡哀傷地搖頭。「這是艾弗倫的旨意。打贏沙拉克卡是你的命運，丈夫。」

或打輸。英內薇拉沒說出這幾個字，但它們明白地顯示在她的靈氣上。上天並沒有註定他會打贏這場戰爭。

「惡魔會主攻哪裡？」賈迪爾問，這是最迫切的問題。「我要如何調派兵馬？」

英內薇拉再度擲骰，看著擲出來的圖案很長一段時間。最後她嘆氣道：「我不知道。變數太多了，過幾天我再試試看。」

「每天都試。」賈迪爾說。「必要的話，試一百次。沒什麼比這更重要了。」

英內薇拉微微鞠躬，最後一次揚起骰子。「我們來爲明天擲骰。」

賈迪爾點頭。將近二十年來，他們每天晚上都會爲明天擲骰。有時候，骨骰什麼都沒說——至少沒有什麼英內薇拉想告訴他的事——但有時候它們會警告他暗殺和下毒等行動，或什麼時候該把握機會。

英內薇拉將碗裡最後的血滴在骨骰上，然後一邊搖骰一邊唸誦賈迪爾已經聽過無數次的禱文。

「艾弗倫，光明與生命的賜予者，我懇求你，讓這名低賤的僕人預見未來。告訴我阿曼恩，霍許卡敏之子，卡吉第七子，賈迪爾血脈最後後裔的命運。」

她擲骰，骰子散落一地，發光的符號組成他完全無法解讀的圖案。

「今天你將賜予達馬丁一個大禮。」英內薇拉說。

「我眞好心。」賈迪爾說。他沒在妻子身上看出欺瞞的跡象，但這不表示他是自願送禮，而不是被人騙去送的。

英內薇拉裝作沒聽見他講話。「你今晚會獲得一批戰士，不過明早會失去另一批戰士。」

「晚上獲得戰士？」賈迪爾問。「白天又失去戰士？這怎麼可能？」

「我不知道。」英內薇拉說，但賈迪爾從她靈氣看出這話半眞半假，勉強壓下怒氣。她到底在隱瞞什麼祕密？如果連妻子都會向他隱瞞關於戰士的事，他要怎麼率領人民邁向勝利？

這幾週以來，他經常想起黎莎．佩伯，現在也一樣。那個女人也會爲他帶來煩惱，但他認爲她從沒騙過他。他希望現在陪在身邊的人是她，而不是這條……地道蛇。

「明日天亮後不久，突然抵達的信使將會帶來壞消息。」英內薇拉繼續。

「這種事每天都有。」賈迪爾說，絲毫沒有放在心上。

英內薇拉搖頭。「此人爲了傳遞消息差點死在路上。」

這話引起賈迪爾的興趣，他抬頭看著她皺眉打量骨骰。「他的訊息會令你痛苦。」

她沒有露出欺瞞的跡象，但說這話時，她的靈氣閃爍不定。她的表情和肢體動作沒有透露任何徵兆，但在他眼中一切就像白晝一樣清晰。

她感同身受。即使在不明白原因的情況下，她的心仍然會在知道他即將感到痛苦時爲他悲泣。他的痛苦就是她的痛苦。

他對她伸手，憤怒不再，輕輕撫摸她的臉。她看著他，靈氣變得前所未有地耀眼。

不管她有什麼感覺，不管她效忠於誰，她愛他。

喔，我的吉娃卡，賈迪爾悲傷地想道。*我眞是錯怪妳了。*

「不准打擾解放者，卡非特！」即使隔著英內薇拉枕廳中拉上幃幔的牆壁和大門，賈迪爾還是聽得見哈席克的叫聲。只要戴著皇冠，就連天上飛鳥振翅的聲音他都聽得見，而他的阿金帕爾嗓門可不小。

賈迪爾坐起身來，英內薇拉跟著醒來。*阿邦。*

他看著英內薇拉微笑，試圖傳達內心的愛意，心知妻子感受到了。英內薇拉回應的笑容眞誠，靈氣中散發出同等熱情的愛意。

他又吻了她一下。「有事要忙，愛人。」

她點頭，幫他穿好衣服，然後才穿自己的衣服。著裝完畢後，他們離開枕廳，回到王座廳。

王座廳裡空無一人，但阿桑那樣教訓過達馬基後，沒人留下也是意料中事。賈迪爾吸了口氣，聞到達馬基灑在地毯上的血腥味。

他指向幾滴血。「伊察奇。」他又聞了聞，轉過身去，指向幾呎之外。「魁森。」

英內薇拉點頭，自布袋裡取出特製的布，小心翼翼地沾起達馬基的血，以供日後施法使用。如果他的達馬基會爲了受辱之事而起心叛變，他會想要事先得知。他的甲馬和坎金部族的兒子都還包著奈達馬的拜多布，但是爲了部族統一，他願意在必要時親自撫養他們。

他踏上通往頭骨王座的台階，撩起魔印斗篷就坐。等英內薇拉也走上高台後，他大聲拍手。哈席克立刻出現在門口，深深鞠躬。

「帶阿邦進來。」賈迪爾說。哈席克一臉驚訝，不過還是點頭，片刻過後，卡非特胖子出現在門口，在拐杖允許的範圍內深深鞠躬。

「阿邦，我的朋友！」賈迪爾指示卡非特上前。英內薇拉在他身旁變換姿勢，他不用看她的靈氣也知道她是什麼感覺。他看見阿邦的靈氣，知道卡非特也對他的第一妻室抱持同樣的感覺。

無所謂，他心想。*他們必須學會互相容忍。*

阿邦停在高台下，但賈迪爾揮手叫他走近。「你可以踏上三級台階，」他微笑道。「一條腿算一級。」

阿邦笑嘻嘻地以拐杖敲腳。「我妻子會告訴你那表示我可以爬上四級台階。」

賈迪爾想不到英內薇拉竟然讓這話逗笑，他點了點頭。「我還記得你穿拜多布的模樣，我認爲你的妻子是在奉承你，不過達馬佳的笑聲讓我心情愉快。你可以踏上第四級。」阿邦立刻上階，毫不質疑自己的好運。

「我們諮詢過你的計畫，認爲可行。」賈迪爾說。「我們會在第一場降雪時進攻碼頭鎮。開始備戰，但是不要走漏風聲。」

阿邦鞠躬。「此事隱瞞越久，雷克頓人逃跑的機會就越低。要是依我說，在發起進攻前，就連你的將領也不要告知。」

「這建議不錯。」英內薇拉同意。

賈迪爾點頭。「但你今天不是爲此而來，阿邦，而我沒召喚你。你怎麼會離開你的窩？」

「我手下……有個重大發現。」阿邦說。他的目光快速瞟向英內薇拉。

賈迪爾嘆氣。他的議會裡難道就沒有絲毫信任可言嗎？「說吧。」

阿邦再度鞠躬，把手伸到穿在鮮艷綢衫外的褐背心口袋裡，取出一塊銀色金屬。

英內薇拉身體一僵，賈迪爾也立刻就認出那是什麼。他馬上離開王座，自卡非特手中取走它。東西才剛入手，英內薇拉已經接了過去，就著光線四下打量。

「這就是製造卡吉之矛和卡吉之冠所用的金屬。」她把所有人的想法說了出來。

阿邦點頭。「我們的冶金學家一直以來都想解開第一任解放者流傳下來的法器之謎。色澤太白，不是黃金，但又不是白銀，或白金。我們本來以爲是白色的黃金，在純金裡摻鎳而成的合金。大市集裡的珠寶匠已經使用這種合金數百年了。」他微笑。「比黃金便宜，還能以雙倍價格賣給認爲它具有異國風情的笨蛋。」他指向那塊金屬。「這是琥珀金。」

「琥珀金？」賈迪爾問。

「我聽說是種由銀和金所組成的天然合金。」阿邦說。

賈迪爾瞇起雙眼。「聽誰說的？」

阿邦轉身，像賈迪爾之前那樣大力拍手。哈席克立刻出現在門口。「帶客人進來。」阿邦叫道。哈席克瞪著他，但是賈迪爾沒有反駁這道命令，於是他回到門外，帶著一個來森人進入大廳。對方是個老人，瞇著雙眼，臉上和手上沾滿塵土。他手裡拿著一頂帽子。

「蘭尼克，沙達馬卡金礦的監工。」阿邦介紹道。哈席克粗暴地抓著那個男人，強迫他跪下磕頭。

「夠了。」賈迪爾說。「哈席克，出去。」戰士抿起嘴唇，不過還是鞠躬出去。

「你，監工蘭尼克，過來。」賈迪爾說。「把你對這種金屬的所知都告訴我們。」

蘭尼克迎上前去，像洗衣女般擰著手裡的帽子。「就像我對阿邦說的一樣，大人。那是琥珀金。我以前見過一次，那時我還是個小孩，在南方的礦坑裡工作。你可以從岩壁裡看出端倪，金銀兩種礦脈融合在一起。這種情況不常發生，琥珀金也十分稀有。你的金礦很安全。」

安全，賈迪爾心想，好像我會在乎黃金一樣。

「你能製作更多琥珀金嗎？」賈迪爾問。

礦工聳肩。「我想可以，不過可能沒有這麼純。但爲什麼要這麼做呢？或許有人會爲了新奇而出不錯的價錢，但再怎麼樣也比不上純金。」

賈迪爾點頭，接著又拍拍手，指示哈席克帶他出去。「確保他不會向任何人提起此事。」他對阿邦道。

「已經辦好了。」阿邦說。「他會直接被帶往我的私人鐵匠工作的鍛造爐，從此再也不會有人見到他。我會告訴他的家人他死於礦坑坍塌，然後支付大筆補償金。」

「我要把它拿到枕廳去確認它的力量。」英內薇拉說。

賈迪爾點頭。「我們等妳。」

英內薇拉看著阿邦，賈迪爾手掌微劈，打斷她的視線。「我不是傻瓜，妻子。我看到妳和阿邦互相打量的目光，圍著我的王座標示地盤。但我選擇了相信你們兩人，而至少在這件事情上面，你們也必須互相信任。」

英內薇拉秀眉緊蹙，不過還是點了點頭，消失在她的房門後，過了幾分鐘才回來。

「什麼東西比黃金還珍貴？」她問。

賈迪爾看向阿邦，然後兩人一同聳肩。

「這是古代的達馬丁在尋找達馬佳的神聖金屬時所提的問題。」英內薇拉說。「稀有金屬比普通金屬更容易傳導魔法，但就連黃金也會在傳導的過程中產生流失。」她舉起那塊琥珀金。「現在我們終於找到答案了。」

賈迪爾接過金屬，仔細打量。他拿起來放到嘴邊咬，觀察齒痕。「但卡吉之冠和卡吉之矛都比頂尖的鋼鐵更加堅硬，沒有鐵鎚或熔爐能留下任何刮痕。這塊金屬很柔軟，一咬就留下齒痕。」

「或許現在很柔軟。」英內薇拉說。「但在吸收魔法之後，它就會變得無堅不摧。」

這話讓賈迪爾的胯下微微一顫。想到能打造更多和卡吉之矛一樣強大的武器就令他欣喜若狂，突然之間打贏沙拉克卡彷彿只是舉手之勞。「想想我的戰士能擁有的力量……」

阿邦清清喉嚨，打斷這個想法。

「萬分抱歉，解放者，」卡非特在賈迪爾看向自己時說道。「但俗話說不要把拖車放到駱駝面前。就像蘭尼克說的，琥珀金的數量稀少。」

「多稀少？」賈迪爾問。他嚴峻地瞪著阿邦。「我能看出你在說謊，阿邦。」

阿邦聳肩。「三十磅？或許五十？就連分給解放者長矛隊都不夠。而我得說，你或許不該發配如此強大的武器給任何戰士，以免他們變得狂妄自大。」他微笑。「這種事曾發生過。」

賈迪爾皺眉，但英內薇拉插嘴。「我同意卡非特的說法。」

賈迪爾驚訝地看著她。「一天兩次？艾弗倫眞是奇蹟不斷。」

「不要習以爲常了，」英內薇拉冷冷說道。「不過就此事而言，你的武器匠並非最適合處理這種金屬的人。」

賈迪爾看著她一段時間，想起她在枕廳裡所說的話。

你今天將賜予達馬丁一個大禮。

他點頭。「就照妳的意思去做。」

回到影之殿後，英內薇拉一邊盯著左手掌心上的琥珀金塊，一邊緩緩轉動右手上的阿拉蓋霍拉。

她驚訝地看著魔霧的游絲飄向琥珀金，然後被吸入其中，就像微風拉扯濃煙般。即使沒有魔印，這種金屬還是會吸收魔力，在魔印光線下隱隱發光。

達馬丁經常會以惡魔骨為核心製作珠寶，不過明令禁止在骨骰外加鍍任何金屬，因為透過其他金屬傳導都會導致魔法不純，經證實會影響預知的結果。她面露微笑，看著終於重新刻好的寶貴骨骰。她本來已經準備多刻一副備用，但這下再也不用擔心骨骰會曝曬在陽光下了。

她已經開始想像其他應用。霍拉會在魔力耗盡時粉碎，但只要鍍上琥珀金，它們就能重新充能，反覆使用，就像卡吉之矛一樣。阿邦說這種力量強大得不能交給普通戰士絕非胡亂揣測。萬一得知琥珀金的來源，就連達馬丁也會不擇手段地想去取得更多。她可以把鍍了琥珀金的霍拉賜給她最信任的手下，但她得親手製作這些物品。她環顧四周，考慮該如何在如此深入地底的地方解決鍛造爐排氣的問題，同時又不必犧牲私人寶庫的安全性。

最後她深吸口氣，理清思緒，收起金屬。她再度擲骰，希望能瞥見明晚最後的幾絲線索，然後離開影之殿。

她保持中心自我，但體內狂風呼嘯。不管採取多少預防措施，金屬的祕密已經落在她最不信任的人手上。

在感覺寶庫大門於身後關閉時，她沉默地比個手勢，三名閹人偵察兵步出陰影，站在她身前。他們都是安奇度最好的學生、不存在的男人，擅長在人潮擁擠的白晝匿蹤而行、動也不動地站上好幾個小時、徒手攀牆、安靜迅速地殺人。他們沒有舌頭，無法說話，但知道如何聆聽。

跟蹤沙達馬卡的卡非特，英內薇拉以靈活的手指下令。監視他一舉一動，把他和什麼人說過話、去過什麼地方都回報給我。滲透他在建造的堡壘，探查其中的祕密。

三個男人整齊劃一地比畫手語，彷彿鏡中倒影一樣。我們了解，並會遵守命令。他們鞠躬行禮，隨即在英內薇拉踏上返回皇宮的階梯時消失無蹤。

即使過了好幾個月，當英內薇拉幫他準備晚間的阿拉蓋沙拉克時，賈迪爾還是難以想像這種戰袍竟能如此輕便。現在他捨棄內鑲金屬板的厚重戰袍，改穿隨時能脫掉、露出皮膚上的戰鬥及防護魔印的薄紗戰袍。如今他赤身裸體都比穿著最堅硬的護甲還要安全。

「今晚我要和你一起步入黑夜。」英內薇拉在幫他穿好戰袍時說道。

賈迪爾盯著她，但太陽還沒下山，她的靈氣還未顯現。「那並非明智之舉，愛人。阿拉蓋沙拉克不是……」

英內薇揮手打斷他的話，斷聲道，「你願意和黎莎·佩伯共赴黑夜，卻不肯跟你的吉娃卡並肩作戰？」

內心深處，賈迪爾知道她臉上的怒意只是張面具。他敢用卡吉之冠打賭她早就設計好這段談話，很可能有透過骨骰的幫助；但即便如此，他還是無法抗拒那副怒容的威力。

或許是因爲她說的沒錯。

怒容轉眼消逝，英內薇拉向前逼近，近得他能隔著絲袍感受她的體溫和溫柔。「我與你一同對抗阿拉蓋王子及它的保鏢。」她提醒他。「走在沙達馬卡身旁，我有什麼理由懼怕普通惡魔？」

「即使是普通惡魔也不能掉以輕心，」他說，雖然很清楚她已經贏了。「忘了這點，就算達馬佳也有戰死的可能。」他伸手滑入她若有似無的絲袍，輕撫她雙乳之間柔順的肌膚，感受她的心跳。

「不管是不是神選之人，我們都只是血肉之軀。」

英內薇拉回應他的愛撫，雙手伸入他的長袍。「我不會忘記的，愛人。」她的手指沿著她紋在他胸口上的魔印撫摸。「但你也不要忘記，就像你有防禦魔印一樣，我也有我的。」

賈迪爾微笑。「這點我毫不懷疑。」

他們一起離開宮殿，英內薇拉坐在駱駝揹負的棚輿上，賈迪爾則騎著白色戰馬。路過的人全都難以置信地看著他們，不過沒有人膽敢發表意見。

儘管嘴裡這麼說，賈迪爾其實並不擔心妻子。他領土上的惡魔早就死得差不多了，剩下的只是給部隊操練用的。

艾弗倫恩惠建造的形狀像是向日葵，中央是城市中心，四周則是如同花瓣的大片農地與牧場。中央城市是賈迪爾的私人領土，兼各部族的中立地帶。城裡有座以城牆圍起的內城區，其外則是面積廣大的外城區。他將花瓣的區域依照部族大小加以分配。卡吉、馬甲、梅寒丁控制擁有獨立魔印的廣大農莊和村落。較小的部族則分配到該族人口所能掌握的最大領土，甚至更多。即便如此，還是有些邊境的青恩村落沒有完全納入掌握，只因爲沒有足夠的沙羅姆和達馬能夠管理它們。

許多賈迪爾的戰士散布在這些領土上──這種做法有好有壞。兵力分散就某些方面而言，是削弱他們的實力，但這樣會讓阿拉蓋很難挑選目標，就像他也很難猜測對方會主攻哪裡一樣。每個部族都有自己的根據地，負責保護他們的族人和作物度過月虧。不過所有部族都會派遣部分精銳部隊趕來協助賈陽防禦首都。

他們抵達時，賈陽正在訓練場校閱這些菁英戰士。他們遠遠就在一群蒙著白面巾的凱沙羅姆間看見他的白頭巾。阿桑也和他在一起，在太陽下山、奈的深淵開啓前帶領部隊向全能的艾弗倫禱告。

賈陽和阿桑抬頭看著他們抵達，儘管兩人不和，賈迪爾還是很高興看到自己最年長的兩個兒子站在一起，率領他的部隊。孩提時代，他們夢想著成為沙羅姆卡和安德拉，他們父親也是懷抱同樣的美夢。現在賈陽已經繼承了他的頭銜，阿桑也已準備好了。

賈陽深深鞠躬，但從他的眼神看來，他顯然認為英內薇拉不該在達馬吟唱宵禁之歌後還離開宮殿。阿桑很可能與他一般心思，但他的次子面無表情，沒有透露絲毫想法。賈陽在沙利克霍拉中學會所有達馬的策略與戰鬥技巧，但他們的紀律卻是更艱難的課題。這已經不是賈迪爾第一次懷疑他在這麼年輕時就戴上白頭巾是否明智。想讓已坐在王座的人學會紀律可不容易。

「你的戰士正在等你校閱，父親。」賈陽說。儘管不擅長隱藏情緒，他還沒蠢到大聲說出自己的想法去羞辱母親。這並非出於他對父親的尊重——他們都很清楚賈迪爾絕對會在他自認地位高於達馬佳時動手教訓他。英內薇拉從小就對兒子們灌輸懼怕自己的想法，時至今日，他們仍然會在起心違逆母親時感到渾身發毛。

你的兒子都不夠格。骨骰說，而內心深處，賈迪爾知道這是事實。

在卡吉之冠和卡吉之矛的魔力加持下，賈迪爾或許能活上好幾個世紀，就像卡吉一樣。但他可沒蠢得不預先安排自己辭世之後的情況。如果兒子不夠格繼承沙達馬卡的頭銜，或許他可以把卡吉之矛留給賈陽，卡吉之冠留給阿桑。再一次，他想起英內薇拉隱瞞自己的事。到底另一個解放者是誰？

英內薇拉看著集合的戰士，賈迪爾心中無比驕傲。自從接下沙羅姆卡白頭巾以後，他已經用血汗將這些戰士從各族數量日漸稀少的散沙統一成理念相同的菁英部隊，而且規模日益擴張。

就連集結在訓練場中的卡沙羅姆和青沙羅姆也以整齊的步伐行軍。卡非特戰士已經展現了出人意表的戰力，而儘管大多數綠地人依然軟弱無能，還是有不少人找到戰鬥的決心。剩下的人將會拖延阿拉蓋進攻的速度，以純淨的靈魂去見艾弗倫，好讓真正的戰士有機會屠殺它們。

他看向英內薇拉，但她只是聳肩。「和我想的一樣，我們去巡視防禦工事。」

賈迪爾壓抑受傷的感覺，轉向賈陽和阿桑。「今晚內城交給你們，我兒。我們會照達馬佳的意思巡視外城，解放者長矛隊負責保護我們。」

英內薇拉碰他一下。「由兒子率領我們榮耀的守衛會讓我比較安心，愛人。」

賈迪爾好奇地打量她，希望太陽趕快下山，好揭開她平靜外表的面紗，看穿她的眞實意圖。最後他聳肩。

賈陽轉過身去，對凱沙羅姆下達最後的命令。部隊立刻開始離開訓練場，前往各自負責的位置。阿桑深深鞠躬。「護送神聖的母親是我們的榮幸。」他命人牽來他的馬，與他父親的一樣是頭純白戰馬，只是額頭上有道鑽石狀黑斑。賈陽也牽過他的馬，是頭馬蹄後方有著白色簇毛、口鼻也是白色的黑色戰馬。他們騎在賈迪爾和英內薇拉外側，後面跟著騎在高大馬斯譚黑馬上的解放者長矛隊。

巡視防禦工事時，賈迪爾不是第一次如此感慨——這座綠地城市有多不安全。之前他的戰士如此輕而易舉地攻下來森堡，讓他非常擔心即將到來的月虧。日後他要把艾弗倫恩惠修築得比沙漠之矛還要牢不可破，但現在他只能運用懶散的北地野蠻人所留下的東西。

內城是最容易防守的區域，也是最明顯的目標，因爲裡面有穀倉及賈迪爾的宮殿。儘管缺乏完整的地下城，內城同時也是外圍區域的女人和小孩將會前往避難的地方。他們甚至要接納青恩。達馬基對此表達抗議，但賈迪爾不管他們。守護女人和小孩是男人的職責，就連青恩也一樣。

綠地人宣稱已經一個世紀沒有阿拉蓋突破內城，但賈迪爾懷疑那純粹是因爲內城不曾面對過眞正的試煉。這裡的魔印牆只比大部分石惡魔高出一點。打從佔領來森以後，他的石匠和魔印師就一直在增修城牆，但與沙漠之矛的大魔印牆相比還是弱不禁風。賈迪爾看著巨蠍和投石器排在新近修築的砲口後方，希望它們足以抵抗正面攻擊。他已經做好要在主城的街道上作戰的準備，但如果眞的走到那個地步，戰況肯定十分危急。

下一道防線是外城，面積比內城大上數倍，魔印城牆矮得用跳的就能跳過去。這道城牆每隔二十呎就有一根類似安納克桑方尖碑的魔印柱，提供層層保護，強化防禦力場。

外城區內所有的魔印柱都與魔印城牆和其他魔印柱相互連接，形成一張足以涵蓋領土與領空的魔印網，守護著內城賴以維生的新大市集、果樹林與農田。

不過這片土地遼闊得青恩的魔印無法完全涵蓋，形成不少可供惡魔現身的空隙。每天晚上他們都會殺光這些惡魔，不過如果數量太多，還是會有惡魔滲透到其他地方去。即使加上徵召來的數千名青恩，賈迪爾仍然沒有足夠的人手防禦所有空隙。

儘管有著諸多弱點，外城還是出乎意料地容易防禦。只要一塊凌空而來的巨石就能擊倒魔印柱，但缺口很快就會被另一根魔印柱塡補起來，每根魔印柱都能獨立運作。這些柱子形成了迷宮，而他的手下很擅長在迷宮中作戰，於裡面布滿誘餌、魔印坑及突襲點。想要攻入內城，阿拉蓋每一步都將面對阻撓。

黑暗在他們巡視途中降臨，隨之而來的則是皇冠視覺下的魔光。他的能力覺醒，五官都變得更加敏銳，開始聽見阿拉蓋的吼叫及沙羅姆突襲時的矛盾交擊聲。自己在夜晚中感覺比白天自在讓賈迪爾心生罪惡感，但這一切都是艾弗倫的旨意。沙達馬卡必須在黑暗中如魚得水。

他看向兒子，發現他們也在考量防禦形勢時心中燃起希望。偶爾他們會遇上正在交戰的沙羅姆，不過大部分戰況都在掌握中，多半是經驗老到的沙羅姆利用一些惡魔當作活教材在指導菜鳥。他們遇上了一場較爲激烈的戰鬥，不過還是輕鬆被擺平，不需他們出手相助。

「妳看夠了嗎？我的妻子。」賈迪爾在巡視超過一小時後問道。他仔細觀察她的靈氣，但靈氣平靜祥和，沒有透露任何意圖。

「差不多了，丈夫。」英內薇拉指向不遠處的小山丘。「但首先，或許那裡視野會比較好？」

賈迪爾點頭，他們朝山丘出發。聽見戰鬥聲時，他一點也不感到意外。

來到山丘頂，他們看見一群田野惡魔在下方的溪谷圍困兩個背對而立的瘦小沙羅姆。戰士看來毫髮無傷，但惡魔的數量超過他們三倍，所以不太可能全身而退。在徒步的情況下，他們逃脫的機會也不大，就連克拉西亞戰馬也跑不過田野惡魔。

賈迪爾精神緊繃，準備衝去救援，但英內薇拉揚起手。「看著吧，愛人。我們不必出手。」

三個男人全都看著英內薇拉，但她鎮定地坐在棚輿裡，靈氣平靜，微帶一絲滿足。他們回過頭去，觀察下方的戰鬥。

「他們是誰？」賈陽問。「隸屬哪個單位？部隊應該再過一個小時才會掃蕩這裡。」

就在此時，體型最大的田野惡魔跳出包圍圈，撲向其中一名看似疏於防守的戰士。戰士是故意引誘惡魔出手的。只見他及時轉身，一矛插入惡魔喉嚨。另一頭惡魔趁著空檔撲上，但戰士的夥伴移動盾牌擋下它。他趁勢出擊，刺中惡魔前腳關節，讓惡魔在哀嗚聲中撤退。

包圍圈的另一邊又有惡魔展開攻擊，但第一名戰士拔出染滿膿汁的長矛，兩人同時精準地轉動四分之一圈，以盾牌擋下攻擊。

賈迪爾欣賞著戰士的戰技，過了好一陣子才發現戰士攻擊時沒有產生魔光。他看向英內薇拉。

「他們的矛沒有刻印？」

英內薇拉搖頭。「他們以傳統之道作戰，就像我榮耀的丈夫一樣。」

「艾弗倫的鬍子。」賈陽說。就連他也不曾沒拿魔印武器就去挑戰阿拉蓋。阿桑一言不發，但他平空繪印，爲戰士祈福。

在沒有戰鬥魔法的情況下，沙羅姆的攻擊必須精準，因爲惡魔的硬殼沒有明顯的弱點，還能迅速自療。田野惡魔的攻擊快如閃電，張牙舞爪，有時候伏低身形，讓其他人立而起的惡魔攻擊高處。第一頭惡魔倒地後，它的夥伴動作變得謹慎，這些敏捷靈巧的怪物開始在敵人動手的同時閃避攻擊。

但兩名戰士展現了前所未見的高明戰技，彼此搭配得天衣無縫，像個擁有雙頭四臂的戰士。惡魔一再被擊退，直到其中一頭惡魔被看似打偏的一擊打得倒在地上。雙人組立刻轉身，一名戰士的長矛插入惡魔的眼眶，刺穿它的腦袋，將之擊斃。

他們本應轉身防守，但兩名戰士卻突然發難，移動身形讓一頭惡魔撲到兩人之間。他們奮力踏步，盾牌上的防禦魔印魔光大作，壓扁位於中間的惡魔。

現在惡魔的數量減爲戰士人數兩倍，戰士改採大膽的戰術，分散開來，讓惡魔包圍他們。

笨蛋，賈迪爾心想。爲什麼要捨棄優勢？

但是戰士沒有捨棄任何優勢。惡魔從四面八方撲來，他們將盾牌的作用發揮得淋漓盡致，移動的同時揮動長矛擋架攻擊，每一步都在掌握之中。一頭惡魔趁著戰士的盾牌和長矛露出的空檔莽撞進擊，但戰士身體向前傾，如同毒蠍擺尾般一腳自後面踢出。這一腳正中惡魔顏面，將它撞向一旁。在它有機會起身前，戰士已經撲到對手身上，準確地攻擊咽喉，一擊斃命。

這時另一名戰士也擺平了一頭惡魔。在一對一的情況下，他們丟下盾牌，完全不顧防守。惡魔立刻上鉤，朝他們咬去，但兩名戰士如同鏡中倒影般同時以矛柄架住魔口，在惡魔咬碎木柄前身形疾轉，利用惡魔自己的力道來對付它們。他們揮動長矛，讓兩頭不停揮爪的惡魔撞在一起，滿足地看著它們的利爪在彼此身上留下深深的傷口。他們抽回長矛，刺向傷口，插入底下脆弱的血肉。

他們氣喘吁吁地打量著散落一地的阿拉蓋屍體。其中一頭抽動一下，旁邊的戰士立刻了結它。英內薇拉腳踢駱駝，走下山丘迎向他們。

賈迪爾和其他人一臉震驚地跟了上去。來到近處時，兩名戰士深深鞠躬，先對英內薇拉行禮，然後轉向賈迪爾。當他們站直之後，賈迪爾的眼珠差點彈了出來。他們的裝扮掩飾了大部分的外型，但他們的靈氣卻無法隱藏身體的曲線。

女人。

「沙達馬卡，」她們以悅耳動聽的聲音異口同聲地道。「我們前來回應你的召喚。希望這些阿拉蓋足以充當你第一批沙羅姆丁獻上的祭品。」

「沙羅姆……丁？」賈陽難以置信地問。

女人以和戰鬥時同樣整齊的動作伸手解開頭巾和面紗。賈迪爾屏住呼吸，因爲他已經藉著靈氣看出她們的身分。英內薇拉很聰明，這點他無法否認。但這一回她可捅到蜂窩了，就連向來冷靜的阿桑也忍無可忍。「這算什麼？」

「山娃？」山傑特大聲問道，看著自己女兒、賈迪爾的妹妹霍許娃所生下的外甥女，站在他們面前。

但眞正讓阿桑氣得靈光大作，令賈迪爾難以逼視的卻是另一名女子。阿希雅，阿山和他大妹英蜜珊卓所生的女兒。

阿桑的第一妻室。

黎明即將到來；王座廳的彩繪玻璃逐漸明亮。所有古老的沙羅姆認證儀式都已執行。年輕女子殺死了多於要求的惡魔數量、於黑夜中正面對抗阿拉蓋並且堅守陣地。英內薇拉爲她們擲骰，並且——當然——宣稱她們夠格成爲沙羅姆。現在唯一欠缺的就是黎明到來，以及他的決定。

這可不是個簡單的決定。在深植人心的傳統問題前，不管如何決定都會讓他在寶貴的盟友與家族前損失尊嚴與忠誠。

他看向英內薇拉，只見她的靈氣依然得意洋洋得令人生氣。她愛他，但那並不表示她會一直站在他這邊。她躺在枕床上的模樣看來似乎漠不關心，但其實她十分關注此事的發展。

賈迪爾坐在她身旁的王座上，看著阿桑和阿希雅在遠方的小房間裡低聲爭辯。他只要稍加專注就能看穿石牆，直視他們的靈氣。他敏銳的耳朵能聽見所有對話。

「妳怎麼能這樣羞辱我？」阿桑大聲問道，雙手顫抖。賈迪爾之前已經告誡過他，毆打他的外甥女，罪行視同毆打達馬丁，但阿桑的靈氣顯示他還是在考慮這麼做。

「羞辱你？」阿希雅的靈氣風平浪靜，如同擁抱恐懼，將之拋到腦後的戰士。「丈夫，你該爲我驕傲才對。山娃和我是歷史上第一對站在黑夜中接受惡魔膿汁洗禮的克拉西亞女性。除了爲你的名字增添榮耀外，沒有其他影響。」

「榮耀？」阿桑問。「像妳那樣穿著男人的衣服、不戴面紗走來走去？讓所有男人認定我連自己的妻子都控制不住有何榮耀可言？」

「我不想被你控制。」阿希雅大聲道。「你和我哥哥或許能說服我父親把我送給你，但我從來不想要當你的妻子。」

「難道我不夠資格當妳丈夫？」阿桑問。「解放者的次子對妳來說還不夠？或許妳是想要嫁給賈陽？」

「我也是解放者的血脈，」阿希雅說，「我是卡吉部族的公主。我不希望被送給任何人！」

阿桑搖頭，靈氣中浮現十足的困惑。「難道我不是個好丈夫嗎？沒有給妳想要的一切嗎？沒有放孩子到妳肚子裡嗎？」

「你和阿蘇卡吉從不在乎我的想法，」阿希雅說。「你給我好衣服穿、好東西用，此外根本不把我放在心上，除了新婚之夜在阿蘇卡吉邊看邊自慰的情況下你把孩子放進我肚子，然後於四十週後從我懷中奪走剛出生的兒子。」

「我會給妳更多孩子，」阿桑說。「兒子、女兒……」賈迪爾看得出來他迫切地想要了解她的想法，或許只是爲了讓她打消念頭，挽救自己的顏面。

「不。」阿希雅說。「我並不是代替阿蘇卡吉幫你生孩子的子宮！你和你的枕邊密友已經得到了你們想要的兒子，現在我要展開我自己的生活。」

阿桑的靈氣轉紅，阿希雅的靈氣則顯示她知道丈夫打算毆打她——並且打算更進一步刺激他。她已經計畫好該如何招架與反擊。

「阿桑！」賈迪爾吼道。「過來！」這對夫妻轉向他，劍拔弩張的氣氛消失。阿桑頭也不回地大步走離妻子身邊。

「父親！」他叫道。「你不能允許這種瘋狂的行爲！」

「我同意。」與阿蘇卡吉一同站在台階下方的阿山說。他的靈氣明白表示他期待賈迪爾基於兩人分享的愛與忠誠，不會允許他愚蠢的女兒以沙羅姆的身分度過一生。

「我向你保證，阿山，」賈迪爾說。「沒人能夠讓我出爾反爾。」

「解放者說得沒錯，他不會出爾反爾。」阿雷維拉克說。所有人驚訝地看著他，不敢相信這個保守的達馬基會同意這種事。

賈迪爾絕不會公開承認此事，但他深愛阿雷維拉克達馬基。他並不總是認同此人的想法，但達馬基的榮耀超越所有他認識的人。即使賈迪爾扯斷阿雷維拉克的手後，他還是沒辦法讓這名老祭司懼怕自己。阿雷維拉克永遠都敢站出來質疑賈迪爾的決定。

不過那僅限於做決定之前，一旦賈迪爾做了決定，不管阿雷維拉克認為有多蠢，他都會遵守沙達馬卡的決定，並除掉任何膽敢反對的人。賈迪爾看著他的靈氣，感到一股類似兒子會在父親身上感受到的情緒。在通往頭骨王座的道路上，阿雷維拉克達馬基曾是他最大的阻礙，而現在他或許是全世界唯一能讓賈迪爾完全信任的人。

阿山轉身回應，但阿雷維拉克揚手阻止他。他看向賈迪爾，靈氣轉為冰冷。「如果解放者認為讓女人擔任沙羅姆是恰當的做法，那就這麼做。但法令不能與伊弗佳中明文規定的做人妻女之職相牴觸。卡吉本人不也要求她們順從嗎？」

這種說法令英內薇拉的靈氣變得饒富興味。艾弗倫在上，她絕不是個順從的妻子。賈迪爾輕哼一聲，隨即在發現這個聲音冒犯了阿雷維拉克後感到後悔。

「睿智之言，達馬基。」他立刻說道，對方的靈氣緩和下來。「我確實可以在需要時更改成命。」

「那就更改！」大廳另一邊傳來吼叫。

賈迪爾抬起頭來，哈席克微微遲疑地宣告道：「聖母！」卡吉娃，依然身穿黑色睡袍，領著他妹妹英蜜珊卓及翟許娃一同闖入大廳，三人身上的靈氣都是無比憤怒。身旁英內薇拉的靈氣突然轉爲恐懼，所有勝券在握的感覺徹底消失。

這倒有趣。他心想，目光瞟向妻子，看著她對卡吉娃所展露的情緒。她相信我母親比議會更能動搖我的心意。

回頭看向卡吉娃時，賈迪爾發現妻子的擔心不是沒有道理的。這些年來，他母親偶爾會與他意見相左。這不是沒發生過的事，但他從未想過他神聖的母親會對他發這麼大的脾氣。

「這都是你的錯，」卡吉娃說，令所有人大吃一驚。「這就是拒絕讓你的外甥女換上白袍的後果。」

阿桑點頭。「你昭告世人她們沒資格獲得艾弗倫寵幸已經夠糟了，現在你竟然把她們當作普通戰士一樣推上矛牆？」

賈迪爾怒火中燒。他拉開白色外袍，露出裡面的黑袍。「我是個普通戰士，兒子。你哥哥也是。」他瞄向賈陽的靈氣，毫不驚訝地發現他毫不在乎他的決議。他的長子不想處理女性戰士所帶來的問題，但他也不認爲父親應該爲了這點小事煩心。他只想袖手旁觀，眼看阿桑受苦。

「從前你也曾哀求我讓你成爲戰士。」賈迪爾對阿桑道。「我爲那個孩子的損失感到遺憾，他本來可以取得無比的榮耀。」

「我也在黑夜中指揮部隊。」阿桑說。看見這話在兒子的內心造成何等重創後，賈迪爾立刻後悔如此侮辱他，但現在不能安撫他。

「在部隊後方指揮，」賈迪爾說。「你是戰略大師，是將材，我兒，但你從未感受過阿拉蓋體內的惡臭。如果你有，你就會更加尊重長矛。」

「父親說得沒錯，弟弟。」賈陽說。他的動機在靈氣中昭然若揭，試圖表現睿智，一邊爭奪父親的寵信，一邊對弟弟落井下石。

賈迪爾不悅地瞪他一眼，賈陽的靈氣當場畏縮。「如果能像融合金銀一樣把你們兩個合而爲一，艾弗倫就對我太好了。」

「我向來尊重長矛，我兒，」卡吉娃說。「我從小就這樣教育你的，不是嗎？艾弗倫知道少了霍許卡敏，日子有多難過……」

英內薇拉的靈氣火大得幾乎在大吼大叫，不過只有賈迪爾能夠感應出來。在其他人眼中，她只是在研究自己的指甲油，好像那比眼前的議題還要有趣。她知道不能在公開場合強迫賈迪爾選邊站。

「但我也教你要尊重女性，」卡吉娃繼續道。「保護並珍惜她們。讓她們安然度過黑夜，讓她們衣食無缺。現在你打算強迫她們戰鬥？接下來你要命令小孩拿起武器了嗎？」

「如果要贏得沙拉克卡而得這麼做。」賈迪爾說，就連卡吉娃也不得不在這句話前閉嘴。

他環顧大廳，目光直視山傑特。他在沙拉吉受訓時就已經認識山傑特，兩人曾在黑夜中並肩作戰無數次。凱沙羅姆的靈氣顯示他內心正在天人交戰，但賈迪爾卻沒辦法光憑靈氣看出他的想法。

「你呢？山傑特。」他問。「你的內心是怎麼告訴你的？你想看女兒拿起長矛嗎？」

山傑特跪倒在王座前，將長矛放在身旁，雙手貼上大理石地，額頭抵地。「我沒資格質疑你的命令，解放者。我也沒資格質疑阿山達馬基對於他女兒的感覺，或是阿桑達馬對他吉娃卡的看法。」

他抬頭起身。「至於我，如果你在昨天問我，我絕對不會希望有女人和我一起組成矛牆，或在沙拉克中把自己的性命交給女人守護。」他看向山娃，靈氣中充滿愛意。「但我無法否認剛剛在看她們兩個戰鬥時，那景象榮耀非凡。我想不出有任何人比她們更強，包括解放者長矛隊在內。當她們解開面紗，當我看見女兒的臉時，我沒有感到驚訝或憤怒，我感到無比驕傲。」

山娃回應了他的父親。賈迪爾可以從聯繫兩人的情緒中看出她幾乎不認識這個男人——他一輩子都忽略了她，只看重她的兄弟，而她則在很年幼時就被帶往達馬丁宮殿受訓。在此之前，她對山傑特沒有什麼感情，但剛剛那些話讓她心中生起了一絲對父親的愛。

賈迪爾點頭，考慮當前的情況。

英內薇拉清清喉嚨。「丈夫，請聽我誠心一言，你已經諮詢過祭司和顧問的意見。你諮詢過父親，你諮詢過母親。你諮詢過丈夫，也諮詢過兄弟。你甚至諮詢過阿拉蓋霍拉的意見。你諮詢過所有人和所有東西，除了那些女人自己。」

賈迪爾點頭，指示未來的沙羅姆丁上前。「我親愛的外甥女，」他在她們下跪時說道。「就和山傑特一樣，在我眼中，妳們的榮耀無邊無際。但我不能否認我擔心讓妳們深入黑夜。如果妳們想要對我證明什麼，妳們已經證明了。如果妳們想要為我，還有妳們的家族增添榮譽，妳們已經做到了。妳們不需要再為我做任何事，而我也不會讓妳們被某些人推向這種人生，」他看向英內薇拉。「或因為某些人而放棄它。」他的目光瞟向阿桑。「所以我要問，這真的是妳們想要的嗎？」

兩個女人立刻點頭。「是的，舅舅。」

「考慮清楚。」賈迪爾說。「一旦拿起長矛，妳們的一生將會徹底改變。或許妳們只看見沙羅姆所享受的特權，而那些特權都得付出沉重的代價。黑夜給人榮耀，同時也會造成痛苦與損失、鮮血與犧牲。妳們會被恐懼糾纏，不管是睡是醒。」

兩個女人點頭，但他還沒說完。「妳們面對的挑戰比男人多。男性沙羅姆會將妳們視為弱者，不願意聽從妳們的指揮。妳們會碰上困難，必須比妳們的男性薩凡高強兩倍，直到妳們贏得他們的尊重。這條路不會好走，而我也幫不了妳們。如果男人不敢攻擊妳們純粹是出於對我的恐懼，那他們永遠不會尊重妳們。」

阿希雅抬頭看他。「我一直知道艾弗倫爲我鋪設的道路與你女兒不同。現在，在黑夜中面對惡魔後，我很清楚我要走的路。如果我讓我丈夫蒙羞，那就解除我們的婚約，讓他去找個更稱職的吉娃卡。我命中註定要死在阿拉蓋爪下。」

山娃點頭，在黎明第一道曙光自窗外灑落時牽起阿希雅的手。「沒錯，死在阿拉蓋爪下。」

你今晚會獲得戰士，英內薇拉說過，但明早會失去另一批戰士。

那是什麼意思？這表示他會拒絕她們嗎？還是說他的手下會爲了女人參戰的事情而叛變？

他搖頭。他們在他組成卡沙羅姆時就說過同樣的話了，現在那些人都成爲英勇的戰士。他不會拒絕任何戰士。他痛恨小時候家裡沒有男人可以爲他母親出頭，其他人對待她的那種可恥態度。他從前深怕自己也死了，導致他的妹妹被本地達馬接收，然後賣去當吉娃沙羅姆。

賈迪爾看向議會成員。「我不希望女人作戰，但沙拉克卡即將到來，而我不會拒絕願意作戰的人。卡吉或許禁止女人使矛，但首任解放者擁有百萬大軍，我沒有，卻還是要面對同樣的敵人。」他以卡吉之矛指向跪著的年輕女子。「我指派妳們爲凱沙羅姆丁。」

卡吉娃慟哭。

「聖父。」阿桑說。「既然我的吉娃不把她對我的誓言當一回事，那我要求你現在就依她的建議讓我們離婚。」

阿山目光銳利地瞪向阿桑。阿山之女和阿曼恩之子的結合強化了兩個家族間的關係，離婚會讓兩個家族蒙羞。

「不准。」賈迪爾說。「你和我外甥女在艾弗倫面前宣誓結合，我不會讓你們違背誓言。她會繼續當你的吉娃卡，而你不能禁止她和小卡吉見面。兒子需要母親。」

「這下我的孫女每天晚上都要參加阿拉蓋沙拉克了？」卡吉娃大聲問道。

「不是非得這樣不可。」英內薇拉說。

卡吉娃驚訝地看她。「什麼意思？」

「很多達馬都有私人護衛，那些沙羅姆只有在月虧時才會參加阿拉蓋沙拉克。」英內薇拉說。

「如果我榮耀的丈夫如此希望，我就讓她們擔任這些職務。」賈迪爾微微點頭，不用看她的靈氣也知道那種滿足的感覺已經再度回復。

「即使在月虧，把她們擺在前線也是一項錯誤。」阿桑說。「她們會讓激戰中的男人分心。」

「我的戰士會學會適應。」賈迪爾說，雖然他心知那不容易。

阿桑點頭。「或許。但你希望在阿拉蓋卡降臨大地時教戰士適應嗎？」

賈迪爾抿嘴。「不，」他終於說道。「我不知道下次新月會是什麼情況，這並不是強迫改變的時機。」

阿桑爲了這個小勝利而露出得意的笑容。「但對達馬而言也一樣。」賈迪爾說。

阿桑雙眼稍微張大一點。「什麼？」

「少了達馬，艾弗倫恩惠將會陷入混亂。」賈迪爾說。「所以我不打算讓你在月虧時冒險，除非我確定每個月要面對什麼情況。下次新月，你可以與你母親和妻子待在地下宮殿裡。」

賈陽努力克制笑聲，不過還是讓他弟弟聽見了。

小心點，丈夫，英內薇拉看著阿曼恩和阿桑對峙時想道。他還是你兒子，而他有他的尊嚴要顧。

幸運的是，門外的騷動打斷了他們對瞪。英內薇拉看見一名沙羅姆快步走入大廳。他形容憔悴，黑袍上泥濘不堪，渾身散發惡臭。她大老遠就能聞到他那股味道。

戰士長矛抵地，在頭骨王座前單膝跪倒。「沙達馬卡，我爲你的長女聖阿曼娃送來緊急密函。」

阿曼恩點頭。「吉蘭．阿蘇．法金，是不是？你被派往北方護送黎莎的車隊。怎麼了？我女兒和未婚妻安全嗎？」

未婚妻。這個詞到現在還是刺痛英內薇拉。

「我離開時她們都安然無恙，解放者，」戰士說。「但她們似乎起了……衝突。」

「什麼樣的衝突？」阿曼安問道。

吉蘭搖頭。「我不知道，但我相信聖公主的信上有寫。」

他舉起一捆蠟印封起的小卷軸。

阿曼恩點頭，指示山傑特接信。山傑特是吉蘭的凱沙羅姆，但吉蘭依然一躍而起，向後退開。

「這是什麼意思？」阿曼恩問。

「聖公主要我發誓，沙達馬卡，我必須親手將信交給你，不能交給其他人。」吉蘭說。

阿曼恩點頭，指示對方上前。吉蘭迅速步上台階，來到他面前後再度單膝下跪。他低著頭，將信交給阿曼恩。他說話的聲音很小，只有阿曼恩和英內薇拉聽得見。「我要說一件事，解放者。黎莎女士親口承認她對我下毒，不讓我把信送給你。」

「她在嚇唬你。」阿曼恩說。

年輕的沙羅姆搖頭。「對不起，解放者，但她不是在嚇唬我。我離開兩天後就開始身體不適。第三天我摔下馬背，躺了幾個小時，在路上等死。」

「你怎麼活下來的？」英內薇拉問。

沙羅姆向她鞠躬。「黑夜即將降臨，達馬佳，我寧願死在阿拉蓋爪下，也不願躺在地上任由力氣被女人的毒藥吸乾。」

阿曼恩點頭。「你擁有眞正的沙羅姆之心，吉蘭·阿蘇·法金。後來呢？」

「我只能勉強站起來，」吉蘭說。「但我找到隱密的藏身處爭取時間，等待愚蠢的阿拉蓋來到身前。一段時間過後，一頭田野惡魔路過，試圖追蹤我的氣味。當它來到我身邊時，我奮力出擊。」

「藉以恢復元氣。」英內薇拉猜道。

吉蘭點頭。「艾弗倫會祝福殺死奈的產物之人。我的馬逃了，我又接連狩獵兩晚，終於恢復體力。很抱歉拖延了時日，但我已經儘快趕回來了。」

阿曼恩伸手搭上吉蘭的肩膀。「我以你為傲，吉蘭·阿蘇·法金。你的榮耀無邊無際。現在就去大後宮，讓吉娃沙羅姆服侍你沐浴更衣，幫助你補充睡眠。」

戰士點頭，如同來時般迅速離開。阿曼恩展信閱讀，然後交給英內薇拉。

「丈夫，很抱歉。」她邊看信邊說。「但我警告過你。」

「再一次證明妳的骨骰所言不虛。」阿曼恩說。「我在夜裡獲得兩名沙羅姆丁，第二天早上卻失去了窪地部族的戰士。」

「我不會爲此沾沾自喜，愛人。」她說，但這話並非全然屬實。「如果這樣說會讓你好過一點，沒有得到過的東西算不上眞正的損失。」

阿曼恩悲傷地搖頭。「這沒有讓我好過一點，妻子。」

英內薇拉來到影之殿，移開某個位置上方的石塊。裡面放了一個小盒子，其上繪有冰凍魔印，輔以惡魔骨核心。盒面上結了一層薄霜。

英內薇拉打開盒子，拿出凍在裡面的一小塊絲巾。這塊絲巾非常寶貴，但既然她已經完成新的骨骰，黎莎又終於失寵，該為這個北地女巫擲骰了。

這塊絲巾是英內薇拉的手帕，上面沾了黎莎在英內薇拉枕廳裡打鬥時所留下的血。她小心翼翼地剪下一小塊染血絲巾，丟到熱氣騰騰的小碗裡。將血液徹底釋出後，她將碗裡的液體淋在骨骰上，然後搖骰。

「全能的艾弗倫，」她祈禱，「讓我預見窪地部族佩伯家族厄尼之女黎莎的命運。」搖完最後一下後，她擲出骨骰。

隨即倒抽一口涼氣。

——她是妳的薩凡，而她懷孕了……

第二十七章 月虧 333AR 秋

月虧

「如何運作？」賈迪爾問，一臉讚歎地看著鍍上琥珀金的頭骨王座。她拉上了王座廳厚重的布帘，讓他在距離黃昏還有幾個小時的此刻使用皇冠視覺。他看見王座朝四面八方釋放穩定的能量，中央綻放強烈的魔光，宛如一顆小太陽。

「你的王座如今投射出——」英內薇拉開口道。

「——一道魔印力場，」賈迪爾把話說完。「就連奈的士子都沒辦法接近我的王座……」他轉身，順著魔法流動，如看穿玻璃般輕易地看穿高人的石牆。「方圓數哩之內都不行。」

這眞的很了不起。卡吉之冠也能夠驅退阿拉蓋。這幾週以來賈迪爾已經弄清楚它的力量，學會將卡吉之冠的守護力量遠遠延伸出去。除非他願意，沒有阿拉蓋能進入他方圓四分之一哩的範圍。他能夠在戰場上保護一整支部隊，但眼前的王座，這張王座守護的範圍超出整座內城。惡魔能夠攻擊內城城牆，甚至擊垮城牆，但它們永遠無法越過城牆。

他看向英內薇拉，嘴角揚起微笑。「我問的不是它的效用，愛人。我問的是它如何運作。」

英內薇拉的靈氣充滿震驚，接著爲了無法炫耀自己所打造出來的奇觀、向賈迪爾展示它的力量而感到失望。

下次就讓她得意一下，他責怪自己。*送了這個禮物，就算讓她得意千遍又如何？*

意外的是，英內薇拉笑了。不是她慣有的那種嘲弄似的笑聲，而是眞誠、有感染力的開懷大笑。

這是艾弗倫所創造出來最美麗的聲音。

「你總是不斷地令我驚訝，阿曼恩。」英內薇拉說。「每當我開始懷疑時，你就會提醒我你眞的是沙達馬卡。」

賈迪爾本來會懷疑這話的眞假，但她的靈氣充滿驕傲，顯然字字都是肺腑之言。他伸手撫摸她的臉頰，看著她的靈魂微微顫抖。「我完全了解……達馬佳。」他彎腰吻她，感覺自己在她散發出的熱情前面紅耳赤。她或許會在自認必要時欺騙他，但英內薇拉眞的愛他。有吉娃卡如此，夫復何求呢？

她在他吻完後後退一步，克制她的情慾。他很佩服她的自制力，看著她火熱混亂的靈氣迅速恢復冷靜。現在有更急迫的事。

「我在你神聖的王座上鑲入了阿拉蓋王子的頭骨，以強化數百年來壯烈犧牲的沙羅姆卡頭骨上刻劃的魔印。」英內薇拉說。「我們幾乎用掉所有琥珀金來鍍膜……」

「幾乎？」賈迪爾笑著問道。

英內薇拉以笑容回應，拿出現已安全地裹在一層亮白金屬下的骨骸給他看。「你有你的工具，現在我也有我的。」她的靈氣說明她鍍膜的不光只是她的骨骸，但他容許她保有祕密。她是他的達馬佳，她理應擁有力量。

「我把琥珀金交給妳是正確的選擇，」賈迪爾說。「阿邦肯定也會想出很好的用途，但他絕不可能想到這麼……」

「無私的用途？」英內薇拉說，他不禁失笑。

「無利可圖的用途。」他同意道。

「我不信任那個卡非特，丈夫。」英內薇拉說。

「阿邦和妳一樣效忠於我。」賈迪爾說。

英內薇拉搖頭。「他效忠的對象第一是自己，第二才是你。」

賈迪爾點頭。「妳也一樣，艾弗倫之妻。」

「效忠造物主和效忠自己是有分別的。」英內薇拉說。

「可以說是。」賈迪爾點頭。「也可以說不是，沒有任何凡間男女能夠眞正相信對方，愛人。但如果我們想要打贏沙拉克卡，還是得找出信任的方法。月虧即將來臨，現在是面對黑暗的時刻，不該擔心身後的毒匕首。」

英內薇拉張嘴欲言，但賈迪爾以手指抵住她的唇。「妳是艾弗倫之妻，妻子，而我是有信仰的人。不只相信造物主，我還相信他的子民。」

「我母親從前常說，『信仰不能幫你織簍』。」英內薇拉說。「造物主幫助贏得幫助的人。」她的靈氣表示她認爲他是個勇敢的笨蛋。

「造物主有幫忙，」賈迪爾重複道。「我們在對我統治的重大考驗前數週時找到神聖金屬，妳認爲會是巧合嗎？即使祂沒有親手攻擊阿拉蓋，我們並非孤軍奮戰。如果我要解放這個世界，就得深信儘管有著諸多不同，不管男女老幼，沒有人會希望世界淪陷在阿拉蓋手上。」

英內薇拉沒有繼續爭論，但她的靈氣顯示她還是沒被說服。

「妳母親是織簍匠？」他問，試圖改變話題。「我以爲她是達馬丁。」

英內薇拉的靈氣突然紊亂不已，充滿了震驚、恐懼，還有一個祕密。足以在他腦中注滿疑問，卻不能提供任何答案。他心想解讀阿拉蓋霍拉是否就是這種感覺。

「妳從沒提過妳的家人。」他繼續追問，仔細觀察。

英內薇拉的靈氣顯示她正迫切地想辦法迴避問題、轉移話題。她散發出受困野獸只想逃跑，不願拚命的氣息。但接著她的胸口規律起伏，生出冷靜的情緒。

「大部分達馬丁都是達馬丁之女。」她說。「少數人是在漢奴帕許中由骨骰挑選而來。一旦中選，我們就與家人切斷聯繫，他們從此再也不會有我們的消息。」

那感覺十分奇特。她說的每一個字都是實話，但整體而言卻是在說謊。「而妳沒有切斷聯繫。」

英內薇拉微笑。這是她在利用呼吸恢復冷靜時慣用的分心手法。她在猜測他知道了多少，有沒有在監視她。她謹慎挑選用字遣詞，毫不透露任何不想透露的事。

賈迪爾厭倦了這個遊戲。「吉娃，立刻給我說實話。」

他語氣嚴峻，看著她想方設法，試圖以佯怒來迴避這個話題。她的眉毛皺成一團暴雨烏雲。

他微笑。「少來那一套。」他走向她，伸手摟她。她渾身一僵，在被他拉近時象徵性地抵抗一下。「妳愛我嗎？吉娃。」

「當然，丈夫。」英內薇拉毫不遲疑。

「妳信任我嗎？」

她的靈氣抖動，回答稍顯遲疑。「信。」這不是謊言，算不上，但也不是實話。

「我不知道妳隱瞞妳家人的什麼祕密，」賈迪爾說。「但我知道妳有祕密，而那令我感到羞恥。」英內薇拉推開他，張口欲言，但他搖頭。「結婚不光只是我們兩人的結合。妳的家人會變成我的，我的家人變成妳的。不管是什麼祕密，我有權得知。」

英內薇拉凝視他很長一段時間，靈氣混亂得他無法猜測她的回應。但接著靈氣再度平息。「我父母都還活著，住在艾弗倫恩惠裡。他們是我的驕傲，同時也是我的恥辱，我擔心揭露我們的關係會影響他們的安危。」她面對他的雙眼，鞠了個躬。「對你保密是我的錯，愛人。我為此向你道歉。」

賈敵爾點頭。「我接受妳的道歉，不過有個條件。」

英內薇拉揚起一邊眉毛。

「我要見他們。」賈迪爾說。

「我認為那並非明智之舉，丈夫。」英內薇拉說。「他們會有危險……」

「我是沙達馬卡，」賈迪爾說。「我的親戚數以百計。妳認為我保護不了他們？」

「這樣做會摧毀他們目前遠離宮廷鬥爭的簡樸生活。」英內薇拉說。

賈迪爾大笑。「妳能安排我外甥女成為沙羅姆，卻沒辦法安排我私下見妳父母一面？我們都知道只要妳有心，什麼事都辦得成。」

英內薇拉打量他，依然不敢放下戒心。「萬一我不想這麼做呢？」

賈迪爾聳肩。「那我就知道我在妳心中只能排在第三順位，而非妳所說僅次於艾弗倫的第二順位。」

議會成員進入王座廳時，布帘依然是放下的。幾盞油燈提供人工照明，讓賈迪爾在保有皇冠視覺的情況下觀察賈陽和十二名達馬基。跟在每一位部族領袖身旁的是他與各族吉娃所生的次子，而阿山身旁站著他的外甥。除了阿桑和阿蘇卡吉兩人十八歲外，所有次子都是十五歲。他們已經不是男孩，但還稱不上是男人。他們身穿奈達馬丁的白色拜多布，肩上披著白布。

他從靈氣中看出達馬基依然仇視這些取代他們本身子嗣的男孩。部族領袖的地位不像綠地習俗那樣透過繼承而來，但以前都是如此運作的，而達馬基的兄弟、兒子或姪子佔有所有優勢。

更有甚者，他可以看見這些人與自己所產生的連結，有點像是在空氣中看見與對方的連結線。普通沙羅姆和達馬或許眞心相信賈迪爾的神性，但達馬基卻是基於恐懼而服從他。

如果我今晚陣亡，他心想，我的兒子們會在消息傳來的同時被殺死。賈陽或許能繼續把持白頭巾，或許阿山能保護阿蘇卡吉和阿桑，但其他達馬基絕對會毫不遲疑地屠殺他的奈達馬兒子。阿雷維拉克不會違背不傷害馬吉的誓言，但那條誓言有一條他們都很清楚的條款。老達馬基將會服毒自盡，好讓自己的兒子動手殺害馬吉。

達馬基交頭接耳，不過賈迪爾敲擊矛柄，他們立刻安靜下來。「月虧即將到來，達馬基。今晚阿拉蓋卡及它的王子將會降臨大地，帶給我們惡魔回歸至今最嚴苛的考驗。」他看得出來有人對此存疑，有人心生恐懼。不過大多數人都在多年冥想的鍛練下克制情緒。「賈陽，」他看向兒子，只見他的靈氣躍躍欲試，迫切地想要證明自己。「將會領導沙羅姆。」

人群傳來一陣騷動。賈迪爾再度敲擊矛柄。

「原諒我們，解放者，」阿雷維拉克達馬基說。「賈陽是個稱職的沙羅姆卡，我們沒有不敬的意思，但沙拉克卡不是應該由沙達馬卡指揮嗎？」

賈迪爾點頭。「我會儘可能與兒子並肩作戰，但當奈的王子現身時，我得抽身對付他們。」

「那我們要做什麼？」阿桑問。

賈迪爾看著兒子，在他平靜的外表下看見波濤洶湧的怒氣。「達馬會在即將到來的戰役中懇求艾弗倫的恩寵。這不是件小事，我兒。」他立刻看出阿桑認爲禱告對兵臨城下的惡魔根本毫無用處，只希望他沒有蠢得把這種想法說出來。

阿桑沒有那麼容易勸退。「達馬為什麼要學沙魯沙克？父親。」

「什麼？」賈迪爾問。

「打從我學會走路開始，我就一直在練沙魯金。」阿桑說。「我還沒遇過任何能與我抗衡的達馬或沙羅姆。」

賈陽嗤之以鼻。「你敢說這種大話純粹是因為你沒遇過真正的對手，你會發現阿拉蓋比你在沙利克霍拉裡對抗的空氣要可怕多了。」

阿桑轉身面對兄長，對他輕蔑冷笑。「那就上來打一場，偉大的阿拉蓋殺手，看看誰比較厲害。」

賈陽怒吼一聲，隨即上前一步。

「你們給我住手！」賈迪爾敲矛吼道。他嚴禁所有兒子互毆，就算是切磋戰技也不行，而這道命令的用意再清楚不過。他可以從兩人的靈氣中看出為了清理通往頭骨王座之路，賈陽和阿桑絕對會毫不遲疑地除掉對方。「我不允許我兒子像奈沙羅姆爭奪打飯隊伍的排名那樣爭鬥！」

阿桑轉身面對他，鞠躬說道：「如你所願，父親，但你還沒回答我的問題。你不准我對抗哥哥，不准我對抗阿拉蓋。你廢除了安德拉的頭銜，所以我也沒必要為了爭權對抗達馬基。如果當阿拉蓋卡行走大地時都要袖手旁觀，我一輩子學習戰鬥究竟為了什麼？」

賈迪爾遲疑了。事實上，他無法反駁阿桑。禱告對今晚毫無助益。但對他的人民而言，達馬基和達馬不光只是聖徒，同時也是世俗政權的領導人。祭司都是沙魯沙克大師，但除了阿山之外，全都不曾與阿拉蓋正面作戰，無法在今晚的大戰裡幫上多少忙。天亮之後，他會需要他們幫忙恢復秩序。

「你的話很有道理。」賈迪爾承認道。「但賈陽說的沒錯，達馬並沒有對抗阿拉蓋的經驗，而你自己也說過月虧不是讓新血投入阿拉蓋沙拉克的好時機。」他語氣一沉，揮動長矛，比向在場所有身穿白袍之人。「達馬將爲集結的戰士祈福，然後前往地下宮殿。」

阿桑不動聲色地鞠躬，保持尊嚴挺直背脊，但他的靈氣憤怒無比，賈陽的則欣喜歡愉。賈迪爾已經開始後悔這項決議，但命令已經下達，他不能在所有奈的深淵裡的惡魔即將現身時收回成命。

「去吧！」他拍手道，大廳裡的人開始魚貫而出。「阿山。」他叫道，達馬基停下腳步，等其他人先走。賈迪爾步下高台，站在他身旁，英內薇拉跟在他身後一步之外。

阿山追隨賈迪爾至今二十五年，一路輔佐他爬上克拉西亞社會階梯，取得現今的權位。達馬基娶了他的大妹，生下水乳交融的後裔。賈迪爾沒理由懷疑他的忠誠，但依然利用皇冠的力量刺探他，而且不光只是觀察他外在的靈氣，還深入刺探他的內心。

他在朋友內心中看出自己沒有錯信於人，阿山不是爲了自己爭權奪利。與許多達馬基不同，他眞心相信賈迪爾就是解放者，是艾弗倫派來世間重塑世界的人。阿希雅的事令他不悅，不過他依然對賈迪爾忠心不二。

「兄弟，」他說，伸手搭上阿山的肩膀。「如果我今晚陣亡，你必須奪下頭骨王座。」阿山的靈氣顯示無比的震驚，不過英內薇拉毫無反應，只是靜靜等他把話說完。

「不要遲疑。」賈迪爾說。「自封安德拉，逮捕阿雷維拉克。在其他達馬基有機會反應前除掉他們。」他神情嚴峻地盯著阿山的雙眼。「不要讓他們有時間殺我兒子。」

阿山點頭。「然後呢？」

「卡吉之矛交給賈陽，」賈迪爾說。「但別交出卡吉之冠和王座，直到達馬佳宣布繼承人。」

阿山的靈氣從震驚變成嘲弄，轉頭打量英內薇拉，而她的靈氣則呈現認同。「你不讓長子繼承應有的權位，反而讓個女人決定我們族人的命運？」

賈迪爾點頭。「當初挑選我的人就是她，阿山。我們都知道賈陽還不夠格，很可能永遠不夠格。」

「阿桑呢？」阿山問道。「我將你的次子視如己出，他出生以後，我們就在培養他有朝一日成爲安德拉。爲什麼要我接手頭骨王座，而不是他？」

「我檢視過阿桑的內心，兄弟。他和賈陽一樣還沒準備好統治人民，如果他的地位超越兄長，街上將會血流成河。我有五十二個兒子，但大多都還穿著拜多布，或剛剛換下它。或許還要很多年才會看出誰有資格繼承我的地位。」

他手一使勁，聽見阿山的肩膀嘎嘎作響。達馬基的靈氣顯示痛楚，但他沒表現出來。「爲了族人著想，你要保護我的吉娃卡，服從她的決定，不然我會在你死後找上門來，和你好好算這筆帳。」

阿山的靈氣平靜片刻，接著充滿堅定的決心。「你沒必要那麼做，解放者。如果你戰死，我會依照你的意思去做。」他抬起頭來，直視賈迪爾的雙眼。「但是不要死……兄弟。」

賈迪爾笑著擁抱他。「如果我死去，也要拖阿拉蓋卡一起死。」

「死在阿拉蓋爪下！」戰士齊聲吼叫，呼聲震天。賈迪爾驕傲地看著集結的戰士，阿山則帶領達馬基去爲部隊祈福。夕陽西下，儘管阿拉蓋還要一段時間才會現身，魔法的霧氣卻已開始在陰影中浮現，而他的皇冠感知也逐漸甦醒。

經驗老到的沙羅姆散發自信與信仰，準備大戰一場，死在阿拉蓋爪下，因爲這是他們的權利與榮耀。信仰爲他們提供力量，就像英內薇拉的知識爲內城提供守護。不管將會面對什麼樣的情況，他的族人都將生存下去。

他、賈陽和解放者長矛隊一起騎向外城城牆、英內薇拉預測戰況會最激烈的地點。她無從得知惡魔一開始會從哪裡展開攻擊，但多次預言都顯示那裡會死很多人。賈迪爾希望他們不是迎向陷阱。

他聽見鞭打的聲音，轉頭看見一長排青恩朝城牆行軍而去。這支隊伍共有數百人，身穿輕便護甲，手持魔印矛及小盾，但他們缺乏信心。所有人身上都戴著鐐銬，以長長的鎖鏈穿過鐵環串在一起，所有人都怕得要命。這些都是認命邁向死亡的人，而他們害怕這條孤獨的道路。很多人都沒有勇氣作戰，他們會像流水遇上頑石般地在阿拉蓋面前崩潰。

賈迪爾止住坐騎，其他人和他一起停止前進。「這些是什麼人？」

「試圖逃避阿拉蓋沙拉克，或在黑夜中做出羞恥之舉的青恩。」賈陽說。「我們會像奈沙羅姆一樣用鎖鏈拴住他們，然後把鎖鏈釘在地上。如果他們不願爲榮譽而戰，那就讓他們爲自己的性命而戰。」

「停下來！」賈迪爾對驅趕部隊的沙羅姆叫道，部隊立刻停止前進。所有人轉過頭去，看著賈迪爾輕巧地跳下馬背。他看著那些受刑的青恩。

「你們的牧師對你們撒謊！」他叫道，自皇冠中擷取魔力，將聲音遠遠地散入黃昏。「打從你們還在母親的懷抱裡嗷嗷待哺開始，他們就告訴你們阿拉蓋是造物主派來世間懲罰人類罪孽的大瘟疫。他們說你們罪有應得，你們別無選擇，只能躲躲藏藏，等待原諒與救贖。」

他掃視眾人，讓他們看見他的雙眼。「但艾弗倫深愛祂的子民，絕不會如此詛咒我們。阿拉蓋是瘟疫，但它們是艾弗倫之敵『奈』派來世間的瘟疫，而藏頭縮尾的懦夫是得不到救贖的！只有願意挺身而戰，如同艾弗倫在天上對抗奈般，在祂的阿拉上對抗奈的後裔之人才能獲得救贖。」

一個月前，他會認為這些話對這些人而言毫無意義，但如今他能看清他們的內心，知道他們早已厭倦把阿拉蓋的災禍怪到自己頭上，厭倦有人告訴他們失去的家園和愛人都是罪有應得的懲罰。他們想要相信伊弗佳，但他的族人對他們造成的傷害與惡魔沒有什麼兩樣，令他們士氣潰散。他們願意付出一切再度成為男人。

「你們見過我的族人對抗阿拉蓋。」賈迪爾道。「你們知道那並非不可能的事。沒錯，他們受過訓練，但更重要的是他們有勇氣。勇氣並非源自他們的矛，而是出於他們知道不光是為了自己而戰，而是為了妻子和母親而戰，為了姊妹、女兒，以及稚子而戰，為了老人與弱者而戰。」他揮矛掃過綠地人的隊伍。「你們掛著鎖鏈，因為我的族人不相信你們在乎。他們認為你們就連為了生存也不敢作戰，所以他們打算把你們鎖在阿拉蓋必經之路上。」他指向身後的內城城牆。「但那座城牆後面不光只有我們的女人和小孩！我保護所有無力戰鬥的人，包括你們綠地人的女人和小孩。他們擠在空間狹小的地方，但只要我們守住城牆，他們就不會有事。」

他感應到人們心境上的改變，於是把握機會，高舉長矛，擷取魔力讓矛身綻放魔光。「我將深入黑夜，為你們的族人而戰！我要求你們與我並肩作戰，但如果你們沒有勇氣，那對我來說，今晚你們毫無用處。」

他的長矛指向隊伍中央，矛身的魔光變得更加刺眼，人們嚇得擠向兩旁，在中間留下一段鎖鏈。賈迪爾以矛尖繪印，一道白光激射而出，擊碎鎖鏈。

「自行選擇留下或逃跑，」他大聲道。「但記住你們是人，不是狗！」

人們心中的恐懼和疑惑轉爲敬畏，不少人立刻下跪。騎黑馬跟在賈迪爾身邊的山傑特舉起長矛刺向天空。「解放者！」眾沙羅姆高聲應和，接著是跪倒在地的青恩，片刻過後，所有青恩都高呼解放者的名號。他們每叫一聲就朝天揚矛，聲音遠遠傳入夜空。

「那才是男人的叫聲！」賈迪爾以渾厚的聲音吼道。「奈的僕人會聽見你們的聲音，在恐懼中發抖！」他跳上馬鞍，策馬奔向城門，解放者長矛隊和數百名呼喊的青恩跟隨在後。

「艾弗倫詛咒我，」魁倫在圍牆上一邊看著沙羅姆行軍一邊喃喃說道。「月虧降臨，而我竟然待在這裡，毫無用武之地。」

「胡說。」阿邦說。「解放者需要人看守武器和玻璃器具鍛造爐，這樣在月虧過後才能繼續爲部隊生產護具。這裡還是可能開打。」

魁倫搖頭。「你很擅長躲躲藏藏，卡非特。這地方沒有任何戰略價值，阿拉蓋沒理由測試你的圍牆。再說這些圍牆，」他以長矛敲擊壁壘，「比內城的城牆還要堅固。解放者的……工匠都很安全。」他讓工匠兩個字聽起來像是舌頭上揮之不去的臭味。

「你自己也說過這些人還沒準備好，」阿邦說。「你也一樣。你換上新腿不過兩週而已。」

「我說這些人還沒有鍛練到巔峰狀態，」魁倫說。「我也沒有。但我的百人部隊和我還是比九成以上的外面戰士高強。」

「你的百人部隊？」阿邦問。

魁倫看向他，阿邦想起這個男人在沙拉吉裡是怎麼對待他的。他耐心地等待，享受魁倫緩緩點頭時的表情。「阿邦的百人部隊。」

阿邦點頭，轉頭又看了牆外最後一眼，然後丟下訓練官指揮部隊，一拐一拐地走回圍牆中央的低矮建築下的地下宮殿裡。

英內薇拉在阿桑和阿蘇卡吉位於阿曼恩地下宮殿裡的私人房內找到他們。他們正在和阿桑的兒子小卡吉玩。

「又怎麼了？母親。」阿桑在她走入時瞪她一眼，阿希雅跟在她身後。「難道我還沒讓妳們羞辱夠嗎？」

英內薇拉傷心地看著兒子。

——唯一超過他潛能的東西就是他的野心——十八年前，骨骰在淋上他新生之血時這麼告訴她。骨骰說他將擁有強大的力量，但同時也提出警告。

「你妻子和我會在開戰時巡視城牆，我兒，」她說。「我邀請你同去。」

阿桑看著她，彷彿察覺到陷阱。「父親沒有命令他妻子和達馬丁待在地下宮殿裡嗎？」

英內薇拉聳肩。「或許有，但誰有膽子阻止我們？」

「我有。」阿桑說。

英內薇拉點頭。「或是你有膽跟我來……保護我的安全，我敢說你父親會原諒你的。」

阿桑轉向阿蘇卡吉。「只有你，我兒。」英內薇拉說。

兩個男人回頭看她，眼中再度浮現懷疑的神色。

「阿曼恩沒有取消你的婚約，阿桑，至少還沒有。我要在阿拉蓋卡行走大地時與我兒子和媳婦巡視城牆。」她看向阿蘇卡吉和小卡吉。「當然我不在的時候，我侄子會像保護自己兒子般保護我的孫子。」

這話讓阿桑臉色一沉，但阿蘇卡吉握住他的手臂。「沒關係，表哥。去吧。」他壓低聲音，不過英內薇拉在魔法的輔助下還是聽得清清楚楚。「我會看好我們的兒子，等你回來。」他親吻阿桑的模樣溫柔得令英內薇拉為兩人心痛，但阿希雅在她身後改變站姿，提醒眾人這段關係裡還有第三個人存在。

她看著孫子。*可憐的小卡吉被夾在中間。*

他們一言不發地巡視內城城牆。英內薇拉身穿看起來很像從前達馬丁長袍的不透明白袍，但她拉下兜帽，戴著很薄的面紗。魔印頭環在她額頭上發熱，身上還佩戴了很多珠寶，並非所有珠寶都是裝飾用的，她的長袍以琥珀金線繡著閃閃發光的隱形魔印。那些魔印是從黎莎送給阿曼恩的隱形斗篷上偷來的，儘管知道頭骨王座足以抵擋阿拉蓋，她還是無法抗拒隱形魔印在黑夜裡為她提供的安全感。

*將她的力量收為己用。*曼娃如此說。英內薇拉再度默默感謝母親的教誨。如果只因為唾棄魔印的來源而不肯收為己用，那她就太蠢了。

但就算沒有長袍和頭骨王座的守護，只要阿希雅待在身邊，英內薇拉就很安全。安奇度曾告訴英內薇拉，就算阿希雅是他的親生女兒，他也沒辦法對她的戰技感到更加驕傲。

她是沙魯沙克的大才。他以靈巧的雙手如此示意。

阿希雅右肩後掛著一支短矛，還有一小筒弓箭，左手除了綁了圓盾外，還握著短弓。這些武器上都有黃金魔印和霍拉。黑袍上的護甲是刀槍不入的魔印玻璃，刻意打造成強調女性特徵的形狀，沒有遮掩她的身材。阿桑臉上不動聲色地打量妻子。

守護警衛室的梅寒丁沙羅姆在他們三人接近時開始竊竊私語。片刻過後，一名凱沙羅姆上前深深鞠躬，阻擋他們的去路。「很抱歉，達馬佳，但……」

阿桑在對方起身前欺身而上，扣緊他的下頷向旁拋去。只聽見喀啦一聲，沙羅姆墜地身亡。「還有人想阻擋達馬佳嗎？」

剩下的沙羅姆立刻下跪，額頭抵在石板地上。片刻過後，一名紅面巾的訓練官起身鞠躬，護送他們步上城牆。

梅寒丁是克拉西亞十二部族裡第三大的部族，其中有人部分的原因在於他們擅長戰爭機器和遠程武器，不像其他沙羅姆要與阿拉蓋近身肉搏。他們多半是工程師和神射手，而非戰士，不過他們都以殺手般堅定的目光鎮守內城和外城城牆。

艾弗倫恩惠建於山丘之上，內城位居丘頂。阿曼恩的宮殿是全城最高的建築，但就連內城的矮城牆也能將周遭的景象盡收眼底。隨著太陽西下，領地中傳來點點魔印光，沙羅姆點燃篝火，藉以看清敵人。

正如她所擔心，敵人大舉來襲。頭骨王座守護內牆外圍一大片區域，但外城中缺乏魔印守護的地方，巨大的石惡魔——遠比英內薇拉曾見過的任何東西來得大——凝聚成形，聳立在包圍它們的戰士面前。它們的腳邊聚集了大批田野惡魔和火惡魔，空地上擠滿蠕動的鱗片和團團火焰。

梅寒丁凱沙羅姆下令攻擊。目光銳利的觀測兵透過架在三腳架上的望遠鏡爲巨蠍和投石器部隊高聲報出測量結果，後者則根據數據調整武器的張力，然後開始射擊。巨蠍刺劃過空中，強大的魔印就連石惡魔的外殼也能射穿。投石器部隊謹愼瞄準，避開石惡魔，發射一大堆小魔印石，以數百道魔爆打散惡魔的兵力。

他們造成嚴重的傷亡，梅寒丁弓箭手則負責支援戰場上的步兵。阿拉蓋放聲慘叫，一時之間，人類佔了上風。

但接著石惡魔開始挖地，毫不理會被它們推開的小型惡魔。其中幾頭石惡魔身上插著巨蠍刺，但沒有一頭倒地。儘管巨蠍和投石器部隊迅速裝塡彈藥，它們還是很快就挖好足以藏身之處，不再需要擔心遠程武器。

遠程武器部隊再度射擊，擊斃數十頭小型惡魔，但接著第一頭石惡魔帶著巨石爬回地上。弓箭像雨一樣插在它身上，不過彷彿蚊蟲咬傷般不痛不癢。它舉臂投擲，巨石擊垮附近的魔印柱，打亂部分的魔印網。田野惡魔立刻以駭人的速度衝往魔印缺口。沙羅姆盾牌交扣，但來不及趕到足以防守缺口的定位。惡魔撲到他們身上，連撕帶咬，其他惡魔則從旁繞過，有些自沙羅姆側面攻擊，不過大部分都直接衝入黑夜，開始獵殺粗心大意的人。火焰唾液自盾牌前彈落，於地面上燃起迅速擴張的火勢。

先前那頭石惡魔彎下腰去，再度挖掘，同時有更多石惡魔帶著巨石爬上來。

英內薇拉不曾見過這種規模的戰況。沙羅姆應變迅速，但就連她也看出阿拉蓋展現了不尋常的機智，攻擊意想不到的位置，持續削弱外城魔印網，慢慢朝山丘上的內城城牆推進。惡魔無法進入內城，但卻可以輕易擊毀城牆，破壞城內。烈火和坍塌的建築與阿拉蓋爪同樣致命。

外城裡的沙羅姆正爲了他們的性命而戰。石惡魔偶爾會將巨石投入戰士聚集處，藉以分散兵力，讓田野惡魔和火惡魔趁機擁入缺口。大多數沙羅姆都有穿護甲，但護甲在巨石和火焰唾液前毫無用武之地。風惡魔開始在魔印網上方盤旋，後腿抓著石頭丟向人群。它們沒有石惡魔那麼精準，但是造成的混亂遠大於實質傷害。

由於沙羅姆已經展開交戰，城牆上的梅寒丁部族不能冒險射擊與沙羅姆短兵相接的惡魔，只好將火力集中在石惡魔身上。每當有石惡魔舉起巨石，身上立刻就會插上數根巨蠍尾或魔印石。少數石惡魔當場斃命，大多數則被打得失去準頭。

但其中一頭巨型石惡魔闖入攻擊城門的範圍，抱著一顆大得足以擊碎城門的巨石。惡魔無法闖入內城，但卻可以擊斃許多城門守衛，並且在英勇作戰的人們心中激發恐懼。巨蠍刺插在惡魔的厚殼裡，但它帶著巨石專注前進。

「艾弗倫的鬍子。」阿桑喘息道。

英內薇拉不理阿桑，伸手到長袍內取出死在阿曼恩手中的心靈惡魔的細長臂骨。經過琥珀金加持，它在英內薇拉的魔印視覺下綻放強光。她將臂骨指向巨石，手指靈巧地操弄刻於握柄上的魔印。她啓動了熱魔印和衝擊魔印，以魔法攻擊巨石。

這道魔法飛往目標時看來像是綠地螢火蟲，但擊中目標時產生的爆炸卻照亮夜空，熱氣激盪，將巨石完全打成灰燼。

人們一臉驚嘆地看向英內薇拉，只見她將霍拉魔杖指向石惡魔，又一點小小的光芒在擊中目標時爆炸，不但震倒惡魔，還推動插在外殼上的巨蠍刺刺穿底下的血肉。石惡魔背部著地，胸口冒煙，再也爬不起來。

「母親……」阿桑開口欲言，但只是看著她，說不出話來。英內薇拉微微一笑，她很高興能夠提醒野心勃勃的兒子自己擁有令他恐懼的力量。阿希雅和梅寒丁戰士看起來一樣震驚，造成這樣的效果也很不錯。

戰場上，戰士受到英內薇拉魔法的激勵，即使有援軍趕到，他們仍加倍努力圍堵惡魔。

但阿拉蓋立刻展開反擊。一隊風惡魔俯衝而下，直接飛向英內薇拉，每一頭爪上都抓著沉重的石頭。阿希雅舉起弓箭，將風惡魔當作肥鵝般一箭擊落。梅寒丁弓箭手射下其他風惡魔，不過還是有不少石頭朝他們砸落。英內薇拉在身旁的城垛爆炸時飛身而起，撞上壁壘。碎石如同雨滴灑下，但阿桑站在她身前，承受大部分的衝擊。

塵埃落定後，他有半張臉染滿鮮血，一條手臂斷了，扭曲成不自然的角度。她伸手要去碰他，但她兒子順勢起身。他握著斷手的手腕，拉直手臂，任它垂在身側。這麼做顯然很痛，但阿桑保持自制，臉上沒有痛楚的表情，彎下腰去，伸出沒受傷的手去拉她起身。「我的傷可以等，母親。」他的下頜往城牆外揚起。「這邊的情況比較危急。」

英內薇拉接過他的手，不過沒出力拉他便自行躍起。她看向兒子指示的方向，雙眼瞪得老大。外城裡的戰況激烈，外城牆外更是打得火熱，但這一切都是聲東擊西。

從她所處的制高點，英內薇拉看得見阿曼恩看不到的景象，但就連她也因為忙著作戰而差點沒來得及發現。在肥沃的麥田裡，火惡魔正刻意地放火燒田，形成整座田地大小的魔印。要不了多久魔印就會啓動，讓阿拉蓋取得強大的優勢。

阿桑也看見了。「它們眞的是奈的使徒，不但讓我們無法餵飽人民，還利用田地來強化它們的黑暗魔法。唯今之計只有燒光剩下的田地，摧毀它們的魔印網。」

「或許，」英內薇拉說，回想骨骰的預言。她轉向阿希雅。「妳舅舅必須得知此事。」

凱沙羅姆丁毫不遲疑，跳下城牆，落地時著地翻滾，卸去衝擊的力道，隨即一躍而起。她衝下山丘，進入外城，迅速消失在黑暗中。

阿桑看著她。「妳違反解放者的命令，帶她上牆巡視已經夠糟糕了，現在妳還派我的吉娃深入黑夜？就算她沒死在阿拉蓋手上，父親也會為了違抗軍令將她處死。」

「你何必管她？」英內薇拉問。「如果她死於黑夜，或是違抗軍令被處死，你的問題就解決了，不是嗎？」

「我只是想要離婚，不是要她死。」阿桑說。

「你不會如願的，我兒。」英內薇拉說。「沒有惡魔傷得了她，而你對父親的了解還不夠深。他的首要職責在於沙拉克卡，阿希雅的情報關係此戰的成敗。他會感謝她傳遞軍情，將抗命的事放到一邊，直到月虧結束才象徵性地斥責她，然後公開表揚她。到時候沙羅姆丁於月虧期間就不再會被限制在地下城裡了。」

「一切都在妳算計之中。」阿桑說，語氣沒有絲毫苦澀的意思，但她還是感覺到了。

「哪個對你比較重要？」英內薇拉說。「打贏沙拉克卡，還是把妻子踩在腳下？如果你讓她放手去做，吉娃的英勇事蹟將會強化你的權力。我知道你不像愛阿蘇卡吉那般愛她，但她是你愛人的妹妹，你兒子的母親，而你曾在艾弗倫面前發過婚誓。對正直的人而言，這些羈絆就和愛一樣強烈。」

阿桑張嘴想要爭辯，接著又像洩了氣的皮球般考慮著母親的話。英內薇拉撫摸他沒受傷的手。

「偉人不會擔心妻子奪走自己的榮耀，阿桑，而是利用她的支持來往上爬。」

第二十八章　早收　333AR　夏

月虧

在城牆外大舉進攻的阿拉蓋能令最勇敢的沙羅姆心生恐懼。數以千計的惡魔，田野惡魔和火惡魔、石惡魔和木惡魔。夜空裡到處都是風惡魔，一邊尖叫一邊盤旋。

一頭石惡魔在撼動地面的腳步聲中走到一棵樹前。它將三十呎高的樹幹連根拔起，輕鬆折斷多餘的樹枝。帶著這根大木棒，它大步邁向最接近的魔印柱，身旁跟了一大群田野惡魔。巨蠍部隊瞄準射擊，即使在這種距離下還是需要大量巨蠍刺才能擊倒一頭石惡魔。他們沒辦法在惡魔打爛魔印柱前阻止它，而外面還有幾十頭巨型石惡魔。

賈迪爾舉起長矛，平空繪製熱魔印。惡魔手中的樹幹炸成一團烈燄，怪物嚇得趕緊把它丟掉。

「扣盾推進。」賈迪爾叫道，利用皇冠的力量強化音量。「聽令出擊。我們要攻向石惡魔，將它們各個擊破！」

沙羅姆形成盾牌交扣的陣形，他們的魔印在逼退阿拉蓋的同時綻放魔光。「攻擊！」賈迪爾在惡魔聚集在一起時下令。沙羅姆同時後退一步，稍微鬆開盾牌，刺出魔印武器。頓時間膿汁四濺，魔光大作，但訓練有素的戰士沒停下來享受魔力入體的快感，而是再度緊扣盾牌，繼續向前推進，直到賈迪爾再度下令攻擊。位於第二陣面的戰士負責解決被前線戰士踐踏過後的惡魔。

他們面對的第一道難關是一群手持木棒的木惡魔。儘管沒有石惡魔拿的那麼巨大，這些木棒還是比人還大，而簡單的木棒能夠做到阿拉蓋利爪做不到的事：打凹盾牌、重擊持盾的戰士、擊潰他們的陣形。

賈迪爾在惡魔突破缺口前集中精神，將皇冠的阻隔力量延伸到戰士外圍，把惡魔擋在原地。他舉起長矛，平空繪製熱魔印，讓木惡魔起火燃燒，然後衝向前去，以魔法力場撞開小型惡魔，來到一頭最接近他的石惡魔前。他縮回防禦力場，逼近惡魔，躍起十呎，將卡吉之矛刺入惡魔的胸口。魔法再度補滿長矛內的魔力，沿著他的手臂向上脈動，令他全身充滿活力。

他自倒地的惡魔身上躍起，落在二十呎外的空地上。惡魔自四面八方撲向他，但全都撞上魔印力場，而他卻能不受阻礙地攻擊它們。好幾頭惡魔死在他矛下，也有不少被他平空繪製的魔印擊斃。火惡魔在肚子裡的火焰唾液凍結時粉碎，木惡魔則渾身著火地四下逃竄。衝擊魔印一次就能擊倒五、六頭田野惡魔。

然而它們前仆後繼，數量彷彿沒有減少。現在戰場上所有惡魔都把焦點集中在他身上。他再度延伸皇冠力場的範圍，驅退惡魔，直到與手下會合，但這只有讓他在石惡魔拋擲巨石時變成更顯眼的目標。

賈迪爾撲向一旁，不過落地時又被另一顆巨石擊中。他順著撞擊的力道滾開，緊握他的長矛，自其中擷取魔力治療自己。但他沒有喘息的空間，因為甜瓜大小的石塊開始像下雨般落在他身邊。

儘管石塊墜落的速度很快，賈迪爾卻比它們還快，彷彿把石塊當作隨風飄蕩的肥皂泡泡般閃躲。當他閃避從天而降的石塊時，地面上的石惡魔和木惡魔持續抓起所有稱手的東西對他丟去：石頭、樹木，甚至還有幾個他的手下。風惡魔撞上他的魔印力場，直墜而下，他的手下迅速在它們有機會再度起飛前幹掉它們。一頭風惡魔飛到魔印力場邊緣，張口朝他吼叫，長長的魔喙中噴出一道閃電。

在一陣雷鳴之中，閃電穿透魔印，朝他直劈而下，但賈迪爾認得那道能量的本質，心中絲毫不懼。他斜舉長矛，吸收那道能量。武器顫抖，發出高溫，他將魔法反彈而出，把惡魔擊落天際。

他感到渾身充滿力量，簡直萬夫莫敵，但他還是看出自己逐漸遠離部隊，遭受圍困。石惡魔對他丟出更多更大塊的物體，遲早會有一塊擊中目標。

他發現，*我讓自己成了標靶*。

想通這點後，他縮回防禦力場，戴上兜帽，將自己裹在黎莎的隱形斗篷裡，迅速向旁踏出數步。對他的手下而言，情況並沒有什麼變化，但他能自阿拉蓋的靈氣中看出困惑。對惡魔而言，他就這麼平空消失。

他冷靜地走向已經重組陣線的沙羅姆，戰士們則利用惡魔困惑的機會，重創徒勞無功地搜尋他的阿拉蓋。

「舅舅！」一個聲音叫道，他看見阿希雅朝自己直奔而來。他的外甥女身穿沙羅姆黑袍，雖在黑暗之中，但他能夠清楚地由她的靈氣辨識她的身分。一頭田野惡魔撲向她，但她轉身以盾牌擋架，毫不停步地將它甩開。一頭火惡魔停在她面前，張口吐出火焰唾液，但她趁惡魔閉眼吐火時側向一旁，隨手出矛刺穿它。

接下來有兩頭木惡魔阻擋她的去路。如今身受惡魔魔力攻擊，阿希雅卻只是加快前進的速度，利用盾牌的邊緣攻擊它們細長肢體的關節，令它們站立不穩，難以攻擊。在沒受過訓練的人眼中，這些動作彷彿是反覆訓練出來的，但賈迪爾看出她其實是在試探惡魔，一邊搜尋壓力點，一邊施展達馬丁的沙魯沙克。最後她終於在惡魔的大腿上找到一個壓力點，隨即以相對而言力道很輕的攻擊打癱惡魔的腿。直到此時，她才出矛了結惡魔。

她轉身面對另一頭木惡魔，在它出爪攻擊時順手揮出盾牌，擊中它的腋窩。惡魔向後跌開，她冷靜地上前追擊。她的靈氣證實了他早已察覺的事實：她確信自己有能力殺它，只是在利用這個機會深入了解敵人。

沒有兩頭惡魔是一模一樣的。所有惡魔都是因應喜好的獵場不同來凝聚形體，而艾弗倫的阿拉是個變化多端的遼闊世界。她打了兩下才在這頭木惡魔身上找到與剛才相同的壓力點，片刻過後，她打癱了它的腳。她記下這個資訊，迅速擊斃惡魔，縱躍兩下，拉近她和賈迪爾的距離。

賈迪爾皺起眉頭。他爲親愛的妹妹英蜜珊卓之女感到無比驕傲。他命令她要比她的男性薩凡高強兩倍，但她遠遠超越他們，甚至強過她的父親。看著她優雅精準的動作，充滿自信與自制，簡直就像閱讀美麗的詩篇。

但不管有多驕傲，他還是無法接受她違背命令闖入黑夜的行爲。此事肯定與英內薇拉脫不了關係，但就連達馬佳也不能如此公然藐視他的命令。他將被迫拿可憐的阿希雅來樹立榜樣。

當她抵達他身旁時，他一把抓住她的手臂，將皇冠的防禦力場擴展到她身上，希望不會引起此刻正透過軀殼的眼睛找尋他的惡魔王子的注意。「如此公然違抗軍令，妳是在請我拿掉妳剛獲得的黑袍嗎？女孩。」

「原諒我，舅舅，」阿希雅說著單膝跪倒，露出頸部。「達馬佳命我傳遞軍情，阿拉蓋正在城外焚燒田地，製造大型魔印，組成魔印網。」

賈迪爾感到毛骨悚然，抬頭看向正在遠方凝聚的魔力，感應它的用途。惡魔在建造驅趕人類的魔印。如果它們成功在艾弗倫恩惠外圍建造魔印圈，就能殺掉其中所有男女老幼。頭骨王座無法防禦這種力量。

「她還有告訴妳別的事嗎？」他問。

「沒有。」阿希雅說。「但當我榮耀的丈夫說唯一阻止它們的方法就是燒掉田地，達馬佳說或許還有其他辦法。」

賈迪爾點頭。他怎麼會忘記自從英內薇拉擲骰以來，這個他日以繼夜、不斷思量的預言呢？

——解放者必須獨自深入黑夜，獵殺位於魔網中央的敵人；不然當阿拉蓋卡降世時，我們將會全軍覆沒——

他看向外甥女。她剛剛等於是坦承他妻子和兒子都違背了他的命令，但那在此刻彷彿變成了微不足道的小事。「告訴達馬佳我了解了，我會遵照艾弗倫指示的道路前進。」阿希雅鞠躬轉身，但他又抓住她的手。「我以妳為傲，外甥女。」

阿希雅原本冷淡平靜的靈氣突然浮現暖意。賈迪爾抱了抱她，然後後退，直視她的目光。「當我懲罰妳的時候，記住這點。」

她靈氣中的暖意絲毫不減，再度鞠了個躬，轉身步入黑夜。直到此時，她的靈氣才歸於平靜，如同在身上披了件斗篷般踏入戰場。

賈迪爾解開長袍，身上只剩拜多布，露出紋滿全身的魔印。除了拜多布外，他身上只有涼鞋、卡吉之冠，以及黎莎的斗篷，手裡只拿卡吉之矛。

他回頭看向賈陽，在人群之中，他的靈氣比白頭巾好認。

願艾弗倫讓你成為傑出的領導者，我兒。他禱告道。

夜風中傳來低語，儘管不知為何，但他就是知道那是惡魔王子的聲音，利用魔法而非單純的言語溝通。他聽不懂他們在說什麼，但他分辨出距離最近的聲音，於是踏入黑夜找尋源頭。戰士們大聲呼喊，試圖追隨他，而儘管擋路的惡魔被賈迪爾皇冠的力量逼開，不過他經過後惡魔立刻迅速回到原位。

沒過多久，他就開始看見魔法朝麥田流動。惡魔四下巡邏，但它們自他身邊路過，在他矮身穿越麥柄，接近阿拉蓋王子的魔印邊緣時完全無視他的存在。高高的小麥突然消失，面前的阿拉一片焦黑，綻放出魔法的光芒。

如此精確的線條令賈迪爾十分訝異。火惡魔幾乎能夠焚燒任何東西，但它們的魔法火焰常常會引發大火。而這裡的火具有方向性，而且從它們突然起火、突然熄滅等狀態來看，顯然還有其他魔法介入。

他感覺到魔印在排擠自己。一開始如同在強風中前進，接著像是在涉水而過。抵達魔印邊緣時，面前彷彿有道看不見的玻璃牆。能量掠過他的指尖，但他擁抱刺痛的感覺，測試著眼前的魔法。終於瞭解這股力量後，他集中精神，感到卡吉之冠溫暖他的額頭。他將手伸入魔印，力場自他身邊開啓，就像他剛剛過來時所推倒的麥柄。

他繼續跟隨夜風中的低語引導，大搖大擺地走在惡魔的魔印網中。他將魔力緊緊壓抑在身周，成爲魔印中的小小漣漪，如同丟入激流中的小石頭。

他走了一段時間，終於找到獵物。那頭心靈惡魔甚至沒在看他，全神貫注地指揮火惡魔在麥田裡焚燒通道。惡魔平空繪印，沿著一條精準的直線截斷火勢。他的貼身保鏢，一團形體不定、表面浮著黑色鱗片、渾身充滿魔力的怪物，圍繞在他身旁滑行。

惡魔的靈氣明亮刺眼，彷彿直視太陽，而他止漫不經心地做他的事。賈迪爾看得出他警戒鬆懈的原因。他身上交織的魔法能夠防止他人偷窺，但似乎對他的皇冠視覺無效。他對黎莎的斗篷深具信心，邁開大步迎上前去。

化身魔在他進入攻擊距離時倏然起身，心靈惡魔也轉過來面對他，但一切已經太遲了。他使勁刺出卡吉之矛，貫穿他的心臟。

魔力衝擊的威力遠遠超出賈迪爾的想像。他曾殺過力量強大的惡魔，早已習慣魔法沿著長矛注入自己體內，讓他變得更強、更快的感覺。魔法會治療他的傷勢，強化他的感知，並如刮去鐵鏽般撫平歲月的痕跡。

但那種感覺完全無法與此刻如同洪水般襲來，幾乎要將他淹沒在魔法之中的感覺相比。

惡魔王子發出痛苦的叫聲，而他的痛苦反應在化身魔和附近所有惡魔的慘叫及顫動上。惡魔朝他出手，儘管細長手臂末端的爪子不比枕邊妻子精心修剪的指甲長，卻銳利如刀。

賈迪爾大吼一聲，將身上部分魔力透過長矛釋出。魔力如同閃電般擊中惡魔，將他的牙齒盡數震碎。他的身體冒煙，發出焦味，賈迪爾拔出長矛，近身揮動，矛頭劃破惡魔纖細的頸部。

心靈惡魔腦袋落地時，附近的低等惡魔全部倒地身亡，但化身魔撐得比較久一點，在身體變形冒泡時放聲慘叫，有時化身為熟悉的形體，有時則變成只有在惡夢中才會出現的形狀。

賈迪爾渾身魔力激盪，矛尖指向化身魔平空繪印，將這頭怪物轟回奈的深淵。他在煙霧消散時聽見膠質血肉灑在地上的聲音。

賈迪爾站在隨之而來的死寂中，用心傾聽，但其他惡魔王子的低語聲已經消失。

他們感應到兄弟的死亡，於是逃離戰場。

賈迪爾彎下腰去，將阿拉蓋王子的屍體扛在肩上。他以空出來的手撿起他圓錐狀的頭顱。只要有足夠的琥珀金，他就能令頭骨王座的有效距離倍增，或是打造另一張王座隨他征服北地。

但首先，他們得提早收割穀物。

「我看不出這麼做有何意義，父親。」賈陽在賈迪爾於黎明之前召集議會，講解他的計畫時說道。「我們應該重修防禦陣線，然後恢復元氣，而非……」

「閉上嘴，仔細聽，」賈迪爾大聲說道。「阿拉蓋無法在戰場上擊敗我們，而你母親的魔法也讓他們無法攻進內城。心靈惡魔在麥田中建立大魔印的計畫已經失敗了，而他們不會再度嘗試，以免暴露行蹤，遭受與他們兄弟相同的命運。」

「那我們已經贏了。」賈陽說。

「別傻了。」阿桑道。「阿拉蓋不必與我們短兵相接或衝撞魔印就能殺光我們，只要燒掉田地就行了。」

「所以不能留東西給它們燒。」阿山同意道。「收成所有穀物，就連還沒成熟的也不放過。」

「那是當男人在外作戰時躲在城牆後的女人、卡非特，以及青恩的工作。」賈陽說。

「那是所有人的工作。」賈迪爾糾正道。「即使艾弗倫恩惠裡所有男女老幼，從最高貴的達馬到最低賤的青恩殘廢，通通下田去從日初工作到日落，我們還是只能收成……」

「百分之二十二。」阿邦說道。

「百分之二十二的穀物，然後黑夜就會降臨，惡魔就會放火燒田。」賈迪爾說道。「我們一定要讓所有人全都下田，要讓人們看到自認高人一等的我們也與他們一起工作。」

阿雷維拉克伸手搭上賈陽肩膀。「你昨晚爲白頭巾增添榮耀，阿曼恩之子。放下身段吧。卡吉一開始也只是個純樸的果農，不是嗎？」

賈陽瞄了他的手一眼，靈氣中透露出對於這種自認地位在他之上的態度極爲不滿。阿雷維拉克以前就曾這樣對待過他，不過他還是明智地嚥下這口氣。

對了，我兒，這就是智慧的開端。賈迪爾心想。

「小心點，解放者。」哈席克在他們接近一群青恩農夫時說道。「他們有武器。」

賈迪爾打量他們手上的收割工具，在有心人手上確實能成爲可怕的武器，但他沒感應到任何危險。青恩似乎很怕他。

「你太擔心了，哈席克。」他責備道。「如果青恩用農具就殺得了我，還談什麼打敗阿拉蓋卡？」

他大步走向農夫，不出所料，農夫們立刻跪倒，把臉貼在地上，笨手笨腳地表達順從的意思。

「起來，兄弟，」賈迪爾說著向他們鞠躬。「我們有事要做，沒時間來這一套。」他伸手拿起一把收割工具。「這叫什麼？」

「啊，長柄鐮刀，大人。」一名農夫說道。他年事已高，不過依然身強體壯。

賈迪爾點頭。他聽過這個名字。「教我怎麼用？」

「你要割麥？」農夫難以置信地問道。

他旁邊的人在他背上拍了一下。「照他的話做，白痴。」他低聲道。農夫點頭，拿起工具，示範握持的方式。他挺直強壯的手臂，壓低鐮刀，轉身割下一小片麥柄。

「工具好，使用的人也好。」賈迪爾說。「如果你從小就踏上戰士之道，肯定會成為偉大的戰士。」

農夫鞠躬。「謝謝，大人。」

「但這樣收割很慢，」賈迪爾說著接過鐮刀。「而我們時間有限。請站到旁邊。」他脫下外袍，上身赤裸，只留下頭上的卡吉之冠和綁在背上的卡吉之矛。他反握鐮刀，刀身舉在身後，壓低身形，召喚法器中的魔力，在體內灌注上百人的力量與速度。

他一躍而起，沿著田地奔跑，揮刀割麥柄。他穿涼鞋的腳在鬆軟的阿拉上踏出穩定的節奏，轉眼就已經割到田地的另一邊，隨即回頭再割。這時第一輪割下的麥柄還未落地。

賈迪爾停下來看著剛剛割好的田地時，天才剛亮不久。英內薇拉請大市集裡的織簍匠送來一車簍子，而她則領頭撿起割下的小麥，一邊拿著裝滿小麥的簍子，一邊指揮女人和小孩，彷彿她一輩子都在田地裡幹活一樣。

她在晨光之中看來非常美麗，身穿亞麻褲和紫紅色滾金邊的緊身上衣，氣質端莊嫻靜。卡非特和青恩崇敬地看著她的辛勞，隨即彎下腰去努力工作。

他環顧四周，看見達馬、沙羅姆和地位低賤的人們一同工作。這是十分激勵人心的畫面，是卡吉夢寐以求的團結，讓人類擊敗阿拉蓋、贏得沙拉克卡的共同目標。

他希望這樣就夠了。

「……梅寒丁蘋果園全毀，」阿邦說。「還有超過兩千畝的牧地。」

賈迪爾坐在頭骨王座上，衣服和皮膚沾滿油膩膩的煙灰，渾身散發臭味。灼傷已經癒合了，但他心情沉重地聽著阿邦於月虧第三夜後的晨間報告。

他的恐懼在第二天晚上得到證實。由於阿拉蓋王子的原始計畫受阻，又害怕在戰場上遇上他而不願再度嘗試，於是他們決定採取製造饑荒的手段摧毀他的子民。

流過肥沃土地的眾多河川都是天然的防火道，他率領戰士獵殺火惡魔，四下奔走救火，但他的人力有限，惡魔還是造成了十分嚴重的損失。聽著阿邦報告一筆筆損失清單，賈迪爾早就算不清那些數字了。

阿邦翻到下一頁。「在克雷瓦克的領土上，我們損失了……」

賈迪爾覺得再聽下去就要爆炸了。他突然站起身來，大步走下台階，在王座廳裡踱步。「直接告訴我，卡非特，」他吼道。「情況有多糟？」

阿邦聳肩。「只要沒有持續惡化，你的子民就能撐下去，解放者。」他直視賈迪爾。「但若每個月的情況持續惡化，阿拉蓋根本不必攻擊我們，冬雪降臨前就會有半數艾弗倫恩惠的人民餓死。」

賈迪爾伸手摀在臉上。

「不過你有兩項優勢。」阿邦說。

賈迪爾抬頭看他。「優勢？」

「現在你的人民將你視為真正的艾弗倫之子。」阿邦說。「就連青恩提到你時也會面露崇拜，大力宣揚你不分日夜盡力保護他們的事蹟。與他們一起下田工作實在是太高明了。」

「我不是爲了收買人心。」賈迪爾說。

「你的動機並不重要，我的朋友，」阿邦說。「重點是你那麼做了，加上把阿拉蓋王子的屍體扛到達馬基面前展示，今後不管是克拉西亞人還是綠地人都會心甘情願地追隨你。」

「追隨我上哪去？」賈迪爾問。

「當然是去雷克頓，」阿邦微笑。「艾弗倫恩惠以東的土地仍然肥沃。」

黎明之前，惡魔親王在洞穴裡等候。天色依然黑得讓地表上的牲口什麼都看不見，低等軀殼還能持續狩獵好幾個小時，但對習慣心靈王宮的惡魔王子而言，天色正以飛快的速度轉亮。

他故意等到月虧最後一夜即將結束的時刻召喚其他惡魔王子。他們會被迫在洞穴外現身，讓微亮的天色削弱力量。惡魔親王在洞穴附近及後方的裂縫裡繪製了強大的魔印，匯集地心魔域洩出的魔力，確保其他惡魔無法取用其中的力量。

隨他前來地表的六頭心靈惡魔死了兩頭——最強大的兩名對手已死，但在如此遠離女王影響力的地方，要同時面對這麼多兄弟最好還是先做完善的安全措施。

除掉兩個潛在的敵人是一項優勢，但不值得在女王即將產卵的此刻惹她生氣。相形之下，其他四頭心靈惡魔宛如英雄，在他的計畫失敗之後持續作戰，消磨敵人的實力。他們於此戰中獲得的經驗和聲望足以取代他那兩個宿敵。

四頭心靈惡魔抵達時，他奮力擷取魔力，儘可能在體內儲存大量能量。他毫不掩飾體內的魔力，讓其他王子看見它們，並且心生恐懼。他的化身魔圍繞在他身邊，不過一個簡單的禁忌魔印將對手的化身魔擋在洞外。

白晝之星接近了，兄弟。其中一頭惡魔想道。

我們應該回去王宮，向女王回報。另一頭同意道。

惡魔親王嘶吼一聲。你們要先向我回報。

我們已經向你回報過了。派往北方的惡魔王子之一說道。他比其他王子年長，也較為強大。來到地表之後，意志力大幅成長。他將靈氣掩飾得很好，但惡魔親王感受得到他很緊張。

惡魔親王心念一動，一頭化身魔突然出擊，揮出觸角纏住惡魔王子的喉嚨，將他扯到近處。惡魔親王沒有改變姿勢，不過魔力蓄勢待發。如果他們打算聯手對付他，現在就是最好的時機。

但其他惡魔王子僵在原地。他們或許痛恨惡魔親王更甚白晝之星，但他們同時也互相仇視，絕不會沒有必勝把握就賭上自己的性命。

惡魔親王撫摸惡魔王子頭顱上的隆起部位。你回報過了，卻沒有全盤托出。你把我當傻子嗎？

年輕的心靈惡魔試圖掙扎，但卻不敵化身魔的力量。他頭顱鼓動，試圖爭奪軀殼的控制權，但惡魔親王的意志僅次於女王。化身魔纏緊王子喉嚨上的觸角，他終於不再掙扎。

你兄弟死的那晚究竟出了什麼事？惡魔親王問。

我們擒獲統一者。王子坦承，他的同伴嘶吼一聲。派往南方的王子吃了一驚，在他們談話時頭顱鼓動。

那你的兄弟怎麼會死？統一者又怎麼能繼續屠殺軀殼，吸引人類服侍他？惡魔親王問道。

我們檢視他的內心，探索他的力量，王子想道，但他在我們把他帶來給你之前逃脫。

還想騙我？惡魔親王問。王子沒有眼瞼的雙眼瞪大，但在他張口抗辯之前，化身魔已經甩出利爪，剖開他的頭顱。惡魔親王伸手到他腦中，撕碎王子的心靈，在其他王子的靈氣摻雜恐懼與嫉妒等情緒時大快朵頤。

吃下王子的腦，他的記憶和意志就轉移到他身上，他立刻就得知了他們在統一者心中得知的祕密。歡愉與力量差點淹沒惡魔親王。這數千年來，他曾多次品嚐兄弟的心靈，每次都讓他因爲體內充滿力量而頭暈目眩。洞外，惡魔王子的化身魔高聲尖叫，開始失去凝聚形體的能力。

惡魔親王看向另一個密謀欺騙自己的王子。對方恐懼地僵在原地，顯然深怕面對與兄弟相同的下場。

滾！惡魔親王下令，王子沒有質疑自己的好運，連忙步出洞外，帶著他的化身魔逃回地心魔域。

另外兩名王子動也不動地站在原地，看著惡魔親王消化他們兄弟的記憶。其中之一舔舔牙齒，望向剖開的頭顱。

惡魔親王震驚地發現統一者竟是藉由食用軀殼來竊取他們大部分的力量。他從沒想過地表牲口竟能以身體儲存地心魔力，並且學會擷取魔法。那似乎就像懂得哲學辯論的石軀殼一樣無稽，但偏偏事實擺在眼前。

而現在他也知道最初導致他們前來地表的原因，埋藏在南方沙漠裡的戰鬥魔印重見天日了。

北方統一者竊取了一些我們的力量，但我已經摸清楚他的實力了，他對其他王子想道。他辦得到的事我們都辦得到，只要想辦法把他引出大魔印就行了。

沒有心靈會如此愚蠢。一名王子想道。

這傢伙比較笨，惡魔親王保證道。*他根本沒有他自以爲的那麼強大，而他已經對我們透露了這次暴動的起源。*他將上任統一者失落之城的影像傳送到兩名王子心裡。

我們要利用下次週期去把那裡的一切毀滅殆盡，惡魔親王想道。*我要在統一者的屍體上拉屎，誰教他給我們惹出這麼大的麻煩。*

其他心靈惡魔表示認同，惡魔親王直視他們的雙眼，讓他們看見他強大的力量。

*對我開啟心門。*他下令。在心靈王宮裡，他不會下達這種命令，但這些王子心知若不照做，他們就再也沒有機會回歸王宮，再說這樣總比心靈被吞噬要好多了。他們同時撤除防禦，任惡魔親王研究他們這三個晚上的記憶。

當統一者傳人出現，戴著那頂詛咒的皇冠，將邪惡的長矛插入惡魔王子胸口時，他們正在與兄弟聯繫。

惡魔親王在重現那段記憶時感到強烈的恐懼。北地統一者力量強大，但他的力量只能與最弱小的惡魔王子匹敵。然而統一者傳人卻做出了他最害怕的事，完全解放了那些法器的力量。

他變成了心靈獵人，就像沙漠裡那具乾屍。

那年有多少惡魔親王的兄弟和祖先死在那傢伙手上？那時候女王還未復生，但他卻經歷了一切。當年他很年輕、很弱小，能活下來完全仰賴運氣，而非機智，但他記得當時瀰漫在心靈王宮裡的恐懼氛圍。

惡魔親王點了點頭，允許其他王子逃離地表，接著召集化身魔，乘著魔法奔流回歸地心魔域。*必須盡快除掉統一者傳人，絕不能讓他建立王朝。*

第二十九章 閹人 333AR 秋

「我衡量過阿拉蓋王子的實力，」阿曼恩說。「他們不是我的對手。」他指向高台底部。王座廳的布帘拉起，整座大廳以油燈照明，讓他得以展示插在木樁上那顆惡魔王子球根般的頭顱。他已經命令阿邦找石匠來把大廳的窗戶完全封死。

他的議會成員輪流凝視敵人的大黑眼，每個人都以強擠出來的嘲弄態度掩飾心中的厭惡。阿邦不怪他們。與其他惡魔相比，這頭惡魔體型不大，也沒有長滿尖牙利爪，但他詭異的雙眼令人毛骨悚然。圓錐型的頭顱、退化的魔角、近乎溫和的五官，看起來實在不像殘暴不仁的殺手。他是個思想家，是籌劃者。

這不是阿邦第一次感謝艾弗倫讓他成爲殘廢的卡非特，不必參與黑夜的戰鬥。

他將駱駝拐杖調整到比較舒適的位置，聽著朋友唸出那篇他們費盡心思準備的講稿。儘管他經常站在高台上爲主人提供建議，兩人卻都認爲下達這個命令時，阿邦應該待在台下，不要讓人懷疑這是他的主意。阿曼恩無論如何都會讓這個計畫通過，但要祭司盡快接受，就要讓他們以爲這是沙達馬卡想出來的，而非懦弱無能的卡非特。

他們以爲我懦弱無能，但我能讓他們像傀儡一樣起舞。他的目光始終保持低垂，但他早就學會在阿曼恩講話時透過眼角觀察祭司。

「但我們絕對不能志得意滿。」阿曼恩繼續道。「阿拉蓋卡之子重臨大地宣告了沙拉克卡的開端，而要贏得沙拉克卡，我們得先結束沙拉克桑。阿拉蓋無法突破我們的防禦，但它們能消磨我們的實力，放火燒田、屠殺牲口，直到我們虛弱得無法戰鬥，讓綠地人有機會團結起來對抗我們。想要贏得兩場戰爭，我們就得持續擴張，讓北地城市一座座臣服在伊弗佳律法下，徵召他們的男人，將他們的資源充公。」

阿雷維拉克達馬基點頭。「我們必須打贏白晝戰爭，待在艾弗倫恩惠裡讓我們軟弱。」

「同意。」阿山說。技術上而言，他代表議會發言，但所有人都知道他是阿曼恩的傀儡。阿雷維拉克是最年長也最受人景仰的達馬基，是唯一與阿曼恩爭奪頭骨王座並且活下來的人。所有人都很尊敬這位年高德劭的祭司，他的話具有舉足輕重的分量。

這就是阿曼恩在稍早之前私下會見他們時，命令阿雷維拉克率先發言，然後才輪到阿山的原因。

阿曼恩以矛柄敲擊地板。「我們會在兩個月內攻打雷克頓。」阿邦聽到這話，立刻依照排練，皺眉抿嘴。

「你皺眉了，卡非特，」阿曼恩說。「你認爲我的計畫不夠周詳嗎？」

所有目光集中在阿邦身上，他假裝被他們瞪得心生畏懼。顯然在場所有人都暗自祈禱他會說些導致他在沙達馬卡面前失勢的蠢話。

阿邦得承認，這是非常值得擔心的事。他很清楚如果有一天他失勢了，這座大廳裡的每個人——包括達馬佳本人——都會立刻出手控制他或是除掉他。

「解放者的智慧遠超過我，」阿邦說，在語氣中增添恰到好處的哭音。「但你的部隊爲了掌控征服的領土已經過於分散。這樣做的代價——」

「不要聽這個吃豬的卡非特懦弱的言語，父親，」賈陽插嘴道。「當初他也反對你攻打艾弗倫恩惠。」其他達馬基點頭，低聲表示認同。

「吃豬的卡非特」是多餘的形容，你這白痴。阿邦心想。卡非特本來就是「食豬之人」的意思，因爲伊弗佳明令禁止吃豬，而貧窮的卡非特通常只吃得起豬肉。阿邦的嘴唇微微抽動，抗拒一股想笑的衝動。在場的人都不知道他們錯過了什麼。豬肉非常美味，而伊弗佳不讓男人吃豬只是因爲三千年前卡吉同父異母的兄弟在解放者要吃的乳豬裡下毒。卡吉傳奇性的力量擊敗了死亡，但在便器前待了幾個小時讓他一氣之下宣布豬是不潔之物，導致之後無數世代的笨蛋無緣品嚐這些鮮嫩美味的豬肉。

他想得口水直流。他今晚要吃乳豬，然後以某種祭司禁止的方式將種子灑在妻子身上。

他看著賈陽，毫不意外地在沙羅姆卡眼中看見飢渴。這小鬼只比野獸好一點而已，過度享受征服與掠奪的快感，根本不懂得統治的手段。殺人比殺阿拉蓋要簡單多了，而世界上最好殺的就是軟弱的綠地人。他可以輕鬆地在自己簡短的成就清單上增添一筆勝利。

他抗拒著搖頭的衝動。賈陽生下來就擁有世人夢寐以求的權力和機運，而他腦中唯一想得到的事情就是宮殿的大小，以及馬屁精如何用新方式取悅他。

阿桑和阿蘇卡吉面無表情，不過這兩人有他們自己的溝通方式——透過兩人在床上研究出來的微妙姿勢和手勢——讓他們能在旁人毫無所覺的情況下進行溝通。

觀察他們數個月後，阿邦只能解讀出一部分的肢體語言，但還是足以猜出他們現在在講些什麼。父兄出征時留下來坐鎮艾弗倫恩惠是件有利也有弊的事。解放者遠行期間，阿山代表議會發言，達馬基與達馬佳共同議政，但儘管榮耀全部屬於上陣殺敵之人所有，阿桑還是有很多辦法可以趁他們不在時強化權位。

「你有什麼想法？阿桑。」賈迪爾問。

阿桑朝兄長的方向微微鞠躬。「我同意，父親。現在正是進攻的機會。卡非特的擔心不無道理，但在艾弗倫遠大的計畫中這只是微不足道的小事。阿拉蓋摧毀了我們大部分的收成，而且損失還在持續擴大。征服更多土地能夠舒解這種情況。」

阿曼恩轉向其他十個達馬基，阿邦趁著他們直視王座時打量他們。這些人依照部落中沙羅姆數量多寡的順序排列，不管數量相差有多微小。每隔幾個月，排隊順序就會出現一些改變。

站在阿山和阿雷維拉克身後的是梅寒丁部族的安卡吉。這幾年來這個達馬基變肥了不少，再也無力爭奪頭骨王座。阿曼恩依然對於安卡吉試圖私藏卡吉之冠的事情耿耿於懷，但阿邦認爲此事情有可原。要是異地而處，他也不會把卡吉之冠拱手讓人。在那之後，安卡吉只能亦步亦趨地跟在阿山和阿雷維拉克身後，至少在議會裡是如此。

「白晝戰爭是沙達馬卡的職權範圍，」安卡吉說。「我們有什麼資格質疑？」

他看向站在他旁邊的人，克雷瓦克和南吉部族的達馬基。偵察兵達馬基即使於白晝都戴上黑夜面巾，除了部族領袖和解放者本人外，沒人知道他們的眞實身分。

一如往常，這兩個男人一言不發地鞠躬行禮。

阿邦懶得去看其他達馬基。自從伊察奇和魁倫受到教訓之後，弱小部族的達馬基都變得比安卡吉更加諂媚。只有沙拉奇部族的克維拉開口發言，直視阿曼恩的雙眼道：「我不是要批評你明智的計畫，解放者，但我們部族實在沒有足夠的人力一邊掌控征服的土地，一邊派兵參與新的攻擊行動。」

「那就留下來！」蘇恩金部族的朱森吼道。「讓其他人掠奪更多財物！」幾名達馬基竊笑，但所有人在被阿曼恩瞪過之後全都閉嘴。

「透過聯姻與血緣，」阿曼恩說，「我是沙拉奇部族的人，也是蘇恩金部族的人，是所有部族的人。在我面前互相羞辱，你們就等於在羞辱我。」

阿桑拍拍阿拉蓋尾的鞭柄，朱森達馬基嚇得臉色發白。他立刻下跪，額頭抵地。「我道歉，解放者。我沒有不敬的意思。」

阿曼恩點頭。「這樣也好。你留人下來守護沙拉奇部族在艾弗倫恩惠的領土，讓他們隨軍出征，奪取更多湖民的土地。」

看著朱森臉上挫敗的神情，阿邦很想哈哈大笑。他們部族留下越多戰士，就表示越少人在前線掠奪財物，很可能也會讓哈爾瓦斯部族的法辛達馬基超越他在頭骨王座前的排名。他看向法辛，只見達馬基笑容滿面，不過聰明的他沒有多說什麼。

阿邦在阿曼恩向他們解說計畫細節時神遊天外——至少是他們有必要知道的細節。計畫中最主要的部分，包括攻擊的確實時間與地點，都會等到這些笨蛋沒有機會洩密之後才告訴他們。

他看著頭骨王座，思索著在上面鍍琥珀金究竟意義何在。看起來實在是非常浪費。

阿邦依照命令，將整座礦坑裡挖出來的琥珀金都交給達馬佳。他以爲那些金屬會就此消失，作爲祕密用途，或至少會被打造成阿曼恩的護甲。結果它們卻被浪費在他的王座上，成爲毫無意義的權力象徵。

眞是這樣嗎？他偷看達馬佳一眼。這女人可不是擺著好看的花瓶。儘管世界上比她更美的花瓶不多，但她從來不做毫無意義的事。

無所謂。阿邦已經交出了金屬，但他並沒有停止尋找更多金屬，從蘭尼克首度遇上這種合金的礦坑找起——一座帶有金礦礦脈的銀礦，至今每年都會挖出一定產量的琥珀金。阿邦透過中間人買下了這座銀礦，並且派人在艾弗倫恩惠各地收購以琥珀金製造的珠寶和錢幣。現在他已經取得爲數不少的琥珀金，並且用它來取代拐杖中的伸縮刀，還爲幾個他最信任的卡沙羅姆打造了一些飾品或武器。

會議很快就結束了。阿曼恩第一個離席，緊接在後的是賈陽、阿桑，然後是達馬基。阿邦轉身跟著出去。

「阿邦，」達馬佳叫道，阿邦僵住。哈席克在前方關上廳門，雙手抱胸站在門前擋住他。

阿邦轉過身去，看著英內薇拉自頭骨王座高台上走下，他立刻將目光自她具有催眠力量的搖擺翹臀上移開，抬頭直視她的雙眼。

你家裡就有好幾個美貌妻子，他提醒自己。這女人公開展示她的肉體，但看她的代價實在太高了。

他鞠躬。「達馬佳。我這個卑微的卡非特有什麼能爲妳效勞的嗎？」

英內薇拉越走越近，直到近得哈席克聽不見兩人交談的距離，但是山娃緊跟在她身後。從各方面而言，這個凱沙羅姆丁與阿曼恩殘暴的保鏢一樣致命。

「你的金屬匠有任何進展嗎？」英內薇拉問。「他們送來的最後一批合金都是廢物。」

阿邦聳肩。「融合金屬很容易，但找出正確的比例卻是很漫長的過程。阿拉之火或許會製造出我們意料之外的合成物。」

「我們需要更多。」英內薇拉說。

「我知道。」阿邦說。「爲王座鍍膜需要很多琥珀金。妳接下來要鍍台階嗎？」

「我拿它來做什麼不關你的事，卡非特。」英內薇拉說，語氣很平淡，但依然散發出警示意味。

阿邦鞠躬。「妳說得對，達馬佳。妳派妳的閹人去做什麼也不關我的事，不過我聽城內的守衛提起有三個閹人死了，被沖到河岸上。」他向她微笑，接著立刻發現自己說得太過分了。

英內薇拉比個手勢，山娃立刻上前。只見她輕輕揮拳，他臉上就爆出一陣劇痛，整個人倒在地上。

阿邦摀著鼻子，瞪大眼睛看著自己的手掌在轉眼之間染滿鮮血。他自背心口袋裡拿出手帕，不過手帕很快就濕透了。「沙達馬卡說過他會殺掉任何攻擊我的男人。」

「沙羅姆丁不是男人，卡非特。」英內薇拉微笑，她揮手比向廳門，嘴角在半透明的面紗下向上勾起。「不過非常歡迎你跛腳走出去，告訴阿曼恩你對我出言不遜，所以我讓山娃動手打你。看看他會怎麼做。」

阿邦沒有移動，於是她搶走他手中的手帕，將這塊吸滿鮮血的布拿在他眼前。「下次敢再對我無禮，我就不會對你這麼客氣了。」

阿邦吞嚥口水，看著她和女戰士大步走向她的私人枕廳。他或許不怕達馬基，但阿曼恩的第一妻室又完全是另一回事了。他讓黎莎．佩伯成爲她死對頭的計畫宣告失敗，現在他惹上了一個他最不想惹上的敵人。

哈席克於枕廳的大門在女人身後關閉時哈哈大笑。

「這下你不敢放肆了，嗯？卡非特。」

阿邦冷冷看著他。「開門，你這條狗，不然我就告訴阿曼恩說這鼻子是你打的。」

哈席克氣得滿臉通紅，稍微舒緩了阿邦的痛楚。阿邦強忍微笑，看著高大的戰士打開廳門。哈席克很快就會爲了這個屈辱去找他算帳，但這一次阿邦期待他找上門來。

我的金屬匠再度嘗試重製神聖金屬。當天稍晚，阿邦寫信給阿曼恩道。傍晚時分，派個值得信任的強壯使者來拿達馬佳的樣品。

阿曼恩一如往常地派了哈席克過去。

戰士去找他們時，阿邦的女兒希兒娃正獨自一人在他位於新大市集的大帳前工作。此時已快到宵禁時間，市集裡已經沒什麼人，大部分的帳篷和店面都已經關門。阿邦透過一個小洞看著哈席克進入帳篷。希兒娃年輕貌美，聰明機智，雙手靈巧。她有美好的未來，阿邦非常愛她。哈席克強暴她時就很清楚這點。他這麼做不是爲了佔有希兒娃，只是爲了傷害阿邦。

女孩看到哈席克立刻倒抽一口涼氣。她匆忙跑到櫃檯後方，衝過一條短廊，消失在帆布簾後。哈席克就像貓追老鼠一樣直追而上，矯健地跳過櫃檯，緊接著消失在門簾之後。

聽見房門關閉聲後，阿邦默數十下，然後好整以暇地跟了上去。即使過了這麼多年，他的腳傷依然會痛，此刻他沒理由加快腳步而增加腳上的負擔。那扇沉重的門關閉時，哈席克還在掙扎。

帳篷緊鄰著一座大倉庫，而哈席克不知情地走了進去。兩名沙拉奇部族的卡沙羅姆手持阿拉蓋捕捉環等在裡面。中空的環柄比哈席克的手臂長兩倍，裡面塞了纖細的鋼索，末端的套環緊纏在他脖子上。哈席克一手抓住一圈套環，試圖阻止它們越縮越緊，但這樣做在經驗老到的沙拉奇戰士面前毫無用處。他拉，他們就推，反之亦然，而套環就在這推推拉拉的過程中不斷緊縮。阿邦愉快地看著哈席克逐漸不再掙扎，跪在地上，面紅耳赤。

希兒娃來到他身旁，阿邦伸手摟著她。「啊，哈席克，非常歡迎你來拜訪！你還記得我女兒希兒娃吧？你去年春天奪走了她的童貞。我承諾過當我對你展開報復時，她可以坐在前排座位欣賞。」

由於未婚，希兒娃不必撩起面紗就能對沙羅姆的臉吐口水。哈席克試圖撲向她，但沙拉奇戰士制服他，再度令他跪回地上。阿邦揚起一手，黑暗中隨即走出另一名卡沙羅姆。南吉沙羅姆擅長刑求，面前這個小男人也不例外。他的動作迅速優雅，安靜無聲，只有在拔出尖銳彎刀時發出一點聲響。哈席克瞪大雙眼看著他，但完全無力抵抗。

小男人看著他。「讓他躺在地上比較好動手。」他的聲音十分低沉，近乎低語。「固定四肢。」

阿邦點頭，用力拍手。沙拉奇戰士扭轉環柄，令哈席克背部著地，接著房門開啓，一群黑袍女人——阿邦的妻子及女兒走進來。很多女人戴了婚姻面紗，其他人的臉就像希兒娃一樣露在外面。這幾年來慘遭哈席克蹂躪的女人可不少。

四個女人手持阿拉蓋捕捉環，一個接著一個套上哈席克的手腕和腳踝，用力拴緊。哈席克壯得就像經常從獵殺阿拉蓋中吸收魔力的戰士，但女人們佔著器具之便及數量優勢，即使沒有沙拉奇戰士也足以將他牢牢固定在地。兩名卡沙羅姆放鬆套環，好讓所有人盡情享受哈席克在褲子被割開時所發出的叫囂聲與徒勞無功的掙扎。

哈席克露出軟趴趴的陽具時，女人全部哈哈大笑。阿邦也輕笑了幾聲，心知有女人在場能大幅增加哈席克的痛苦與羞辱。「這根可憐兮兮的小玩意兒就是讓我的女人害怕的東西？」

「狗的東西也很小，父親。」希兒娃說。「但那並不表示我想被狗插。」

阿邦點頭，告訴哈席克，「我女兒說得有道理。」接著朝南吉戰士點頭。「割下來。」

哈席克大叫掙扎，但在女人的箝制下毫無作用。「我是解放者的阿金帕爾！他不會放過你的，卡非特！」

「去告訴他，漏風者！」阿邦笑著用哈席克在沙拉吉受訓時因爲叫阿邦食豬者之子，而被魁倫打掉牙齒後所得到的綽號稱呼他。「告訴全世界你被卡非特閹掉，然後看著他們在你背後偷笑！」

「我要殺了你！」哈席克吼道。

阿邦搖頭。「在解放者眼中，我比你更有價值，哈席克。」他比向三名卡沙羅姆。「睿智的他派遣戰士來保護我。」他微笑。「同時也保護我女人的榮譽。」

哈席克再度張嘴，但阿邦指示沙拉奇戰士鎖緊他的喉嚨。「閒聊的時間結束了，老朋友。沙拉吉教過我們要擁抱痛苦，我希望你學得比我好。」

南吉戰士動作飛快，如同達馬丁般熟練地沿著陰莖和睪丸外纏繞細線，割掉它們，丟到盤子裡，插入排尿用的金屬管，然後很有效率地縫合傷口。通通弄好之後，他舉起盤子。「這玩意兒要如何處理，主人？」

阿邦看向希兒娃。「今天還沒餵狗，父親。」她說。

阿邦點頭。「帶妳妹妹一起去，拿點東西給牠們嚼。」希兒娃接過盤子，其他女人放下阿拉蓋捕捉環，談笑風生地跟著她走出門房。

「我會教她們不要亂說，我的朋友。」阿邦說。「但你也知道女人。只要把祕密告訴一個女人，沒多久消息就會傳開。要不了多久，大市集裡所有女人都會知道不必再懼怕哈席克，因爲他的雙腿之間只有一條女人的縫。」

他朝哈席克丟了個沉重的皮袋，戰士在袋子噹啷啷地落在肚子上時痛得悶哼一聲。「回皇宮的時候，把這袋東西帶給達馬佳。」

賈迪爾跟著英內薇拉走下通往地下宮殿私人住所的螺旋梯。他從來不必造訪地下宮殿——他已經有超過四分之一世紀不曾躲避黑夜；而他在下樓時感到些微讚歎。魔印光照亮前方的通道，但賈迪爾有皇冠視覺就夠了。他可以像白晝一樣清楚地看見藏身陰影中的閹人偵察兵。他們的靈氣清晰透徹，絕對效忠她的妻子。他對此感到高興，她的安全就是一切。

她帶領他走過剛自岩層中開鑿出來不久的蜿蜒走道，穿越幾扇房門，將閹人守衛留在身後。最後他們來到一間小密室，裡面有一男一女坐在枕頭上喝茶。

英內薇拉關上房門，裡面的男女立刻起身。女人看起來就像個普通戴爾丁，身上穿著黑袍，只露出雙眼和手掌。男人身穿卡非特的褐衣，起身時得靠拐杖支撐。其中一條腿的靈氣只到一半就沒了。瘸子。賈迪爾心想，沒有詢問他們的身分，他們的靈氣透露了一切，但他還是讓英內薇拉正式引見。

「尊貴的丈夫，」她說。「請容我向你引見我的父親，卡薩德．阿蘇．卡薩德．安達馬吉．安卡吉，以及他的吉娃，我母親曼娃。」

賈迪爾深深鞠躬。「母親、父親。很榮幸終於見到你們。」

兩夫妻連忙回禮。「這是我們的榮幸，解放者。」曼娃說。

「母親不必在與丈夫和孩子獨處時遮住容顏。」賈迪爾說。曼娃點頭，解下兜帽和面紗。賈迪爾微笑，從這女人臉上看見許多他心愛女子的特徵。「我終於知道達馬佳傳奇般的美貌從何而來。」

曼娃禮貌地垂下日光，儘管他說得十分誠懇，這話並沒有真的打動她。她的靈氣很銳利且專注。他感應出她對女兒的驕傲，以及英內薇拉對她的敬意，但無論如何，屋裡就是存在著一股尷尬的氣氛。賈迪爾在他妻子和父母的靈氣中看出尷尬的原因，以憤怒、恐懼、羞愧以及愛所編織而成的奇特情緒網，層層交疊在一起，而所有情緒都集中在卡薩德身上。

他看著自己的卡非特岳父，深入探索他的靈氣。此人身上布滿戰士的傷疤，但膝蓋的傷痕並非阿拉蓋的尖牙或利爪所造成的；傷口很平整。「你曾經是沙羅姆。」他猜道。「但你的腳不是在戰場上失去的。」這話在男人的靈氣中掀起一陣騷動，透露出許多訊息。「你因爲犯罪而失去黑袍，這條腿則是犯罪的懲罰。」

「你怎麼……」英內薇拉開口。

賈迪爾看向她，解讀她和父親之間相連的強烈情緒。「你的妻女很想原諒你，但她們沒有勇氣。」他看回卡薩德。「你到底做過什麼難以原諒的事？」

英內薇拉和曼娃的靈氣中充滿震驚的情緒，但最驚訝的還是卡薩德。在魔印光的照明下，他臉色發白，一身冷汗。他沉重地靠著拐杖，儘可能保持尊嚴地矮身下跪，接著伸出雙手，額頭抵在厚厚的地毯上。

「我毆打我的達馬丁女兒，又因爲我的長子是普緒丁而殺害了他，解放者。」他說。「我自以爲正義，以爲我在維護卡吉的法律，偏偏自己又酗酒，行爲不檢，爲家庭帶來的恥辱遠遠超過我的兒子。索利是個英勇的沙羅姆，曾把許多阿拉蓋送回奈的深淵。我是個懦夫，總要喝醉酒才敢進入大迷宮，躲在阿拉蓋不常出沒的區域。」

他抬起頭來，熱淚盈眶，轉向英內薇拉。「我女兒有權爲我所犯的罪判我死刑，但她認爲讓我失去攻擊她的肢體，活在羞辱之中才是更嚴重的懲罰。」

賈迪爾點頭，看向英內薇拉及她的母親。曼娃和丈夫一樣淚流滿面。英內薇拉沒哭，但靈氣中的痛苦就如臉上的淚水一樣清晰。這道傷口已經太久了，從沒癒合。

他看回卡薩德。「艾弗倫的寬恕無邊無際，卡薩德之子卡薩德。沒有任何罪行是不能寬恕的。我看得出來，你已經了解自己的錯誤，後悔犯下此罪，而這些年來喪子所帶來的痛苦遠超過失去你的腳和榮譽。在那之後，你並沒有遠離艾弗倫的道路。如果你願意，我可以讓你重獲黑袍、英勇戰死。」

卡薩德悲傷地看著妻子和女兒，接著搖頭。「我原以爲身爲卡非特是件可恥的事，解放者，但事實上，我從沒這麼開心，也從沒如此看清艾弗倫的道路。我是個殘廢，不能在沙拉克卡中服侍你，我哀求你讓我以卡非特的身分死去，讓我來世有機會力爭上游。」

賈迪爾點頭。「如你所願。艾弗倫讓卡非特的靈魂等在天堂之外，直到他們取得回歸阿拉的智慧，努力成爲更好的人。我會爲你祈禱，但在你死後，我認爲造物主不會讓你等太久的。」

卡薩德的靈氣改變，彷彿放下心中一塊大石。三人之間交織的情緒網出現改變，但依然缺少在艾弗倫看顧下的家庭應有的和諧。

他轉向曼娃，審視她的內心。「事情發生之後，你們就不曾同房，因爲妳不能讓殺子凶手碰妳。」

曼娃冷靜專注的靈氣突然浮現恐懼與敬畏。她也立即下跪，額頭抵地。「確實如此，解放者。」

「即使是卡非特的妻子，也要善盡妻子的義務。」賈迪爾說。「所以妳必須現在就決定，誠心原諒他，或是讓我宣告你們離婚。」

曼娃看向丈夫，賈迪爾看出她試圖撥開歲月的痕跡，回想這個男人當初的模樣，並與現在的他加以比較。她微帶遲疑地緩緩伸出手掌。碰到卡薩德的手時，她整個人抖個不停，而他緊緊握住她的手。「我想我們不需要離婚，解放者。」

「我發誓，」卡薩德說。「在解放者的見證下，我絕不會辜負妳，妻子。」

「你沒有辜負她，卡薩德之子，」賈迪爾說。「我很遺憾你邁向智慧的道路讓你和家人承受了這麼多痛苦，但智慧並不是可以在市集裡討價還價的小東西。」

他看著兩夫妻如今分享的靈氣，感到心滿意足。他轉向英內薇拉。「妳的哀悼為索利帶來榮耀，愛人，但要記住妳並非為了他哀悼，而是為了妳自己。很遺憾我沒機會認識他，但如果妳哥哥有妳記憶中的一半英勇，那他就遠遠超過艾弗倫容許信徒進入天堂的資格。索利·阿蘇·卡薩德·安達馬吉，安卡吉很可能已經坐在造物主的餐桌上用膳，並且回到阿拉，在我們的族人需要時提供幫助。」

他看回卡薩德，指示他起身。卡非特緩緩照做，接著攤開雙臂。英內薇拉一開始步伐緩慢，但最後幾步卻是衝上前去，兩人緊緊相擁。曼娃伸手與他們兩人抱在一起。

賈迪爾看著三人的靈氣逐漸交融，合而為一，一家人本當如此。

片刻過後，英內薇拉抬頭看他。他看得出她體內充滿愛意，但在表達愛意之前依然提出心中的疑惑。「你怎麼知道？」

意外的是，曼娃輕捏女兒的肩，代他回答了這個問題。「因為他是解放者，女兒。卡吉能洞察人們的內心，而他以阿曼恩·賈迪爾的身分重臨大地。懷疑的日子已經結束了。」

進入王座廳時，賈迪爾微慍地看著卡吉娃、漢雅、阿山和山傑特等在裡面。他看到他們的靈氣中充滿忿忿不平，直覺認為他們又是為了沙羅姆丁的事情而來。

「艾弗倫的睪丸啊，想要安靜片刻都是奢求嗎？」英內薇拉跟在他身後喃喃說道。賈迪爾輕笑，但接著漢雅轉身面對他，他看見了她的眼睛。

他轉眼之間衝到她面前，溫柔但堅決地捏著她的下頷，檢視眼旁的瘀傷。那是一種陰暗、憤怒的色彩，但完全不能與他自己的憤怒相比。

「是誰幹的？妹妹。」他低聲問道。

漢雅嗚咽一聲，沒有回答。「她那一無是處的丈夫，」卡吉娃代她回應。他妹妹的靈氣證實了這個答案。賈迪爾轉向山傑特。

「已經逮捕他了，解放者。」山傑特說。「我們在他宮殿裡的房內找到他。那時他喝庫西酒喝得酩酊大醉，躺在自己的尿灘裡。」

賈迪爾深吸口氣，擁抱怒意，任其襲體而過，走上通往頭骨王座的台階。他不想讓哈席克進入自己的攻擊範圍裡。「立刻帶他過來。」

英內薇拉輕捏他的肩膀表達支持，然後走去王座旁的枕頭坐下。他感受到她的支持，深深地加以依賴。

兩名沙羅姆用阿拉蓋捕捉環套著哈席克，像拖牲口般把他拖入王座廳。他的雙手以金屬釦環鎖在身後，一根矛柄架住他的手肘。他的腳踝鎖著一條短鎖鏈，嘴裡塞著一根咬木頂住舌頭，以皮帶緊緊固定。他醉醺醺的，靈氣中充滿痛苦與無能為力的憤怒。在那之下則是羞恥與恐懼。他知道自己做了什麼，也明白那代表什麼。賈迪爾必須竭盡所能才沒有立刻殺了他。

「妹妹，」他命令道。「把事發經過告訴我。」

漢雅還在啜泣，但在卡吉娃的安慰下，她鼓起勇氣抬頭面對哥哥的目光。「我也不知道是怎麼回事，哥哥。哈席克以前有對我發過脾氣，但從來不曾喝醉，也沒打過我。然而這幾天以來，他變了。

他開始偷偷帶酒回家，一直喝酒，還在自以爲沒人時偷偷哭泣。我試著盡妻子的責任安慰他，但不管我怎麼做，他總是拒絕。然後，昨晚他睡著後，我想要……給他驚喜。」她的靈氣變得羞愧無比。

賈迪爾後悔在公開場合逼她說出口，但既然已經說了就無法挽回。「後來怎麼了？」

漢雅的靈氣浮現與羞愧同樣強烈的痛苦與困惑。「他的陽具……不見了。」

「不見了？」賈迪爾問。

「被割掉了。」漢雅說。「只有一道傷疤，還有一根小金屬管。」阿山和山傑特的靈氣顯示他們已經聽過此事，但他看得出來此事還是令他們十分尷尬。在場所有人都不安地改變姿勢，就連賈迪爾也不例外。只有早已習慣閹人僕役的英內薇拉和沙羅姆丁不爲所動。

漢雅的靈氣把剩下的事情都告訴他了，雖然他猜也猜得出來。「哈席克醒來，發現妳看到了他的恥辱，於是動手打妳。」

漢雅點頭，賈迪爾轉向哈席克。「給我看。」

哈席克的靈氣羞恥得想放聲大叫，但他還是垂頭喪氣地站著，沒有抗拒守衛拉下他的褲子，讓大家確認他確實已經沒了陽具。賈迪爾向守衛點頭，他解開皮帶，取出哈席克口中的咬木。

「怎麼回事？哈席克。」賈迪爾問道。

哈席克沒有立刻回答，雙眼直視地板。「我以爲會長回來。」

「呃？」賈迪爾問。

「如果我殺害足夠的阿拉蓋，」哈席克說。「如果我沉浸在他們的魔力中，它或許會長回來。」

英內薇拉點頭。「醫療魔法不是這樣子運作的，沙羅姆。斬斷的肢體不會長回來，你只能讓傷口癒合。」哈席克再度垂頭喪氣。

「誰幹的？」賈迪爾問。「你還是要爲毆打我妹妹付出代價，但你是我的妹夫，也是解放者長矛隊的一員。攻擊你就等於是攻擊我。」

哈席克看著他，心中充滿難以言喻的恥辱和恐懼，因此沒有回答問題。

「解放者問你問題，狗！」阿山吼道。山傑特一拳打在哈席克臉上，將他擊倒在地。高大的沙羅姆還是沒有吭聲。

他寧死也不願告訴我。賈迪爾發現。幸運的是，對沙羅姆而言，還有比死更可怕的命運。

「剝光他的黑袍，拿去燒掉。」賈迪爾說。「砍掉毆打我妹妹的手掌，然後給他換上褐袍。我要宣告他們離婚，讓他一輩子淪爲卡非特殘廢，永生永世不得進入天堂。」

「不，拜託！」哈席克痛苦地叫道。「我對你忠心耿耿！是阿邦！那個該死的卡非特阿邦！」他的靈氣顯示他說的是實話，而聽到這個答案後，賈迪爾立刻了解哈席克爲什麼羞愧得不肯承認。

儘管如此，這個答案讓他陷入十分困難的局面。他望向山傑特。「帶一票人去找卡非特。帶他來見我，不准傷害他。如果我審問他前有人敢動他一根寒毛，我會讓他付出一萬倍的代價。」

山傑特鞠躬，迅速離去。沒過多久，他帶著阿邦回來。哈席克身上還是套著套索和鎖鏈，不過賈迪爾允許他穿回褲子。阿邦出現時，他已經恢復一點本性，表面上垂頭喪氣，但暗地裡準備撲上前去。賈迪爾在他預備攻擊時就預見他撲向阿邦的畫面。如果能夠掙脫束縛，殺害卡非特，守衛或許會在他還穿著黑袍的時候殺死他。

賈迪爾看向手持阿拉蓋捕捉環的男人。他們都是解放者長矛隊的成員，絕對不是笨蛋。他們早有準備，在哈席克動手之時抓緊環柄，將他扣回地上。他轉回去打量阿邦，利用皇冠視覺深入探測他的內心。卡非特已經猜出這次宣召所爲何事，但他的靈氣卻很不靜。事情確實是他幹的，不過他自認有辦法全身而退。正常情況下，阿邦很擅長掩飾他的情緒，但此時他卻自大得過分。他冷冷看著哈席克，靈氣中充滿輕蔑與滿足的情緒。

「你閹了哈席克？」賈迪爾毫不浪費時間，單刀直入地問道。他越講越生氣，或許會在別無選擇的情況下殺了他的保鏢和最寵信的顧問。

「不，解放者，」阿邦說。這是實話，但並非完全屬實。

「你命令你的卡沙羅姆幹的？」他開始失去耐性。

阿邦點頭。「是的，解放者。」

在場的男人全部發出憤怒的低語，但賈迪爾敲擊矛柄，所有人閉上嘴。阿邦仍然冷靜地站在原地。

「我給你那些戰士是爲了保護你的生意和促進貿易，不是用來對付我的戰士。」賈迪爾說。

「一點也沒錯。」阿邦說。他轉向哈席克，提起拐杖指向被鎖住的男人。「那傢伙因爲奉命不得傷害我，時常跑來我的大帳發洩怨氣。你經常派他過來傳信，而他每次來都會趁機偷竊，或是打碎價值連城的商品。」

「你就爲了這個割了他的陽具？」賈迪爾大聲問道。

阿邦搖頭。「店裡的東西再買就有了，解放者。我女兒的童貞卻不行，我妻子的榮譽也不行。」

「卡非特撒謊，解放者！」哈席克吼道。「我從未……！」

賈迪爾輕輕揮手，一名守衛扯緊套環，令他閉嘴。「我是沙達馬卡，哈席克，我看得出你在想什麼。敢再對我說謊，你就會失去性命、榮耀，以及天堂的地位。」

哈席克瞪大雙眼，靈氣立刻平息。

「你有沒有強暴阿邦的女兒？哈席克。」賈迪爾輕聲問道。

哈席克放聲哭泣。他沒有力氣回答，不過點了點頭。

漢雅再度開始啜泣。卡吉娃抱緊女兒，女兒的眼淚濡濕了她的衣襟，她一臉怨毒地瞪向哈席克。

「他妻子？」賈迪爾問。哈席克再度挫敗地點頭。

「無論如何，我們都不能容許這種行爲，解放者，」阿山說。「別說是卡非特，即使是卡沙羅姆殺害戴爾沙羅姆，我們整個社會制度都可能會分崩離析。」

「不好意思，達馬基，」阿邦說。「但我和我的手下沒有殺害任何人。」他比向哈席克。「你也看到了，解放者的保鏢還活得好好的，可以繼續在沙拉克卡中作戰。」

賈迪爾瞪著他。「你爲什麼不先來找我？」

阿邦在拐杖允許的範圍下深深鞠躬。「沙達馬卡有更重要的事要做，不能老是來管一些想盡辦法不違背命令地找我麻煩、過度狂熱的沙羅姆和達馬。」

賈迪爾沒有錯過山傑特和阿山在聽見這話時靈氣出現的改變。他們也做過類似的事，只是沒有哈席克那麼明目張膽。他遲早也要處理他們的問題。

但接著他看回阿邦，若有所思。阿邦是在請求——不，在要求自衛的權力。卡非特冷靜地凝視他，挑釁他於此事上要站在哪一邊。如果你蠢得爲了這件事來懲罰我，那我顯然選錯效忠對象。他的靈氣如此暗示。

賈迪爾重重嘆氣。「我一而再、再而三地在這座大廳裡告誡你們不准傷害阿邦。他是我的財產，只有我能傷害他。」

「所有人都有權全力保護女兒不被強暴，或是爲此報仇。就算卡非特也一樣，就算是青恩也一樣。如果哈席克沒有能力保護自己，那他就沒資格強暴別人。他的陽具再也不會給他惹麻煩了。他有兒女繼承衣缽，而就像卡非特所說，他還是可以參與沙拉克。」

他看著哈席克。「你已經還清了欠阿邦的債。至於毆打我妹妹的代價則是離婚，不光只是與你的吉娃卡離婚，還包括其他妻子。我不會讓妹妹嫁給半個男人。漢雅將保有她的姊妹，還有你所有的財產和子嗣。」他看得出來哈席克深受打擊，但並不同情他。他依然記得多年前哈席克在大迷宮裡對他做的事。

「你，」他以長矛指向被鎖住的戰士。「可以保住你的長矛、盾牌，以及黑袍。你不再是解放者長矛隊的一員，但賈陽會幫你找個新單位。這裡的人不會洩露你被閹割的事，如果有人發現，你可以說那是阿拉蓋傷痕。繼續在黑夜中贏取榮耀，你或許還有機會看見天堂。再敢觸犯艾弗倫的法律，就算只是喝一杯庫西酒，我都會把你丟入奈的深淵。」

他看向阿山和山傑特。「我想你們也都學到教訓了？」

兩個男人戰戰兢兢，同時點頭。「很好，」賈迪爾說。「把話傳給其他沙羅姆和達馬，我不會再說第二遍。」

觀見結束後，英內薇拉立刻前往影之殿。在與父母眞情流露過後，她一心只想和丈夫獨處，不過沒辦法。大量的朝臣和請願人已經等在王座廳外，而她沒耐心在裡面等他見完所有人。

她本來希望把阿邦手帕的血留到適當時機再用，但隨著他的權力，以及膽量與日俱增，她不能再等下去。她不知道阿曼恩賜他戰士的事，而這解釋了很多疑問。儘管如此，她還是很難相信有任何卡沙羅姆能打敗安奇度親自訓練的閹人偵察兵——他們能在熟睡達馬基的床上殺死他們身旁的妻子。哈席克罪有應得，或許蠢得讓人抓到的偵察兵也一樣。儘管如此，此事依然令她不安。如今卡非特已經開始試圖取代她，他打算多久之後再度對她展開攻擊？

她趁手帕還是濕的時候擠出其中的鮮血，存放在密封的小玻璃瓶裡。她拿出瓶子，倒在骨骰上。「全能的艾弗倫，請讓我預見阿邦．阿蘇．查賓．安哈曼．安卡吉的命運。他是眞心效忠解放者嗎？他會繼續對付我嗎？」她感受著骨骰在手中逐漸發熱，將它們擲落地上，看著光芒耀眼的符號。

一如往常，她準備好遵循它們的指引，但卻沒準備好面對它們的答案。

——卡非特對解放者忠心耿耿。你們的命運緊密交織，傷害他就是傷害妳自己。

第三十章　眞正的朋友　333AR　秋

亞倫深吸口氣，不習慣如此害怕的感覺。

「你確定必須這麼做嗎？」瑞娜問。

亞倫點頭。「沒理由繼續拖延下去。窪地逐漸恢復元氣，而現在他們知道接下來要面對什麼局面。羅傑的吟遊詩人前往公爵領地各地報信，人們聽說我們獲勝後將會趕來參戰。新月來臨時，我們的防禦會比之前更強大。我沒時間騎馬前往來森。我會小心，不會讓自己被拖入地心魔域。」

他在瑞娜有機會開口前轉向她，在她的靈氣中看出自己誤解了她的意思。「妳不是在擔心我傳送這麼遠的距離，妳根本不確定我該不該去。」

瑞娜的表情與她的靈氣同樣不安。「你這種吟遊詩人的讀腦術已經開始讓鎮民害怕了。」

「這不是讀腦術。」亞倫說。

「那就當是讀心吧，」瑞娜說。「你只要看人一眼就能得知他人的感覺，甚至比當事人還要清楚。這讓人很難跟你交談。」

亞倫笑道：「造物主啊，如果能這樣就好了。」

瑞娜偏過頭去，凝望天上的星星，不讓他看見她的臉——好像這樣能在他面前隱藏任何事情。「有時候感覺好像你在我腦子裡，就像那頭惡魔……」

「不是那樣的，瑞娜。」亞倫說，伸手搭在她肩上。「妳的魔印視覺看到的就和我看到的景象一樣。我想所有以魔印強化視覺的人都看得到。只要仔細觀察，魔印視覺就會透露很多訊息。我也才剛發現這點，而且我有點投機，從心靈惡魔的腦中偷出了一些靈氣語言。很快我就可以教妳如何解讀了，兩種方法都可以。」

「不確定我想學，」瑞娜說。「我愛你，亞倫．貝爾斯，但我的腦袋是我私人的領域。我不打算與任何人分享。」

亞倫點頭。「說得好。」

她看著他，靈氣饒富興味。「別以爲你可以趁機改變話題。你確定這是個好主意嗎？你眞的想要這麼做？」

亞倫搖頭。「我只想要殺惡魔，不想與克拉西亞人開戰，不想看到密爾恩製作火藥武器，也不想當天殺的解放者。」

他嘆氣，感到非常非常疲憊。「但這個世界似乎一定要讓我成爲解放者，不管我願不願意。只因爲阿曼恩．賈迪爾自認造物者對他開示。」

瑞娜側過腦袋，打量著他。她在嘗試解讀我的靈氣。他心想，突然發現這有多麼令他不安。他在她擷取他的魔力深入探索他時感到體內魔法流竄。

「你至今仍然愛他。」瑞娜說。「當他是你哥哥。」

亞倫聳肩。「我這輩子只有一個像他這樣的朋友，而我的朋友本來就不多。他很高傲，爲人處世處處展現殘暴的沙羅姆之道。我們時常意見不合，但我相信世上只有他能在黑夜降臨後守在我身後。」他突然抖了抖，儘管今晚不冷，仍起了不少雞皮疙瘩。「至少他從背後捅我一刀前是如此。」

「而你認爲把他丟下懸崖是解決問題的答案。」瑞娜說。

亞倫再度聳肩。「不知道，瑞娜，但我不能繼續擱下此事不管。爲了所有人著想，我們得改變現狀，得做點心靈惡魔意想不到的事。」

「我也擔心你用傳送的方式過去。」瑞娜承認道。

「我也擔心。」亞倫說，再度深吸口氣。瑞娜伸手握著他的下頷，將他拉過來深情一吻。「愛你，亞倫・貝爾斯。」

他覺得緊繃的情緒獲得些許舒緩，於是微微一笑。「愛你，瑞娜・貝爾斯。我不在的時候，窪地就交給妳了。」

瑞娜點頭。「儘快回來。」

「我對太陽發誓。」亞倫說著化身魔霧。

亞倫立刻感應到世間所有魔力的源頭、地心魔域的呼喚，哀求著他前去探索。他感到地心魔域的力量沿著四面八方向上的魔法通道攀升，於是選了一條最接近的通道，在穿越層層泥土與石塊的途中確保自己沒有迷失方向。他感應到一條通往西南方的通道，隨即竄入其中，如同光線般迅速前進。片刻過後，他於地表上凝聚形體，環顧四周，弄清楚所處環境。他知道這個地方，距離窪地約莫十幾哩外。

還不夠，他心想。得更深入。

他再度潛入地底，這一回更深入，直到地心魔域的呼喚不再只是一首誘惑之歌。呼喚充斥他的感官，明亮而美麗，如同火焰吸引飛蛾般吸引著他。他所化身的魔霧有一部分開始往那個方向飄去，試圖品嚐一口它近乎無限的力量。只要能夠……

不！他無頭可搖，但卻凝聚心神，迅速挑選另一條通往地表的通道，乘著魔法奔流前往西南方。片刻過後，他出現在一片萬里無雲的夜空下，立刻發現自己已經過頭了。他不知道自己的確切位置，但他十分熟悉克拉西亞沙漠冰冷空曠的黑夜景色。

他轉了一圈，感受風中的魔力，確定自己的位置。距離他在安納克桑外的武器庫不到一天的路程。他記下這條通道。他得在下次新月心靈惡魔摧毀失落之城前再度造訪該地，不過那並非今晚的目的。他再度潛入地底，這一次朝東北方移動。

他又傳送了幾次才終於抵達來森堡附近。亞倫本來可以繼續傳送、慢慢逼近，但地心魔域每次都會誘惑他，就像面對毛線的貓一樣，他沒辦法一直抗拒下去。他開始奔跑，利用雙腳拉近距離。一群田野惡魔察覺他的蹤跡，展開追逐，但現在就連它們也追不上他。惡魔與他距離越來越遠，最後終於不再追逐，跑去找容易得手的獵物。

他繞過大部分的村莊和巡邏哨站，最後來到一間獨立的崗哨，專門用以守護其中的沙羅姆傳信兵。他放慢腳步，讓裡面的人聽見他的腳步聲。戰士步出崗哨，手持長矛與盾牌。他的靈氣和姿勢顯示他期待面對一頭惡魔，不過在看到亞倫的人類形體時鬆懈下來，至少他發現亞倫手裡沒有矛或盾。

「是誰——」他開口，但亞倫已經發動，輕鬆繞過他的身旁，自他身後施展沙魯沙克擒拿手法，以手臂箝制對方的咽喉。他輕輕使力，小心不去壓斷對方脖子，直到他身體軟癱。

進入崗哨後，亞倫看到一張睡覺用的草蓆、食物、炊煮用具，以及其他日常生活用品。這名戰士多半是白天都在睡覺，晚上才起來站崗，隨時準備在外圍村落需要支援時傳遞信息。

幾分鐘後，戴爾沙羅姆醒來，發現自己身上剩下拜多布，手腳都被緊緊綁在身後，脖子上套著繩索，一旦過度掙扎就會導致窒息。他透過塞在口中的破布呻吟，亞倫則穿著他的黑袍、戴著他的黑夜面巾，低頭看著他。

「很抱歉，榮耀的戰士，」他鞠躬，用流利的克拉西亞語說道。「我並不想羞辱你，但我需要你的黑袍和裝備。明天晚上我會回來釋放你，並將東西還給你。艾弗倫的旨意，沒人會知道這件事。」

戰士低吼掙扎，但束手無策。亞倫再度鞠躬，衝入黑夜。他還要趕好幾哩路才能抵達首都。

來森堡外城的矮牆比他上次來訪時補強了不少，還有沙羅姆騎兵巡邏警戒，但外城牆範圍太廣，不可能全面防守。他找到一塊無人防守的區域，輕鬆跳過矮牆。

抵達內城城牆時，天已經快要亮了，不過還是黑到看得出來如同窪地大魔印般守護此地的魔印力場。他一臉讚歎地研究這道力場。能量的來源爲何？

「克拉西亞魔印師與普通魔印師是不一樣的。」他從前的老師卡伯說過。「他們比自由城邦的魔印師高強多了。」

亞倫搖頭，這個謎團留待日後再解。天色逐漸明亮，他朝市集前進，像是巡邏一整夜的沙羅姆般踏著疲憊的步伐行走。他的嗅覺比獵犬還要敏銳，輕而易舉地找到一間藥材店。他溜入空無一人的帳篷裡，偷了女人的化妝品和蜜粉，用以掩飾他的魔印皮膚和蒼白膚色。他自偷來的黑袍裡取出錢袋，在櫃檯上留下幾卓奇硬幣，然後溜回街上。這時不少沙羅姆自巡邏中歸來，他將面巾的下頷部位弄得鬆垮且拉低，低得不至於在日光下引人注目或是觸怒他人，同時儘量遮掩塗了化妝品的皮膚。他根本不必操心，戰士只要看到他的黑袍就會點頭路過。

儘管早有心理準備，在來森堡的街上聽到達馬吟唱熟悉的宵禁結束之歌還是令他心情激盪。亞倫抬起頭來，看見內城中新建的高聳尖塔，圍繞著從前的來森聖堂。他好奇克拉西亞人是否已經開始用隕落戰士的骸骨裝飾聖堂。

他看著城市隨著天亮逐漸甦醒。先起床的是克拉西亞人，女人和卡非特打開他們的店面和帳篷準備做生意。沒過多久，當大部分巡邏歸來的沙羅姆都上床睡覺後，青恩就開始出現，以買家的身分展開交易，狹窄的街道上隨即擠滿來森人和克拉西亞人。

很快一切就變得異常熟悉，雖然不適感也越來越甚。賣家的叫賣聲中充滿誇大不實的謊言，牲口發出的噪音與臭味混雜著熱食、肉、香料等令他口水直流的氣味，商人展示著所有買家可能想買的商品，包括許多他們連聽都沒聽過的東西。

他以前很喜歡克拉西亞大市集，而上次在它迷宮般的街上閒晃彷彿已經是上輩子的事了。

*但你不在克拉西亞。*他提醒自己，看清楚熟悉的景物後，他開始看出兩地間的差異。這裡有群來森男人像奴隸般跟在戴爾丁身後幫忙拿東西、那裡有兩個來森女人頭臉都包覆七彩面紗，行走於烈日之下。到處都有商人以母語叫賣商品，同時也會說不流利的提沙語或克拉西亞語，買家也一樣。結合兩種語言和手勢的方言已然成形，就像那年北地信使造訪沙漠之矛時所使用的一樣。亞倫靠直覺就能聽懂這種語言。

一名達馬慢慢路過，觀察著市集裡的情況。他的腰帶上掛著一條阿拉蓋尾。賣家和買家都與他保持距離，緊張地看著他，但亞倫身穿黑袍，只是向達馬互相點頭招呼，然後又回去檢視商品。亞倫毫不懷疑那條鞭子很快就有用武之地，就算沒人犯錯，也會拿來警告他人。

情況不該是這樣。

戴爾沙羅姆進入辦公室時，阿邦沒有抬頭去看。他只有一個手下身穿黑袍，而阿邦目光不需要離開地面就知道他的訓練官遮住了門外的光線——這倒是前所未有的事。魁倫鄙視市集這種地方。

「我沒找你，戰士。」他說著用琥珀金筆去蘸墨水，繼續記帳。

沙羅姆一言不發，關上房門。阿邦看見兩名卡沙羅姆偵察兵的腳出現在他身後。他們在柔軟的地面上無聲移動，一個手持金屬短棒，另一個則使絞繩。阿邦一直到他們展開攻擊才終於抬頭，他很喜歡看自己的投資有所成果。

兩名偵察兵來自不同部族，一個來自南吉，一個則是克雷瓦克。全世界除了這裡，絕對沒有任何地方能讓他們兩個共處一室卻不拚得你死我活。

但部族對阿邦的百人部隊毫無意義，他就代表他們的部族。有時候他會想，阿曼恩死後三千年後，哈曼部族還會不會存在。南吉和克雷瓦克從前不也只是服侍卡吉的男人嗎？

他嗤之以鼻。哈曼部族？如果阿曼恩眞是解放者，那就應該叫阿邦部族。這名字聽起來不錯。

偵察兵同時出擊，第一個揮動短棒攻擊對方大腿，意在造成劇烈疼痛和震驚的效果，但不會導致嚴重的傷害。當對手後退時，另一人就會欺身而上，以絞環自後方箝制他，讓夥伴可以肆意攻擊。阿邦曾經數度看他們施展過這一招，怎麼看都看不膩。

但是戴爾沙羅姆的反應出人意表，彷彿打從一開始就知道兩個偵察兵躲在哪裡。他是在引誘他們，阿邦在對方閃過短棒，並且及時避開絞繩時發現這一點。他立刻展開反擊，克雷瓦克偵察兵勉強擋下他的拳頭，南吉偵察兵則轉身閃避他的腳，不過對方縮腳時腳踝還是踢中了他。

戴爾沙羅姆有機會取下盾牌，但他沒有費心這麼做，繼續讓盾牌待在背上。他把長矛當成達馬的鞭杖般旋轉，擋下克雷瓦克偵察兵的短棒，接著又轉過去擊中南吉兵的腰側。長矛反轉而來，橫打在克雷瓦克兵的臉上，接著南吉兵以絞繩套住矛柄。他用力拉扯，試圖讓對方武器脫手，但沙羅姆同時出矛，逼迫南吉兵放開絞繩，矛柄結結實實地擊中他的胸口。

南吉兵落地時，戰士轉頭面對克雷瓦克兵。卡沙羅姆冷靜地打量他，按下短棒上的祕密按鈕，彈出一把尖銳的毒刃。戴爾沙羅姆展開攻擊，克雷瓦克兵順勢擋架，使勁進擊。

片刻過後，他躺在地上，大口喘氣。一切發生得太快，阿邦的眼睛根本跟不上他的思緒。對方向旁一讓，閃開偵察兵的攻擊，然後以手肘撞擊他的咽喉。

阿邦遲疑了。他從沒想過有人能單槍匹馬擊敗他的偵察兵，更別說是個普通的戴爾沙羅姆。幸好他的防禦措施並不是專為單一敵人而設。他把手伸向辦公桌下，抓向能召喚十多名卡沙羅姆的繩鈴。

「請別那麼做，」對方警告道，長矛指向阿邦。他的聲音低沉，聽起來有點熟悉。「進來的人越多，有人受到重傷的機會就越大。」他的目光凌厲得令阿邦不寒而慄。「而我保證受傷的不會是我。」

阿邦吞下一大口口水，隨即點了點頭，慢慢舉起雙掌。「你是誰？你想怎樣？」

「阿邦，我真正的朋友，」男人不再假裝低沉的聲音。「你難道不認得你最欣賞的笨蛋嗎？這又不是你第一次看到我穿沙羅姆黑袍。」

阿邦渾身鮮血彷彿都結冰了。「帕爾青恩？」

男人微微點頭。一名偵察兵低聲呻吟，試圖掙扎起身。另外一個則雙腳發抖地站起。

「你們兩個出去。」阿邦大聲道。「我要扣你們薪水。在外面等，不要讓任何人來打擾我們。」

帕爾青恩在兩人蹣跚離去後關上房門。他轉過身去，除下頭巾和面巾，露出光頭和數百個刺青魔印。阿邦深吸口氣，以哈哈大笑和熱情招呼來掩飾內心的驚訝。「看在艾弗倫的份上，很高興再見到你，傑夫之子！」

「你似乎不怎麼驚訝。」帕爾青恩看起來有點失望。

阿邦以拐杖容許範圍最快的速度繞過辦公桌，一把拍在帕爾青恩背上。「黎莎女士暗示過你還在人間，傑夫之子。」阿邦說。「當時我就知道傳說中的『魔印人』絕不可能是別人。要來點庫西酒嗎？」他走過去拿放在辦公桌上的庫西酒瓶。這種酒在艾弗倫恩惠裡依然違法，但阿邦竟公然放在辦公桌上展示。哈席克事件過後，還有誰敢多說什麼？他倒了兩杯酒，將一杯拿給帕爾青恩。

「沒下毒吧？」帕爾青恩邊問邊接下酒杯。

這問題並沒冤枉他。阿邦的精緻酒瓶組裡還眞有一瓶是下過毒的，阿邦每天都會服用這種毒的解藥。儘管如此，他還是裝出受傷的模樣。「你講話太傷人了，我的朋友！我怎麼會想要傷害你呢？」

帕爾青恩聳肩。「我在市集裡聽說了一些傳言，據說你和賈迪爾突然又變成了枕邊密友。這讓我懷疑你們是不是一直都是好友，而他公開羞辱你只是演給別人看的好戲，讓我懷疑你是不是故意騙我去取卡吉之矛，好讓你朋友有機會搶走它。」

「我警告過你，」阿邦說。「你不能否認這件事，帕爾青恩。我有沒有說過我絕不會收購任何桑城遺物？有沒有警告過你要是讓人知道你踏足聖城，我的族人會怎麼對付你，更別說是竊取其中的財物？」

「但你還是幫我弄到地圖。」亞倫說。

「是你向我要的，帕爾青恩。」阿邦指出這點。「說實在話，我原以爲聖城只是傳說，你永遠不可能找到它。但我欠你一筆債，於是我還給你了。」

他停了停。「回想起來，帕爾青恩，沒付帳的人是你。你說要帶『一騾子的巴哈凡陶器』給我。你是爲了這個而來的嗎？終於前來還債了？」

帕爾青恩大笑，阿邦驚訝地發現自己有多想念這個笑聲。他們乾杯喝酒，阿邦立刻又倒了兩杯。他們慢慢喝酒，靜靜地享受多年後重逢的感覺。一直到酒裡肉桂味浮現出來後，他們才開始談正事。

「你來做什麼？帕爾青恩。」阿邦問。「你一定知道阿曼恩發現你沒死的話，會立刻跑來對付你，而他的感官十分敏銳。」

帕爾青恩輕蔑地揮了揮手。「我會在他找上門來之前離開。」他直視阿邦的雙眼。「你會把我們見面的事告訴他嗎？」

阿邦聳肩。「我看不出來不說對我有什麼好處，而我不會對主人說謊。」

帕爾青恩點頭。「我也不會要求你這麼做。事實上，我要你幫我帶封信給他。」他從黑袍裡拿出一小張用線繫起來的紙卷。阿邦接過時，他微笑道：「我幫你省點麻煩，不用費心打開封蠟，然後重新封上。賈迪爾認得我的筆跡。」

阿邦輕笑，解開繫繩。帕爾青恩的筆跡如同往常般賞心悅目，但信的內容卻讓他心情沉重。他看著他眞正的朋友，搖了搖頭。

「你不知道他變成什麼樣子了，帕爾青恩。」他說。「你不是他的對手。這一次算我求你，逃得遠遠的，永遠不要回來。離開，我以艾弗倫的鬍子發誓，我不會向阿曼恩提起這次會面。」

但帕爾青恩只是微笑。「那年他在大迷宮裡殺不了我，而現在的我和當年不可同日而語。你最好開始找新的主人。」

「我也不想看到你殺了他。」阿邦說。「難道沒有其他的辦法嗎？」

傑夫之子搖頭。「阿拉太小了，容不下我們兩個。」

第三十一章　還在人間　333AR 秋

「沙達馬卡，卡非特想要見你。」

賈迪爾點頭，在阿邦一拐一拐地步入地圖室時遣走守衛。卡非特搖搖晃晃地走向軟椅。他跌了一跤，不過順勢倒在椅子上。他鬆了口氣。

賈迪爾不用看他朋友的靈氣就知道爲什麼會這樣。「看在奈的黑心之上，你膽敢喝醉來見我？」

阿邦冷冷地看著他。「帕爾青恩還在人間，阿曼恩。」

這句話，加上他靈氣中吐露的事實，打斷了他所有思緒。賈迪爾緩緩搖頭，轉過身去擁抱他的情緒。

「我也懷疑過。」他承認道。「幾個月前，當我們首度聽說『魔印人』的時候。」

阿邦點頭。「我那時也這樣懷疑過。」

「但我告訴自己這太荒謬了，他已被我們丟在沙漠裡等死了。」他回頭看著阿邦。「他怎麼活下來的？躲在卡非特的村落裡嗎？」

「我沒問。」阿邦說。「重要嗎？那是艾弗倫的旨意。」

賈迪爾揮手表達認同。「他想怎樣？」

阿邦拿出一卷粗繩綑綁的羊皮紙。「他要我把這個交給你。」

賈迪爾接過信，解開繩子，迅速閱讀。

你好，阿曼恩．阿蘇．霍許卡敏．安賈迪爾．安卡吉，惡魔回歸後第三三三個造物主紀年——

我在艾弗倫面前作證，你，我的阿金帕爾，曾經違背信任，於所有男人都是兄弟的黑夜裡，在大迷宮的聖土上搶奪我的東西。

依照伊弗佳律法，我要求你於艾弗倫與奈勢均力敵的秋分日落前一小時與我進行多明沙羅姆。身為權力遭受侵犯的一方，多明沙羅姆的地點將由我選擇。我會在一週前告知你地點，讓你先行抵達，確認沒有陷阱。我們將各帶七名證人，不多不少，藉以向天堂七柱致意。我們將以男人的方式解決歧見，把勝負交由艾弗倫評判。

另一種做法就是讓我們的部隊兵戎相見，於白晝濺灑紅色鮮血，而非在黑夜濺灑黑色膿汁。希望你了解那樣做毫無榮譽可言。

等待你的回應。

亞倫．阿蘇．安貝爾斯．安提貝溪

賈迪爾搖頭。多明沙羅姆字面上解釋就是「兩名戰士」的意思，在伊弗佳中則是指根據卡吉和背叛他的同父異母兄弟所訂規矩所進行的死鬥。

「秋分，」阿邦說。「我們入侵雷克頓前一個月。好像他知道我們的計畫一樣。」

賈迪爾疲倦地微笑。「我的阿金帕爾不是笨蛋，他知曉我們的傳統。儘管他滿嘴都是艾弗倫和天堂，內心深處卻不信它們。」他搖頭。「他自稱『權力遭受侵犯的一方』，好像奪回他自我們祖先陵寢中偷走的東西算是普通的搶劫。」

這個問題已經困擾他許多年了。「算嗎？」

阿邦聳肩。「誰知道？我幹過更骯髒的勾當，甚至為了一己的利益欺騙過帕爾青恩。但儘管如此，我還是很喜歡他。他很眞。和他在一起的時候，我覺得……」

「覺得怎樣？」賈迪爾問。他們都很熟悉帕爾青恩，但是交往的方式大不相同。

「就像我以前在沙拉吉的時候，和你在一起時一樣。」阿邦說。「他會毫不遲疑地擋在任何試圖傷害我的人前面，就像多年前你在長矛王座前召見我們時一樣。他讓我有安全感。」

賈迪爾點頭。看來他們對帕爾青恩的認識並沒有那什麼不同。「那現在呢？」

阿邦的靈氣變得難以解讀，他嘆了口氣，自背心中取出小陶瓶，拔開瓶塞。

「不准……」賈迪爾開口。

阿邦兩眼一翻，插嘴道：「你的腳下踐踏著數千人的鮮血，阿曼恩。你眞的要為了喝庫西酒對我說教，把我當作在大迷宮裡喝醉酒的沙羅姆？」

賈迪爾皺眉，但他沒有進一步阻止阿邦喝酒沉思，目光瞟向遠處。卡非特轉回來看他，舉起酒瓶。「和我喝一杯，阿曼恩。就這一次。這件事情最好是在嘴裡散發肉桂味時討論。」

賈迪爾搖頭。「卡吉禁止──」

阿邦仰頭大笑。「他禁庫西酒是因為他的手下在洛斯克戰役還沒結束前就大肆慶祝，結果人數多於敵方五倍還慘遭屠殺！這道命令是針對沒受過教育的莽夫，不是兩個白天待在堡壘中小酌的人。」

賈迪爾哀傷地看著阿邦。他在對方的靈氣中看出他不但不了解，甚至還認為賈迪爾這種想法十分愚蠢。「我的朋友，這就是你是卡非特的原因。」

「為什麼？」阿邦問。「因為我不把卡吉說過的每句話當作艾弗倫的旨意？你現在是沙達馬卡，阿曼恩，而我認識你很久了。你是個聰明人，但這些年來你說過也做過不少愚蠢又天眞的事。」

這種話要若在公開場合說出來可會要了他的老命，但阿曼恩看出他朋友是眞心的，而他不能爲此怪他。「我從沒說過自己有不會犯錯的神性，阿邦，我和卡吉都一樣。你之所以是卡非特是因爲你不了解卡吉爲何下這些命令根本不是重點，重點在於服從與謙遜，以及犧牲。」

他指向酒杯。「喝了這杯酒，艾弗倫並不會把我打入奈的深淵，卡吉的聖靈也不會不得安息。用禁喝庫西酒來提醒我們洛斯克戰敗的教訓是很值得的，就像以禁食豬肉來提醒我們卡吉同父異母的兄弟背叛之事一樣，不管你宣稱豬肉有多美味。」

阿邦看著他一會兒，聳了聳肩，然後又喝一口。「我認識的是帕爾青恩，不是現在這個人。我非常確定他不會傷害我，也不讓別人傷害我，但他依然……令我不安。」

「傳說是眞的？」賈迪爾問。「他用墨水在身上刺印？」

阿邦點頭。「很像你身上的疤痕。」

賈迪爾搖頭。「我的魔印都是直接刻在皮膚上，從沒用墨水之類的東西褻瀆過我的身體——」

「拜託。」阿邦伸出一手打斷他的話，另一手則搓揉腦側。「我的頭已經夠痛了。」

「帕爾青恩沒有放過他的臉，不像你。」阿邦繼續道。「不過他向來沒有你那麼英俊。我想就連達馬佳的犧牲……也有極限。」

賈迪爾臉色一變。「我今天已經非常容忍你了，阿邦，但我也有極限。」

阿邦的靈氣一涼，立刻鞠躬。「很抱歉，我的朋友。我對你或你的吉娃卡沒有不敬的意思。」

賈迪爾點頭，揮手結束這個話題。「你曾告訴過我，如果我們兩個裡面有一個是解放者，那肯定是帕爾青恩。你現在還是這麼想嗎？」

「我根本不知道有沒有解放者這種東西。」阿邦再喝一口。「但我曾直視數千名買家的雙眼，而這麼多年來我只見過兩個值得佩服的人。一個是帕爾青恩，另一個，阿曼恩，就是你。」

「十年前，我們的族人是一盤散沙。一群懦弱的人，連我們自己的城市都無法控制。他們或許是偉大的戰士，但同時也是一群笨蛋。不斷消耗我們的實力，卻從未取得任何利益。我們的人口減少，女人沒有發言權，卡非特爲人所不齒。」他舉起庫西酒杯。「喝庫西酒可以處死。」

「你的王座或許是偷來的，但你同時爲它帶來智慧。你統一各族，讓克拉西亞人再度強盛起來。你餵飽飢餓之人，爲女人和卡非特鋪設通往榮耀的道路，我們的族人欠你很多。帕爾青恩可以做得和你一樣好嗎？誰知道？」

賈迪爾皺眉。「那麼視榮譽爲無物的阿邦會怎麼做？我和帕爾青恩決鬥有利可圖嗎？」

「問這個有什麼意義？」阿邦問。「你我都知道你會接受他的挑戰。」

賈迪爾點頭。「那是艾弗倫的旨意。但我還是要聽聽你的意見。」

阿邦嘆氣。「我希望帕爾青恩沒有提出挑戰。我希望他接受我的建議，逃到阿拉的盡頭。但我從他眼中看出他決心與你一戰，不管是不是多明沙羅姆。如果非戰不可，你們私下決鬥總比在數千名隨時準備加入戰局的觀眾之前開打要好。」

「這就是多明沙羅姆存在的意義，」賈迪爾說。「爲了應付別無選擇的情況，我會赴約，會盡力與帕爾青恩一戰，他也不會手下留情。我們其中之一將會存活下來，進而肩負起全世界的命運。讓艾弗倫決定那個人是誰。」

賈迪爾看著在躺在臥室裡等他的英內薇拉。自從數週前兩人言歸於好以後，他們每天晚上都同床共枕。其他妻子試圖爭取他的注意，但英內薇拉在這方面擁有絕對的權威，沒有人膽敢未經召喚進入枕廳。

賈迪爾看出妻子身上散發出的愛意與熱情，於是爲了接下來即將發生的事鼓起勇氣。他只希望她能原諒他。

「帕爾青恩還活著。」他說，就像卡非特一樣開門見山，讓這句話迴盪在空氣之中。

英內薇拉立刻起身凝望著他，靈氣中的暖意及情慾完全消失。「不可能。你說你用矛刺中他的兩眼之間，把他的屍體留在沙漠裡。」

賈迪爾點頭。「我沒說謊，只是我用的是矛托。我們把他丟在沙漠裡時，他還沒死。」

「他還沒什麼？」英內薇拉吼叫的聲音大得令賈迪爾懷疑隔音霍拉法術能不能隔絕聲音在皇宮之中迴盪。她靈氣中的憤怒恐怖得難以逼視，簡直有如站在奈的深淵邊緣往下看。

「我說過我不會殺害朋友。」賈迪爾說。「我照妳的話搶走卡吉之矛，但是饒過帕爾青恩，讓他活著面對隔天的黑夜、像個戰士般死在阿拉蓋爪下。」

「饒過他？」英內薇拉難以置信。「骨骰明白表示只有殺了他才能鞏固你的地位。就因爲你『饒過他』，我們要付出多少條人命？」

「鞏固我的地位？」賈迪爾問。這話激起了某段塵封的記憶，於是他以皇冠視覺深入探索。「我知道了，原來是帕爾青恩。」

「什麼？」英內薇拉問。

「妳騙我說我是唯一有能力成爲解放者的人。我本來以爲妳隱瞞的另一個人選是我兒子，但其實是帕爾青恩，對不對？骰骨眞的有要我殺他嗎，還是純粹是妳的意思？」

她不必開口，他就已經看出答案是後者。

「無所謂。」他說。「他還活著，對我提出多明沙羅姆的挑戰。我已經接受了。」

「你瘋了嗎？」英內薇拉大聲問道。「你不等我擲骰就接受挑戰？」

「我才不管妳的骨骰怎麼說！」賈迪爾大聲道。「這是艾弗倫的旨意。我要嘛就是解放者，不然就不是。阿拉蓋霍拉和阿邦的帳本沒兩樣，只是用以猜測未來的工具。」英內薇拉嘶吼一聲，他立刻知道自己太過分了。她或許不會完全據實告知骨骰的意義，但還是認定骨骰代表艾弗倫的旨意。

「又或許它們說的沒錯，」他讓步道。「帕爾青恩才是沙達馬卡。當他首度揮舞卡吉之矛時，大迷宮裡的沙羅姆毫不遲疑地服從他的指揮。那是他冒著生命危險取得的長矛。他用那支矛殺死了克拉西亞史上最強大的惡魔，曾殺害上千名戴爾沙羅姆的惡魔。是他找回了卡吉的聖城，不是我。」

「你是卡吉的後代。」英內薇拉說。

賈迪爾聳肩。「卡吉征服綠地時娶了北地女人為妻，我曾在解放者窪地等地見過深受他血脈影響的英勇戰士。經過了三千年，傑夫之子和我一樣都可能是卡吉的後代。或許我在艾弗倫的遠大計畫中所扮演的角色不過就是將統一後的克拉西亞部隊交給他指揮，然後戰死。」

英內薇拉跳下床，擁他入懷。「不，我不相信這種說法。」她確實不信。他看得出來她以意志力防止這個想法在她心中紮根。「你是解放者。」她說。「一定是你。」

賈迪爾也摟著她，點頭道：「我也這麼認為，但我得確認此事。妳了解嗎？我的吉娃卡。我必須確定自己是眞正的解放者，不然我所踏過的鮮血將會變得毫無意義。」

第三十二章 多明沙羅姆 333AR 秋

「再說一次，你怎麼知道這不是個陷阱？」湯姆士在他們離開由伐木工和林木軍團所組成的代表團，騎馬前往陡峭的岩壁時問道。騎在伯爵身後的是黎莎和汪妲，然後是羅傑和阿曼娃，加爾德殿後。瑞娜騎在亞倫右邊，伯爵則在他左邊。

「你自己的斥候都確認過上面只有八個人，包括一個女人和一個老人。」亞倫說。

「可能有人躲在看不到的地方，」湯姆士說。「斥候也說南方一哩外有一支部隊駐紮。」

亞倫指向逐漸接近的岩壁。斜坡上只有一條窄路，其他地方都是光禿禿的岩石。「你認為其他人可以藏在哪裡？伯爵閣下。他們會從雲端跳下來攻擊我們嗎？」

湯姆士皺眉，亞倫發現自己讓他在黎莎、加爾德和其他人面前下不了台。如果這種情況持續下去，他就會開始阻礙自己的行動，以展現權威。

「我認識阿曼恩．賈迪爾，伯爵閣下。」亞倫說。「他寧願跳下山崖也不會違反多明沙羅姆的規則。」

「你現在說的人，和在背後捅你一刀的那傢伙是同一個人嗎？」瑞娜問。

「那只是象徵性的說法。」亞倫說，不耐地瞪她一眼。她笑嘻嘻地面對他的目光，弄得他也有點想笑。「事實上，他是當著我的面捅我一刀。」

「這樣講感覺好多了。」瑞娜喃喃說道。

亞倫看得出來湯姆士依然存疑。他嘆了口氣，壓低音量。「你不須要以身犯險，伯爵閣下。你還有時間回頭，派亞瑟或海斯裁判官代替你來。」

他當然不希望如此，但是在所有策略都沒用時，挑戰伯爵的勇氣往往頗具神效。湯姆士抬頭挺胸，靈氣再度恢復穩定與自信。

「我們應該全部回頭。」黎莎說。「這根本是個野蠻的儀式，透過一堆毫無意義的規則賦予謀殺文明的假象。」

「當對手知道你要殺他，也打算動手殺你的時候就算不上是謀殺。」亞倫說。「而且這個些規則深具意義。七名證人，讓所有會受到決鬥結果影響的人能看清事實。偏僻的地點讓人難以安排偷襲。在所有人都放下歧見，成爲兄弟的黃昏時刻前決鬥，能使證人在決鬥結果出爐時不會兵戎相向。」

「這些都算不上什麼文明的規則。」黎莎說。

「妳寧願看到數千人戰死沙場嗎？」亞倫問。「只要人們還在吃飯拉屎、生老病死……」

「……我們就永遠達不到眞正的文明。」黎莎把話接完，讓他吃了一驚。「當你們強迫朋友和家人看著你們自相殘殺時，少來向我引用哲學家的話。」

「妳也不必跟來。」亞倫說。「妳如果無法承受，就去叫妲西．卡特來。」

「喔，閉嘴。」黎莎大聲道。

賈迪爾看著綠地人騎上斜坡。正如英內薇拉所預見，來人裡有黎莎．佩伯、他的女兒及新女婿，加上自稱統領窪地部族的綠地王子。這樣很好。等帕爾青恩倒地後，事情會很容易處理，而且不管阿曼娃的信裡怎麼說，他還是很高興在分離六週後再度見到黎莎。

他打量綠地人的領袖，儘管外型改變，賈迪爾還是立刻就認出他的阿金帕爾。他騎馬的英姿、一舉一動、小心謹慎的眼神。他和阿邦一樣，在綠地人身旁會有安全感，也很清楚自己在他心中佔有多重的分量。

喔，我的兄弟，賈迪爾悲傷地想道。如果我必須殺你兩次，那艾弗倫肯定真的想試煉我。

綠地人紛紛下馬，將馬拴在克拉西亞人的馬對面。賈迪爾和他的七名證人站在懸崖邊面對他們。

「我們太久沒見了，帕爾青恩。」他在綠地人迎上來時說道。他沒辦法在白天看清帕爾青恩的想法，但賈迪爾能感應到阿金帕爾體內的力量、一名沙魯沙克大師的意志。傑夫之子手持上好的魔印矛，但是由木頭與鋼鐵所製，無法與卡吉之矛相提並論。「你氣色不錯。」

「拜你所賜。」帕爾青恩說。「就算過了一千年，我還是不想見到你那張臉。」他朝賈迪爾腳下吐口水，這個侮辱之舉令賈迪爾的隨行人員情緒激動。

他舉手阻止他們採取行動，接著看向反應最激烈的賈陽。「你們是來當證人的，不准動手。」

他回頭轉向帕爾青恩，刻意忽略鞋子上的唾液。「你還記得我的吉娃卡，當然，還有阿邦、阿山達馬基，以及山傑特。」他指向其他人，「其他人是馬甲部族的阿雷維拉克達馬基，和我兒子賈陽和阿桑。」

帕爾青恩點頭。他轉向站在他右手邊，穿著暴露得能讓英內薇拉看來端莊的女人。她和他一樣身上漆滿魔印。她的目光狂野，缺乏帕爾青恩的自制。她以仇視的目光看著他。「我妻子，瑞娜·譚納。這位是安吉爾斯堡林白克公爵的弟弟、窪地郡的湯姆士伯爵閣下。我想其他人你都認識。」

賈迪爾點頭。「開始之前，我想私下與我的未婚妻談談，確保你們有好好對待她。」

「而我要與我女兒談談。」英內薇拉插嘴道。賈迪爾不耐地看她一眼，但她毫不理會。

「未婚妻？」湯姆士問。他看向黎莎的目光讓賈迪爾瞇起雙眼。

黎莎不等任何人允許就迎上前去，片刻過後，阿曼娃也跟了上去。賈迪爾把黎莎拉到一旁。等到沒人聽得見他們的談話之後，他上前抱她。「未婚妻，我好想念妳的擁……」

黎莎推開他，側向一旁，避開他的手臂。「這是什麼意思？」他問道。「我們上次獨處時可不光只是擁抱而已。」

黎莎點頭。「但我們此刻不是獨處，現在也不該做那種事，阿曼恩。我不會讓你像狗一樣在我身上標示地盤，我已經拒絕你的求婚。」

賈迪爾微笑。「還沒答應而已。」

「不，不是還沒答應。」黎莎大聲說。「我和你上床，沒錯，但我不是你的財產，而我永遠不會嫁給你。就算你與所有妻子離婚，並且回去沙漠之矛，或是殺光自由城邦所有公爵，自封為提沙之王都不會。永遠不會。」

「這就是妳背叛我的原因？」賈迪爾問。「被妳下毒的戰士帶著阿曼娃的信回到艾弗倫恩惠，我知道妳在路上做了些什麼事。」

這話似乎令黎莎怒氣稍緩。他本來期待她會辯解，但結果她卻鬆了一口氣。「喔，感謝造物主。」她低聲道。

「妳覺得這是好事？」他困惑地問道。

「我不像達馬丁那樣喜歡用毒。」黎莎說。「而且我警告同胞你的真實意圖，這並不算背叛任何人。」

「說起下毒和背叛，」她繼續說道。「你女兒的信裡有提到她在鏡宮裡試圖以黑葉毒殺我的事嗎？或是我們第一次做愛那晚，你妻子把我綁去毒打的事？」

賈迪爾感覺自己的臉色越來越難看。他伸手牽起她的手，在陽光下感應她的靈氣。他希望能找到撒謊的證據，但他感覺得出來她說的是實話。他怒火中燒，但接著感應到另一件事，頓時怒氣全消。

「妳懷孕了！」

黎莎瞪大雙眼。「什麼？我當然沒有。」賈迪爾不必刺探這話的眞假。她的眼神和靈氣都明白顯示她在說謊。她和他一樣清楚她的體內有個新生命。

賈迪爾抓起她的手臂，用力握得她面露吃痛，將她拖往岩壁的陰影下。「不要對我說謊。是那個可悲的綠地人……」他在黑暗中仔細打量她體內的生命。「不，這是我的孩子。這是我的孩子，而妳卻去和那個青恩王子混在一起污辱它。妳不打算讓我知道？妳以爲我會讓這個傢伙，或是任何人，阻止我拿回屬於我的東西？我要把他的睪丸拿去餵狗。我要——」

「你什麼都不能做。」黎莎抽回手臂，另一手則保護性地放在肚子上。「這孩子不是你的，阿曼恩！我也不是你的！我們是人，不屬於任何人。這就是你一再失敗的原因，也就是我的族人永遠不會自願臣服於你的原因。你不能擁有任何人。」

「妳像卡非特一樣藉由玩弄文字來否認明擺在眼前的事實。」賈迪爾說。「妳不打算讓孩子知道父親是誰嗎？」

黎莎大笑，笑聲尖銳刺耳。她的靈氣充滿輕蔑，他心痛地發現她對自己竟如此不屑。「你有超過七十個孩子，阿曼恩，而你把他們當作麥酒一樣買賣。這些子女中，你眞正認識的有幾個？」

賈迪爾遲疑，黎莎的靈氣浮現勝利的情緒。她對他露出嘲弄的微笑。「說出你所有子女的生日，我現在就在這裡嫁給你。」

賈迪爾咬牙切齒，伸展手指，以免它們握成拳頭。

原來這就是她味道不同的原因。亞倫的喉嚨中發出低吼，看著賈迪爾和黎莎交談，敏銳的雙耳將每一句話都聽了進去。他詛咒自己。如果像對待其他人一樣深入查探她，他早就發現了。

她該告訴我的，他心想。如果我知道，絕不會帶她來。或許這就是她不告訴我的原因。此事如果洩露出去，一切就完了。這不是他第一次懷疑這個女人究竟站在哪一方。

「我以爲你說你和黎莎．佩伯已經沒有感情了。」瑞娜說，令他回過神來。

亞倫看了她一眼，接著又轉回黎莎和賈迪爾。他在賈迪爾抓起她的手臂時緊張了一下。「那並不表示我想看她和那個曾經試圖想殺我的男人玩親親。」

瑞娜哼了一聲。「計畫中並沒有說你不能在開始決鬥前先給他點顏色瞧瞧。」

「我正打算這麼做。」亞倫說著上前一步。「聊夠了，賈迪爾！該爲你的所作所爲付出代價了！」

賈迪爾放開黎莎的手。「等這邊的事情結束後，我們再來繼續這個話題。」

「你要先打贏才行，阿曼恩。」黎莎說。這話令他十分難受，但他擁抱這個感覺，將之推向一旁，轉身大步走向帕爾青恩所在的峭壁中央。此地依然沉浸在陽光之下，在天色全黑之前都會保持如此。離開岩壁的陰影後，他的皇冠視覺隨即失效。

證人們圍成半圓，他們則背對懸崖。決鬥的規則很簡單。他們就在這個圈子裡決鬥，直到其中之一投降，或是掉下懸崖。他們只能使用矛和沙魯沙克，兩個人都高舉雙手，讓山傑特檢查傑夫之子有沒有挾帶武器，加爾德則檢查賈迪爾。

「沒有不敬的意思。」綠地壯漢在搜身時說道。

「在我眼中，你的一舉一動充滿榮譽，史帝夫之子。」賈迪爾回應道。

他敏銳的雙耳聽見山傑特對傑夫之子所說的話。「你應該感謝我主人饒你一命，帕爾青恩。」

「你也該感謝我不會怪罪一條照主人吩咐去咬東西的狗。」帕爾青恩說。

山傑特輕蔑冷笑。「沙達馬卡會把那晚的事做個了結，帕爾青恩。你根本不是他的對手。」

「那你何必在衣袖裡暗藏匕首？」帕爾青恩問道。「夠膽的話就拿出來用。」

戰士面色一僵，賈迪爾心知帕爾青恩所言不虛。「山傑特！」他趁自己的妹夫有機會自取其辱前叫道。「過來！」

等到沙羅姆退開後，賈迪爾和帕爾青恩相對鞠躬，角度和時間都一模一樣，在艾弗倫之前展現對彼此同等的敬意。

「我應邀前來，傑夫之子。」賈迪爾說。「在所有聚集於此的人們，以及有權評判世間一切的全能艾弗倫面前大聲說出你的指控。」

「你手中的長矛不是你的，」帕爾青恩說。「我冒著生命危險將它帶回世間，並且第一個就帶來給你，我的沙拉克兄弟，與你分享它的力量。但是分享它的祕密並不能滿足你。當你發現它的力量貨眞價實後，立刻密謀從我手中奪走它，於夜裡在大迷宮的聖地上偷襲我。你的手下毆打我，而你奪走長矛，然後把我丟入惡魔坑裡等死。」

雙方人馬紛紛開始交頭接耳，但賈迪爾毫不理會，任帕爾青恩繼續說下去。他已經把這個祕密放在心裡太久了。讓我們把話說開，徹底做個了結。

「當我殺了那頭沙惡魔，爬出惡魔坑時，我說你要殺我就要親自動手。」帕爾青恩說。「但結果你卻選擇打昏我，把我丟在沙漠裡等死。你那時就該知道會有這一天。」

賈迪爾點頭。「你說的都是事實，帕爾青恩。我不否認曾經做過那些事，但我否認犯罪。從小偷手中拿回屬於自己財產的東西，那不叫偷。」

帕爾青恩大笑。「你的財產？我在離你數百哩的地方、已經三千年無人涉足的地方找到它！」

「卡吉是我的祖先。」賈迪爾說。

傑夫之子嗤之以鼻。「你的說法沒錯，他有數千名後裔，分散在世界各地。從這裡到密爾恩的高山間所有小村落裡都有他的子孫。」

「但只有我們克拉西亞人還保有他的語錄與傳統，帕爾青恩。」賈迪爾說。「安納克桑城是聖地。你褻瀆聖地，竊取其中的財寶。」

「你攻擊活人居住的城市，卻爲了我對一座死城所犯的罪想要置我於死地？」帕爾青恩大聲問道，瞇起雙眼。「你從哪裡弄來那頂皇冠的？我的老友。你褻瀆了那座聖城裡多少聖地才找到它的？」

賈迪爾覺得臉頰發冷，因爲他的部隊在離開沙漠的途中洗劫了那座城市。但帕爾青恩不可能知道……

但是傑夫之子笑了，彷彿他能看穿賈迪爾的心思。「我回去過，我的朋友，我見過你們留下的殘局。我以遠比你們崇敬的態度對待你所謂的聖城，並且抱著和平與友誼帶著它的祕密前去找你。我甚至說要親自帶你回到聖城。結果你造訪聖城後為世界帶來什麼？強暴、掠奪和殺戮。」

「秩序，」賈迪爾說。「統一。我讓克拉西亞再度統一，要不了多久全世界都會團結起來。」

帕爾青恩搖頭。「等你死後，你的部族又會開始為了一桶清水自相殘殺。除掉你是我進攻地心魔域之前必須完成的最後一件事。」

賈迪爾微笑，握緊長矛。「你怎麼會以為你有辦法殺我？帕爾青恩。」

帕爾青恩也面露微笑，舉起他的長矛。不管傑夫之子做過什麼事，他都是個徹頭徹尾的沙羅姆，他的靈魂已經取得安寧，隨時可以踏上孤獨之道。

*我會在艾弗倫的餐桌上再度與你同桌共食，我真正的朋友。*賈迪爾在展開進攻時想道。

賈迪爾的攻擊來得很快，快到亞倫原以為在白晝不可能達到的速度。但即使如此，亞倫還是比他更快，魔法在他的皮膚下嗡嗡作響，賦予他的敵人難以望其項背的力量與速度。他擋下對方的刺擊，順勢展開反擊。他打算先以矛柄痛扁賈迪爾，讓他顏面盡失，然後再徹底結束這場決鬥。

但賈迪爾的應變超乎預期，以非人的速度轉動武器，擋下他的攻擊。他們一再出擊，每個動作都與下個動作相互融合。兩人有攻有守，不過一旦分開之後，卻是誰也沒有佔到上風。賈迪爾眼中不禁浮現一絲敬意，亞倫也發現自己過於輕敵。

*他透過吸收卡吉之矛的魔力在白晝獲得力量。*亞倫察覺到。

「你比我印象中更厲害，帕爾青恩。」賈迪爾微微鞠躬致意，靈氣在黃昏的光芒中沒有透露絲毫情緒。「我再次低估了你。」

亞倫微笑。「你老是這麼說。」

「這是最後一次了。」賈迪爾說。「我不會再手下留情了。」

於是他不再手下留情。克拉西亞第一戰士祭司再度進攻，亞倫必須竭盡全力才能阻擋他的攻勢。亞倫的速度稍微快上一點，但賈迪爾的戰鬥技巧就連亞倫也難以匹敵。他努力壓制賈迪爾的矛尖，但矛柄和矛托卻在賈迪爾透過魔法強化的力量和衝擊魔印的加持下開始擊中目標。

儘管無法在陽光下使用魔法，亞倫卻能隨心所欲地使用皮膚防禦層之下的魔力。他的骨頭比魔印玻璃堅硬，肌肉和肌腱強如鋼鐵。對方的攻擊確實擊中，但傷害不大，所有傷勢都瞬間癒合。

儘管如此，他還是沒有像預期那樣取得壓倒性優勢，而且在旁觀者眼中，他正節節敗退。

「我依然希望你能投降，帕爾青恩。」賈迪爾說。「承認你的罪行，臣服於我。我慈悲爲懷，還是願意在沙拉克卡中與你並肩作戰。」

「你根本不懂什麼叫作慈悲，」亞倫說。「如果你真的在乎第一戰爭，你就會停止這一切沒有意義的高調作風。你難道不懂嗎？我們在吸引心靈惡魔。他們不怕軍隊，他們只怕其他心靈。他們會持續進攻，直到我們死去。人們將會爲了我們而受苦。」

「這就是我們現在必須團結的原因。」賈迪爾說。

亞倫咬牙切齒，怒氣爆發，再度展開攻擊。武器在兩人躍起、轉身、撲倒、交擊、互摔時化爲殘影。賈迪爾施展一系列突刺加旋轉的招式，亞倫盡數抵擋下來，結果卻在最後關頭發現它們都是虛招。賈迪爾一腳踢中他的矛柄，穿涼鞋的腳在一陣魔爆中將他的魔印木柄如同玉米稈般踢成兩段。

亞倫跌開數步，雙腳站穩，兩手分持半根斷矛，但他一瞬間稍微疏於防守，讓賈迪爾有機可趁。

卡吉之矛插入他的肚子，亞倫失聲慘叫。

造成他慘叫的並非肉體上的傷害。亞倫曾被刺傷過，他能在戰鬥中忽略那種程度的痛楚。這一矛的效果遠遠超越肉體傷害。矛尖上的魔印啓動，灼燒傷口，吸收他的魔力，使矛頭更加鋒利，並且增添衝擊的力量。魔法在他體內激盪，造成難以言喻的劇痛，彷彿他的靈魂即將遭受剝離。

賈迪爾在感受到魔力竄入體內時驚訝得雙眼圓睜，於是也在那一瞬間裡疏忽了。亞倫以斷矛的矛托重擊他的臉部，將對手逼退數步，截斷足以致命的魔力擷取。

亞倫拋下半根斷矛，伸手摀住傷口，當他攤開手掌時，掌心沾滿明亮的鮮血。人群中傳來吃痛與勝利的呼聲，但他忽略他們，迫切地試圖利用僅存的力氣療傷。傷口持續灼燒，無法完全癒合，但是鮮血開始凝結，減緩失血的速度。

這會留下疤痕的，亞倫知道。

他望向西沉的落日，希望它可以沉快一點。他已經不期待能羞辱敵人，一心只想撐過接下來的四分之三個小時。

賈迪爾重重落地，但立刻翻身而起，精神上的震驚大於肉體上的傷害。他的頰骨和下顎都被打裂，但是帕爾青恩反擊時，他的體內充滿魔力，傷勢幾乎是立即痊癒。

他看著帕爾青恩，腦中浮現阿邦說的話。*他是我印象中的那個人，但又有所不同。*

的確，如今帕爾青恩採取全新的打鬥方式，融合沙魯沙克以及另外一種截然不同的戰技。他的力量與速度甚至超越賈迪爾，更重要的是，他顯然已經習慣運用這些優勢，而賈迪爾卻還在學習。

但他遲早都能摸清對方的招數，擊敗他的宿敵。他原以為上一回合過招時已經擊敗他了，卻沒想到卡吉之矛會像刺穿阿拉蓋王子一樣突然間吸收大量的魔力。

帕爾青恩是奈的使者嗎？這似乎不太可能，難以想像，但難道還有其他解釋嗎？

他擷取大量充斥於長矛上的魔力，帶著全新的怒氣展開攻擊。

亞倫閃避跳躍，矮身迴旋，使盡全力避開致命的矛尖。放棄所有攻擊的念頭讓他更加輕易閃躲，但在眾人眼中看來無疑是走投無路的打法。賈迪爾技高一籌，永不疲憊，現在還利用亞倫自己的力量來對付他。他主導這場打鬥，圍觀眾人全都屏住呼吸，等待他施展致命一擊。

但接著太陽終於沉入地平線下，規則當場改變。他看見賈迪爾的皇冠及長矛綻放強光，但他吸收自四面八方浮出地面的魔霧，感受到力量回歸體內。

賈迪爾再度出矛時，卡吉之矛透體而過，彷彿刺中一團煙霧。這一矛依然產生灼痛，矛身魔印發光，吸收他的魔力，但當亞倫踏步上前，狠狠擊中賈迪爾的喉嚨時，那點痛楚完全值回票價。他以手臂鉤住卡吉之矛的矛柄，完全凝聚形體，接著矮身一扭，奪走賈迪爾的長矛，將他摔在地上。

賈迪爾一躍而起，轉身面對帕爾青恩，心念電轉，試圖弄清楚剛剛發生了什麼事。

「你或許能夠暫時奪走卡吉之矛，帕爾青恩，但你無法保有它。」他發誓。

「保有它？」帕爾青恩問，神色輕蔑地看著那把武器。「我根本不想要它。世界沒有它會比較好。」接著他做出難以想像的事情。

他轉身將卡吉之矛拋下山崖。

賈陽大叫，脫離隊伍衝下山道去尋找卡吉之矛。帕爾青恩轉身，平空繪製熱魔印和衝擊魔印，在岩壁上轟落一堆碎石，阻擋他的去路。

「決鬥結束前，沒人可以離開！」他的聲音洪亮如雷。

「很好，奈的僕人。」賈迪爾道。「讓我們做個了結。」他集中精神，在前進時將皇冠的防禦力場向外擴張，打算利用它的力量把傑夫之子推出懸崖，墜落他理應身處的奈的深淵。

但他滿心以為能夠驅逐所有阿拉蓋的皇冠魔法對帕爾青恩完全起不了作用，於是兩人展開扭打。賈迪爾立刻佔了上風，牢牢地固定對手，但帕爾青恩再度化身煙霧，逃離他的掌握，並瞬間凝聚形體，接連擊中數拳。

「我不是奈的僕人，」帕爾青恩說道。「我只是對於偷來的魔法研究得比你和你那些擲骨骰的達馬丁更加透徹。」

賈迪爾大吼一聲，爬起身來，再度進攻，一邊擋下快如閃電的拳腳，一邊展開試探性的反擊。有些攻擊被帕爾青恩架開，有些則藉由化身煙霧閃避。

這種能力似乎是種無法擊敗的優勢，但賈迪爾成年之後從未輸過任何一場打鬥也不是沒有原因的。他記下帕爾青恩動作的規律，當他凝聚形體，打算輕鬆反擊時，賈迪爾早有準備，閃向一旁，使勁擊中他的肚子。他在對方彎腰時又以膝蓋頂中他的喉嚨，雙掌拍擊他的雙耳，直打得他頭昏眼花，心思渙散。

「看來你需要聚精會神才能施展魔法。」賈迪爾說著一頭撞上帕爾青恩的鼻子。鮮血濺灑在他臉上，但賈迪爾持續進逼，雙手緊扣綠地人的喉嚨。

帕爾青恩突然往前逼進，鋼鐵般的手指隨即握住他的喉嚨。「我不需要魔法。」他說著將賈迪爾推出數步，奮力躍起，帶著他一起墜落山崖，追隨卡吉之矛而去。

「這個世界也不需要我們。」他在兩人下墜時說道。

亞倫感到冷風撲面而來，思緒恢復清晰。即使當風聲呼嘯而過，他和賈迪爾依然不斷扭打，試圖取得優勢。

賈迪爾招式純熟，在落地前將亞倫壓在下方。這樣做似乎毫無意義——不管誰上誰下，從這麼高摔下來必死無疑，但亞倫從賈迪爾的靈氣看出他不在乎。亞倫會比他早死一瞬間，而那就夠了。

亞倫不再掙扎，擁抱下墜的衝勢。賈迪爾的靈氣充滿勝利的光芒，但接著亞倫化身煙霧，賈迪爾則在粉身碎骨的撞擊聲中墜落地面——

《白晝戰爭》全書完．敬請期待續集

克拉西亞名詞解釋

Abban am'Haman am'Kaji	阿邦·安哈曼·安卡吉／富有的卡非特商人，賈迪爾和亞倫的朋友，接受戰士訓練時變成瘸子。
Acha	阿恰／作戰時呼號，「注意」的意思。
Ahmanjah	阿曼佳／賈迪爾的自傳。如同卡吉的伊弗佳，阿曼佳日後將會成為他的聖典。
Ahmann asu Hoshkamin am'Jardir am'Kaji	阿曼恩·阿蘇·霍許卡敏·安賈迪爾·安卡吉／阿曼恩·霍許卡敏之子，卡吉部族賈迪爾血脈的後裔。克拉西亞領導人，許多人深信他是解放者。參閱：沙達馬卡。
Ajin'pal	血誓弟兄／男孩第一天晚上進入大迷宮作戰時，為了防止他臨陣脫逃而與一名戴爾沙羅姆綁在一起所形成的羈絆。在那之後，阿金帕爾就會被視為血親。
Ala	阿拉／(i)艾弗倫創造的完美世界，後為奈所腐化。(ii)塵土、土壤等。
Alagai	阿拉蓋／克拉西亞語中的地心魔物（惡魔），直譯是「阿拉的瘟疫」。
Alagai hora	阿拉蓋霍拉／達馬丁用以製作魔法物品的惡魔骨，如用來預知的魔印骰。接觸陽光會燃燒。
Alagai Ka	阿拉蓋卡／古克拉西亞語稱呼惡魔之母阿拉蓋丁卡的惡魔親王。據說阿拉蓋卡及它的後裔是奈的大軍中最強大的惡魔領主及指揮官。
Alagai'sharak	阿拉蓋沙拉克／對抗惡魔的聖戰。
Alagai tail	阿拉蓋尾／由三條皮繩組成的鞭子，附以尖刺，是達馬用來處罰他人的工具。
Alagai'ting Ka	阿拉蓋丁卡／惡魔之母，克拉西亞神話的惡魔女王。
Aleverak	阿雷維拉克／克拉西亞馬甲部族的達馬基。

Amadeveram	阿馬戴佛倫／賈迪爾掌權前卡吉部族的達馬基。
Amanvah	阿曼娃／賈迪爾與英內薇拉的次女，是達馬丁，與堂妹希克娃一起嫁給羅傑。
Andrah	安德拉／克拉西亞世俗及宗教的獨裁領袖。
Anjha	安吉哈／克拉西亞的一個小部族。
Anoch Sun	安納克桑／曾是卡吉〈沙達馬卡〉權力中心，現爲失落之城。一般相信已湮沒在沙漠地底，好幾個世紀沒人見過這座城市了，這裡的物品稱爲桑城遺物。
Asavi	阿莎薇／卡吉部族的達馬丁，英內薇拉在當宗達馬丁時期的宿敵，梅蘭的情人。
Ashan	阿山／凱維特達馬基之子，賈迪爾在沙利克霍拉受訓時最親密的朋友，是卡吉部族達馬基，也是賈迪爾心腹，娶了他的大妹英蜜珊卓。是阿蘇卡吉與阿希雅的父親。
Ashia	阿希雅／賈迪爾的沙羅姆丁外甥女。阿山和英蜜珊卓的女兒。丈夫是阿桑。
Asome	阿桑／賈迪爾和英內薇拉次子，達馬，娶阿希雅。
Asu	阿蘇／「兒子」或「某人之子」，也是正式名稱的前綴詞，比如說阿曼恩・阿蘇・霍許卡敏・安賈迪爾・安卡吉。
Asukaji	阿蘇卡吉／阿山與賈迪爾妹妹英蜜珊卓的長子。是達馬。名字之意是「卡吉之子」。
Baden	貝登／卡吉部族有錢有勢的達馬，是普緒丁，他擁有好幾個霍拉法器。
Bazaar, Great	大市集／克拉西亞最大的商業區，位於大城門之後。在此做生意的都是女人和卡非特。

Belina	貝麗娜／賈迪爾馬甲部族的達馬丁妻子。
Bido	拜多布／纏腰布，指男孩被帶離母親身邊，脫下褐色服飾後所換上的奈沙羅姆纏腰布。
Cashiv	卡席福／普緒丁凱沙羅姆，貝登達馬的私人護衛。索利的情人。
Chin	青恩／外來者、異教徒。這個字帶有侮辱的意思，用以稱呼懦夫。
Chusen	朱森／蘇恩金部族的達馬基。
Cielvah	希兒娃／阿邦之女。曾遭哈席克強暴。
Coliv	克里弗／克雷瓦克偵察兵，擔任賈迪爾部隊的凱沙羅姆。負責護送黎莎回歸窪地。
Couzi	庫西酒／克拉西亞非法的肉桂烈酒。因為太烈，通常是用小酒杯讓人一飲而盡。
Dal	戴爾／代表「榮譽」的前綴詞。
Dal'Sharum	戴爾沙羅姆／克拉西亞戰士階級，分屬由達馬基領導的十二部族，其下又細分為聽命於達馬和凱沙羅姆的小單位。戴爾沙羅姆穿黑袍、戴黑頭巾、蒙黑夜巾。所有戴爾沙羅姆都擅長沙魯沙克、持矛作戰，以及盾牌陣形。
Dal'ting	戴爾丁／有生育能力的已婚婦女，或是已生過孩子的年長女性。
Dama	達馬／克拉西亞的聖徒。達馬同時身兼宗教與世俗領袖。他們身穿白袍，不攜帶武器。所有達馬都是克拉西亞徒手搏擊術沙魯沙克大師。
Damajah	達馬佳／沙達馬卡第一妻室獨特的封號。
Damaji	達馬基／十二名達馬基是各自部族的宗教兼世俗領導人，在安德拉底下扮演行政員與顧問。
Damaji'ting	達馬基丁／各部族達馬丁的領導人，克拉西亞最有權勢的女人。
Dama'ting	達馬丁／克拉西亞聖女、醫者與接生婆，學習霍拉魔法的祕密。傷害達馬丁是唯一死罪。
Daylight War, the	白晝戰爭／又稱沙拉克桑。卡吉征服世界，統一全人

	類參與沙拉克卡的遠古戰爭。
Desert Spear	沙漠之矛／克拉西亞城。北方人稱之爲克拉西亞堡。
Drillmasters	訓練官／訓練奈沙羅姆的菁英戰士，穿標準的沙羅姆黑袍，不過夜巾是紅色的。
Enkaji	安卡吉／強大的梅寒丁部族的達馬基。
Enkido	安奇度／卡吉達馬丁的閹人僕役兼沙魯沙克教練。其後成爲阿曼娃的貼身保鏢。
Evejah, the	伊弗佳／艾弗倫的聖典，首任解放者卡吉於三千五百年前撰寫，分成許多稱爲「沙丘」的章節。每個達馬在接受祭司訓練時都會用自己的血抄寫一本伊弗佳。
Evejan	伊弗佳教／克拉西亞信仰的名稱，意爲「信奉伊弗佳的人」。
Evejan law	伊弗佳律法／克拉西亞人用在青恩身上的軍事信仰法條，以威脅而不是非信仰手段強迫異教徒信奉。
Everalia	艾佛拉莉雅／賈迪爾的第三名卡吉部族妻子。
Everam	艾弗倫／造物主。
Everam's Bounty	艾弗倫恩惠／來森堡於惡魔回歸後333年被克拉西亞人征服後，爲了向造物主致敬而更名爲艾弗倫恩惠，這是克拉西亞人在綠地的據點。
Fahki	法奇／阿邦的戴爾沙羅姆兒子，從小被灌輸仇視卡非特父親。
Fashin	法辛／哈爾瓦斯部族的達馬基。
Gai	蓋／瘟疫。
Greenlander	綠地人／綠地的居民。
Green lands	綠地／克拉西亞對於提沙的稱呼（克拉西亞沙漠以北的土地）。
Halvan	哈爾凡／賈迪爾和阿山在沙利克霍拉受訓時的朋友。哈爾凡達馬是阿山達馬基的顧問。
Hannu Pash	漢奴帕許／人生之道，代表男孩被帶離母親身邊，到取得社會階級（戴爾沙羅姆、達馬或卡非特）之間的時期。這個時期他們會接受嚴格的肉體訓練、強化宗教觀念。

Hanya	漢雅／賈迪爾的小妹，小了他四歲。哈席克之妻、希克娃之母。
Hasik	哈席克／以前常欺負賈迪爾的奈沙羅姆。因爲缺牙，人稱「漏風者」。後來成爲解放者長矛隊的一員，以及賈迪爾的保鏢。
Horn of Sharak	沙拉克號角／阿拉蓋沙拉克開始與結束時吹的儀式號角。
Hoshkamin	霍許卡敏／阿曼恩．賈迪爾之父；早逝。
Hoshvah	霍許娃／賈迪爾的二妹，小他三歲。山傑特之妻。山娃之母。
Ichach	伊察奇／坎金部族的達馬基。
Imisandre	英蜜珊卓／賈迪爾的大妹，小他一歲。阿山之妻。阿蘇卡吉與阿希雅之母。
Inevera	英內薇拉／(i)賈迪爾的第一妻室，是法力高強的達馬丁。屬卡吉部族。又稱達馬佳。 (ii)意爲「艾弗倫的旨意」。
Jama	甲馬／部族克拉西亞小部族。坎金部族的世仇。
Jardir	賈迪爾／解放者卡吉第七子。賈迪爾一脈曾經人丁興旺，延續超過三千年，之後逐漸凋零沒落，直到剩下最後一名後裔，阿曼恩．賈迪爾，才再度將血脈發揚光大。
Jayan	賈陽／賈迪爾與英內薇拉的沙羅姆長子，後來受封沙羅姆卡。
Jiwah	吉娃／妻子。
Jiwah Ka	吉娃卡／第一妻室。克拉西亞男人的第一名妻子，也是最受尊敬的妻子。她有權拒絕別的女人進門，並能使喚其他妻子。
Jiwah Sen	吉娃森／地位低等的妻子，聽命於吉娃卡。
Jiwah'Sharum	吉娃沙羅姆／戰士之妻，被買入沙羅姆的大後宮。在這裡服務是偉大的榮譽。所有戰士都能享用他們部族的吉娃沙羅姆，並有義務持續不斷讓她們懷孕，爲部族增添戰士。

Jurim　祖林／與賈迪爾一起受訓的戴爾沙羅姆。卡吉部族，後來成爲解放者長矛隊的一員。

Kad　卡德／表示「之」意思的前綴詞。

Kai'Sharum　凱沙羅姆／部隊指揮，凱沙羅姆會在沙利克霍拉接受特訓，於阿拉蓋沙拉克中率領獨立的部隊作戰。部族中凱沙羅姆的數量取決於該部族戰士的數量。有些部族有很多，有些部族只有一個。凱沙羅姆身穿戴爾沙羅姆的黑袍，但是夜巾是白色的。

Kaji　卡吉／首任解放者、卡吉部族族長，又稱沙達馬卡、艾弗倫之矛，還有許多其他頭銜。三千五百年前，卡吉在對抗惡魔的戰爭中統一人類。他的權力中心位於失落之城安納克桑，不過克拉西亞堡也是他所建立。

Kaji'sharaj　卡吉沙拉吉／卡吉部族男孩受訓的軍營。

Kajivah　卡吉娃／阿曼恩．賈迪爾及三個妹妹，英蜜珊卓、霍許娃、漢雅之母。霍許卡敏．賈迪爾的寡婦，曾因爲連續產下三個女兒而被視爲受到詛咒。

Kasaad　卡薩德／英內薇拉之父。殘廢卡非特。前任沙羅姆。

Kaval　卡維爾／佳佛倫．阿蘇．錢尼．安卡維爾．安卡吉。卡吉部族訓練官。賈迪爾在漢奴帕許時的戴爾沙羅姆訓練官之一。

Kenevah　坎內娃／英內薇拉接受達馬丁訓練時的卡吉部族達馬基丁。

Kevera　克維拉／沙拉奇部族的達馬基。

Khaffit　卡非特／沒成爲聖徒或戰士而從商的人。克拉西亞社會中最低賤的男性階級。被迫換上與小孩一樣的褐衣並剃光鬍子，表示不是男人。

Khaffit'sharaj　卡非特沙拉吉／各部族爲訓練卡沙羅姆而設置的訓練營。

Khanjin　坎金／克拉西亞小部族。甲馬部族的世仇。

Kha'Sharum　卡沙羅姆／賈迪爾將身強體壯的卡非特訓練爲戰力普通的部隊。身穿褐袍、褐頭巾、褐夜巾，以表明卡非特身分。

Kha'ting	卡丁／賈迪爾非達馬丁血緣的女性親戚。卡丁接受特殊訓練，被視爲解放者的血脈。與達馬丁相同，攻擊卡丁會被判處死刑或是砍掉攻擊時使用的肢體。
Khevat	凱維特／小時候訓練賈迪爾的卡吉達馬。阿山之父
Lonely road	孤獨之道／「死亡」之意。所有戰士都得踏上孤獨之道前往天堂，路上滿是誘惑，試煉他們的靈性，只有夠格者能站在艾弗倫面前受審。遠離孤獨之道的靈魂會永遠迷失。
Mají	馬吉／賈迪爾馬甲部族的次子，日後得與阿雷維拉克的子嗣決鬥，爭奪馬甲達馬基地位的奈達馬。
Manvah	曼娃／英內薇拉之母、卡薩德之妻。織簍匠。
Mehnding tribe	梅寒丁部族／僅次於馬甲部族，人最多、最有勢力的部族，致力於打造長程武器、製造用於沙拉克中的石弩、投石器及巨蠍，採集並運送作爲彈藥的石塊、打造巨蠍長矛等。
Melan	梅蘭／魁娃的達馬丁女兒。坎內娃孫女。是英內薇拉從前的宿敵。阿莎薇的情人。
Nie	奈／(i)毀滅者之名，艾弗倫的女性面，黑夜與惡魔的女神。(ii)虛無、一無所有、空虛、否定、無。
Nie'dama	奈達馬／挑選出來接受達馬訓練的奈沙羅姆。
Nie'dama'ting	奈達馬丁／接受達馬丁訓練，不過年紀不足以戴上面紗的女孩。非常受尊敬，與奈沙羅姆不同，因爲他們在完成漢奴帕許前比卡非特還低賤。
Nie Ka	奈卡／「第一虛無」，用來稱呼奈沙羅姆課堂上領頭的男孩，他能以戴爾沙羅姆訓練官的副官身分指揮其他男孩。
Nie's Abyss	奈的深淵／又名地心魔域。阿拉蓋躲避陽光的七層地底世界，每層都住了不同品種的惡魔。
Nie'Sharum	奈沙羅姆／「非戰士」，稱呼前往訓練場接受評鑑，踏上戴爾沙羅姆、達馬或卡非特之道的男孩。
Nie'ting	奈丁／不孕女性，克拉西亞社會中最低賤的階級。
Night veil	夜巾／戴爾沙羅姆在阿拉蓋沙拉克中所戴的面巾，藉

以掩飾身分，表示所有人在黑夜裡都是平等的盟友。

Omara　歐瑪拉／阿邦卡吉部族的寡母，因連生七個女兒而被視為遭受詛咒，直到生下阿邦。

Oot　呼特／戴爾沙羅姆表示「小心」或「惡魔逼近」的信號。

Par'chin　帕爾青恩／勇敢的外來者，亞倫．貝爾斯的封號。

Pig-eater　食豬者／克拉西亞髒話，意指「卡非特」。只有卡非特食豬肉，因為豬被視為不潔。

Push'ting　普緒丁／「假女人」之意，克拉西亞用以侮辱討厭女人的同性戀男子。克拉西亞社會接受同性戀，只要他們同時也讓女人懷孕，增加部族人數就行。

Qasha　夸莎／賈迪爾的沙拉奇達馬丁妻子。

Qeran　魁倫／賈迪爾在漢奴帕許時期的卡吉戴爾沙羅姆訓練官。後來受傷殘廢，由阿邦收容，訓練他的卡沙羅姆百人部隊。

Qezan　魁森／甲馬部族的達馬基。

Savas　沙瓦斯／賈迪爾的梅寒丁達馬兒子。

Scorpion　巨蠍／遠程武器，裝有彈簧而非弓弦的十字弓。它發射的是裝了沉重矛頭的巨蠍刺，即使沒有魔印也能射殺一千呎外的沙惡魔和風惡魔。

Shamavah　莎瑪娃／阿邦的吉娃卡，會說流利的提沙語，負責監督阿邦在伐木窪地的所有生意。

Shanjat　山傑特／小時候和賈迪爾一起受訓的卡吉沙羅姆。解放者長矛隊指揮官，賈迪爾二妹霍許娃的丈夫。山娃之父。

Shanvah　山娃／賈迪爾的沙羅姆丁外甥女。山傑特與霍許娃之女。

Sharach　沙拉奇／克拉西亞人最少的部族，一度只剩下二十多名戰士，在賈迪爾幫助下免於滅族。

Sharaj　沙拉吉／男孩參與漢奴帕許時住的軍營，很像軍事住宿學校。沙拉吉位於訓練場四周，每部族都有一座。部族名稱是沙拉吉的前綴詞，也就是說卡吉部族的沙拉吉就叫卡吉沙拉吉。

Sharak Ka　沙拉克卡／「第一戰爭」之意，解放者完成沙拉克桑後會對惡魔展開的大戰。

Sharak Sun　沙拉克桑／「白晝戰爭」之意，在白晝戰爭裡，卡吉征服了已知世界，團結全人類展開沙拉克卡。一般相信想要打贏沙拉克卡，賈迪爾就必須像卡吉一樣打贏白晝戰爭。

Shar'Dama Ka　沙達馬卡／「第一戰士祭司」、解放者之意。沙達馬卡將會解救人類脫離阿拉蓋的魔爪。

Sharik Hora　沙利克霍拉／「英雄骸骨」之意，這是克拉西亞城內以隕命英雄骸骨所建的大神廟。死後的骸骨被加工磨製用以裝飾神廟是戰士的最高榮譽。

Sharukin　沙魯金／「戰士架勢」之意，一系列沙魯沙克招式串連在一起的套路。

Sharum　沙羅姆／戰士。沙羅姆身穿長袍，其下經常會加裝充當護甲的陶板。

Sharum Ka　沙羅姆卡／「第一武士」之意，為阿拉蓋沙拉克世俗領導人的頭銜。由安德拉任命，從黃昏到黎明，所有部族的凱沙羅姆都要聽從他號令。

Sharum'ting　沙羅姆丁／女戰士。汪妲．卡特是史上第一名受伊弗佳教徒承認的沙羅姆丁。

Sharusahk　沙魯沙克／徒手戰技。根據階級和部族不同而分成許多不同流派，不過都包含了專門用以擊昏、打殘、殺害對手的殘暴而有效的招式。

Shevali　希瓦里／希瓦里達馬是賈迪爾和阿山在沙利克霍拉受訓時的朋友，現為阿山達馬基的顧問。

Shusten　蘇斯頓／邦的戴爾沙羅姆兒子。從小就被教導仇視他的卡非特父親。

Sikvah　希克娃／哈席克和賈迪爾妹妹漢雅的女兒，阿曼娃的貼身僕役。羅傑的二房。

Soli　索利／英內薇拉的戴爾沙羅姆哥哥。普緒丁。卡席福的情人。

Spears of the Deliverer	解放者長矛隊／阿曼恩．賈迪爾的菁英貼身保鏢，大多由他在大迷宮中並肩作戰的老戰友出任。
Spear Throne	長矛王座／沙羅姆卡的王座，由歷任沙羅姆卡的長矛製成。
Stinger	巨蠍刺／巨蠍所發射的巨矛。巨蠍刺是裝有沉重鐵矛頭的巨型長矛，能射穿沙惡魔外殼。
Thalaja	塔拉佳／賈迪爾的第二名卡吉部族的妻子。
Ting	丁／代表「女人」的後綴詞。
Tribes: Anjha, Bajin, Jama, Kaji, Khanjin, Majah, Sharach, Krevakh, Nanji,Shunjin, Mehnding, Halvas.	部族：安吉哈、巴金、甲馬、卡吉、坎金、馬甲、沙拉奇、克雷瓦克、南吉、蘇恩金、梅寒丁、哈爾瓦斯。「安」這個前綴詞用以表示家族和部族，就像阿曼恩．阿蘇．霍許卡敏．安賈迪爾．安卡吉。
Undercity	地下城／克拉西亞城地底下的巨型蜂巢式魔印石窟，每天晚上男人出戰時，城內的女人、小孩及卡菲特就安安穩穩地待在地下城裡。
Vah	娃／「女兒」或「之女」。當女孩以父母名字爲名時就會加上這個後綴詞，如阿曼娃，或當作全名裡的前綴詞，如阿曼娃．娃．阿曼恩．安賈迪爾．安卡吉。
Waning	月虧／(i)伊弗佳的宗教規章裡將每月的新月前後三天稱之爲月虧。這三天裡所有人都得前往沙利克霍拉，家人則會在白天團聚，就連沙拉吉裡的男孩也可以回家。這三天晚上惡魔會變得更強壯，因爲相傳阿拉蓋卡會在月虧降臨。(ii)每個月夜色黑到足以讓心靈惡魔前往地表的三個晚上。
Zahven	薩凡／古克拉西亞語中稱呼「競爭者」、「宿敵」，或「地位相等之人」。

國家圖書館出版品預行編目資料

魔印人. 3：白晝戰爭／彼得・布雷特（Peter V. Brett）著；戚建邦譯
.——初版.——台北市：蓋亞文化，2013.10-
冊；公分.——（Fever；FR032-33）
譯自：The Daylight War
ISBN 978-986-319-064-6（全套；平裝）.——
ISBN 978-986-319-065-3（上冊；平裝）.——
ISBN 978-986-319-066-0（下冊；平裝）.——

874.57　　102016041

Fever 033

白晝戰爭 下 THE DAYLIGHT WAR

作者／彼得・布雷特（Peter V. Brett）
譯者／戚建邦
封面插畫／Larry Rostant　地圖插畫／爆野家
封面設計／克里斯
出版／蓋亞文化有限公司
地址◎台北市103赤峰街41巷7號1樓
電話◎（02）25585438　傳眞◎（02）25585439
網址◎www.gaeabooks.com.tw
電子信箱◎gaea@gaeabooks.com.tw
投稿信箱◎editor@gaeabooks.com.tw
郵撥帳號◎19769541　戶名：蓋亞文化有限公司
法律顧問／宇達經貿法律事務所
總經銷／聯合發行股份有限公司
地址◎新北市新店區寶橋路二三五巷六弄六號二樓
電話◎（02）29178022　傳眞◎（02）29156275
港澳地區／一代匯集
電話◎（852）27838102　傳眞◎（852）23960050
地址◎九龍旺角塘尾道64號龍駒企業大廈10樓B&D室
初版二刷／2017年9月　定價／新台幣 640 元（上下冊不分售）
Printed in Taiwan

GAEA ISBN／978-986-319-066-0

Gaea

Gaea